Wachtend op hem

Trident Security Boek drie

Samantha Cole

Translated by
Lenna DuFin

Suspenseful Seduction Publishing

Wachtend op hem

Opmerking van de auteur

Het verhaal op deze pagina's is volledig fictief, maar de concepten van BDSM zijn echt. Als je er toch voor kiest om deel te nemen aan de BDSM levensstijl, onderzoek het dan zorgvuldig en neem alle voorzorgsmaatregelen om jezelf te beschermen. Fictie is gebaseerd op het echte leven, maar het echte leven is niet gebaseerd op fictie. Onthoud: veilig, gezond en vrijwillig!

Alle informatie over personen of plaatsen is gebruikt met literaire creativiteit, dus er kunnen verschillen zijn tussen fictie en werkelijkheid. De missies en persoonlijke kwaliteiten van de Navy SEALs zijn gecreëerd om het verhaal te verbeteren en, nogmaals, kunnen overdreven zijn en niet overeenkomen met de werkelijkheid.

De auteur heeft ongelooflijk veel respect voor de leden van het leger van de Verenigde Staten en de verschillende leden van de wetshandhavingsdiensten en dankt hen voor hun voortdurende inzet om dit land zo veilig en vrij mogelijk te maken.

Wie is Wie en de Geschiedenis van Trident Security en de Covenant

*** Hoewel niet elk personage in elk boek voorkomt, zijn dit degenen met de meeste vermeldingen in de serie. Deze gids zal lezers helpen om te weten wie wie is.

Trident Security (TS) is een particulier beveiligings- en militair bureau, dat eigendom is van Ian en Devon Sawyer. Het bedrijf heeft overheids- en civiele contracten en is begonnen toen de broers en een paar van hun teamgenoten van SEAL Team Vier zich terugtrokken in de particuliere sector. Het bedrijf is gevestigd op een bewaakt terrein, dat een voormalige dekmantel was voor een import/exportbedrijf voor drugshandel in Tampa, Florida. Drie pakhuizen op het terrein werden omgebouwd tot grote appartementen, de kantoren van de TS, een fitnessruimte en slaapzalen.

Naast het beveiligingsbedrijf is er een vierde pakhuis dat nu onderdak biedt aan een elite BDSM-club, waarvan Devon, Ian en hun neef Mitch Sawyer, die de manager is, mede-eigenaar zijn. Er is veel tijd en geld in gestoken om van de Covenant het meest gewilde lidmaatschap in de regio Tampa/St. Petersburg en daarbuiten te maken. Leden worden grondig doorgelicht voordat ze toegang krijgen tot de elegante club.

Er zijn momenteel meer dan twintig Doms die zijn aangesteld als Dungeon Masters (DM's), en zij draaien twee of drie shifts gedurende de maand. Minstens vier DM's hebben altijd dienst op verschillende posten in de pit en de speelzalen, en een extra DM loopt rond. Hun taak is om de veiligheid van alle onderdanigen in de club te waarborgen. Ze grijpen in als een onderdanige zijn stopwoord gebruikt en de Dom in de scène het niet hoort of er geen aandacht aan besteedt, en zorgen ervoor dat de apparatuur die in scènes wordt gebruikt de onderdanige niet schaadt.

Het veiligheidsteam van de Covenant zorgt voor al het andere dat niet scène-gerelateerd is, en zorgt voor de veiligheid van alle leden en zijn in wezen de uitsmijters. Het totale aantal leden is nu iets meer dan 350. De brandweer had toestemming gegeven voor 500 leden toen het pakhuis werd omgebouwd tot kink-club, maar de neven hebben dat aantal opzettelijk laag gehouden om een elitestatus te behouden.

Tussen Trident Security en de Covenant is er genoeg romantiek, spanning en stomende ontmoetingen. Maak kennis met de Sexy Six-Pack, hun vrienden, familie en teamgenoten.

De Sexy Six-Pack (Alpha Team) en hun partners

- Ian "Boss-man" Sawyer: Devon en Nicks broer; afgezwaaid Navy SEAL; mede-eigenaar van Trident Security en de Covenant; Dom/verloofde van Angelina (Angel).

- Devon "Devil Dog" Sawyer: Ian en Nicks broer; afgezwaaid Navy SEAL; mede-eigenaar van Trident Security en de Covenant; Dom/verloofde van Kristen.
- Ben "Boomer" Michaelson: afgezwaaid Navy SEAL; specialist explosieven en munitie; zoon van Rick en Eileen.
- Jake "Reverend" Donovan: afgezwaaid Navy SEAL; tijdelijk aangesteld om het West Coast team te leiden; scherpschutter; Dom en Zweep Meester in de Covenant.
- Brody "Egghead" Evans: afgezwaaid Navy SEAL; computerspecialist; Dom.
- Marco "Polo" DeAngelis: afgezwaaid Navy SEAL; communicatie specialist en back up helicopterpiloot; Dom.
- Nick Sawyer: Ian and Devons broer; momenteel Navy SEAL.
- Kristen "Ninja-girl" Sawyer: auteur van romans/spanning boeken; verloofde/onderdanige van Devon.
- Angelina "Angie/Angel" Sawyer: graphisch artiest; verloofde/onderdanige van Ian.

Uitgebreide Familie, Vrienden, en Medewerkers van de Sexy Six-Pack

- Mitch Sawyer: Neef van Ian, Devon, en Nick; mede-eigenaar/manager van de Covenant, Dom.
- T. Carter: US spion en sluipmoordenaar; werkt voor geheim agentschap Deimos; Dom.

- Shelby Christiansen: medewerker personeelszaken; twee keer kanker overwonnen; onderdanige.
- Curt Bannerman: afgezwaaid Navy SEAL; eigenaar van Halo Customs, een motorfiets herstel- en opmaakwinkel.
- Jenn "Baby-girl" Mullins: hogeschool student; peetdochter van Ian; "nichtje" van Devon, Brody, Jake, Boomer, en Marco; vader was een Navy SEAL; ouders vermoord.
- Mike Donovan: eigenaar van de Irish pub, Donovans; broer van Jake.
- Charlotte "Mistress China" Roth: Reclasseringsambtenaar; Domme en Zweep Meesteres in de Covenant.
- Travis "Tiny" Daultry: voormalig professioneel football speler; hoofd van de beveiliging in de Covenant en het Trident terrein; occasioneel lijfwacht voor TS.
- Rick en Eileen Michaelson: Boomers ouders. Rick is een afgezwaaide Navy SEAL.
- Charles "Chuck" en Marie Sawyer: Ian, Devon, en Nicks ouders. Charles is een selfmade onroerend goed miljardair. Marie is een plastisch chirurg die betrokken is bij Operatie Glimlach.
- Will Anders: Assistent Curator van het Tampa Museum of Art, neef van Kristen Anders.
- Dr. Roxanne London: pediater; Domme/echtgenote (Mistress Roxy) van Kayla.
- Kayla London: maatschappelijk werker; onderdanige/echtgenote van Roxanne.

- Chase Dixon: afgezwaaid Army Ranger;
  eigenaar van Blackhawk Security; contractant
  van TS.
- Doug Henderson: afgezwaaid Marine;
  lijfwacht.
- Reggie Helm: advocaat voor TS en de
  Covenant; Dom/vriend van Colleen.
- Colleen McKinley: office manager van TS;
  vriendin/onderdanige van Reggie.
- Carl Talbot: hogeschool professor; Dom en
  Zweep Meester in de Covenant.

Leden van de ordehandhaving

- Larry Keon: Assistent Directeur van de FBI.
- Frank Stonewall: Speciaal Agent
  verantwoordelijk voor de Tampa FBI.
- Calvin Watts: Leider van het FBI HRT in
  Tampa.

De K9s van Trident

- Beau: Een verweesde Lab/Pit mix, gered door
  Ian. Nu een getrainde K9 die zijn plek in het
  Alpha Team meer dan verdiend heeft.

Hoofdstuk 1

Boomer zat aan zijn bureau, zijn ogen vernauwden zich terwijl hij het papier voor hem bestudeerde. De antwoorden zouden eenvoudig moeten zijn, maar hij kon er met zijn leven niet opkomen. Hij wierp een blik op zijn mobiele telefoon om de tijd te controleren en merkte op dat het achttienhonderd uur twintig was. De afspraak van half zeven die Colleen voor hem had gepland was later dan hij normaal deed. Ze had hem verteld dat de nieuwe cliënt specifiek om het avonduur had gevraagd, dus probeerde hij hier een paar minuten extra te doden.

Maandag en dinsdag waren de enige avonden dat het geen probleem was voor Trident-cliënten om naar het terrein met hun kantoren te komen. De rest van de week was de andere onderneming van Ian en Devon Sawyer, The Covenant, open. Trident-klanten zouden een beetje geschokt kunnen zijn als ze de leden van de BDSM-club in verschillende stadia van ontkleding over de parkeerplaats zagen lopen.

Het omheinde terrein bestond uit vier pakhuizen en lag buiten de gekende wegen in de buitenwijken van Tampa,

Florida. Het eerste gebouw na de bewaakte poort was de thuisbasis van de club. Daarachter was nog een poort die naar de overige drie gebouwen leidde. De kantoren van Trident, de slaapzalen, de schietbaan, de trainingsruimten, de sportzaal en een garage waren ondergebracht in de volgende twee gebouwen. Het laatste gebouw werd verbouwd tot twee grote appartementen. De onderste was van Ian en zijn verloofde, Angie, terwijl Devon en zijn verloofde, Kristen, op de tweede verdieping woonden. De rest van het gebouw was leeg. Er werden plannen gemaakt om nog twee appartementen te bouwen. In één daarvan zou Ians petekind, Jennifer Mullins, wonen als ze niet op de universiteit zat. De mannen van Trident waren haar surrogaat ooms, gediend hebbend onder haar vader in de SEALs. Ian had haar voogdijschap overgenomen nadat haar ouders werden gedood bij een huis-invasie vorig jaar. Het laatste appartement zou worden aangeboden aan de jongste Sawyer broer, Nick, wanneer hij besloot om uit de marine te stappen. Hij was drie jaar geleden door de BUD/s gekomen, de intensieve training van de SEALs, en zat nu bij Team Three in Coronado, Californië. De vijfentwintigjarige zou zich niet snel bij hen aansluiten.

Terwijl Boomer met zijn pen op het bureau tikte, bekeek hij de beschikbare hints en raakte nog meer gefrustreerd omdat hij er nog steeds niet uit was. Hij keek op toen Ian binnenkwam en in één van de twee gaststoelen aan de andere kant van het bureau ging zitten. "Wat is een zesletter woord voor vaag? Begint met een 'A' en de vijfde letter is een 'G'."

"Ambigu." Ian rolde met zijn ogen. "En als je me blijft vragen om hulp bij de dagelijkse kruiswoordpuzzels, dan geef ik je dit jaar een thesaurus in plaats van je bonus."

Boomer gaf zijn baas een grijns terwijl hij de lege

plekken van de puzzel invulde. "Doe dat, Boss-man, en ik schrijf je in voor een ansjovis-van-de-maand club."

Hoewel hij wist dat zijn vriend en werknemer een grapje maakte, kreeg Ian een misselijke blik op zijn gezicht. Boomer vond het altijd grappig dat van de zes afgezwaaide SEALs, hij de enige was die van de vette en zoute vis hield, als je bedenkt hoeveel tijd ze in en op de oceaan hadden doorgebracht toen ze nog bij de marine waren. Nou, misschien was dat de reden.

"Niet grappig, Baby Boomer." Ian pakte de stressknijpbal die de andere man op zijn bureau bewaarde en gooide hem heen en weer tussen beide handen. "En, heb je al informatie gevonden over die nieuwe klant?"

Boomer gooide de pen neer op de krant en leunde achterover in zijn stoel. "Nope. Colleen zei dat de vrouw, een Kate Zimmerman, Trident moest inhuren. Dat ze met niemand zaken wilde doen, behalve met mij. Ik heb mijn hersenen gepijnigd en kan me niet herinneren dat ik ooit iemand met die naam heb ontmoet. Ik probeerde het telefoonnummer te bellen dat ze had achtergelaten, maar kreeg de standaard computer stem die me vertelde een bericht achter te laten. Het komt terug op een wegwerp mobieltje."

"One-night-stand?"

Hij snoof, maar nam er geen aanstoot aan, omdat alle jongens in het team in de loop der jaren meer one-night-stands hadden gehad dan ze wilden toegeven. Hun tijd in het leger en daarna in de beveiliging had hen niet veel mogelijkheden gegeven voor lange termijn relaties. En zelfs als dat wel zo was, was Boomer niet geïnteresseerd. "Ik zou liegen als ik zou zeggen dat ik de voor- en achternaam nog weet van elke vrouw met wie ik ooit geslapen of gescèned heb. Maar ik zou willen dat er een belletje gaat rinkelen. Misschien is ze een vriendin van een vriendin of zo."

"Zou kunnen." Ze wisten allebei dat veel van hun zaken mond-tot-mond reclame waren. "Ik denk dat we het binnen een paar minuten zullen weten. Als ze geen bezwaar heeft, en zelfs als ze dat wel heeft, zal ik de vergadering bijwonen tot we weten wat ze van ons nodig heeft. Als het zo'n onzin mijn-man-bedriegt-me is, laat ik het aan jou over."

"Mij best. Zijn wij de enige twee overgeblevenen in het kantoor?"

Op beide telefoons klonk een sms. De bewaker bij de poort waarschuwde hen voor de komst van hun nieuwe klant. Murray zou haar door de tweede poort zoemen en haar instrueren waar ze moest parkeren. Ze stonden op en Boomer pakte een geel schrijfblok en zijn pen, terwijl Ian naar de deur liep. "Yep. Colleen is vertrokken. Polo en Egghead zijn op weg naar New York om een zending diamanten van een handelaar naar de koper hier in Tampa te begeleiden. Jake probeert één van zijn informanten op te sporen over wie hij zich zorgen maakt. Hij heeft hem al twee maanden niet gezien, wat volgens hem ongewoon is. En mijn geluksbroer is met Kristen naar een trouwlocatie aan het kijken en zoekt roze tafellakens met bijpassende servetten uit."

"Ha!" Boomer blafte en schudde zijn hoofd. "Ik zou hem niet voor de gek houden, Boss-man. Je staat vlak achter hem en karma is een kreng. Angie zal je binnenkort door dezelfde tafellakens en servetten slepen."

"Ik weet het. Ik probeer haar over te halen weg te lopen, maar ik heb niet veel succes." De gepijnigde blik op zijn gezicht was vals, want Boomer wist dat hij zijn vrouw de wereld zou geven als ze erom vroeg. Als hij niet hoefde te helpen met het uitzoeken van bijpassende bloemen, pofbroeken en bruidsmeisjesjurken, dan deed hij dat. "Ik ga je klant halen en zie je in de vergaderzaal."

"K. Ik ga even snel naar de wc."

* * *

Terwijl Boomer in de ene richting naar de badkamer ging, liep Ian in de andere richting naar de receptieruimte. De voordeur kon alleen van binnenuit geopend worden door een slot achter Colleens bureau, of door een handscanner die alleen de deur opende voor diegenen wiens vingerafdrukken in het systeem geprogrammeerd waren. Hij trok de deur open en keek naar een bruinharige schoonheid van ongeveer dertig jaar oud. Ze droeg een spijkerbroek en een navy blouse met korte mouwen en was ongeveer één meter vijfenzestig lang met haar platte, gebroken witte schoenen die pasten bij de riem om haar slanke middel. Door haar slanke postuur leken de blouse en de broek haar wat groot, alsof ze onlangs wat was afgevallen, maar nog geen kleren had gevonden die bij haar nieuwe postuur pasten. Naar Ians mening zag ze er te mager uit. Ze zette haar zonnebril af en keek hem aan, met grote kastanjekleurige ogen. "Hallo, mijn naam is Kate Zimmerman. Ik ben op zoek naar Ben Michaelson. Ik heb een afspraak met hem en de bewaker vertelde me dat hij in dit gebouw is."

Toen ze over haar schouder keek naar Murray die de wacht hield bij de poort, volgde Ians blik de hare niet. In plaats daarvan keek hij geïnteresseerd naar Beau die bij de bestuurdersdeur van de Ford Focus van mevrouw Zimmerman zat. De hond hijgde, maar iets aan zijn houding en het feit dat hij in een "blijf" positie leek te zitten deed Ian naar de vrouw voor hem staren. Zij zag waar zijn blik ruste en haar mondhoeken kromden zich een beetje toen hij een nieuwsgierige wenkbrauw naar haar ophief. Haar glimlach beantwoordde niet helemaal haar bezorgde ogen en toen hij geen antwoord kreeg op zijn ongestelde vraag, opende hij de deur wijder. "Komt u binnen, Ms. Zimmerman. Ik ben Bens baas, Ian Sawyer. Het is leuk u te ontmoeten. Als u het niet erg vindt, zal ik uw afspraak bijwonen."

Haar glimlach haperde een beetje voor ze zich herstelde. "Eh, nee. Ik bedoel, het is prima. Ik vind het niet erg. Het is misschien beter zo."

Ians nieuwsgierigheid was nu nog meer gewekt. Hij kreeg geen andere slechte vibraties dan haar nervositeit, dus liet hij haar laatste opmerking voor het moment voor wat het was. Hij wierp een blik op Beau die nog steeds met zijn tong uit zijn mond zat en op een bevel leek te wachten. Ian tikte tegen zijn been. "Beau, *heir*." De hond snelde naar zijn meester, stopte en draafde, toen hij een licht handgebaar kreeg, langs hem heen op weg naar de verduisterde vergaderzaal. Ian had de hond gevonden toen het nog een jonge pup was. Zijn stervende moeder had onder de omheining van het terrein gegraven om een mens te vinden die voor de kleine jongen wilde zorgen. Toen Beau oud genoeg was, bracht Ian hem naar een vriend die honden trainde voor politie departementen en privé-beveiligingsbedrijven. Het onnozel uitziende mormel werd getraind als agressieve speurhond en waakhond. Al zijn commando's werden gegeven in het Duits, omdat het geen gemeenschappelijke taal was in de Verenigde Staten.

"Hij is prachtig. Lab en Staffordshire Terrier, correct?

"We denken van wel. Ik vond hem als pup ... nou ja, eigenlijk, vond hij mij. " Hij sloot de deur en gebaarde haar naar de vergaderzaal. "De dierenarts denkt dat er misschien iets anders tussen zit, misschien een Duitse Dog, omdat zijn poten iets langer zijn dan normaal voor die twee rassen." Hij deed het zaallicht aan toen ze binnenkwamen. "Gaat u alstublieft zitten. Boomer komt er zo aan.

"Boomer?" vroeg ze terwijl ze haar grote tas op een stoel zette terwijl hij de stoel ernaast voor haar tevoorschijn haalde om in te gaan zitten.

Ian nam de stoel tegenover haar en liet zijn gebruikelijke stoel aan het eind leeg. Hoewel dit zijn bedrijf was, vertrouwde hij zijn werknemer om de leiding te nemen in deze onbekende zaak. De klant had hem speciaal gevraagd, en Ian was bereid zijn autoriteit op dit moment op te geven en Boomer dus de "hoofd" plaats aan de tafel te geven. Hij bestudeerde de vrouw een paar seconden voor hij haar antwoord gaf. "Sorry, ik bedoelde Ben. Boomer was zijn roepnaam bij de marine. Niemand gebruikt hier zijn voornaam, dat is uit gewoonte." Hij hoorde de man in kwestie door de gang komen en zag hem een seconde later de kamer binnenkomen. Mevr. Zimmerman stond met haar rug naar de deur, maar Ian herkende het moment waarop ze zich realiseerde dat Boomer er was zonder hem gezien te hebben. Haar lichaam verstijfde.

"Sorry dat u moest wachten, mevr. Zimmerman. Ik . . ." Boomer liep naar haar toe, keek naar haar gezicht en verstijfde. De verwarring in zijn ogen veranderde in pure shock, en Ian zag hoe het bloed uit het gezicht van zijn teamgenoot wegvloeide. Zijn normaal zo sterke stem zakte naar een schor gefluister. "Katerina?"

En daarmee deed Benjamin Thomas "Boomer" Michaelson iets wat hij nog nooit eerder in zijn leven had gedaan. Hij viel flauw.

* * *

Ja, Benny, dat zal ik doen. Ik beloof dat ik op je zal wachten, voor altijd... voor altijd... voor altijd.

"Boomer. Boomer! Wakker worden, kikker, dat is een bevel!"

De woorden en een knokkel die pijnlijk in zijn borst groef, drongen eindelijk Boom-ers met mist gevulde geest binnen en zijn ogen knipperden open. Ian knielde naast hem met een bezorgde blik op zijn gezicht, terwijl Beau aan zijn andere kant hem zat aan te kijken met zijn harige kop scheef. Omdat Ian knielde en Boomer plat op zijn rug lag, betekende dat dat hij om de een of andere stomme reden op de grond lag. Wrijvend over zijn pijnlijke borstbeen, vroeg hij, "W-wat is er gebeurd?"

"Gaat het? Je viel flauw."

Snuivend staarde de jongere man zijn baas aan alsof hij twee hoofden had. "Ja, ja. Ik ben nog nooit in mijn leven flauwgevallen. Zelfs niet toen ik het bot uit mijn been zag steken na die aanval met de raket." Het was iets meer dan twee jaar geleden sinds het incident in Afghanistan en de daaruit voortvloeiende verwondingen hadden hem bijna zijn been gekost. Hij had een knieprothese nodig na verschillende operaties om de andere schade aan zijn scheenbeen te herstellen. Nadat hij hersteld was, zat zijn tour er bijna op, dus verliet hij de marine en kwam bij zijn vroegere teamgenoten hier in Trident.

Ian schoof een beetje opzij toen zijn vriend rechtop ging zitten. "Wat is het laatste wat je je herinnert?"

Boomers ogen vernauwden zich toen zijn hoofd eindelijk ophield met draaien. "Ik was aan het dromen..." De schok kwam weer over zijn gezicht en hij haalde een hand door zijn haar. "Ah, verdomme. Het was geen droom, of wel?"

Ian stond op en bood hem een hand om hem overeind te helpen. "Nee. Dat was het niet."

"Waar is ze?" Hij keek de kamer rond alsof Katerina plotseling zou opduiken.

"Ze zit buiten bij Colleens bureau. Ik vroeg haar naar buiten te gaan zodat ik je wakker kon maken en uitzoeken wat er verdomme aan de hand is. Begin nu te praten, Ben. Wie is zij?"

Boomer wist dat zijn baas niet alleen bezorgd was, maar ook kwaad, omdat de man nooit zijn voornaam gebruikte tenzij hij in de problemen zat. Op dit moment kon het hem geen reet schelen. "Zo dadelijk." Terwijl hij de deur van de vergaderzaal uitliep, ging hij op zoek naar een geest.

Hoofdstuk 2

Twaalf Jaar Eerder . . .

Ben wuifde de laatste van zijn vrienden gedag op weg naar
hun auto's, die op korte afstand stonden geparkeerd van het
strand aan de James River, waar ze allemaal waren samen-
gekomen. Een bijna volle maan stond hoog aan de hemel in
deze warme zomernacht en zijn afscheidsfeestje was even
na één uur 's nachts al wat minder geworden. Het was de
vrijdagavond, eigenlijk zaterdagochtend, voordat hij vertrok
naar de basistraining het volgende weekend. Hij zou bij de
marine gaan en hopelijk net als zijn vader bij de elite
SEALs terechtkomen.

Tot grote opluchting van zijn vrouw had Rick
Michaelson zijn twintig jaar uitgezeten met slechts een paar
niet-levensbedreigende verwondingen voordat hij voorgoed
uit het leger stapte. Hij werkte nu voor een vriend die een
privé-onderzoeksbureau runde en gaf daarnaast ook
geschiedenisles aan de plaatselijke hogeschool. Maar sinds
hun enige kind de middelbare school had afgemaakt en het
nest ging verlaten, hadden Bens ouders het erover hun huis

in Norfolk, Virginia, te verkopen en ergens in Florida te gaan wonen - misschien wel in de buurt van zijn tante in Sarasota.

Hij keek om zich heen en zag Katerina zitten op een grote rots bij de kustlijn. Hij had zijn beste vriend, Alex Maier, verteld dat hij ervoor zou zorgen dat zijn zus veilig thuis zou komen. Op die manier kon Alex iets beginnen met Daniella Silverman, die al de hele avond met hem aan het flirten was. Ben vond het niet erg om Kat naar huis te rijden, omdat ze alle drie de afgelopen zeven jaar naar elkaar toe waren gegroeid. Alex was zes maanden ouder dan Ben, die weer zes maanden ouder was dan Kat. Maar ondanks de kleine leeftijdsverschillen, zat zij op school een jaar lager omdat ze in december verjaarde.

Hij pakte twee cola's uit zijn koelbox, klom op de rots en ging naast haar zitten voordat hij haar één van de blikjes overhandigde. Zo dicht bij zijn doel op een militaire carrière nam hij geen risico's met drinken en rijden. Hij was gestopt met het bier na het drinken van drie van hen in vier uur. Katerina glimlachte naar hem en hij probeerde de kramp in zijn kruis te negeren die de laatste weken vaak bij haar was voorgekomen, sinds ze zijn afspraakje was voor het school-bal. Hij kon er maar niet achter komen waarom hij haar nu minder als een maatje zag en meer als de mooie vrouw die ze aan het worden was. Maar hij zou nooit de zus van zijn beste vriend versieren, hoezeer hij zich ook tot haar aangetrokken voelde. Die aantrekkingskracht zou wel overgaan als hij al die uniformkonijntjes zou ontmoeten die elke man in het leger aan de haak wilden slaan. Daar moest hij zichzelf aan blijven herinneren.

"Bedankt, Benny."

Hij rolde zijn ogen naar haar en ze giechelde. Zij was de enige die hem nog bij zijn jeugdige bijnaam noemde. Alle anderen noemden hem Ben, op zijn verzoek, sinds het begin van de middelbare school. "Wat ga je doen zonder dat Alex en ik er de hele tijd zijn om je lastig te vallen en je vriendjes weg te jagen?

Ze haalde haar schouders op en liet een kleine snuif. "Ik red me wel. Het is nog maar een jaar voordat ik ook naar de universiteit mag. En ik heb Alex nog voor het grootste deel van de zomer, tot hij naar Villanova vertrekt." Haar glimlach vervaagde en haar stem zakte naar een fluistering. "Ik zal je missen."

Hij gooide zijn arm over haar schouder en trok haar naar zich toe voor een zijdelingse omhelzing. "Ik ga jou ook missen, Kitten. Maar misschien krijg ik een opdracht net buiten Little Creek en dan kunnen we elkaar weer de hele tijd zien."

Ze zaten een tijdje zo, uitkijkend over het water, met haar hoofd rustend op zijn sleutelbeen. Toen ze haar hand op zijn gebogen knie legde en haar duim begon te wrijven over de blote huid die zijn korte broek niet bedekte, besloot zijn lul hem te verraden en merkte hij hoe goed haar aanraking aanvoelde. Hij probeerde zich subtiel aan te passen door zijn heupen te verschuiven. Zonder haar hoofd weg te trekken kantelde ze het omhoog om hem aan te kijken met die zachte kastanjebruine ogen van haar. "Voel je je ongemakkelijk? Ik kan wat opschuiven."

"Nee, je zit goed zo." En jongen, dat was zo. De plotselinge intimiteit tussen hen deed hem alle redenen vergeten waarom hij er niet aan moest denken haar te kussen. De drang om haar te claimen werd erger toen haar oogleden omlaag gingen en ze naar zijn mond staarde. Hij voelde de zachte trekjes van haar adem in zijn nek en rook de kauwgom die ze eerder had gekauwd, naast de shampoo waarmee ze haar haar had gewassen. Hij was zich nu pijnlijk bewust van haar weelderige rechterborst die tegen zijn ribbenkast drukte, en hij dacht dat hij haar verharde tepel kon voelen door het katoenen topje die ze over haar bikinitop droeg.

Hij probeerde zichzelf af te leiden door in zijn hoofd in het Spaans vanaf honderd af te tellen, maar dat mislukte toen haar kleine roze tong tevoorschijn kwam om haar tedere lippen te bevochtigen. Hij onderdrukte een kreun. Toen hij zich probeerde terug te trekken en wat afstand tussen hen te nemen, verstrakte de hand op zijn knie. Toen hij weer naar haar lieve gezicht keek, zag hij tot zijn verrassing verlangen in haar ogen. Het drong tot hem door - zij voelde zich net zo aangetrokken tot hem als hij tot haar. De wetenschap verdreef elke andere gedachte uit zijn brein en hij liet langzaam zijn hoofd zakken. Toen hun lippen elkaar net niet raakten, pauzeerde hij, omdat hij wilde dat zij de laatste kloof tussen hen zou dichten. Hij wilde er zeker van zijn dat ze beiden op dezelfde bladzijde zaten, de bladzijde die hun relatie voor altijd zou veranderen. Zijn hersenen probeerden zijn lichaam te overstemmen, maar het was te laat. Ze bewoog een klein stukje en vuurwerk vulde zijn geest terwijl ze kusten.

Verdorie! Ze voelde zo ongelooflijk, smaakte zo ongelooflijk dat hij dacht dat hij gestorven was en in de hemel was beland. Hij verschoof zich en legde haar op haar rug totdat ze op de platte rots lag met hem op zijn zij naast haar. Ondertussen kuste hij haar en bewoog zijn lippen sensueel over de hare. Voorzichtig begon hij haar mond te likken, haar aansporend om zich te openen en hem binnen te laten. Hij dacht bijna dat ze dat niet zou doen, toen plotseling haar lippen opengingen en hem binnenlieten.

Haar tong duelleerde verlegen met de zijne, en het maakte hem nog harder, wat hij niet voor mogelijk had gehouden. Ben wist dat ze geen ervaring had, want hij had een gesprek opgevangen dat ze een paar weken geleden met haar twee beste vriendinnen had gevoerd. Kat en Melanie waren allebei geschokt toen hun andere vriendin, Tina, hen vertelde dat ze haar maagdelijkheid had verloren aan haar vriendje na het schoolbal. Toen Tina had gevraagd wanneer ze van plan waren hun bloemetjes op te geven, antwoordde Katerina dat ze wachtte tot de juiste jongen voorbij kwam en dat ze geen haast had. Ben was blij geweest met haar antwoord, maar de manier waarop ze het had gezegd deed hem denken dat ze een man in gedachten had en dat irriteerde hem mateloos. Toen hij zich realiseerde dat hij geïrriteerd was, maakte hem dat kwaad omdat hij niet jaloers hoorde te zijn op een jongen met wie ze uitging. Hij moest Alex helpen de eikels te waarschuwen door te dreigen dat hij ze in elkaar zou slaan als ze iets met haar probeerden. Hij werd verondersteld zich als haar broer te gedragen, nietwaar? Tenminste dat dacht hij... tot vanavond.

Hij leunde op één arm terwijl zijn andere hand op haar middel rustte. Hij begon hem op en neer te bewegen, dichter en dichter naar haar linkerborst. Toen ze hem niet tegenhield, nam hij hem in zijn hand, kneep er een paar keer in en wreef toen met zijn duim over haar gespannen tepel. Haar kreun van genot spoorde hem aan terwijl ze haar rug lichtjes kromde, de verrukkelijke bol verder in zijn aanraking duwend. Hij was wanhopig om haar shirt en bikini uit te rukken zodat hij kon ontdekken of haar naakte lichaam zo mooi was als hij zich had voorgesteld. De andere ochtend was hij geschokt wakker geworden met zijn hand rond zijn ochtendhout terwijl een beeld van haar lippen rond zijn pik vervaagde als de fantasie die het was geweest. Hij had haar daarna een paar dagen niet in de ogen kunnen kijken uit angst dat zijn wangen warm zouden worden van schaamte en zij zou weten dat hij zich had afgetrokken onder de douche na de ongelooflijke droom.

Terwijl hij zijn tedere aanval op haar mond voortzette, bracht hij zijn hand naar de zoom van haar hemd, stak zijn vingers eronder en begon weer naar boven te werken. Op het moment dat zijn hand de huid van haar onderbuik raakte, kreunde hij. Het was zachter dan alles wat hij ooit had gevoeld. Omdat hij de marteling niet meer kon verdragen, tilde hij zijn hoofd op en was blij haar gezwollen, rode lippen en gesloten ogen te zien. "Doe je shirt uit, Kat. Ik wil je zien."

Haar ogen verwijdden zich terwijl ze angstig op haar onderlip beet. Hij dacht dat hij haar te ver had gedreven. Ook al was hij op de hoogte van haar maagdelijkheid, hij wist niet hoe ver ze was gegaan met de paar vriendjes die ze had gehad. Had één van hen haar ooit naakt gezien? Had ze één van hen aan haar borsten laten likken en knabbelen? Was er ooit een man met zijn hand in haar ondergoed geweest en had hij de plek aangeraakt waarvan Ben begon te denken dat die van hem was. Alles van haar was van hem, en God helpe hem, Alex zou hem op zijn donder geven.

Hij stond op het punt haar te zeggen dat het goed was als ze nog niet klaar was voor de volgende stap, maar zijn pik maakte een sprongetje van vreugde toen ze naar beneden reikte en de zoom vastpakte. Het was het meest sexy wat hij ooit had gezien toen ze haar schouders en hoofd van de rots optilde en het hemdje uittrok. Hij had haar eerder op de dag in haar bikini gezien, maar nu hij haar zag in het schaarse topje en haar korte spijkerbroek, met een mengeling van passie en onzekerheid in haar ogen, blies ze hem omver. "Je bent zo mooi, Kitten."

Haar verlegen blos bracht hem in vervoering op een

manier die hij niet voor mogelijk had gehouden. Ze keek weg van zijn intense blik. "Dat hoef je niet te zeggen. Ik weet dat het niet waar is."

Geschokt pakte hij haar kin vast en dwong haar hem aan te kijken. "Ben je gek? Waarom denk je dat het niet waar is?" Katerina haalde haar schouders op en probeerde het oogcontact te verbreken, maar dat liet hij niet toe. "Geef antwoord, Kitten, want naar mijn mening ben je het mooiste meisje dat ik ooit heb gekend."

"Oh, alsjeblieft." Haar sarcasme werd onderbroken door een oogrol. "Jij en Alex zijn met alle mooie meisjes uit je klas en de mijne uitgegaan. Ik kan mezelf niet eens vergelijken met de meesten van hen. Mijn borst is te plat, mijn kont is te groot, mijn benen zijn te mager, en mijn ogen staan te ver uit elkaar."

Toen ze klaar was met opnoemen wat ze haar slechtste eigenschappen vond, wist Ben niet zeker of ze een grapje maakte of dat ze die dingen echt over zichzelf dacht. Het duurde maar een paar seconden voor hij besefte dat ze het meende en zijn ogen vernauwden zich in woede. "Kitten, er is niets aan jou dat ik zou veranderen. Je ogen zijn zo expressief, soms kan ik niet stoppen er naar te kijken, vooral als je lacht. Je borstkas..." zijn hand sloot zich weer rond haar linkerborst en kneep net genoeg om er zeker van te zijn dat hij haar aandacht had, "... is de perfecte maat, niet te klein of te groot, het is precies goed." Hij verplaatste zijn hand naar haar met spijkerstof bedekte heup en kneep er weer in. "Je kont... jeetje, heb je enig idee hoeveel jongens naar je kont kijken als je langsloopt? Vooral in dat sexy broekje van je. En je benen zijn een mijl lang. Schatje, mannen kwijlen bij benen zoals die van jou en de meeste vrouwen zouden er een moord voor doen. Als ik ooit hoor dat je jezelf weer omlaag haalt, geef ik je een pak slaag. Hoor je me?"

Het was duidelijk dat ze dacht dat hij een grapje maakte over het slaan van haar achterste, want ze giechelde, en hij ontspande een beetje. Omdat hij wilde bewijzen hoe begeerlijk ze voor hem was, leunde hij voorover en nam weer bezit van haar mond. Deze keer was hij niet zo zacht als eerst, maar nog steeds voorzichtig. Hij wist dat hij hier een dunne lijn moest bewandelen - tussen haar bang maken door te snel te gaan, en haar laten zien hoe goed ze samen konden zijn. Haar handen begonnen zijn T-shirt omhoog te duwen en hij reikte naar achteren, greep een handvol blauw katoen en stopte net lang genoeg met haar te kussen om het over zijn hoofd te rukken en opzij te gooien. Haar hand schroeide aan zijn borst toen ze hem schuchter aanraakte. Toen zijn lippen de hare weer vonden, begonnen zijn vingers haar borsten opnieuw te verkennen door haar bikini heen, maar hij wist dat hij niet veel verder kon gaan. Hij wilde dat haar eerste keer speciaal zou zijn - niet hier op een grote rots waar iedereen aan kon komen rijden en hen kon storen. Ze verdiende beter.

Ben stond op het punt om zich terug te trekken van haar mond, toen zijn angst werkelijkheid werd. Hij hoorde de auto even voordat een fel schijnsel hen raakte en ze beiden opsprongen om te gaan zitten. Verdomme. Een agent had dit moment uitgekozen om de populaire feestplek te controleren. In ieder geval waren ze allebei nog fatsoenlijk. In plaats van uit zijn patrouillewagen te stappen, blies de luie agent één keer met zijn luchthoorn. Met andere woorden: *stap in je truck en rij weg, eikel, want vanavond zul je hier niet geneukt worden.*

Terwijl ze hun shirts aantrokken, zwaaide hij snel met zijn hand naar de agent om hem te laten weten dat hij de boodschap had ontvangen en begrepen. Met Kats hand hielp hij haar van de rots af en ze liepen naar de pick-up van zijn vader, terwijl ze onderweg zijn koelbox meenamen. Hij opende de passagiersdeur voor haar en tilde haar in de hoge stoel, leegde dan de koelbox van zijn overgebleven gesmolten ijs alvorens het in de laadruimte van de pick-up op te bergen. Hij sprong op de bestuurdersstoel, startte de motor en grijnsde toen ze in een lachbui uitbarstte. "Wat is er zo grappig?"

"Je shirt zit achterstevoren en binnenstebuiten." Ze keek zo schattig terwijl ze haar mond bedekte, alsof ze per ongeluk ergens over had verteld.

Hij keek naar beneden, zag dat ze gelijk had, en lachte met haar mee. Voordat hij de truck in beweging zette, trok hij zijn shirt uit, draaide het om en trok het weer goed aan. Het laatste wat hij kon gebruiken was dat haar vader of broer het zou zien en het bij elkaar zou optellen. Hij zou Alex uiteindelijk moeten vertellen dat hij van plan was met Katerina uit te gaan, maar nu nog niet. Terwijl hij over de zandweg reed die naar de snelweg leidde, stak hij zijn hand over de middenconsole en nam haar hand in de zijne. Hij gaf er een kneepje in en legde hun handen toen tussen hen in op de armleuning. Haar naar huis rijden was het laatste wat hij wilde doen. Als hij haar nog langer ophield, zouden haar ouders, Ivan en Sylvia, kwaad worden. Op haar zeventiende had Kat nog steeds een avondklok. De enige reden waarom ze tot twee uur 's nachts weg mocht, was omdat school voorbij was en ze bij Alex en Ben was. Dat, en het was een speciale gelegenheid omdat het nog een tijdje zou duren voordat Ben de kans zou krijgen om thuis op bezoek te komen.

Afgezien van de lage muziek op de radio was het stil geworden in de cabine en op het laatste moment stopte hij op de parkeerplaats van de lagere school, een eindje van haar huis vandaan. Hij zette de wagen in zijn vrij en keek haar aan. "Ik . . . Het spijt me dat we gestoord werden. Het verraste me. Ik had nooit gedacht. . ."

Ze trok haar hand van de zijne en staarde uit het zijraam. "Het is goed Benny. We doen alsof het nooit gebeurd is. Ik bedoel, het is niet dat we echt iets gedaan hebben."

Hij pakte haar kin vast en draaide haar hoofd naar hem toe, maar haar ogen bleven neergeslagen. "Kitten, kijk me aan." Hij wachtte even, maar ze keek nog steeds niet op. "Kat, alsjeblieft, kijk me aan."

Zijn hart brak bijna toen hij de ongezouten tranen in haar ogen zag. Verdorie. Ze had hem verkeerd begrepen en nu stond ze op het punt te gaan huilen. Hij deed zijn best om haar te omhelzen ondanks de middenconsole tussen hen in en kuste haar op haar hoofd. Een rilling ging door haar heen en hij omhelsde haar steviger. "Shhh, schatje, je hebt me niet laten uitpraten. Omdat ik nooit gedacht had dat jij en ik... je weet wel, samen zouden komen... wil dat niet zeggen dat ik niet blij ben dat we het gedaan hebben. Ik denk al aan jou en mij sinds het bal toen we samen die slow dansten. Voor de eerste keer realiseerde ik me dat je meer bent dan mijn vriendin. Je bent ook een hele mooie vrouw waar ik me plotseling toe aangetrokken voelde. Ik was verbaasd dat jij dat ook voor mij voelde." Hij bevroor even. "Je voelt dat wel zo, niet-waar? Ik bedoel, het was niet alleen een experiment voor jou, toch?"

Ze trok zich terug zodat ze weer naar hem op kon kijken. "Ik voel me al veel langer zo dan jij. Ik was zo blij toen je me meevroeg naar het schoolbal, ook al wist ik dat het alleen was omdat jij en Mary Jo Dwyer net uit elkaar waren en alle anderen al voor het grootste deel gekoppeld waren."

Hij had tenminste het fatsoen om het niet te ontkennen. Dat *was* de reden waarom hij haar gevraagd had, maar hij zou het helemaal niet gedaan hebben als hij niet gedacht had dat ze samen een leuke tijd zouden hebben - en dat hadden ze.

Ze haalde diep adem en flapte eruit: "Ik wilde vanavond niet stoppen."

Haar gezicht werd bietenrood toen de implicaties van wat ze zei in zijn hersenen zonken. Vertelde ze hem dat ze hem vanavond haar maagdelijkheid zou hebben gegeven als de agent hen niet had onderbroken? *Godverdomme.* Wat had hij tegen haar moeten zeggen? Elk ander meisje zou hij zonder nadenken hebben versierd. Hij wist dat hij soms een hond kon zijn. Hij verloor zijn eigen maagdelijkheid twee maanden voordat hij vijftien werd. En net als elke andere normale, roodbloedige Amerikaanse man, zei hij zelden nee als een meisje hem een rol aanbood in de bosjes of in de laadbak van zijn truck. Maar hij moest zeker weten dat *zij* dit wilde en dat het geen impulsief iets was omdat hij wegging. Hij kon niet... wilde haar dat niet aandoen. Haar kussen had de dynamiek van hun relatie al veranderd, maar seks hebben met haar zou hen in een andere baan brengen. En hij wist dat het niet alleen seks zou zijn. Met Katerina, zou het de liefde bedrijven zijn. "Schatje, weet je wat je zegt?"

Ze knikte en begon toen zenuwachtig te brabbelen. "Ik wilde dat jij mijn eerste zou zijn... weet je. Dat wil ik nog steeds. Ik bedoel, ik weet dat jullie nu al een hele tijd seks hebben. Ik bedoel, iedereen op school praat over wie wie doet, maar ik heb nog niet... je weet wel..."

"Je bent nog maagd." Hij wilde het als een vraag stellen,

niet dat ze wist dat hij het gesprek met haar vrienden had afgeluisterd, maar ze leek het niet op te merken.

"Ik weet dat het stom is, maar..."

Hij omvatte haar wang met zijn hand. "Het is niet stom, Kat. Helemaal niet. Maar hoe graag ik ook ja tegen je wil zeggen. ...tegen ons, ik denk dat het beter is te wachten tot ik klaar ben met de basistraining en weet waar ik gestationeerd word. Ik wil niet één of twee nachten met je doorbrengen en dan op een basis aan de andere kant van het land belanden. Dat is niet eerlijk tegenover jou." Hij bedekte haar mond met zijn vingers toen ze hem probeerde te onderbreken. "Maar ik zal een deal met je maken, schatje. Als dit is wat je wilt... als je het zeker weet, dan ben ik bereid om iedere vrouw die ik vanaf nu tegenkom te vertellen dat er thuis een speciaal iemand op me wacht en dat zij de enige is die ik wil. Wil je op me wachten, Kitten? Wil je mijn vriendin zijn en wachten tot de tijd rijp is voor ons?"

"Ja, Benny, dat zal ik," fluisterde ze. "Ik beloof het. Ik zal op je wachten. ...voor altijd."

Alex zou hem vermoorden.

* * *

Rick Michaelson stond tussen zijn vrouw en kind op de begraafplaats en hield zijn hand op de schouder van zijn rouwende zoon. Zijn zoon stond op het punt om het leger in te gaan en een man te worden, maar in een oogwenk was zijn leven op zijn kop gezet. Ze keken toe hoe het personeel van de begrafenisondernemer een heleboel kleurrijke bloemstukken uit de vier bij elkaar passende lijkwagens laadde en naast de kisten legde. Het gebied rond de graven stroomde vol met bijna tweehonderd mensen die één, twee of alle leden van de familie Maier kenden en hun respect kwamen betuigen.

Een sombere priester begaf zich naar het hoofd van de graven om de overledenen hun laatste zegen te geven. Ivan en Sylvia zouden zij aan zij begraven worden, net als hun kinderen, Alex en Katerina, in het graf naast hen. De zondag na het afscheidsfeestje van Ben was de familie vertrokken voor een middagrit van een uur om Ivans moeder en zus te bezoeken, maar ze kwamen nooit aan. Een fataal ongeval op een eenzaam stuk snelweg had het leven van vier mensen gedoofd en liet vele anderen, zoals Ben, worstelen met het vinden van een reden achter de vreselijke tragedie. Rick wist dat, hoewel het overweldigende verdriet van zijn zoon op een dag draaglijk zou worden, het verlies van zijn beste vriend, en de familie van de jongen, Bens leven voor altijd zou veranderen. Hij hoopte alleen dat als zijn zoon uit zijn verdriet zou komen, hij er aan de goede kant uit zou komen.

Hoofdstuk 3

Vandaag . . .

Kate wist dat Benny geschokt zou zijn als hij haar voor het eerst zag, maar ze had niet verwacht dat hij zou flauwvallen. Voor zover hij wist, was ze dood en begraven op een kerkhof in Norfolk, Virginia. Niet levend en ademend op zijn werk. Zijn baas, Ian, had haar gevraagd plaats te nemen in de ontvangstruimte, maar ze kon niet zitten. In plaats daarvan ijsbeerde ze heen en weer, proberend te voorkomen dat haar voeten de deur uit zouden rennen en de rest van haar lichaam mee zouden nemen. Benny zou beter af zijn geweest als ze hem nooit was komen zoeken. Het was te laat om nu nog van gedachten te veranderen. Het laatste wat ze wilde was hem nog meer pijn bezorgen. Haar leven was in gevaar en er was niemand op de wereld die ze meer vertrouwde dan hij. Het was triest dat hij haar niet zou kunnen vertrouwen. Niet na wat ze hem had aangedaan, ook al was het niet haar schuld. Haar vader had overal schuld aan... haar pas overleden vader. En voor de eerste keer in Kate's leven was ze helemaal alleen.

Het geluid van voetstappen deed haar ophouden met ijsberen. Ze draaide zich om en zag Benny die naar haar toe kwam gestrompeld, gevolgd door zijn baas en de lab mix. De blik op het gezicht van de man, de man die ooit de jongen was geweest op wie ze verliefd was geworden, was nu hard. Schok maakte plaats voor woede en het was duidelijk te zien aan het razende vuur in zijn mooie amberkleurige ogen. Ogen die haar na al die jaren nog steeds in haar dromen achtervolgden.

Hij stopte voor haar en sloeg zijn armen over elkaar. De marine had zijn slungelige tienerlichaam breed, sterk en pezig gemaakt. Ze verlangde ernaar dat hij haar in zijn krachtige armen zou trekken en haar vasthouden terwijl hij haar vertelde dat alles goed zou komen. In plaats daarvan staarde hij haar van enkele meters afstand aan. "Wil je me uitleggen hoe een vrouw die ik twaalf jaar geleden heb begraven, nu voor me staat? Want voor zover ik weet, is reïncarnatie nog steeds een mythe."

"Het-het spijt me, Benny. Het spijt me heel erg. Maar als we kunnen gaan zitten, zal ik alles uitleggen. Dat beloof ik."

Benny's gebalde kaken tikten bij het gebruik van zijn kinderbijnaam en opnieuw bij haar belofte. De laatste keer dat ze hem iets beloofde, had ze gezegd dat ze eeuwig op hem zou wachten. Voor zover hij wist, was dat niet gebeurd. Toen hij niets zei, deed Ian een stap om hem heen en stak zijn open hand naar haar uit. "Mevr. Zimmerman, kom alsjeblieft terug naar de vergaderzaal, dan praten we dit uit."

Een grom diep uit Benny's keel ontsnapte uit zijn mond. Hij negeerde de waarschuwende blik die Ian hem toewierp. "Haar naam is Maier, Katerina Maier, en je hebt verdomme gelijk dat we gaan praten." Terwijl de twee terugliepen naar de kamer, hoorde ze hem een paar keer diep ademhalen voordat hij zich omdraaide en hen volgde.

Bij het binnenkomen van de kamer die ze zojuist hadden verlaten, nam Ian de stoel in die hij eerder aan Boomer had willen geven. De vergadering had een dramatische wending genomen nog voor ze begonnen was. Hij moest de situatie onder controle krijgen voor het in hun gezicht ontplofte. Boomer zat op de stoel tegenover Kate met zijn armen over elkaar, en keek haar boos aan. Zuchtend rolde Ian zijn stoel een paar meter naar achteren naar een kleine koelkast in de hoek, pakte drie flessen water en zette ze op de tafel. Ze zouden hier nog wel een tijdje blijven. "Boom? Waarom vertel je me niet hoe jullie elkaar kennen, dan gaan we van daaruit verder."

Benny wachtte even voordat zijn harde woorden eruit kwamen, zijn ogen verlieten de hare nooit, alsof ze weer zou verdwijnen als ze dat deden. "Baas, dit is Katerina Maier. Ze was de zus van mijn beste vriend. Ze wordt ook *verondersteld* één meter tachtig onder de grond te liggen, samen met haar ouders en broer op een kerkhof in Norfolk, dus ik heb geen flauw idee wat ze hier doet. Ze zouden omgekomen zijn bij een auto-ongeluk, een week voor ik naar de basistraining ging. Zeg eens, Kat, zijn alle vier de kisten leeg of alleen die van jou?"

Ze huiverde bij zijn beschuldigende toon. Het was haar ook niet ontgaan dat hij haar alleen maar de zus van zijn beste vriend noemde en niet ook nog eens zijn vriendin. Ze hoorde de pijn onder de woede in zijn stem, maar wist dat hij dat nooit zou toegeven. Haar eigen stem klonk iets luider dan een fluistering terwijl ze naar het tafelblad voor haar staarde. "Mama en Alex liggen daar. Het ongeluk was echt, maar het was geen ongeluk. We werden van de weg gedrukt en rolden van een heuvel af. Mijn vader en ik slaagden er maar net in Alex eruit te krijgen voordat de auto ontplofte. Mijn moeder was op slag dood. Alex stierf een paar minuten later in mijn armen. Papa en ik zijn daarna ondergedoken."

Ze had zich niet gerealiseerd dat ze huilde tot Ian een doos Kleenex voor haar neerzette, en ze pakte twee tissues. Toen een sympathieke warme neus in haar arm prikte, gaf ze Beau een krab achter zijn oor terwijl zijn meester sprak. "Ik krijg het gevoel dat dit leidt naar Getuigenbescherming."

Kate knikte bij de zachte en begripvolle uitspraak van de man. "Ja. Dat is precies waar het toe leidt." Omdat ze Benny niet kon aankijken, richtte ze haar blik in plaats daarvan op de man die haar op dit moment niet haatte. "Mijn vader is ... was een accountant met een aantal twijfelachtige klanten in die tijd. Mama, Alex en ik hadden geen idee dat sommige van de mensen waar hij mee omging niet eerlijk waren. Hij trok de grens bij bepaalde ... misdaden, denk ik dat je dat kunt zeggen. Hij zei dat het geld te goed was om te laten schieten, vooral toen hij zijn eigen boekhoudbedrijf begon. Zijn geweten liet hem sommige dingen niet door de vingers zien. Hij probeerde zo weinig mogelijk te weten over voor wie hij werkte, want hoe minder hij wist, hoe beter hij af zou zijn. Het werkte meer dan tien jaar voor hem."

"Wat is er gebeurd?"

Ze haalde trillend adem, greep naar één van de waterflessen en nam een paar slokken om haar plotselinge dorst te lessen. "Hij kwam erachter dat hij de boeken deed voor een lid van een Russische georganiseerde misdaadfamilie. Pa was niet de enige. Ze gebruikten verschillende accountants en gaven elk een deel van de boekhouding. Dus als er één de boel verlinkte, had hij geen toegang tot alle rekeningen. Er was één man in het bijzonder waar pa mee te maken had.

Hij bezat een paar bars in Norfolk, Newport News, en Virginia Beach naast andere zaken, zowel legaal als illegaal."

Ian trok een wenkbrauw op. "Weet je hoe die man heet?"

Nerveus knabbelend op haar onderlip, knikte ze. "Mm-hm. Sergei Volkov."

"Neem je me verdomme in de maling! Sergei 'De Wolf' Volkov?" Kate deinsde terug voor Benny's plotselinge uitbarsting toen hij opsprong en zijn stoel tegen de muur liet vliegen. Hij begon door de kamer te ijsberen, Ians boze blik negerend. "Zelfs ik wist dat je die klootzak ten koste van alles moest vermijden, en ik was verdomme nog een tiener!"

Ze keek hem aan met ogen die hem smeekten iets te begrijpen wat zij, zelf, nooit had kunnen begrijpen. Toen haar vader het haar probeerde uit te leggen in de dagen na het ongeluk, was ze in shock geweest. Niets zou in haar hersenen zinken en daar blijven. Nadat de U.S. Marshals hen nieuwe identiteiten hadden gegeven, en zij hun nieuwe leven ondergedoken begonnen, wilde haar vader er nooit meer over praten. Hij wilde er niet aan herinnerd worden hoe zijn domheid en hebzucht hem zijn vrouw en zoon hadden gekost, naast het leven dat hij en zijn dochter hadden gekend. "Vader zwoer dat hij niet wist wie Volkov was tot het te laat was, en hij zat er te diep in. Dus deed hij waar hij voor betaald werd en probeerde uit de problemen te blijven. Maar toen ontdekte hij per ongeluk dat ze tiener-meisjes verkochten als blanke seksslaven. De zomer- en voorjaarsvakanties in Virginia, de Carolinas en Florida waren de perfecte tijden voor hen om een meisje te ontvoeren en haar te laten verdwijnen."

"Papa kreeg een stapel bonnetjes en andere dingen die hij aan de boeken moest toevoegen. Hij vond een enveloppe met een lijst van... God... hij zei dat het een soort boodschappenlijstje was met het soort meisjes dat ze zochten. Specifieke haarkleur en ogen, lichte huid, een bepaalde lichaamsbouw, dat soort dingen." Ze schudde haar hoofd bij de gedachte dat een meisje zou worden meegenomen vanwege hoe ze eruit zagen. "Er waren ook een paar foto's van vastgebonden meisjes. Pa herkende één van hen uit de krant. Haar ouders waren rijk en maakten veel ophef over haar verdwijning. Hij kwam er later achter dat de meeste meisjes die ontvoerd waren, van het type waren waar niemand raar van op zou kijken als ze er alleen vandoor gingen. Meestal waren het tienerhoertjes of weglopers. Hij zei dat, toen hij besefte wat hij in zijn hand had, hij dacht hoe hij zich zou voelen als één van die meisjes ik was geweest. Dus belde hij het nummer in de krant. De FBI kwam om met hem te praten. Ze wilden dat hij een microfoon droeg om meer informatie te krijgen, maar pap weigerde. Hij was te bang voor onze veiligheid. Hij zei dat als hij vragen zou stellen, Volkov meteen zou weten dat er iets mis was, omdat mijn vader alleen over de boekhouding sprak als hij hem of zijn rechterhand ontmoette."

"Maar ze zijn achter de informatie gekomen die hij aan de FBI heeft gegeven, nietwaar?" Boomer knarste met zijn tanden terwijl hij weer ging zitten en één van de flesjes water pakte.

Ze knikte. "Ja, vlak voor het ongeluk. Blijkbaar dacht de FBI dat mijn vader meer wist dan hij hen vertelde, of dat hij hen naar Volkov zou kunnen leiden. Ze volgden ons die dag naar mijn grootmoeder. Het was haar vijfenzestigste verjaardag, en we zouden haar en mijn tante mee uit eten nemen om het te vieren. De agenten gebruikten een volgsysteem, zodat ze verder weg konden blijven, en waren niet dichtbij genoeg om een auto te stoppen die uit het niets kwam en ons van de weg afduwde."

Een rilling ging door haar heen bij de herinnering. "Het enige wat ik me herinner is dat iedereen schreeuwde en gilde terwijl de auto over en over de dijk rolde, en toen stilviel. Papa en ik maakten onze riemen los en kropen uit de auto. Hij lag ondersteboven. We slaagden erin Alex door het raam naar buiten te krijgen met de hulp van de twee agenten die ons gevolgd waren. Ze zagen het stof en de rook en beseften wat er gebeurd was. Nadat we hem eruit hadden gekregen en ver genoeg van de auto, gingen ze mijn moeder halen. Ik weet nog dat ik me afvroeg waarom ze zonder haar terugkwamen, dat ze hun hoofd schudden. Toen ontplofte de auto. Ik probeerde terug te rennen om mijn moeder te halen, maar ze hielden me tegen. Ik schreeuwde en sloeg ze, maar ze lieten me er niet bij. Ik kwam er later achter dat ze op slag dood was aan een gebroken nek."

"Een paar minuten voordat de ambulance en de politie er waren, blies Alex zijn laatste adem uit." Ze slikte hard, probeerde de dikke brok in haar keel weg te werken, terwijl ze de tranen die over haar gezicht rolden wegveegde. "Ik-ik herinner me niet veel van wat er de volgende dagen gebeurde. Ik denk dat ik verdoofd was. Papa en ik werden van het ene onderduikadres naar het andere verplaatst, totdat de FBI besloot dat we nooit meer naar Norfolk konden terugkeren en ons in het getuigenbeschermingsprogramma van de Marshals plaatste. We veranderden drie keer van identiteit en locatie voordat we in Portland, Oregon belandden. De afgelopen acht jaar waren we Joe en Kate Zimmerman."

Ergens tegen het einde van haar tragische verhaal had Kate haar ogen gesloten, maar de tranen vielen nog steeds. Haar stem was niet veel meer dan een schor gefluister geworden. Ze slikte opnieuw in een poging haar kalmte terug te vinden. Langzaam trok ze haar oogleden op en was opgelucht enig medeleven te zien in Bens verharde blik. Hij wist tenminste dat ze de waarheid sprak. "Ik wilde zo graag met je praten, uitleggen wat er gebeurd was, maar dat mocht niet van hen. Toen ze ons nieuwe identiteiten kwamen geven, zei ik dat ik alleen zou instemmen als onze begeleider je in de gaten zou houden en me zou laten weten hoe het met je ging. Hij volgde je carrière voor mij zo goed als hij kon, omdat veel ervan geheim was. Toen ik hoorde dat je in het Naval Medical Center in Maryland lag met een zware beenblessure, was het enige wat me ervan weerhield om naar je toe te vliegen dat mijn vader net de diagnose leverkanker had gekregen. Het duurde niet lang voordat het zich verspreidde en..."

Haar woorden vielen weg. Er was geen raketgeleerde voor nodig om uit te vinden wat er onuitgesproken was gebleven. Ze was verrast toen Benny sprak op een zachte, sympathieke toon. "Hij is overleden, is het niet?"

"Bijna twee maanden geleden. De chemo en de bestraling hebben hem flink te pakken gehad, maar hij heeft het langer uitgehouden dan de dokters hadden verwacht."

Er heerste even stilte in de kamer, terwijl de gebeurtenissen van de afgelopen twaalf jaar in de lucht hingen. Eindelijk schraapte Ian zijn keel en sprak. "Je vertelde onze secretaresse dat je ons moest inhuren. Was het een list om Boomer te zien of heb je onze hulp nodig? Er zit duidelijk veel meer achter jouw verhaal dat we niet weten. Ik hoopte dat het na jouw vaders dood veilig zou zijn om uit je schuilplaats te komen."

"Ik dacht dat het allemaal voorbij zou zijn nadat mijn vader was overleden," vertelde ze met een schudden van haar hoofd. "Maar toen merkte ik dat ik gevolgd werd. Er werd ingebroken in mijn flat en die werd overhoop gehaald."

Benny had naar beneden gekeken, maar bij haar woorden kwam zijn hoofd met een ruk weer omhoog. "Wat? Wanneer was dit in godsnaam?"

Terwijl ze heen en weer keek tussen de twee mannen, vertelde ze hen de details. "Vorige week had ik het gevoel dat ik in de gaten werd gehouden. Toen ik vrijdagmiddag thuiskwam van het werk, vond ik mijn appartement in puin. De politie zei dat wie het ook was, het slot had geforceerd. Een paar dingen, zoals mijn laptop, camera en sieraden waren verdwenen, dus ze dachten dat het gewoon een willekeurige inbraak was. Ik dacht het niet. Zaterdag probeerde ik contact op te nemen met mijn begeleider bij de Marshals, maar kreeg te horen dat hij twee dagen eerder was omgekomen bij een auto-ongeluk. Een nieuwe begeleider had het overgenomen en wilde me ontmoeten. Met alles wat er was gebeurd, was ik niet zeker of ik iemand daar kon vertrouwen. Dus pakte ik wat kleren en geld, en ging naar de enige persoon die ik kon vertrouwen om me te helpen."

Benny's gezicht werd weer boos toen hij zijn blik op zijn baas richtte. "Iemand was op zoek naar iets."

Ian knikte en wreef met zijn wijsvinger over zijn kin. "Maar wat dan? Waarom nu en hoe hebben ze haar na al die jaren gevonden?"

Ze kromp ineen. Wat Benny ook had willen zeggen, ging verloren toen zijn ogen zich vernauwden en zich op haar gezicht richtten. "Hoe hebben ze je gevonden, Kat?"

"Het was een ongeluk." Ze zuchtte, wetend dat ze nog een paar dingen moest uitleggen. "Vader kon niet meer werken als een boekhouder toen ze onze identiteit veranderden. In het begin hadden we allebei vreemde baantjes omdat we nooit wisten wanneer we weer van stad en naam zouden moeten veranderen. Maar nadat we ons in Portland hadden gevestigd en er twee jaar zonder problemen voorbij waren gegaan, hielp onze begeleider papa zijn lesbevoegdheid te halen en gaf hij wiskundeles op een middelbare school. Toen hij ziek werd, hielden de leraren en leerlingen inzamelingsacties en zo om mij te helpen betalen wat zijn verzekering niet dekte. Ze waren een grote hulp voor me. Zijn studenten kwamen altijd langs om hem te bezoeken."

Een kleine glimlach verscheen op haar gezicht toen ze zich herinnerde hoe zijn studenten altijd in staat waren om haar vaders geest op te vrolijken. "Ze hielden van hem. Hoe dan ook, toen hij stierf, heb ik hem laten cremeren en iedereen verteld dat hij in het oosten bij mijn moeder en broer begraven zou worden. Ik heb ze geen details gegeven. Ik vertelde iedereen dat het mijn vaders wens was om geen begrafenis te houden. Ik zette geen rouwadvertentie in de krant, ook al zou die op zijn nieuwe naam komen te staan. Maar de studenten regelden een herdenking op school voor hem. Eerst zouden het alleen zijn leerlingen en collegaleraren zijn tijdens een bijeenkomst onder schooltijd. Toen groeide het uit en plaatsten ze het op Facebook. Een lokale journalist zag het en publiceerde een verhaal over de dood van een zeer geliefde leraar. Er zat een foto bij van papa, genomen tijdens een basketbalwedstrijd vorig jaar voordat hij te ziek werd. Ik denk dat één van zijn leerlingen de foto heeft genomen, niet wetende dat mijn vader niet op de foto wilde omdat de Marshals ons dat hadden opgedragen. Tegen de tijd dat ik het zag, was het te laat. Het stond in de gedrukte editie, maar ook online en op Facebook."

"Verdomme. Elk gezichtsherkenningsprogramma had het kunnen vinden." Boomer rolde met zijn ogen en haalde gefrustreerd een hand door zijn haar. Soms kon technologische vooruitgang vervelend zijn.

Ian knikte instemmend, leunde voorover en liet zijn ellebogen op tafel rusten. "Maar de vraag blijft: waar zijn ze naar op zoek?" Zijn blik ging naar Kate's gezicht. "Enig idee? Heeft je vader iets als bewijs bewaard voor het geval hij later pressiemiddelen nodig had?"

Ze haalde haar schouders op en schudde haar hoofd. "Niet dat ik weet, maar hij gaf me dit..." ze haalde een sleutel uit een klein binnenzakje van haar tas, "... vlak voordat hij stierf. Hij was er niet meer aan toe op het einde. De thuisverpleging gaf hem morfine, dus de helft van wat hij me vertelde, klopte niet. Toen hij me deze sleutel gaf, zei hij dat ik weer naar huis moest gaan. Ik vroeg hem wat hij bedoelde en hij bleef maar zeggen dat het 'de sleutel tot de putten' was. Hij kon het me niet uitleggen."

Ian nam de sleutel van haar aan en inspecteerde hem. "Het lijkt op een sleutel van een kluisje. Had hij er één bij zijn bank?"

"Ik heb het nagekeken, maar ze hadden er geen gegevens van. Misschien had ik een ander filiaal of een andere bank moeten controleren. Maar er zijn zoveel banken in Portland, het zou dagen duren om ze allemaal te controleren. Moet ik ze gaan bellen? Zouden ze me de informatie over de telefoon geven?"

"Nee, je hoeft ze niet te bellen. Het is niet in Portland." Ian en Kate keken beiden verward naar Boomer. Hij pakte de laptop in de vergaderzaal, trok die naar zich toe en startte hem op. "Het is in Norfolk. Je vader zei: 'ga weer naar huis,' dus dat moet hij bedoeld hebben. Ik herinner me dat jouw familie Bank of America gebruikte, net als de mijne, maar . . ." Hij pauzeerde terwijl hij op een paar toetsen tikte. "Hier is het. Niet ver van jouw huis is een Wells Far-go Bank. De sleutel tot de putten. Daar beginnen we met zoeken."

"Jouw huis" had hij gezegd, maar de woning was niet

meer van haar. Er woonde nu een andere familie in. Een vreemd meisje of een vreemde jongen sliep in wat eens haar slaapkamer was en andere ouders maakten grapjes met hun kinderen aan de eettafel. Hadden ze de kleur van de muren veranderd? Haar moeder had zorgvuldig de juiste tinten uitgezocht die bij de meubels pasten. Was een andere tiener de scène uit *Risky Business* aan het naspelen, toen Tom Cruise over de houten vloer gleed en lip-synchroniseerde met Bob Seegers "Old Time Rock and Roll"? Alex maakte haar altijd aan het lachen als hij dat deed.

Ze schudde de bitterzoete herinneringen van zich af. "Dus, wat moet ik doen? Gewoon de bank binnenlopen en vragen of mijn vader daar een kluis heeft? Mag ik hem openmaken?"

Ian tikte met zijn vingers op de tafel. "Nog niet. Ze laten je er niet bij zonder legitimatie en een overlijdensakte op naam van je vader ... zijn echte naam. En zelfs dan is er een gerechtelijk bevel nodig als jouw naam niet op de rekening staat." Hij keek Boomer aan. "Ik zal Larry Keon bellen en vragen wat we nodig hebben. Het gerechtelijk bevel kan langer duren, maar daar maken we ons wel zorgen over als het nodig blijkt te zijn. Ik zal hem ook alles laten bezorgen wat de FBI heeft over die Sergei Volkov." De adjunct-directeur, de tweede man van de FBI, onder een sneltoets hebben, kwam soms goed van pas en dit was er één van. "In de tussentijd, moeten we Kate... Sorry, maar ik moet het vragen... wil je dat ik je Kate of Katerina noem? Als dit voorbij is, als dat mogelijk is, ben je dan van plan om je echte naam weer aan te nemen ?"

Ze gaf hem een weemoedige glimlach. "Ik heb er niet veel over nagedacht. Ik heb nooit geloofd ... dat ik weer mezelf zou willen zijn, Katerina Maier. Ik mis haar en het leven dat ze had moeten hebben." Een leven dat Benny

Michaelson zou moeten omvatten. "Maar je mag me Kat noemen, als je dat wilt. Het was de enige gewoonte die mijn vader nooit kon doorbreken. Ik was altijd zijn Kitty Kat."

Hij beantwoordde haar glimlach met een optimistische. "Dan wordt het Kat, en we zullen alles doen om je leven terug te geven. Voorlopig moeten we je uit het publieke oog houden. Weet je zeker dat je niet gevolgd bent vanuit Portland?"

"Eigenlijk wel." Toen ze hun verbaasde blikken zag, voegde ze er snel aan toe: "Maar ik ben ze kwijtgeraakt. Ongeveer een uur buiten de stad begon ik te denken aan alle films die ik heb gezien over mensen die worden gevolgd door de slechteriken of de politie. Toen herinnerde ik me die agenten die onze auto volgden, en werd ik een beetje paranoïde. Dus stopte ik bij een truckstop en overtuigde een paar vrachtwagenchauffeurs dat ik bang was dat mijn 'misbruikende ex-vriend'," ze stak met beide handen haar vinger in de lucht, "misschien een apparaat gebruikte om me te stalken. Ze keken voor me onder mijn auto en vonden er één bij de kofferbak. Een van de chauffeurs was zo aardig om het mee te nemen. Het is nu ergens in Zuid-Californië."

"Slimme meid." Ian schudde zijn hoofd ter goedkeuring van haar overlevingsinstincten. "Goed zo. Totdat we het papierwerk hebben dat je nodig hebt voor de bank, moeten we je voorlopig verborgen houden. Er zijn slaapzalen en badkamers boven, en het kamp is veilig."

"Ze blijft bij mij in mijn appartement." De blik op Boomers gezicht vertelde hen niet met hem in discussie te gaan.

Ians mondhoeken trokken en Kat besefte dat hij ontdekte dat er meer was tussen Benny en haar dan de herinnering van een tienerjongen en de zus van zijn vriend.

"Prima. Maar om het zekere voor het onzekere te nemen, bel ik Tiny en laat hem voor je huis plaatsnemen."

Benny knikte met zijn hoofd. "Dat is goed voor mij." Toen ze verward keek, voegde hij eraan toe: "Tiny is één van de lijfwachten die we gebruiken als we er één nodig hebben. Hij let op onze zes... onze ruggen." Hij wendde zich weer tot Ian. "Ik controleer haar auto op trackers en laat hem dan hier in de garage zodat hij uit het zicht staat."

"Ik kan wel een motelkamer regelen," zei Kat. "Ik wil niemand in gevaar brengen."

Benny gromde naar haar terwijl Ian zijn hoofd schudde en opstond. "Je zet niemand buitenspel, Kat. De veiligste plek voor jou is hier of bij Boomer. Zijn huis is veilig. We hebben iemand die zijn flat in de gaten houdt. We nemen geen risico dat iemand ontdekt dat je bij hem om hulp kwam." Hij wierp een blik op zijn teamgenoot. "Nadat ik Tiny heb gebeld, bel ik Keon en kijk wat hij voor ons kan doen. Jake of Dev zullen Tiny in de ochtend aflossen, en ik zal jullie bellen met een ontmoetingstijd, zodat we onze volgende stappen kunnen plannen."

Boomer knikte instemmend en stond op. "Geef me je sleutels, Kat. Je kunt hier wachten terwijl ik voor je auto zorg."

Ze gaf hem haar sleutelbos en toen lieten beide mannen haar alleen in de kamer. Nou ja, niet helemaal alleen. Beau zat naast haar met een nieuwsgierige kanteling van zijn hoofd. Ze stak haar hand uit om zijn fluwelen oortjes te aaien. *"Braver hund."* Brave hond.

Hoofdstuk 4

Kat waste haar gezicht in de badkamer van Benny's appartement. Nadat hij voor haar auto had gezorgd en de drie plunjezakken had opgehaald die vol zaten met haar kleren en benodigdheden, waren ze in stilte naar zijn huis gereden. Ze voelde zich zo uitgeput nadat ze de twee mannen had verteld over het horrorverhaal dat haar leven was geworden. Ze kon geen woorden meer vinden om tegen Benny te zeggen. Maar het stoorde haar dat hij net zo stil was. Dat had niet gehoeven, want de arme man had de schok van zijn leven gehad, dat een oude vriendin... nee, een oude vriend... uit het graf was opgestaan. Ze kon wat ze toen waren eigenlijk niet classificeren als vriend-vriendin, want ze hadden alleen die ene nacht gekust, en hij had haar gevraagd om zijn vriendin te zijn nauwelijks zesendertig uur voordat ze "stierf". Door de manier waarop hij had gere-ageerd toen hij haar weer zag, wist ze niet zeker of hij ooit nog vrienden met haar zou willen zijn. Stap voor stap. Eerst moesten ze uitvinden wie haar volgde en waarom. Dan, en alleen dan, kon ze denken aan Katerina en Benny. Voorlopig waren ze Kat en Boomer, en er waren twaalf jaren van elkaars leven waar ze niets van wisten.

Ze hoorde de deurbel en vroeg zich plotseling af of Benny een vriendin had. Hij was niet getrouwd, dat zou haar begeleider haar verteld hebben. Zzijn appartement was zeker een vrijgezellenstek. Maar dat betekende niet dat hij niet met een speciaal iemand uitging. Toen ze de badkamerdeur opende, hoorde ze een andere mannenstem samen met die van Benny. Haar schouders ontspanden zich van opluchting. Als hij met iemand uitging, kon ze het niet aan om die andere vrouw nu al te ontmoeten.

Toen ze naar de woonkamer liep, zag ze tot haar verbazing een man die Benny klein deed lijken, wat geen sinecure was als je bedenkt dat hij één meter vijfentachtig lang was en zo'n honderd kilogram aan stevige spieren. Benny kwam maar tot de schouders van de man en woog zo'n dertig kilogram minder. Hij had een zacht uitziende café-au-lait huid en was kaal geschoren. Met zijn snor en sikje deed hij haar denken aan een acteur uit een oud tv-programma, maar ze wist niet meer wie. Ze was op haar hoede voor het intimiderende postuur van de man, totdat hij haar zag en een glimlach toverde waardoor vrouwen waarschijnlijk voor zijn voeten vielen.

Benny draaide zich om en gebaarde dat ze bij hem moest komen zitten. "Kat, dit is mijn vriend, Tiny. Hij zal vannacht de flat in de gaten houden vanaf de overkant van de straat. Tiny, dit is Katerina."

De beer van een man stak een grote poot naar haar uit. "Het is een genoegen u te ontmoeten, Juffrouw Katerina."

"Het is ook leuk jou te ontmoeten, Tiny." Ze glimlachte om de bijnaam voor zo'n grote man en schudde zijn hand. "Noem me alsjeblieft Kat. Ik waardeer het dat je voor me zorgt."

Hij gaf haar een verlegen blik en zwaaide met zijn handschoengrote hand alsof hij een vlieg wegsloeg. "Maakt u zich geen zorgen, juffrouw, dat is wat ik doe. Ik zal een oogje in het zeil houden zodat jij een goede nachtrust kunt hebben. Niet kwaad bedoeld, maar je ziet eruit alsof je het kunt gebruiken." Tiny gaf haar een knipoog en Boomer een vuistslag en ging toen de deur uit om aan zijn opdracht te beginnen.

Boomer sloot de deur achter de bodyguard en stelde het beveiligingssysteem in. Toen draaide hij zich om en keek haar speculatief aan. "Wanneer heb je voor het laatst gegeten of geslapen?" De manier waarop ze een moment nodig had om het zich te herinneren was niet aan hem voorbij gegaan. "Vergeet het maar. Kom met me mee."

Kat volgde hem naar zijn keuken en nam plaats aan de tafel nadat hij er naar gebaard had. Ze keek toe hoe hij spek, eieren, spinazie en kaas uit de koelkast begon te halen. "Je hoeft niet voor me te koken. Ik kan ook iets voor mezelf maken."

Hij negeerde haar opmerkingen en ging verder met het uittrekken van een grote koekenpan, gevolgd door het keukengerei dat hij nodig zou hebben. Hij zette de pan op het fornuis, zette het gas aan en een poef klonk toen de brander aanging. Vervolgens haalde hij de helft van de plakjes spek uit de verpakking en legde ze netjes op een rij in de pan. Nadat hij het overgebleven spek weer in de koelkast had gegooid, haalde hij een kom tevoorschijn en begon de eieren te kraken. Ze nam aan dat hij genoeg voor hen beiden aan het maken was toen het zesde en laatste ei in de schaal belandde. Zijn schouders en armen bewogen vloeiend terwijl hij de eieren tot onderdanigheid sloeg. Haar blik ging over zijn pezige rug, van de ene schouder naar de andere en toen naar beneden. Hij had geen grammetje vet en zijn taille versmalde. Ze kon het niet helpen toen haar blik naar zijn met kaki's bedekte kont ging en haar mond begon te watertanden. Hij was een perfect exemplaar van het mannelijk lichaam. Zelfs als hij geen vriendin had, was ze er zeker van dat hij de hele tijd een aanzoek kreeg. Op de middelbare school stonden Alex en hij op bijna elk "Wil ik zoenen" meisjeslijstje, en ook op de meeste van de "Wil ik neuken"-lijstjes. Geen van beiden had ooit gebrek gehad aan vrouwelijk gezelschap en ze betwijfelde of dat voor Benny veranderd was.

De stilte tussen hen werd ondraaglijk. "Hoe gaat het met je ouders? Het laatste wat ik hoorde van Chris, onze begeleider, was dat ze in Sarasota woonden."

Hij stopte niet met het maken van hun maaltijd, maar hij antwoordde haar tenminste. "Het gaat goed met ze."

Oké, de vijf platte woorden waren technisch gezien een antwoord, maar ze had gehoopt dat hij zich wat meer zou openstellen. Deze reünie was net zo moeilijk voor haar als voor hem. Niet wetend wat ze nu moest zeggen, liet ze de stilte terugkeren.

Een paar minuten later bracht hij twee grote borden naar de tafel en zette er één voor haar en de andere voor de stoel tegenover haar. Terwijl hij zich omdraaide om messen en vorken voor hen te halen, staarde zij verbijsterd naar het volle bord. Vijf plakjes spek, een enorme omelet van drie eieren met spinazie en provolonekaas en twee sneetjes meergranen toast met boter, waarvan ze niet had gemerkt dat hij die had klaargemaakt. "Ik kan dit echt niet allemaal opeten."

Hij legde een set keukengerei naast haar bord en nam toen één van haar plakjes spek, gooide het op zijn eigen bord alsof het een enorm verschil maakte in de hoeveelheid voedsel die hij haar had gegeven. "Ja, dat kun je, en dat zul je. Je kleren hangen van je af. Of je draagt de spullen van iemand anders, of je bent afgevallen. Eet nu maar."

Ze probeerde hem aan te staren omdat hij haar zo commandeerde, maar hij negeerde haar en haalde twee glazen uit een kastje. Nadat hij ze vulde met sinaasappelsap uit de koelkast, bracht hij beide naar de tafel en ging tegenover haar zitten. Hij wees naar haar bord. "Eet, Katerina."

Als haar maag dat moment niet had uitgekozen om te grommen en hem te laten weten dat ze inderdaad gevoed wilde worden, had ze het eten in de vuilnisbak gegooid, alleen al vanwege zijn houding. Maar ze gaf toe dat ze uitgehongerd was, omdat ze zich realiseerde dat ze al meer dan twaalf uur niet gegeten had. Ze had twee mueslirepen en een koffie genomen bij een benzinestation en sindsdien niets meer gegeten. Ze pakte haar vork en groef in de omelet. Een kreun van extase ontsnapte uit haar mond toen de smaken haar smaakpapillen raakten. "Oh, mijn God, dit is heerlijk. Wanneer heb je leren koken?"

Duidelijk tevreden dat ze zou gaan eten, pakte hij zijn eigen vork. "Wees niet onder de indruk. Omeletten zijn zo'n beetje de omvang van mijn culinaire expertise, tenzij het vlees op een grill is. Het vrijgezellenbestaan dwingt je om dingen te leren als koken, schoonmaken en je eigen was doen."

In zijn stem ontbrak elke emotie, en ze wenste dat ze een antwoord kon bedenken dat hem tenminste zou doen glimlachen, maar er kwam niets in haar op. Ze keek toe hoe hij een hap van zijn eieren nam en schrok toen er een vraag uit haar mond floepte. "Ben je nooit getrouwd?"

"Nee." Het antwoord was kort en een aanwijzing voor haar om het onderwerp te laten rusten. Hij hield zijn blik op zijn bord gericht en at verder in stilte. Zijn houding deed haar eten smakeloos worden en ze verloor snel haar eetlust.

Hij had zijn maaltijd sneller op dan zij. "Eet het allemaal op." Haar geërgerde uitdrukking negerend, stond hij op en begon de keuken op te ruimen. Nadat elk voorwerp dat hij had gebruikt was afgewassen, gedroogd en opgeborgen, of in de vaatwasser, draaide hij zich om, kijkend naar de twee stukken spek, een stuk toast, en een derde van de omelet die nog op haar bord lag. Ze staarde hem uitdagend aan. Hij trok een wenkbrauw op terwijl hij zijn armen over elkaar sloeg. Zijn ogen vulden zich met iets dat ze niet kon benoemen, maar een rilling ging door haar heen toen hij zijn stem verlaagde. "Ik heb gezegd alles."

"Jammer, want ik zit vol." Ze was niet meer het kind dat hij ooit gekend had. Ze weigerde zich door hem zo te laten behandelen, al gaf ze bijna toe aan zijn sexy, diepe stem. Ze stond op van haar stoel en probeerde hem uit de weg te duwen, zodat ze de restjes in de prullenbak kon gooien, maar de stevige spiermassa gaf geen krimp. "Ga alsjeblieft opzij."

Benny bleef een paar seconden in de weg staan. Ze verwachtte dat hij ruzie met haar zou gaan maken. Zijn ogen scanden haar gezicht. Hij moet de spanning gezien hebben die zich van haar lichaam meester maakte, want hij verslapte zijn houding en nam het bord uit haar handen. De gebiedende toon werd vervangen door een zachtere. "Ik heb je koffers in de logeerkamer gezet. Waarom ga je niet wat slapen? Ian zal morgenvroeg wel wat informatie voor ons hebben."

Haar eerste poging tot een antwoord verdween met een enorme geeuw, en ze bedekte haar mond. "Sorry. Ik hoop het." Ze begon te draaien in de richting van de deuropening, maar stopte en keek naar hem op, haar ogen gevuld met tranen die niet vallen. "Ik weet dat je geschokt was toen ik uit het niets kwam opdagen, maar bedankt dat je me geholpen hebt. Ik heb niemand anders om naartoe te gaan."

Benny's blik veranderde in iets uit hun jeugd, wat ze nooit had verwacht. Slechts voor een fractie van een seconde voordat hij weer onverschillig werd. "Geen probleem. Dat is wat ik doe," mompelde hij voordat hij zich omdraaide om haar bord weg te zetten dat hij nog steeds vasthield. Ze aarzelde, in de hoop dat hij nog iets zou zeggen, maar na een paar tellen zuchtte ze en liet hem alleen.

* * *

Katerina was al meer dan vier uur geleden naar bed gegaan. Boomer lag nog steeds te woelen in zijn kingsize bed. Hoe hard zijn lichaam de slaap ook nodig had, zijn hersenen werkten niet mee. Hij gooide de dekens van zich af, stond voor de achtste of negende keer op en liep op sluipvoeten naar de slaapkamerdeur aan de andere kant van de gang. Hij had het licht in de gastenbadkamer in de gang aangelaten voor het geval ze het midden in de nacht nodig had. Terwijl hij de slaapkamerdeur opende, kon hij haar in de donkere kamer observeren zonder dat het licht direct op haar scheen. Ze sliep met haar gezicht naar hem toe.

Hij bestudeerde haar voor het eerst met een kritisch oog. Tiny had gelijk gehad. Ze zag er inderdaad uitgeput uit. En mager. Te mager. Haar lichtbruine haar had highlights die hem niet eerder waren opgevallen. Hij wenste dat hij haar donkerbruine ogen nog eens kon zien. Die ogen achtervolgden hem al jaren. Haar poezelige roze lippen deden hem ernaar verlangen haar wakker te kussen, zoals de prins op het witte paard en Sneeuwwitje. Hij schudde de belachelijke gedachte uit zijn hoofd. De tijd en het leger hadden hem veranderd, en hij was niet langer de jonge vrouw waard die zij eens was. Hij betwijfelde of hij de vrouw waardig was die zij was geworden - wie ze ook was.

Godverdomme. Ze was mooier dan hij zich herinnerde, wat al veel zei. Hoewel ze met de jaren minder en minder vaak kwamen, droomde hij nog steeds over haar. Over die ene nacht dat ze bij hem hoorde, en hoe ongelooflijk het voelde om haar te kussen en aan te raken. Vele malen had hij gediscussieerd over het gezegde: was het beter om liefgehad te hebben en verloren of om nooit liefgehad te hebben? Het was een argument dat hij nooit had opgelost in zijn hoofd.

Toen hij haar deur weer sloot, ging hij naar de keuken. Met behulp van de zachte blauwe gloed van zijn digitale magnetron klok, vond hij een fles Jameson Irish Whiskey op de onderste plank van zijn voorraadkast. Hij wilde een slok uit de fles nemen, maar van het één kwam het ander, en nog een ander. Ondanks dat Tiny hem in de gaten hield, wist hij dat hij op zijn hoede moest blijven voor het geval iemand erachter zou komen waar Kat was. Dus pakte hij een glas met ijs uit een kastje, goot er zestig milliliter in en zette de fles terug op zijn plek.

Hij zat op de stoel waar hij had gezeten toen ze had gevraagd: "Ben je nooit getrouwd?" Hij had zijn ogen op zijn maaltijd gericht, maar door zijn wimpers had hij gezien hoe ze probeerde zijn één-woord-antwoord te analyseren. Hij kon haar niet uitleggen waarom hij nooit zou trouwen. Twaalf jaar geleden was er een periode geweest van zesendertig uur waarin zij de enige vrouw was met wie hij zijn leven had willen doorbrengen. Na haar "dood" had geen enkele vrouw zijn hart zo veroverd als zij. Geen enkele andere vrouw kon zijn Kitten evenaren.

Godverdomme. Hij mocht zijn persoonlijke koosnaam

voor haar niet gebruiken. Ze was "Kat" of Katerina, dat was al even vertrouwd als hij weer met haar wilde worden. Hij begreep dat ze niets te zeggen had over haar vertrek bij hem. Omdat hij dacht dat ze dood was. De woede en het liefdesverdriet hadden zich al lang geleden in zijn psyche genesteld. Er waren vele nachten geweest dat hij haar vervloekte omdat ze hem verliet, het universum omdat ze haar meenam, hijzelf omdat hij van haar hield.

Het team zou uitzoeken wie achter haar aanzat en waarom. Als ze veilig was, zou Boomer haar op weg sturen naar waar ze maar heen wilde. Want hij zou nooit meer zijn hart op het spel zetten. Hij zou het deze keer niet overleven als ze zich realiseerde wat voor man hij was geworden.

Hij bracht het glas naar zijn lippen en dronk van de bruine likeur voordat hij meer dan een fractie van een seconde had om de kleur te vergelijken met Kats ogen. De alcohol brandde zich een weg naar zijn maag, en hij dwong zichzelf het glas in de vaatwasser te zetten en terug te gaan naar zijn bed. Hij had geen idee hoe lang hij daar lag tot de slaap hem eindelijk overviel, en hij droomde van haar - zijn Kitten.

Hoofdstuk 5

Boomer werd wakker van de geur van koffie. Hij wierp een blik op de wekker naast zijn bed. Half negen. Hij ging rechtop zitten voor de gebeurtenissen van de vorige avond hem overvielen en hij kreunde. Het was geen droom geweest. Kat zat in zijn keuken, op dit eigenste moment, en zette koffie. Hij gooide zijn dekens van zich af, stond op, ging naar de badkamer en deed zijn behoefte. Toen pakte hij een schoon T-shirt en een trainingsbroek uit zijn dressoir en trok die aan over de boxershort waarin hij had geslapen.

Toen hij door de gang liep, merkte hij dat haar slaapkamerdeur dicht was. Het drong niet tot hem door voor hij de keuken binnenging en even stopte. *Verdomme!* Hoe kon hij in godsnaam vergeten zijn dat hij plannen had deze ochtend? Gemakkelijk. Het excuus slaapt nog steeds in de logeerkamer. Nou ja, in ieder geval was het alleen zijn vader die in zijn keuken stond. Hij was uit Sarasota gekomen om vandaag met Boomer te gaan quad rijden. Degene die nu de wacht hield buiten het appartement, Jake of Devon, zou Rick Michaelson niet tegengehouden hebben binnen te komen. De man had dezelfde opleiding als hun volledige team met een paar jaar meer ervaring en was één van de weinigen buiten Trident Security aan wie hij Katerinas leven kon toevertrouwen. "Hoi, pap."

Zijn vader draaide zich om en stapte aan de kant, zodat Boomer naar voren kon schuifelen en zijn eigen kop koffie kon zetten. "Hé, je hebt uitgeslapen vandaag. Ik neem aan dat we niet gaan rijden. Wil je me vertellen wat er aan de hand is en waarom Reverend je huis in de gaten houdt?"

"Hem opgemerkt, hè?"

"Bijna gemist, als je je er zorgen over maakt. Ik herkende toevallig zijn truck. Nou, waarom is hij daar?"

Hij was niet bezorgd dat zijn vader Jake had gezien tijdens de bewaking. Net als de rest van Boomers team, was er weinig dat zijn vader miste. Waakzaamheid was hem en de anderen ingeprent tijdens hun tijd als Navy SEALs. De jongere Michaelson haalde zijn schouders op toen hij een mok pakte uit het kastje boven zijn Keurig en de machine klaarzette voordat hij op start drukte. Hij draaide zich om en leunde tegen het aanrecht terwijl hij zijn armen en enkels kruiste. "Er is iets gebeurd, Pap, en ik heb geen idee hoe ik het kan verbloemen, dus ik ga het gewoon zeggen." Ricks ogen vernauwden zich, maar hij wachtte tot zijn zoon, die had gepauzeerd en zijn woorden leek af te wegen, verder zou gaan. "Ik had een afspraak met een nieuwe klant gisteravond op kantoor. Boss-man was bij me. Pap... Katerina Maier kwam binnen."

Rick verbleekte, zijn ogen werden groot en hij ging op de dichtstbijzijnde stoel zitten die hij bijna miste en op de grond belandde. "Godverdomme. Hoe?"

Boomer pakte zijn inmiddels gezette mok koffie en nam plaats in de stoel tegenover de oude man. "Eén woord: Getuigenbescherming."

Hij lichtte zijn vader in over het verhaal dat ze hen had

verteld. Hij was net klaar toen de dame in kwestie de keuken binnenkwam en stopte toen ze het bekende gezicht zag dat ze in twaalf jaar niet had gezien. Rick stond even met open mond voordat hij zich herstelde. "Katerina... wow, jij bent het echt. Ik bedoel, ik wist dat Ben me de waarheid vertelde, maar het is alsof ik een geest zie."

Boomer keek toe hoe zijn vader deed wat hij zelf nog niet had gedaan. De oudere man opende zijn armen. Kat liep er recht in en liet zich omhelzen. Hij kon niet horen wat Rick tegen haar zei in een lage sussende stem, maar hij zag haar een paar keer zwijgend met haar hoofd knikken. Ze droeg een T-shirt en een pyjamabroek en beide waren haar te groot. Hij zou ervoor moeten zorgen dat ze weer wat aankwam van het gewicht dat ze onlangs verloren moet hebben. Met alles wat er aan de hand was, verbaasde het hem niet. Eén van de dingen die een goede Dom deed, was zorgen voor de veiligheid en het welzijn van zijn onderdanige.

Verdomme! Hij moest ophouden als een Dom te denken en gewoon de agent en afgezwaaide SEAL zijn waarvoor hij getraind was. Ze was niet zijn onderdanige. Ze was een vrouw uit zijn verleden die zijn hulp nodig had. Niets meer dan dat. *Ja, eikel. Blijf jezelf dat maar wijs maken.*

De omhelzing tussen de twee duurde ongeveer een minuut voordat ze allebei een stap terug deden. Kat bloosde toen ze naar Boomer keek en toen terug naar zijn vader. "Hallo, meneer Michaelson. Je... ...uh, ziet er goed uit."

Duidelijk wetend dat de vrouw na al die jaren niet wist wat ze tegen hem moest zeggen, trok Rick een stoel voor haar uit. "Ik denk dat je oud genoeg bent om me Rick te noemen, als je wilt. En je bent ook een lust voor het oog. Laat me een kop koffie voor je halen."

Ze knikte en nam plaats op de stoel die hij aanbood.

"Bedankt, meneer Mi-ik bedoel, Rick. Met een beetje melk, als Benny dat heeft, graag."

Hij liep achteruit, zonder zijn ogen van haar af te wenden tot zijn kont het aanrecht raakte, en Boomer wist hoe hij zich voelde. Het was alsof als hij wegkeek, ze zou verdwijnen. Uiteindelijk draaide hij zich naar het koffiezet-apparaat en begon een mok voor haar klaar te maken. "Dus, wat doen we vanaf hier. Hoe houden we Kat veilig?"

Boomer haalde diep adem en blies het uit. "Ian heeft Keon gebeld om een ID voor haar te regelen, samen met een overlijdensakte." De identiteitskaart konden ze krijgen van één van hun contactpersonen die een meestervervalser was, maar de akte was wat moeilijker vanwege de verhoogde stempel die het authentiseerde. Bovendien waren ze beter af met officieel door de FBI vervalste documenten. "Hij bezorgt ons ook het dossier over Volkov. We zouden vanavond naar Norfolk gaan en morgenochtend vroeg bij de bank moeten zijn." Hij haalde zijn schouders op. "Wat we daarna doen, hangt af van wat er in de doos zit."

Rick overhandigde Katerina haar koffie met melk en knikte instemmend. "Ik ga met je mee."

"Nee, dat doe je niet."

Boomers vader vernauwde zijn ogen naar hem. "Wat bedoel je met 'nee'? Je kunt dit niet alleen doen. Je hebt hulp nodig."

"En die zal ik krijgen, pa. Maar ik weet niet hoelang het nog duurt, en je bent vrijdag jarig. Mama zou ons allebei vermoorden als je die zou missen." Boomer was niet van plan zijn vader te vertellen dat zijn moeder speciale plannen voor zijn verjaardag had gemaakt. Ze had kaartjes gekocht voor een intiem concert met Ricks favoriete zanger, Billy Joel. Er waren maar honderd kaartjes beschikbaar. Ze had de hare twee maanden geleden gewonnen via een lokaal radiostation. Aangezien de datum van het evenement samenviel met zijn verjaardag, had ze besloten om er een verrassing van te maken.

"Ian zal Jake waarschijnlijk met mij meesturen. We hebben het onder controle." Omdat hij niet wilde dat zijn vader dacht dat hij hem niet nodig had of niet vertrouwde, voegde hij eraan toe: "Na vrijdag, als dit nog niet geregeld is, mag je mijn rug dekken als je wilt, maar zorg dat mama niet weer boos op me wordt. Ze is nog steeds boos dat ik niet uit wil met het nichtje van haar vriend."

Rick leek gekwetst, maar glimlachte toen. "Je hebt de juiste keuze gemaakt, zoon. Ik heb Dianes nichtje ontmoet, en ze geeft een nieuwe betekenis aan het woord ... uh, laat maar. Je bent gewoon beter af en laat het daarbij." Boomer en Kat grinnikten. Het was duidelijk dat Rick even vergeten was dat ze in de kamer was. "Wat betreft het niet meegaan, prima. Zolang iemand van het team je vergezelt. En beloof me, als je me nodig hebt, dat je me belt. Wat er ook gebeurt.

"Natuurlijk. Er is niemand anders die ik liever bij me heb." Boomers mobiele telefoon ging, dus hij stond op en pakte hem van de toonbank. Hij wierp een blik op het scherm en drukte op de belknop. "Hey, Boss-man... uh-huh... oké. Ik zie je over dertig minuten."

Hij hing op en keek naar Rick en toen naar Kat. "Ian heeft informatie voor ons, dus we gaan naar Trident. Je hebt ongeveer vijftien minuten om snel te douchen, als je wilt. We ontbijten onderweg."

Rick dronk zijn laatste koffie op en zette het kopje in de gootsteen toen Kat de kamer verliet om te gaan douchen. Hij gaf Boomer een schouderklopje voordat hij naar de voordeur liep. "Ik ga naar de broodjeszaak waar jullie allemaal van houden en haal ontbijt voor iedereen. Op deze manier hoef je niet te stoppen. Ik zie jullie op het terrein."

Terwijl hij naar zijn eigen douche liep, wierp Boomer een blik over zijn schouder. "Bedankt, pa. Neem er een paar extra mee, want ik weet niet hoeveel van ons er zullen zijn. Ik zie je zo."

* * *

Toen Kat de shampoo in haar haar schuimde, dacht ze terug aan het gesprek dat ze de avond ervoor met Benny had gehad. Nadat ze hem had bedankt om haar te helpen, had hij geantwoord: "Geen probleem. Dat is wat ik doe." Het kwam in de buurt van wat Tiny had gezegd toen ze de grote man eerder had bedankt.

Wat had ze dan verwacht dat Benny zou zeggen na al die tijd? Ze was al langer "dood" voor hem dan de zeven jaar dat ze in zijn leven was geweest. Hij was doorgegaan zonder haar. Nu was ze gewoon een meisje dat hij gekend had en dat zij moest inhuren om haar te beschermen en haar te helpen uit de problemen te komen. Niets meer.

Terwijl ze haar haar spoelde, bedacht ze hoe goed hij er vanochtend uitzag, nadat ze was bijgekomen van de schok van het weerzien met zijn vader. Hij moet een paar minuten voor haar uit bed zijn gerold. Zijn donkerbruine haar was een beetje warrig en stak op verschillende plaatsen omhoog. Zijn ogen zagen er vermoeid uit. Hij was nog steeds de meest sexy man die ze ooit had gezien. Haar dromen over hem door de jaren heen hadden de man die hij nu was geen recht gedaan. Hij was zo knap als de pest, met een lichaam dat een non nog vieze gedachten zou bezorgen. Ze mocht dan wel nog maagd zijn, dat betekende niet dat ze naïef was over seks. In deze tijd was dat niet mogelijk. Seks was overal op TV en Internet. Het was in de films die ze zag en in de boeken en kranten die ze dagelijkse las.

De gedachte aan Benny en seks maakte haar opgewonden. Ze rekende mentaal uit hoeveel tijd ze had voordat ze het appartement verlieten. Ze nam haar flesje douche gel en spoot een klein beetje in het washandje dat ze onder de wastafel had gevonden, samen met een paar gastendoekjes. Ze waste haar hele lichaam voordat ze het ingezeepte materiaal tussen haar benen schoof. Ze hijgde toen het over haar clitje schuurde en golven van ontlading door haar heen stuurde. Ze liet het doekje vallen, verving het door haar vingers en begon serieus te wrijven. Ze stelde zich voor dat haar vingers die van Benny waren en hoe hij haar verder zou opwinden voordat hij ze verving door zijn lippen en tong. De dagdroom bracht haar sneller over de rand dan ze had verwacht. Ze beet op haar onderlip om haar genot niet uit te schreeuwen.

Nadat ze was bijgekomen, pakte ze het washandje weer op en veegde de sporen van haar masturbatie weg. Ze duwde haar verlangens en behoeftes naar Benny terug in de verste hoek van haar gedachten en sloot de metaforische deur achter zich. Nu was niet het moment om aan hem te denken... aan hen... aan hoe goed ze het samen zouden hebben. Haar leven was in gevaar. Doordat hij haar hielp, was het zijne dat ook. Seks en fantasieën waren uit ... logica en realiteit waren in.

Verdomme.

Toen ze even later de voordeur van het appartement uitliepen, was dat binnen de tijd die hij haar had gegeven. Voor de deur stond een knappe man te wachten, die Ben voorstelde als Jake Donovan, alias Reverend, één van zijn teamgenoten bij Trident en in de SEALs. Hij was een paar centimeter groter en ouder dan Benny. Verder had hij een vergelijkbare lichaamsbouw - breed, hard en pezig. Zijn haarkleur lag ergens tussen haar eigen lichtbruine en

Benny's donkerbruine haar en zijn ogen werden bedekt door een zonnebril die zijn Hollywood-uitstraling alleen maar versterkte.

Hij glimlachte en schudde haar uitgestoken hand voordat hij zich omdraaide en de weg naar de parkeerplaats leidde, met Benny achter haar. Ze besefte dat ze zich hadden opgesteld om haar te beschermen zoals bodyguards dat zouden doen. *Nou, dat is wat ze zijn, jij idioot. Daarom kwam je naar hier, voor bescherming en niets meer. Tenminste, nog niet.*

Benny reed haar terug naar het Trident gebouw en Jake volgde hem in zijn eigen voertuig. Terwijl ze in stilte op de passagiersstoel van zijn Dodge Charger zat, gromde haar maag en haar wangen brandden rood toen hij naar haar grinnikte.

"Mijn vader haalt ontbijt voor ons, dus we kunnen meteen naar Trident."

"Oké." Ze draaide zich een beetje in haar stoel zodat ze hem kon aankijken zonder haar nek te verrekken. "Als Ian heeft wat we nodig hebben, gaan we dan naar Norfolk?"

Hij controleerde zijn zij- en achteruitkijkspiegels en veranderde van rijbaan voordat hij haar antwoord gaf. "Waarschijnlijk wel. Ik wou dat ik je hier kon achterlaten en er zelf heen kon gaan, maar ik weet niet welke beveiliging je vader nog heeft opgezet. Ik kan het misschien niet zonder jou, aangezien jij zijn naaste familie bent."

Zijn woorden doorboorden haar als een zwaard. "Ik wou dat ik je hier kon laten. . ." Wat hij daarna zei was een warrige warboel. Ze wist dat ze had gehoopt op het onmogelijke. Hij wilde niet bij haar in de buurt zijn. Hij zou liever doen wat gedaan moest worden en haar de stad uit schoppen als het allemaal voorbij was. Toen ze niets meer zei, wierp hij een blik op haar. Ze hield haar ogen neergeslagen en haalde haperend adem.

"Kat, wat is er?" Ze antwoordde niet. "Verdomme, Kat, kijk me aan. Wat is er?" Een paar seconden tikten voorbij voordat hij vloekte. "Verdomme!" Ze deinsde achteruit maar weigerde hem aan te kijken. Hij vertraagde en stopte toen voor een rood verkeerslicht. Hij stak zijn hand uit en hield haar kin omhoog tot ze hem aankeek. "Kat, ik bedoelde niet wat jij denkt dat ik bedoelde. Toen ik zei dat ik daar alleen heen wilde, was dat vanuit tactisch oogpunt. Het zou veiliger voor je zijn als je op het terrein bleef. Ik weet niet wat ons in Norfolk te wachten staat en het laatste wat ik wil is jou in een gevaarlijke positie. Dat is alles."

De bestuurder achter Jake toeterde. Ze keken beiden en zagen dat het licht weer groen was geworden. Benny haalde zijn voet van de rem, gaf gas en verdeelde zijn aandacht tussen haar en de weg. "Begrijp je me?"

Ze knikte met haar hoofd en draaide zich om, zodat ze weer naar voren keek. Ze was niet van plan hem te vertellen dat zijn woorden haar deden denken dat hij zo ver mogelijk bij haar vandaan wilde blijven. Ze had zoveel dierbaren verloren in haar leven en ze had zich net opnieuw verbonden met de enige man op wie ze ooit verliefd was geweest. Kat kon hem niet weer opgeven. Nog niet, en hopelijk, nooit meer.

Ze had een paar vrienden gemaakt in Portland, maar ze wist nooit of zij en haar vader weer zouden moeten verhuizen, dus was het makkelijker om die vriendschappen tot een minimum te beperken. Haar beste vrienden waren haar baas van meer dan zeven jaar en zijn vrouw. Jeremy en Eva Pierce waren de eigenaars van het honden trainingscentrum waar Kat een carrière had gevonden waar ze goed in was, wat haar ook enige bescherming bood. Kats begeleider,

Chris, en Jeremy hadden samen in het leger gediend en de laatste trainde nu honden voor de rechtshandhaving en particuliere bedrijven samen met zijn vrouw, een afgezwaaide politieagente. Toen Kat gisteren werd begroet door Ians hond, herkende ze onmiddellijk de training van de hond. Hoewel Beau niet een van J&E International K9's honden was geweest, was de training vergelijkbaar voor de gespecialiseerde honden over de hele wereld, en de meeste van de Amerikaanse honden werden getraind in de Duitse taal.

Chris had nooit zijn geheimhoudingsplicht verbroken over zijn bescherming van Kat en haar vader in het Getuigenbeschermingsprogramma, maar Jeremy was niet dom. Hij wist voor wie zijn vriend werkte, de U.S. Marshals, en kon van daaruit dingen uitzoeken. Maar de middag dat Jeremy ermee had ingestemd om te zien of de jonge vrouw het in zich had om een hondentrainer te worden, wist hij dat ze het juiste in zich had. Ze was verlegen bij mensen, maar bij honden liet ze haar alfa kant zien. De dieren respecteerden haar als één van hun roedelleiders. Als dit allemaal voorbij was, had ze tenminste een leven om naar terug te keren als het niet zou lukken met Benny.

Ze kwamen terug op het terrein zonder nog een woord tegen elkaar te zeggen. Boomer stapte uit de auto nadat hij geparkeerd had en liep om, om Kats deur voor haar te openen. Maar hij was te laat. Ze stond buiten het voertuig en sloot haar deur. Zijn ogen vernauwden zich, maar hij liet het rusten. *Onthoud eikel, ze is niet je onderdanige.* Zijn lul zou dat willen rechtzetten, maar zijn hoofd zei hem "nee."

Ze liet hem tenminste de deur van het kantoor voor haar

openhouden. Hij volgde haar naar binnen samen met Jake. Hij stelde haar voor aan Colleen, hun secretaresse, die net aan haar werkdag was begonnen. De twee vrouwen schudden elkaar de hand voordat hij haar naar de vergaderzaal leidde waar zijn leven iets meer dan vijftien uur geleden was veranderd. Ian en Devon wachtten hen op en geen van beiden zag er gelukkig uit.

Boomer hield Kat een stoel voor. "Katerina, dit is Ians broer, Devon. Hij is de mede-eigenaar van Trident. Dev, dit is Katerina."

Ze stak haar hand uit om die van Devon te schudden voordat ze de aangeboden stoel innam. "Het is leuk u te ontmoeten. Noem me alsjeblieft Kat."

Devon nam de stoel tegenover haar en Jake nam plaats in de stoel naast hem. "Kat is het. En het is ook leuk jou te ontmoeten." Hij wierp een blik op Boomer. "Alles goed verlopen vannacht?"

Boomer zuchtte terwijl hij zich in de stoel naast Kat liet vallen. "Ja. Ik was alleen vergeten dat Pap vanochtend langs zou komen. Hij was net zo geschokt als ik. Hij stopt voor ontbijt voor iedereen en zou hier over een paar minuten moeten zijn." Zijn blik ging tussen de Sawyer broers. "Wat is de primeur?"

Ian gooide hem een paar papieren toe die hij had uitgeprint van een e-mail. Sommige waren tekst, andere waren foto's. "Deze zijn van Keon. Sergei 'De Wolf' Volkov is drie weken geleden vermoord teruggevonden in een leegstaand pakhuis. Netjes twee kogels." Dat betekent dat hij een kogel in het hoofd en één in het hart heeft gekregen. Er zijn geen kogelhulzen gevonden. "Geen verdachten, maar de man had veel vijanden, dus het kan iedereen geweest zijn. Maar vertel me wat je denkt."

Rick kwam binnen toen Boomer de foto's van de plaats

delict aan het bestuderen was. Hij bekeek ze over de schouder van zijn zoon nadat hij Jake een zak broodjes met ei had gegeven om uit te delen. Boomer had ineens door wat Ian hem wilde laten zien. "Het was iemand die hij kende, iemand die dicht bij hem stond. Het pakhuis is leeg. Als hij daar vermoord is, en daar lijkt het op, had hij een afspraak met iemand. Hij zou daar niet heen zijn gegaan zonder tenminste één van zijn lijfwachten."

Ian knikte. "Precies wat ik dacht. Keon, ook. De FBI heeft de zaak omdat hij al jaren op hun volglijst staat. Iedereen die ze in zijn kringen hebben ondervraagd, ontkende te weten wat hij daar deed. Dus, de vragen blijven zich opstapelen, maar de grote vraag is... als Volkov dood is, wie zit er dan achter Kat aan? En waarom?"

Toen Rick naast Boomer ging zitten, richtten de vijf mannen hun aandacht op de verbijsterde vrouw. "Ik heb geen idee. Alles wat ik weet is wat ik jullie heb verteld. Mijn vader was stervende en high van de morfine, dus alles wat ik heb is wat hij mompelde en van-horen-zeggen van twaalf jaar geleden."

Boomers hoofd tolde van de details, die geen van alle klopten. "Wat zei Keon over de betrokkenheid van Mr. Maier van toen?"

Ian schudde zijn hoofd terwijl hij het verpakte broodje aannam dat over de tafel naar hem toe gleed. Hij liet het ongeopend. "Niet veel meer dan wat Kat ons vertelde. Maier zat er te diep in om er vandoor te gaan. Hij kwam aan informatie die hij nooit had mogen zien. Informatie die resulteerde in een prijs op zijn hoofd."

"Dus, we gaan naar de bank in Norfolk." Boomer kon niets anders bedenken dat hen op dit punt zou helpen.

"Yup. Jake, ik wil dat jij met hen meegaat en ons om de vier uur op de hoogte houdt. CC zal om elf uur in de hangar zijn om jullie erheen te vliegen." Conrad Chapman, ook bekend als CC, was een afgezwaaide luchtmachtpiloot die Trident had gecontracteerd om hun jet te vliegen waar ze heen moesten. Het kleine privé vliegveld dat ze gebruikten was ongeveer twintig minuten van het terrein. Ian richtte zijn volgende verklaring tot Boomer en Kat. "Keon zal iemand regelen om jullie te ontmoeten met de ID en de overlijdensakte. Kat moet zo veel mogelijk verborgen blijven. Ik wil niet dat iemand uit haar verleden haar herkent."

Ze fronste haar wenkbrauwen. "Ik betwijfel of iemand me van twaalf jaar geleden zou herkennen, maar je weet maar nooit. Ik kan een pruik nemen of mijn haar verven als je wilt."

Voordat Ian haar antwoord gaf, nam Boomer het woord. "Ik kan een pruik halen bij de club."

Hij schopte zichzelf mentaal voor het noemen van The Covenant. Het eerste gebouw op het terrein gaf geen indicatie dat het een BDSM club was. Er was een kleine winkel op de bovenste verdieping. Die was gespecialiseerd in fetisj kleding en speeltjes. Blonde pruiken waren populair en ze hadden er verschillende in voorraad. Hij zou erheen moeten lopen zonder Kat. Hij zou haar nooit binnenlaten in de club. Hij had zich nooit geschaamd voor zijn levensstijl, maar op dit moment kon hij het niet opbrengen om het haar te vertellen. Hij dacht terug aan de verlegen, kleine maagd die ze twaalf jaar geleden was geweest en dacht dat ze de heuvels in zou rennen als ze van zijn kronkels zou weten. Gelukkig leek ze zijn blooper niet op te merken. Jake voelde zijn hachelijke situatie aan.

"Ik pak er één voor we gaan."

Boomer knikte bedankend en zei toen tegen de kamer in het algemeen: "Nog iets anders?"

Ian en Devon keken elkaar aan voor bevestiging en

schudden beiden hun hoofd. Ian stond op en nam zijn broodje ei op. "Op dit moment, nee. Brody en Marco worden vanmiddag terugverwacht. Ik zal Egghead aan zijn computers zetten om alles op te zoeken wat hij kan vinden over alle spelers in deze." Brody "Egghead" Evans was hun computer en tech specialist, en een wereldklasse hacker van de eerste graad. En Marco "Polo" DeAngelis was hun communicatie specialist en reserve helikopter piloot. Hij was ook Brody's occasionele ménage partner. "Als je in Norfolk bent, laat me dan weten waar je logeert, dan kan ik Keons man naar je toe laten komen met het papierwerk.

Nadat Boomer zijn bevel had bevestigd, verliet Ian de kamer terwijl de anderen bleven staan. Jake wees naar Rick. "Vind je het erg hen te volgen naar Boomers appartement? Ik moet even langs mijn huis om mijn tas te pakken. Die ligt normaal in mijn truck, maar ik was hem gisteren aan het uitladen en had nog geen kans om hem weer in te pakken."

"Geen enkel probleem," antwoordde de oudere man.

Ze pakten allemaal hun ongeopende broodjes met ei en gingen naar de deur. Ze konden onderweg eten om hun spullen te pakken. Toen ze Colleens bureau passeerden, overhandigde de secretaresse Boomer een stuk roze papier. Ze had een telefoonbericht voor hem opgenomen terwijl ze in hun vergadering zaten. Hij bekeek het bericht, vouwde het twee keer en stak het in zijn achterzak. Hij zou het later wel afhandelen.

Toen ze terugreden naar zijn flat, dit keer met zijn vader achter hem aan, draaide Boomer zijn hoofd naar Kat toen hij merkte dat ze over haar slapen wreef. "Gaat het wel?"

Ze huiverde. "Het is hoofdpijn. Die heb ik de laatste jaren zo'n twee keer per maand. Ik neem vrij verkrijgbare migraine medicijnen en die helpen, maar ik ben door mijn medicijnen heen. Kunnen we even snel langs een apotheek?"

"Ja. Er is er één verderop." Hij pakte zijn telefoon en belde de mobiel van zijn vader. Met behulp van de Bluetooth functie van de auto, vertelde hij Rick hun plan om te stoppen.

Hij stopte bij een Walgreens en wachtte tot zijn vader naast hem parkeerde, uitstapte en naar de passagiersdeur van de Dodge stapte, voordat hij de auto uitstapte. Rick opende Kats deur en stak zijn hand uit om haar uit het voertuig te helpen. Toen de twee Boomer tegenkwamen op het voetpad tussen de auto en het gebouw, zwaaide Kat. Boomer greep haar om haar middel voordat ze kon vallen en keek haar gealarmeerd aan. "Kat? Gaat het wel? Ga je flauwvallen?"

Kat legde haar armen op zijn brede schouders en hield zich rustig. Boomers lichaam reageerde onmiddellijk op haar nabijheid. Hij vloekte binnensmonds, vechtend tegen de drang om haar tegen zich aan te trekken.

"Uh, nee, ik ben oké. Ik werd alleen een beetje licht in mijn hoofd. Dat gebeurt als ik migraine krijg."

Nadat hij zich ervan had vergewist dat ze haar evenwicht hervond, dwong hij zichzelf een stap achteruit te doen. Hij hield één hand op haar rug terwijl hij haar de winkel in begeleidde. Rick bleef drie passen achter hen staan, zijn hoofd van links naar rechts draaiend, altijd op de uitkijk voor gevaar. Het was hoogst onwaarschijnlijk dat de mensen die achter Kat aanzaten in een Walgreens in Florida op haar lagen te wachten, maar je wist maar nooit.

Ze gingen naar het gangpad met medicijnen en Kat vond snel het merk dat ze gebruikte tegen haar hoofdpijn. Voordat ze de kans hadden om van richting te veranderen, kwam een mooie brunette om de hoek van het gangpad. Haar gezicht lichtte op toen ze Boomer zag.

"Hoi, M-Ben."

Boomer kromp ineen bij de vrolijke stem van de vrouw en de bijna verspreking van zijn titel van meester. "Hoi, Cassandra."

Ze kwam dichterbij en stopte een beetje te dicht bij hem. Normaal gesproken zou Boomer het niet erg hebben gevonden om de tengere onderdanige tegen het lijf te lopen die hij al een paar keer had getopt, maar met Kat aan zijn zijde voelde hij zich een beetje ongemakkelijk.

"We hebben je gemist in de club vorig weekend."

Hij krabde aan de bovenkant van zijn hoofd. "Uh, ja. Ik heb het hele weekend gewerkt."

Cassandra's ogen flitsten naar Kat die een stap dichter naar hem toe had gezet en keek alsof ze wachtte tot Boomer hen zou voorstellen. "Hoi. Ik ben Cassandra."

Kat schudde de uitgestoken hand van de vrouw. "Ik ben Kat."

"Leuk je te ontmoeten." Haar ogen gingen weer naar het gezicht van Boomer. "Ben je er morgenavond ook?"

Boomer pakte Kats arm zachtjes vast en schudde zijn hoofd. Cassandra was een lieve onderdanige die serveerde in The Covenant. Hij wist dat ze niet opzettelijk op de tenen van een andere vrouw zou gaan staan. Ze zou ook niet bekendmaken wat voor club The Covenant was. "Uh, nee, ik denk het niet. Misschien in het weekend, maar ik weet het niet zeker."

Cassandra's blik ging naar de bezitterige hand op de arm van de andere vrouw. Ze deed een stap achteruit, haar ogen vol verontschuldiging naar Boomer. Ze moet zich gerealiseerd hebben dat ze bijna te veel gezegd had. "Oké. Zo niet, dan zie ik je wel een andere keer. Kat, het was leuk je te ontmoeten. Nog een fijne dag." Zonder op een reactie van één van hen te wachten, draaide ze zich om en wuifde over haar schouder gedag.

Boomers hand greep Kats arm wat steviger vast toen hij haar in de richting van de kassa's draaide. Zijn vader was een paar stappen achter hen en gaf hem een "je bent zo genaaid" glimlach voordat hij de weg wees. Boomer wist niet zeker wat dat te betekenen had. Cassandra en hij waren vrienden. Vrienden die af en toe neukten tijdens een scène in een privé BDSM-club. Wat was daar mis mee? Hij wierp een blik op Kat die een nieuwsgierige uitdrukking op haar gezicht had. Hij wist dat ze hem iets wilde vragen over Cassandra. Ja, zijn vader had gelijk. Hij was zo genaaid.

Hoofdstuk 6

Ze hadden nog ongeveer een half uur voor ze landden op een klein vliegveld buiten Norfolk, Virginia. Boomer was al meer dan een jaar niet meer in die richting geweest, maar zijn laatste reis was een lang weekend geweest om bij te praten met mensen die hij al een tijd niet had gezien. Nog een oude schoolvriend had de sprong gewaagd en was getrouwd. Ze vielen als vliegen de laatste jaren. Zijn gedachten dwaalden af naar Alex, en hij vroeg zich af of zijn vriend, als hij nog geleefd had, een vrouw gevonden zou hebben en een ring om haar vinger zou hebben geschoven. Hij betwijfelde het. Alex was er erger aan toe dan hij vroeger was geweest. Zijn vriend had bijna elk weekend een nieuwe vriendin, hij versleet meisjes alsof hij een nieuw Guinness wereldrecord wilde vestigen. Boomer had tenminste een paar weken met verschillende meisjes gedate voordat hij verder ging.

Maar dat veranderde allemaal nadat zijn katje was "gestorven". Hij was maar één keer in zijn leven verliefd geweest en kijk hoe het was afgelopen. Ze was weg minder dan zesendertig uur nadat hij zijn liefde had bekend. Ja, het was niet haar schuld, maar het deed nog steeds zo pijn als de hel.

Hij wierp een blik op de bank in het vliegtuig waar ze een boek zat te lezen sinds haar migraine was verdwenen. Verdomme, ze was nog steeds de mooiste vrouw die hij ooit ontmoet had, ondanks haar recente gewichtsverlies. Ze had het broodje ei aan haar voorbij laten gaan, omdat ze niet kon eten met haar hoofdpijn. Hij had Jake laten stoppen voor een broodje kalkoen met kaas voor haar om in het vliegtuig op te eten en hij was blij dat ze dat broodje een kwartier geleden op had.

In de zetel naast hem, deed Jake een dutje. Zijn teamgenoot was al de halve nacht op om zijn vermiste informant te vinden. Hij had de kleine boef eindelijk gevonden in een plaatselijk drugshuis en Jake was kwaad. De jongen was al zes maanden clean voor deze terugval. Jake had hem daar weggesleept en naar een ziekenhuis gebracht. De volgende stop was een afgesproken afkickkliniek. Boomer had de informant nog nooit ontmoet, maar als de afgezwaaide SEAL zoveel moeite deed om hem te redden van het leven van een dakloze junkie, dan moest er iets zijn dat hem impresioneerde. Boomer hoopte dat de jongen de moeite waard was.

Hij stond op en ging naast Kat op de bank zitten. Tegen beter weten in pakte hij haar enkels vast en trok haar voeten op zijn schoot. Ze had eerder haar slippers uitgedaan en zonder er bij na te denken, begon hij over de boog van haar rechtervoet te wrijven. Terwijl hij zijn duimen diep in het weefsel drukte, sloot ze haar ogen en kreunde. Het geluid ging rechtstreeks naar zijn liezen.

"God, dat voelt zo goed. Hou alsjeblieft niet op."

Zijn mond trok, en hij wenste dat hij andere dingen met

haar deed die hem dezelfde reactie gaven. "Vertel me over Portland."

Haar ogen gingen net genoeg open zodat ze hem door de spleetjes kon zien. "Wat wil je weten?"

"Ik weet het niet. Alles? Iets? Heb je daar een baan? Vrienden?" *Vriendje?* Hij werd verscheurd tussen het wel en niet willen weten.

Ze haalde haar schouders op. "Alleen een paar goede vrienden. Ik heb een geweldige baan waar ik van hou. Toen we daar voor het eerst belandden, stuurde onze begeleider Chris me naar een oude legermaat van hem. Jeremy Pierce en zijn vrouw Eva zijn eigenaar van een honden trainings-faciliteit voor bescherming en rechtshandhaving. Het klikte meteen tussen ons. Hij leerde me hoe ik de honden moest trainen. Sindsdien werk ik voor hem. Ik train ze in het opsporen van drugs en explosieven, maar ook passief en agressief speuren, afhankelijk van de hond en de instantie. Passief speuren is voor vermiste personen, en agressief voor verdachten."

"Wat is het verschil?"

Kreunend beet ze op haar lip toen hij in een bepaalde plek in haar boog groef. "Bij passief speuren leidt de hond zijn geleider tot aan de persoon. Als je een mogelijk gewa-pende verdachte volgt, wil je een waarschuwing voordat hij plotseling voor je staat. Er is een grappig verhaal over één van onze afgestudeerden. Zijn hond was een passieve spoor-zoeker en drugsdetector, maar een paar maanden geleden was er een verdachte verdwenen in het bos. Ze hadden geen agressieve spoorzoeker beschikbaar. Dus, wat ze deden was twee agenten, met hun geweren in de aanslag, aan weers-zijden van het team zetten, omdat de ogen van de begeleider op de hond gericht moesten zijn, op zoek naar sporen. Op deze manier, als de verdachte plotseling verscheen, waren ze gedekt. Hoe dan ook, ze waren ongeveer tien minuten aan het speuren toen de hond plotseling ging zitten in het midden van nergens. De begeleider probeerde hem weer op het spoor te krijgen, maar de hond gaf geen krimp. Het duurde even tot ze zich realiseerden dat de hond op een stapel bladeren zat. Eén van hen zag de hak van een gymschoen. De verdachte had zich ingegraven onder een stapel bladeren, in de hoop dat ze hem voorbij zouden lopen, en die verdomde hond zat op zijn rug." Ze begonnen allebei te lachen. "De begeleider schopte tegen het been van de man en zei: 'Niet bewegen.' De verdachte antwoorde: 'Was ik niet van plan.'"

Boomer lachte harder en was onder de indruk. Het was duidelijk dat ze van haar werk hield. "Wow. Dat is geweldig. Beau heeft ook zo'n training gehad in Florida. Hij was onge- veer zes weken oud toen Ian hem vond op het terrein. Zijn moeder was een zwerfhond die net gestorven was, dus Ian nam hem in huis."

"Ik heb zijn training opgemerkt," zei ze hem terwijl ze knikte.

"Weten ze waar je bent? Je bazen? Ik bedoel, heb je nog een baan als we weten wie achter je aan zit?" Een deel van hem wilde dat ze nee zei, maar ze zouden allebei beter af zijn als ze ja zei.

Ze wierp een blik uit het raam van het vliegtuig. "Ja. Zoiets. Ik heb ze verteld dat ik een noodgeval in de familie had." Toen hij zijn wenkbrauw optrok, haalde ze haar schouders op. "Dat was alles wat ik op dat moment kon bedenken. Hoewel niemand Jeremy ooit heeft verteld dat ik in getuigenbescherming zat, is hij erg scherpzinnig en ik weet zeker dat hij het heeft uitgevogeld. Hij zei me gewoon contact te houden en hem te bellen als ik iets nodig had. Ik zou hem later moeten bellen om hem te laten weten dat ik nog leef."

"Goed idee. Gebruik je wegwerptelefoon, die zijn moeilijk te traceren. Dan gooien we hem weg en halen een nieuwe. Vraag hem of er iemand verdacht rondsnuffelt of naar je vraagt."

Kat knikte en tikte met haar linkervoet op zijn hand. Het was een overduidelijke hint om het dezelfde behandeling te geven die hij haar andere gaf. Hij grinnikte en verwisselde ze. "Beter?"

"Ja, veel beter." Ze kreunde toen hij met zijn duimen dieper ging. "Ik kan me niet herinneren wanneer ik voor het laatst een voetmassage heb gehad. Ik kreeg ze altijd als ik mezelf op een pedicure trakteerde, maar dat is al een tijdje geleden."

Hij was blij dat het een professionele dienst was waar ze de massages had gekregen, en niet van een vriendje. Hij voelde een jaloezie in zijn buik omdat ze met één of andere vent uitging. Hij dwong zichzelf haar niet te vragen naar andere mannen. Met wie ze uitging ging hem niet aan.

Terwijl hij naar haar schoot keek, zag hij het boek dat ze aan het lezen was, en... *oh, verdomme.* ... het was *Leder & Kant*, door Kristen Anders, binnenkort Kristen Sawyer, Devons vrouw. Boomer had niet alles gelezen, maar wel de stomende seksscènes, nadat Devon had gezegd hoe geil die waren. Het was verdomd hete porno in geschreven vorm, zo simpel als wat. Het ging ook over BDSM en hij was geschokt dat Kat het las. Vond ze het gewoon leuk om over de levensstijl te lezen of was ze er mee bezig? En als ze dat niet was, zou ze dan geïnteresseerd zijn om het te proberen? Fantaseerde ze over een man die met haar deed wat Meester Xavier met zijn onderdanige in het boek deed?

Hij verschoof ongemakkelijk en schoof zijn gedachten terug waar ze thuishoorden - in de goot. Ze was een opdracht en een oude vriend, niets meer. *Je kunt net zo goed stoppen met jezelf te overtuigen, want het werkt niet.*

"Bereid je voor op de landing." CC's stem kwam over de intercom en Jake's ogen vlogen open. Dat was het nou net met Speciale Eenheden, je raakt gewend aan dutjes en wordt weer helemaal fris wakker.

Boomer zwaaide Kats voeten naar de grond zodat ze rechtop kon zitten en haar gordel om kon doen. Daarna deed hij de zijne om zijn middel. Binnen een kwartier zouden ze op de grond staan en in hun wachtende auto zitten. Nadat hij het vliegtuig had bijgetankt, zou CC een kamer nemen in het dichtstbijzijnde motel voor de nacht, zodat hij in de buurt zou zijn als ze hem nodig hadden. Ondertussen zouden Boomer, Kat en Jake naar de woonwijk in Norfolk gaan waar de twee jeugdvrienden vroeger hadden gewoond. Er was een Best Western in de buurt van de bank die ze nodig hadden. Van wat Boomer online had kunnen vinden, was het een ideaal motel voor hen. Er waren genoeg ontsnappingsroutes als het misging.

Naast hem huiverde Kat zichtbaar.

"Gaat het?"

Ze gaf hem een klein glimlachje. "Ja, ik denk het wel. Het drong gewoon tot me door. Ik ben hier niet meer geweest sinds ik zeventien was met een mooie en gelukkige toekomst voor me."

Boomer stak zijn hand uit en kneep in haar hand, want hij kon niets bedenken om te zeggen dat niet cliché klonk. Hij hoopte dat ze, als dit allemaal voorbij was, een gelukkig leven in het vooruitzicht had, ook al was het niet met hem.

* * *

Terwijl Jake zichzelf in de aangrenzende kamer links binnenliet, volgde Kat Boomer hun motelkamer in. Hij gooide zijn plunjezak op het bed het dichtst bij de deur en gebaarde dat zij de andere moest nemen. Het was nog niet eens één uur 's middags en ze wilde niets liever dan onder de dekens kruipen en een dutje doen.

Hij zag de blik van verlangen op haar gezicht voordat hij zich omdraaide om de tussendeur die de twee kamers verbond van het slot te halen. "Doe maar een dutje als je wilt. Jake en ik zijn hiernaast bezig met een paar dingen voor morgen."

"Oké." Kat zette de blonde pruik af die ze had opgezet voor ze uit het vliegtuig stapte en krabde aan haar jeukende hoofdhuid. Terwijl ze de sprei omlaag wilde trekken, schopte ze tegelijkertijd haar schoenen uit. "Laat me niet na drieën slapen, alsjeblieft. Anders ben ik de hele nacht op."

"Natuurlijk." Boomer keek toe terwijl ze volledig aange-kleed in het bed klom. Ze verschoof een paar keer om een comfortabele houding te vinden en ging uiteindelijk op haar zij liggen, van hem af. Haar lange bruine lokken waaierden uit over het kussen en zijn handen verlangden ernaar om zijn vingers door de zachte lokken te halen. Hoe langer hij bij haar in de buurt was, hoe meer zijn oude gevoelens voor haar in zijn borstkas bonsden. Maar er waren ook nieuwe gevoelens. Gevoelens waarvan hij niet wist wat hij er verdomme aan moest doen.

Zuchtend liep hij naar de andere kamer en liet de deur op een kier staan voor het geval ze hem nodig had. Jake kwam uit zijn badkamer en droogde zijn handen aan een handdoek. Hij trok een wenkbrauw op toen hij Boomer alleen zag.

"Ze gaat even liggen."

"Ah." Ze gingen allebei aan de tafel voor twee zitten en

Jake opende een map met alle relevante informatie die ze tot nu toe hadden. "Dus... wil je praten over werk of hoe het is om een oude vriendin uit de dood te zien opstaan?"

Boomer wist dat zijn vriend sympathiek wilde zijn, ondanks hoe zijn woorden klonken. Hij haalde een hand door zijn haar en wierp een blik op de gedeeltelijk geopende deur achter hem voordat hij zijn aandacht weer op Jake richtte. "Hoe weet je dat ze een vriendin was?"

"Ian houdt me hier voor mijn sluipschuttersvaardigheden en observatievermogen. Als ze je vriendin niet was, was er een tijd dat je wenste dat ze dat wel was."

Hij leunde voorover, liet zijn ellebogen op tafel rusten en hield zijn stem laag zodat ze hem niet zou horen. Het was lang geleden dat hij iemand over zijn Kitten had verteld. "Ze was de zus van mijn beste vriend en zat een jaar lager op school. Ik zag haar nooit als meer dan een goede vriendin, totdat ik haar meenam naar mijn schoolbal. Het ene moment was ze een vriendin, het volgende moment wilde ik iets meer. Het kwam uit het niets, weet je?"

Jake knikte maar zei geen woord.

"Op de avond van mijn afscheidsfeestje, een week voor de basistraining, ontdekte ik dat zij er ook zo over dacht. Ik vroeg haar om mijn meisje te zijn en op mij te wachten. Ze stemde toe en twee dagen later... was haar hele familie weg."

"Van wat Ian me vertelde, had ze geen keus."

Boomer sprong gefrustreerd van zijn stoel en begon te ijsberen. Hij hield zijn stem laag. "Verdomme, ik weet dat het niet haar schuld was. Maar er is te veel tijd voorbij gegaan. We kennen elkaar verdomme niet eens meer. Ik ben niet meer dezelfde achttienjarige jongen zonder zorgen in de wereld. Ik heb dingen gezien en gedaan die zij zich nooit kan voorstellen. Ik ben veranderd, en ik betwijfel of ze de man die ik ben geworden leuk zal vinden."

Jake sloeg zijn armen over elkaar en vernauwde zijn ogen naar zijn teamgenoot. "Doe de deur dicht."

"Wat?"

"Doe die verdomde deur dicht en ga verdomme even zitten." Nadat Boomer de deur dicht had gedaan en weer op zijn stoel was gaan zitten, verdween de hardheid uit de stem van zijn vriend. "Ik ben een beetje in de war hier, Baby Boomer. Heb je het over de marine en de shit die we hebben gedaan, of heb je het over de club en de levensstijl?"

"Allebei, denk ik," mompelde hij, terwijl hij naar de vloer staarde.

"Nou, de SEAL shit is makkelijk. Je hebt je land trots gediend en bevelen opgevolgd zoals de goede kikker die je bent. Ja, je hebt meer mensen gedood dan iemand ooit zal weten, maar waar het op neerkomt is dat je doodde omdat je moest. Je bent geen moordenaar. Je hebt levens gered, van burgers, je teamgenoten en van jezelf. Er is niets mis met wat je hebt gedaan in de naam van Uncle Sam. Ik denk niet dat je vriendin daar problemen mee zal hebben, vooral omdat je haar het meeste niet kunt vertellen."

Boomer haalde zijn schouders op en hield zijn ogen neergeslagen.

"Nu, over de levensstijl. Je bent niet de eerste Dom die aan zichzelf twijfelt, en je zult ook niet de laatste zijn. Het punt is... wat is belangrijker voor jou? Kun je van haar houden zonder haar te toppen? Of heb je het nodig zoals de lucht die je inademt? Je zei eerder dat jullie elkaar niet meer kennen. Misschien is dit je kans om haar opnieuw te leren kennen. Misschien is zij ook veranderd. Misschien wil ze wel gedomineerd worden, heb je daar wel eens aan gedacht ?" Hij pauzeerde even om het idee te laten bezinken in de andere man zijn hoofd. "Nu, stop met een eikel te zijn, en laten we je meisje uit de problemen halen, oké? Denk erover na om haar te neuken als dit allemaal voorbij is."

Boomer snoof en grijnsde toen. "Je bent een lul, Reverend."

"Hé, ik zeg het zoals het is. Als je gevoelig wilt, bel dan Polo."

Hoofdstuk 7

Toen hij hun gedeelde kamer weer binnenglipte, sloot Boomer stilletjes de deur achter zich. Hij draaide hem niet op slot. Kat sliep nog en hij moest haar nog niet wakker maken. Jake en hij hadden ongeveer een half uur besteed aan wat ze wisten en wat ze moesten uitzoeken. Ze hadden Ian gebeld om hem te laten weten waar ze verbleven, zodat hij de informatie aan Keon kon doorgeven. Het papierwerk dat ze nodig hadden voor de bank zou ergens na achttienhonderd vanavond toekomen. Jake zou over een paar minuten de omgeving van het motel gaan verkennen, en ook de bank, die drie blokken verderop lag. Ondertussen zou Boomer alleen op Kat letten. Hij controleerde de sloten van de voordeur en gluurde door de dunne spleet van de gesloten gordijnen naar buiten. Niets leek ongewoon.

Hij draaide één van de stoelen aan de tafel om, en ging er overheen zitten. Kat lag nu op haar andere zij, met haar gezicht naar hem toe. Zijn ogen dwaalden over haar gelaatstrekken. Haar wangen, haar fijne neus en haar zachte, volle lippen vormden een gezicht dat op de cover van een tijdschrift zou kunnen prijken, in combinatie met de prachtige ogen die hij overal zou herkennen. Het laken was opge-schoven tot haar middel en liet haar bovenlichaam bloot. Zijn mond watertandde toen hij naar het weelderige decol-leté staarde dat uit haar V-hals shirt stak. Verdomme, hij wilde haar nu meer dan toen hij nog een tiener was. Misschien had Jake gelijk. Misschien had het universum haar naar hem teruggestuurd met een reden.

Dom zijn was een belangrijk deel van zijn leven. Hij had de levensstijl gevonden waar hij van hield voordat hij bij Team Vier werd ingedeeld en Ian en de rest van zijn huidige teamgenoten ontmoette. Eén van zijn maatjes van de basistraining had hem naar zijn eerste club gebracht nadat ze samen in San Diego gestationeerd waren. Hij bracht daar twee jaar door tot hij werd toegelaten tot het SEALs Bud/s trainingsprogramma. Nadat hij zijn drietand had gehaald, werd hij ingedeeld bij Team Vier. Het oude team van zijn vader in Virginia. Hij was blij te vernemen dat verschillende van zijn nieuwe teamgenoten ook deel-namen aan de levensstijl en lid werden van de club die ze allen bezochten.

Kat bewoog en kreunde, maar bleef slapen. De geluiden die uit haar mond kwamen, maakten hem hard. Hij paste zich aan in zijn spijkerbroek. Wat zou ze doen als hij haar wakker maakte door haar langs haar oor te strelen... haar nek... haar borsten? Zou ze zijn hand wegduwen als hij haar heuveltje vastpakte en zijn vingertoppen door haar broek heen in haar binnenste stootte? Zou ze hem toestaan haar uit te kleden, vast te binden, haar te eten en te neuken? Zou ze gillen als ze voor hem klaarkwam? Zou ze om meer smeken? Zou ze...

Verdomme, hij had een koude douche nodig. Maar dat zou haar kwetsbaar maken, zonder onmiddellijke bescher-ming van Jake of hem. Hij zou een andere manier moeten vinden om zijn stijve te bedwingen tot Jake terugkwam om de wacht te houden. Hij pakte een *Men's Fitness* magazine uit zijn rugzak, ging op zijn bed zitten met een kussen tussen zijn rug en de muur terwijl hij zijn enkels kruiste. Hij bedekte zijn erectie met een ander kussen en bladerde door de pagina's tot hij een interessant artikel vond om te lezen.

Een paar minuten later zag hij beweging vanuit zijn ooghoeken en draaide zijn hoofd om. Kat staarde hem aan. Haar slaperige uitdrukking deed hem glimlachen. "Voel je je al wat beter?"

Ze strekte haar armen en rug en hij beet op zijn tong toen de handelingen haar borstkas naar hem toe stuwden. "Ja, dat had ik nodig."

Grinnikend scheurde hij zijn ogen los van haar borsten en richtte zich op het tijdschrift voor hem. Maar hij kon zich op dit moment op geen enkel woord concentreren. "Dat weet ik wel zeker. Jake is een paar dingen controleren. Heb je honger? Ik zal hem op de terugweg een pizza of zo laten halen."

Ze gooide de lakens van haar heupen en benen, stond op en liep naar de badkamer. "Ik weet niet wat het is om bij jullie in de buurt te zijn, maar ik heb nu meer honger dan ik in maanden heb gehad. Pizza klinkt goed, en misschien een salade?"

". . . Ik heb nu meer honger dan ik in maanden heb gehad." Schatje, je hebt geen idee... Ik heb in jaren niet zo'n honger gehad. En ik heb geen trek in eten. "Ja, natuurlijk, ik zal het hem zeggen."

"Ik ga even snel douchen om wakker te worden."

"Mm-hmm. Oké."

De deur ging achter haar dicht en Boomer hield het kussen in zijn schoot vast, terwijl hij een paar keer gefrustreerd met zijn heupen pompte. Het had alles van hem gevergd om haar niet te grijpen, bovenop hem te trekken en haar te teisteren. Nu hoefde hij er alleen nog maar niet aan te denken dat zij zich uitkleedde en haar naakte lichaam zou inzepen. *Fuck. Makkelijker gezegd dan gedaan.* Als Jake terugkwam en de wacht overnam, zou hij onder de douche springen en zichzelf wat verlichting geven. Hij pakte zijn telefoon, typte een snel sms'je naar zijn teamgenoot en gooide het terug op het nachtkastje.

De badkamerdeur ging een paar centimeter open en Kat stak haar hoofd naar buiten. "Benny, ik had mijn tas mee naar binnen moeten nemen. Kun je hem aan mij geven, alsjeblieft?"

Shit, maakte ze een grapje? Als hij naar haar toe zou lopen, zou ze nooit zijn stijve schacht missen die door zijn spijkerbroek stulpte. En waarom kon ze niet naar buiten komen en het zelf pakken? Er ging een lampje branden in zijn hoofd... Ze begon zich uit te kleden. *Ah, hel.* Nu was hij hard en kloppend.

Ze staarde geduldig naar hem. *Verdorie.* Hij had niet veel keus. Bijtend op zijn lip, gooide hij de voorzichtigheid in de wind, samen met het kussen, en stond op. Hij pakte haar tas en liep naar de badkamerdeur, hopend dat ze niet naar zijn kruis zou kijken. En natuurlijk, op het moment dat hij die gedachte had, dwarrelden haar ogen naar beneden en bloeiden haar wangen op toen ze zijn pakketje zag.

Boomers ogen reisden langs haar blote arm toen ze naar het zakje reikte. Op haar schouder was niets dan ivoorkleurige huid te zien. Hij ving een glimp op van de witte handdoek die ze gebruikte om zich te bedekken. Voordat hij iets kon zeggen of doen, keek ze verlegen weg en sloot de deur met een gemompeld dankwoord. Hij steunde met zijn armen op de deurpost en liet zijn hoofd voorover vallen. Er gingen een paar seconden voorbij voordat hij zich reali-seerde dat hij het slot niet had horen dichtvallen. *Was dat een uitnodiging?*

Hij greep naar de deurknop en aarzelde. Als hij het mis had, zou hij alles verpesten. Hij wist nog steeds niet of ze een vriendje had in Portland en dat was het eerste wat hij moest uitzoeken. Zuchtend liet hij de deurknop met rust en ging met zijn hand door zijn haar. *Alles op zijn tijd, eikel. Breng haar buiten gevaar, dan kun je weer met je lul gaan denken.*

Hij plofte weer neer op zijn bed en pakte zijn telefoon toen er een sms'je afging. Het was van Georgia Branneth.

GEORGIA

Hoi, Meester Ben. Ik hoopte dat we konden onderhandelen over een scène vanavond. Laat het me alsjeblieft weten. g.

Boomer staarde naar het bericht. Hij had de onderda-nige de afgelopen maanden verschillende keren aan de haak geslagen, maar had duidelijk gemaakt dat wat ze samen hadden in de club bleef, en dat vond ze goed. De korte, schattige ravenharige was een onlangs gescheiden middel-bare school lerares en had geen zin om in een andere relatie te springen. Ze was lief, leuk, en een ongelooflijke neukster. Naast lerares was ze ook turncoach, en ze was extreem lenig, wat interessante seksuele acrobatiek mogelijk maakte. Minder dan vierentwintig uur geleden zou hij hebben gefantaseerd over een aantal nieuwe posities. Maar nu, in zijn brein, had Kat de vrouwen vervangen in elk van zijn fantasieën. *Shit, hij is er geweest.* En nu moest hij een manier vinden om terug in haar hart te komen, want hij dacht niet dat één van hen genoegen zou nemen met iets minder.

Sorry. Niet in de stad.

GEORGIA

K. Volgende keer.

Boomer zuchtte. Er zou misschien geen volgende keer zijn. Dat zou hij de sub niet vertellen in een sms. Hij zou zeker niets zeggen totdat hij zeker wist dat Kat vrijgezel was en op dezelfde golflengte zat als hij. De kamer was stil. Alles wat hij kon horen was de douche die liep. *Verdomme.* Hij zou nooit van zijn erectie afkomen als hij bleef denken aan Kat die zich onder het warm water waste. Hij greep de afstandsbediening van de TV en drukte op de aan/uit-knop en daarna op de volumeknop.

Tegen de tijd dat Kat de deur opende en de badkamer uitliep, had hij zijn pik weer onder controle. Hij wilde dat dat zo bleef. Ze had zich omgekleed in een grijze joggingbroek en een zwart T-shirt met het logo van *J&E International K9* boven haar linkerborst. Haar voeten waren bloot en hij vroeg zich af of ze tegen nog een voetmassage zou zijn. Zijn pik trilde en hij verjoeg de gedachte uit zijn hoofd. Als Jake niet snel hier was, zou Boomer een ernstig geval van blauwe ballen krijgen. In hemelsnaam, hij kon niet eens naar haar voeten kijken zonder opgewonden te raken. Hoe gestoord was dat?

Hij hoorde twee of drie klopjes op Jake's deur, voordat die openzwaaide en zijn teamgenoot de andere kamer inliep. Terwijl hij door de tussendeur liep, droeg hij een grote pizzadoos en verschillende tassen naar binnen. Godzijdank. Boomer sprong op, pakte zijn plunjezak en ging naar de badkamer. Hij passeerde een nieuwsgierig kijkende Kat. "Begin maar zonder mij. Ik neem even snel een douche."

"Oké. Maar haast je, anders eet ik misschien die van jou op."

Boomer sloot de deur een beetje harder dan hij had moeten doen.

"Oké... Misschien eet ik die van jou wel op." Zijn hoofd ging tekeer. Jezus Christus, eikel. Haal je gedachten uit de goot. Niet alles wat uit haar mond komt is een insinuatie. Ga onder de douche staan, vuur je geweer af en hou het onder controle.

Hij zette de douche aan en haalde diep adem. *Verdomme.* De kamer rook naar haar lichaamszeep. Dit liep zo uit de hand. Hij kleedde zich snel uit, klom in bad en pakte de zeep. Hij scheurde het papier eraf, maakte het nat en zeepte zich in. Met één hand tegen de muur, de andere om zijn pijnlijke pik, sloot hij zijn ogen en kreunde zachtjes. Hij sleepte zijn vuist naar beneden naar de wortel en weer omhoog naar de kop. Op en neer, naar beneden en weer omhoog. Zijn heupen begonnen te pompen terwijl Boomer zich voorstelde dat Kat op haar knieën zat en hem zoog en likte. Haar lippen zouden zacht en vol zijn, haar mond warm en uitnodigend. Hij zou haar haar vastpakken en haar leiden hem dieper en dieper te nemen tot hij de achterkant van haar keel raakte. *Neem het, Kitten. Lik me alsof ik een ijsje ben. Hij verstevigde zijn vuist en voerde het tempo op. Ja, schatje, zuig er hard aan. Ik ga klaarkomen in je keel en jij gaat elke druppel doorslikken. Ben je klaar, Kitten?*

"Ah, verdorie," siste hij terwijl hij zijn sperma in de douchestraal spoot. Toen trok hij aan zijn pik tot er niets meer over was. Licht in zijn hoofd leunde hij zwaar op zijn andere hand tegen de muur en probeerde op adem te komen.

Yup, hij en Kat zouden eens moeten praten, want hij wilde haar meer dan ooit.

* * *

Kat schommelde heen en weer van de ene zij naar de andere, de slaap ontglipte haar om verschillende redenen. Ze lag in een vreemde kamer en bed. De muren waren flinterdun, dus hoorde ze elk geluid buiten hun kamer op de parkeerplaats. Maar Benny die in het andere bed sliep, en haar lichaam dat hyperbewust aanvoelde, waren de voornaamste redenen dat ze om twee uur 's nachts klaarwakker was.

Ze viel achterover op haar linkerzij en staarde naar de mooie man die een paar meter verderop lag. Ze kon hem zien dankzij het licht van het uithangbord van het motel dat de randen van de gordijnen doorbrak. Ergens in het afgelopen uur had hij zijn dekens uitgetrokken. Terwijl hij een trainingsbroek droeg, was zijn torso ontbloot voor haar kijkplezier. En wat een genot was het. Zijn schouders, borst en buikspieren waren gebeeldhouwde perfectie en ze verlangde ernaar om elk dal en iedere piek aan te raken. Met haar handen. Met haar tong.

Vocht verzamelde zich tussen haar benen en ze kneep haar dijen samen. Door de jaren heen had ze maar een paar afspraakjes gehad. Ze probeerde een normaal leven te leiden, maar al die tijd hield ze altijd één oog over haar schouder gericht, klaar om er in een oogwenk vandoor te gaan. De meeste van die afspraakjes waren nooit wat geworden. Het dichtste dat ze ooit bij een vriendje was gekomen, was ongeveer twee jaar geleden.

Tim Hartman was een lokale politieagent die een nieuwe hondenpartner had gekregen. Hij had met Kat geflirt tijdens zijn training in de inrichting waar ze werkte, en ze was gevleid. Hij was een goed uitziende man, twee jaar ouder dan zij. Hij maakte haar aan het lachen, iets wat ze niet vaak deed. Ze had te veel verdriet in haar leven, te veel stress. Ze hadden zes weken verkering gehad. Elke keer als ze zich probeerde te ontspannen tijdens intieme momenten, lukte het haar niet. In het begin had hij begrip getoond. Na enkele weken waarin ze niet verder kwamen dan zoenen en strelen, was hij gefrustreerd geraakt en was toen zijn interesse verloren.

Op het andere bed haalde Benny naar adem en begon te trillen en te kreunen. Hij zwaaide met zijn ledematen en zijn ademhaling nam toe, terwijl Kat rechtop ging zitten. Waar droomde hij van? Wat het ook was, het was niet goed. Toen hij een kreet van pijn slaakte, gooide ze de dekens van zich af en sprong naar hem toe. Als ze hem niet snel wakker maakte, zou Jake hem horen en denken dat ze in de problemen zaten.

Kat ging zitten op de dunne ruimte tussen hem en de rand van het bed en schudde aan zijn schouders. "Benny. Ben, wakker worden." Hij kreunde harder en wiebelde met zijn benen. Ze probeerde het nog harder. "Benny, word alsjeblieft wakker."

* * *

Boomer ging zitten en greep naar zijn linkerbeen. De plotselinge beweging deed Kat bijna op de grond vliegen. Ze greep zijn arm vast om het te voorkomen. Hij hijgde even en was gedesoriënteerd, voordat het heden weer tot hem doordrong. Zijn arm ging om haar middel om te voorkomen dat ze zou vallen. "Verdorie , Kat, ben je in orde? Wat is er gebeurd? Ik heb je toch geen pijn gedaan?"

"N-nee, dat deed je niet, nee. Ben je oké? Je kreunde en zo."

Hij haalde zijn andere hand door zijn haar en voelde het vocht op zijn voorhoofd. Hij zweette als een varken, *verdomme.* De frequentie van zijn nachtmerries was de laatste maanden afgenomen. Zo nu en dan staken ze de kop weer op. Hij kon nog steeds het gebrul van de raket horen toen die de vrachtwagen raakte waar hij net uit was gesprongen, het geschreeuw van de gewonden, het suizen in zijn oren dat dagen had geduurd voordat het was verdwenen. Het beeld van zijn scheenbeen dat uit zijn been stak, maakte hem nog steeds misselijk als hij eraan dacht. Maar hij leefde... en had al zijn ledematen nog. Sommige van de andere SEALs en mariniers, die erbij waren geweest toen ze waren aangevallen, hadden niet zoveel geluk gehad. Terwijl hij zich concentreerde op het normaliseren van zijn ademhaling, bagatelliseerde hij de nachtmerrie tegenover Kat, in een poging de bezorgde uitdrukking in haar gezicht te verzachten. "Ja. Gewoon wat flash-backs van toen ik gewond raakte. Ik denk dat het maar goed is dat ze alleen komen als ik slaap. Sommige jongens waar ik mee gediend heb, krijgen ze als ze wakker zijn."

"Wacht hier even." Ze sprong op en verdween in de badkamer. Boomer hoorde water lopen. Toen kwam ze terug met een nat washandje. Hij schrok toen ze weer naast hem kwam zitten en het zweet van zijn gezicht, nek en schouders begon te vegen. Zijn spieren bevroren. Hoe koel de doek ook aanvoelde tegen zijn zinderende huid, hij wenste dat er niets was tussen haar hand en zijn vlees. Overal kwam kippenvel tevoorschijn en zijn lul trilde. Hij slikte hard en keek naar haar gezicht toen haar blik de doek volgde die over zijn armen gleed. Hij kon er niet meer tegen. Hij moest haar aanraken. Haar kussen. Haar bezitten. Hij zou later wel afrekenen met de gevolgen.

Hij reikte omhoog, pakte haar kin en ze begon, haar ogen flitsten verbaasd naar de zijne. Hij had ontzag voor haar en zijn stem kwam eruit als een schorre fluistering. "Je bent nog steeds de mooiste vrouw die ik ooit heb gekend, Kitten."

Haar kaak zakte bij zijn uitspraak en daar maakte hij gebruik van. Hij wreef met zijn duim over haar onderlip en bracht zijn hoofd naar voren. Hij gaf haar tijd om achteruit te deinzen. Toen ze een klein zuchtje slaakte en haar ademhaling versnelde, waren alle redenen waarom dit een slecht idee was uit zijn hoofd verdwenen. Hij trok haar dichter naar zich toe, kantelde zijn hoofd en verving zijn duim door zijn mond. *Oh, lieve God in de hemel!* Hij had van dit moment gedroomd, een moment waarvan hij zeker was dat het nooit meer zou gebeuren. Ze smaakte naar wijn, rozen en zonneschijn, en al het andere waar dichters vrouwen mee vergeleken.

Boomer leunde achterover en trok haar met zich mee tot ze over zijn ontblote torso gedrapeerd lag. Terwijl hij haar hoofd op zijn plaats hield, dook hij met zijn tong in haar mond, proefde en genoot. Zijn andere hand streek langs het T-shirt dat ze in bed had aangetrokken en omklemde haar bilnaad door haar katoenen short. Hij verschoof zich en drukte zijn harde schacht tegen haar heuveltje, waardoor ze kreunde en huiverde. Monden smolten samen, tanden botsten, en tongen duelleerden terwijl ze haar handen in zijn haar begroef.

Haar op haar rug draaiend, volgde Boomer haar, zonder zijn mond van de hare te halen. Zijn handen waren overal tegelijk. Haar haren, borsten, taille en heupen. Huid, hij moest huid voelen. Hij greep de zoom van haar shirt, begon het omhoog te trekken en voelde haar verstijven. Wat was dat verdomme? Wilde ze dat hij stopte? Verdomme, ze had toch een vriend, of niet?

Hij rukte zijn mond van de hare en ging rechtop zitten. Hij probeerde zijn ademhaling en zijn pik onder controle te krijgen, stond op en ijsbeerde door de kamer terwijl hij zijn vingers door zijn warrige haar haalde. "Verdorie, Kat. Het spijt me. Ik had niet... Ik bedoel... je moet toch een vriendje hebben, niet ?"

"Nee."

Boomer kwam abrupt tot stilstand en staarde haar aan. "Nee?"

Hard slikkend schudde Kat haar hoofd. "Nee. Ik heb geen vriendje."

Nee? Waarom verstijfde ze dan toen hij probeerde verder te gaan? Omdat jullie elkaar twaalf jaar niet gezien hebben, eikel. Je weet pas zesendertig uur dat ze nog leeft en je bent klaar om haar de kleren van het lijf te scheuren. Ze verdient beter dan dat.

"Oh." Hij wreef met zijn hand over zijn gezicht. "Nou, het spijt me nog steeds. Ik had je niet zo moeten bespringen. We moeten..." Hij schraapte zijn plotseling droge keel. "We moeten weer gaan slapen. We moeten over een paar uur opstaan, want ik wil bij de bank zijn als ze open gaan."

* * *

Kat beet op haar lip en knikte voordat ze terugging naar haar eigen bed. Ze keek toe hoe Ben snel naar de badkamer liep en toen weer ging liggen. Zijn ogen ontweken haar. Hij schoof op zijn linkerzij, weg van haar. Ze zuchtte inwendig.

Haar hart bonsde nog steeds, haar bloed kookte van opwinding. Het vochtige en tintelende gevoel tussen haar benen was het bewijs dat ze niet wilde dat hij ophield. Ze had hem moeten zeggen dat ze nog nooit... maar dat kon ze niet. Hij had zo goed gevoeld en gesmaakt. Zijn lichaam, zijn aanraking, was waar zij de afgelopen twaalf jaar naar had verlangd. Nog een paar minuten. Ze wilde nog een paar minuten in zijn armen. Voor het eerst sinds ze hem als tiener had gekust, wilde ze meer. Ze wilde hem. Hem helemaal. Nog een paar...

Hij had gelijk, ze hadden slaap nodig, niet... niet wat ze net aan het doen waren. Maar verdomme, ze wilde niet stoppen. Misschien als dit allemaal voorbij was, als ze nog leefde, konden ze verder gaan waar ze gebleven waren. Ze draaide zich op haar zij en sloot haar ogen. Het duurde lang voordat de slaap haar weer overviel.

Hoofdstuk 8

"Ziet je iets, Reverend?" Boomer sprak in zijn mobiele telefoon. Het was tien over acht 's ochtends en Jake had het afgelopen uur aan de overkant van de straat gestaan, de omgeving verkennend.

"Niets bijzonders. Enkel een zwerver in het steegje hier. Ik heb het gecontroleerd. Hij slaapt zijn roes uit. Je kunt gaan."

"Oké. Ik zet mijn telefoon op trillen als je me nodig hebt." Hij verbrak het gesprek en scande de parkeerplaats van de bank nog een keer voordat hij uit de huurauto stapte die ze gebruikten. Op zijn hoede draaide hij zijn hoofd terwijl hij naar de passagiersdeur liep en die voor Kat opende. Hij haastte haar over het parkeerterrein en ging het grote bakstenen gebouw binnen waarin de Wells Fargo Bank was gevestigd. Er waren een paar mensen aanwezig. Niemand schonk enige aandacht aan hen toen ze langs de kassiers liepen en de enige balie van drie naderden waar geen vertegenwoordiger was die al een klant aan het helpen was.

De man stond op en gebaarde dat ze aan de andere kant van de balie moesten gaan zitten. "Goedemorgen, mijn naam is Brad. Waarmee kan ik u vandaag van dienst zijn?"

"De vader van mijn vriend is overleden. We kwamen er naderhand achter dat hij hier een kluisje had," vertelde Boomer hem terwijl ze allemaal gingen zitten. Het was een leugentje om bestwil, want ze wisten niet zeker of meneer Maier hier de rekening had geopend. "Het nummer op de sleutel is 522, en we hebben zijn overlijdensakte."

"Oké, ik heb een geldig identiteitsbewijs nodig en dan zal ik de rekening bekijken om te zien of er beperkingen zijn."

Kat overhandigde de man het certificaat en de Florida ID die een FBI-agent gisteravond had afgegeven. Het was de eerste keer in twaalf jaar dat ze een rijbewijs had op haar geboortenaam. De foto had Ian twee avonden geleden op kantoor gemaakt en daarna gemaild naar zijn contact in het federale agentschap. Omdat ze haar pruik niet droeg op de foto, hadden ze hem in de auto gelaten. Boomer was er nerveus over geweest. Ze wilden niemand in de bank achterdochtig maken.

Haar knie begon te schokken toen de bankier het document bestudeerde en op zijn computer begon te tikken. Boomer reikte naar haar toe en legde zijn hand op haar dij, haar nerveuze beweging stillend. Het contact deed zijn arm tintelen en verwarmen. Een snelle blik op haar gezicht vertelde hem dat zij ook de elektriciteit tussen hen voelde. Hij schudde zijn hersens even en richtte zich op Brad aan de andere kant van het bureau.

De bankier stopte met typen en fronste zijn wenkbrauwen. Kats spieren spanden zich onder zijn hand toen Boomer vroeg: "Is er een probleem?"

"Uh, nee, meneer. Ik ben alleen verbaasd te zien dat de kluis al meer dan twaalf jaar niet meer is geopend. Maar hij was volledig betaald voor twintig, dus er is geen probleem. De gezamenlijke houders van de doos waren mevrouw Maier hier, evenals een Alexei Maier en Sylvia Maier."

Kats ogen vulden zich. "Alex was mijn broer en Sylvia was mijn moeder. Zij zijn ook beiden overleden."

Een uitdrukking van medeleven trok over het gezicht van de man. "Gecondoleerd met uw verlies, mevrouw Maier."

"Dank u."

Hij stond op en liep om het bureau heen. "Als u me een momentje geeft, ik moet de sleutel van de bank ophalen bij mijn meerdere."

"Natuurlijk," antwoordde Boomer. "Geen probleem." Hij keek toe hoe de bankier naar een gesloten deur liep met het opschrift "Filiaalmanager" en aanklopte.

"Dus we hebben geluk gehad, hè?"

Hij kon vanuit deze hoek niet in de nu openstaande deur kijken, maar hield hem in zijn gezichtsveld terwijl hij zich weer naar Kat keerde. "Huh?"

"Geen gerechtelijk bevel nodig."

"Juist." Hij schonk haar een voorzichtige glimlach en scande de gezichten van de bankbezoekers terwijl ze met z'n tweeën wachtten. De haren in zijn nek rezen van voorzichtigheid. Zijn innerlijke alarmsysteem vertelde hem dat er iets mis was. Hij zag niemand of iets dat niet op zijn plaats was. Hij haalde zijn telefoon tevoorschijn en stuurde Jake een kort sms'je, maar het "alles veilig" antwoord deed niets aan zijn plotselinge ongerustheid.

Ongeveer twee minuten later kwam Brad terug met een grote sleutelhanger. "Sorry voor het wachten. Als je me wilt volgen, het is deze kant op. We halen het kistje op en dan kunnen jullie de inhoud onder vier ogen bekijken."

De bankier leidde hen naar de kluis, vond snel het lang vergeten kistje, nummer 522, en stak zijn sleutel in één van de twee sleuven. Daarna deed hij een stap achteruit zodat Kat hetzelfde kon doen. Nadat het ontgrendeld was, schoof hij het uit de muur en overhandigde het aan haar. "Je kunt de kamer rechts buiten de kluis gebruiken. Ik wacht hier tot je klaar bent."

"Dank u." Ondanks haar kalme houding wist Boomer dat Kats binnenste een kom gelatine was. Wat haar vader hier ook in de bank had verstopt, het was iets waar mensen een moord voor wilden plegen. Hij volgde haar de kamer in en sloot de deur achter hen. De ruimte was net zo groot als een kast en er was niets behalve een plank en een lamp. Haar handen trilden toen ze de doos neerzette.

De spanning die van haar afrolde deed zijn gedachten dat er iets niet in orde was niet bedaren. "Wil je dat ik het open maak?"

Kat beet op haar onderlip en schudde haar hoofd. "Nee. Ik heb het al." Nadat ze diep ademhaalde, tilde ze het deksel op en staarde verward en teleurgesteld naar de inhoud.

"Is dat alles?" vroeg hij over haar schouder. Dat kon het niet zijn.

"Ik begrijp het niet. Had mijn vader al die jaren een kluisje voor een ... een foto?" Ze pakte de oude, acht bij tien kleurenfoto en bestudeerde hem. "Dit is mijn vader toen hij een kind was. Hij is wat, ongeveer vier of vijf jaar oud hier?"

Boomer keek of er nog iets in de doos zat en vond hem helemaal leeg. Hij nam de foto van Kat en draaide hem om. De achterkant was leeg. Geen naam, datum of bericht. Vreemd. Toen hij hem weer omdraaide, onderzocht hij hem. "Het lijkt er wel op. Enig idee waar die genomen is? Is dat zijn ouderlijk huis waar hij voor staat?"

"Ik weet het niet zeker. Als ik het me goed herinner, zijn ze twee keer verhuisd voordat ze zich vestigden in Murfreesboro, North Carolina, toen mijn vader elf of twaalf was. Maar ik weet niet waar ze daarvoor woonden." Haar ogen flitsten naar Boomers gezicht toen een gedachte bij haar moest opkomen. "Mijn tante zou het wel weten. Het laatste wat ik hoorde was dat ze nog leefde. Chris vertelde me dat over . . . Ik weet het niet meer. Een jaar geleden, denk ik."

"Waar woont ze?" vroeg hij terwijl hij het deksel terugpakte en het doosje oppakte.

Ze stopte de foto in haar tas. "In Murfreesboro. Ze woont nog steeds in het oude huis van mijn grootouders. Het is iets meer dan een uur van hier. Daar gingen we heen toen..."

Ze hoefde haar verklaring over die tragische dag niet af te maken, hij pakte haar hand en liep naar de deur. "Laten we hier weggaan."

* * *

"Het is Glen Patterson, van Wells Fargo? U zei dat ik moest bellen als iemand in de Maier kluis keek... Een man en een meisje... Ik weet zijn naam niet, maar haar ID zegt dat ze Katrina, ik bedoel, Katerina Maier is. . . Ze zitten er nu in, maar ik weet zeker dat dat niet lang meer duurt... Een nummerplaat? Ja, ik kan het waarschijnlijk krijgen... Mijn kantoorraam kijkt uit op de parkeerplaats... Na dit, zijn we klaar, toch? Ik ben je niets meer schuldig... Goed... Ik sms je de nummerplaat en auto info."

De bankdirecteur verbrak de verbinding, opgelucht dat de laatste oude schuld was afbetaald. Hij had het gokken jaren geleden afgezworen nadat zijn vrouw dreigde hem te verlaten en de kinderen mee te nemen. Het had een tijdje geduurd. Hij had eindelijk al zijn geldschulden afbetaald. Deze laatste "informatie" schuld was het enige wat hij nog schuldig was. Nu hoefde hij alleen nog maar één ding te doen... Hij deed de blinden voor het raam open en wachtte op het stel dat hij Brad de kluis in had zien volgen.

Hoofdstuk 9

Hoofdstuk 9

Vijftien minuten later waren ze terug in hun motelkamers en pakten hun spullen. Het plan was om naar Murfreesboro te gaan om met Kats tante te praten. Wat zou dat een verrassing zijn voor de oudere vrouw. Voor zover zij wist, waren haar broer en nichtje twaalf jaar geleden gestorven en had zij geen andere familie meer over. Kats grootvader was gestorven toen ze zeven was en haar grootmoeder was vier jaar geleden overleden, zonder ooit het ware lot van haar zoon en zijn dochter te kennen.

Terwijl Jake in zijn kamer zijn spullen en de FBI dossiers verzamelde, kwam Kat uit de badkamer met haar toiletspullen. Boomer keek met lede ogen naar haar bleke, samengeknepen gezicht, omlijst door de pruik die ze weer droeg. "Gaat het?"

Ze gooide haar spullen in haar plunjezak en zuchtte. "Ja. Ik vraag me alleen af waar dit allemaal heen gaat. Ik bedoel, wat als we er niet uitkomen? En daar komt nog bij dat ik op het punt sta mijn tante Irina een schok te geven.

Wat moet ik dan doen, op haar deur kloppen en 'verrassing' roepen? Kijk eens hoe goed het uitpakte toen ik het bij jou deed. Jij viel flauw, dus die arme vrouw zal wel een hartaanval krijgen."

Haar tirade werd gestopt toen Boomer haar arm vastpakte en haar in een troostende omhelzing trok. "Shhh. Het komt wel goed. Ze zal geschokt zijn. Daarna denk ik dat ze verrukt zal zijn dat je nog leeft. Ja, ik ben flauwgevallen..." Hij pakte haar kin en dwong haar blik naar boven. Op zijn gezicht stond een plagerige frons. "En zeg dat nooit meer tegen iemand anders. Ian chanteert me nu al met rotopdrachten voor het komende jaar." Ze glimlachte zoals zijn plan was. "Nu ben ik over mijn schok heen en ik ben blij dat je nog leeft, Kitten."

Het was niet zijn bedoeling geweest toen hij haar voor het eerst in zijn armen trok, maar hij kon haar niet weerstaan. Hij boog voorover, zijn lippen vingen de hare en zijn pik kwam tot leven. Hij plaagde haar mond met zijn tong en verheugde zich toen ze zich opende en hem toegang verschafte. Gisteravond had hij nog poëzie gespuid bij haar smaak. Nu moet ze net haar tanden weer gepoetst hebben, want ze was muntfris en verrukkelijk. Poëzie was het laatste waar hij aan dacht.

Eén van zijn handen ging naar haar nek en zijn vingers strekten zich uit om haar hoofd op zijn plaats te houden. Zijn andere hand omklemde haar heup, trok haar tegen zich aan en zijn uitpuilende erectie. Ze kreunden bijna gelijktijdig toen hij zijn hoofd verplaatste en de nieuwe hoek hem in staat stelde zijn tong dieper te steken. Haar tong verstrengelde zich met de zijne terwijl haar handen langs zijn schouders en in zijn haar gleden.

"Ah, verdomme. Sorry, maar we moeten verder."

Ze sprongen uit elkaar. Kats gezicht werd rood voordat

ze zich omdraaide en de laatste spullen in haar tas begon te gooien. Verdorie, dacht Boomer. Wat was hij in godsnaam aan het doen? Als Jake hem niet onderbroken had, was hij het gevaar waarin Kat verkeerde vergeten en had hij haar op het bed gegooid voor een harde, snelle en zweterige vrijpartij.

Zich aanpassend, erkende hij zijn teamgenoot over zijn schouder. "Ja. Geef ons een minuutje. We komen er zo aan."

"Geen probleem."

Een paar seconden later hoorde hij de deur van Jake's kamer open en weer dicht gaan. Hij ging de auto starten voor hun reis en Boomer haastte zich om de laatste spullen te pakken. Hij keek de kamer rond om er zeker van te zijn dat ze niets vergaten voordat hij Kats tassen voor haar pakte. Hij wierp haar een intense blik toe en zei: "Wij zijn nog niet klaar, Kitten. Nog lang niet. Ik wilde je het alleen laten weten. Zodra je uit gevaar bent, gaan we verder waar we gebleven waren, en er zullen geen onderbrekingen zijn. Begrepen?"

Ze beet op haar lip en knikte. Haar blik zakte van zijn gezicht naar zijn borst. In de overtuiging dat ze wist dat hij van plan was haar spoedig naakt en verzadigd in zijn bed te krijgen, draaide hij zich om en liep naar de deur. Omdat zijn handen gevuld waren met hun tassen, haastte Kat zich om hem heen en opende de deur.

"Ik kan mijn spullen dragen als je wilt."

"Niets van," snoof hij. Ze mocht dan na al die jaren gewend zijn dingen alleen te doen, maar dat stond op het punt te veranderen. Het ging verder dan haar Dom willen zijn. Zijn ouders hadden hem opgevoed om een heer te zijn. Kat verdiende het om als een dame behandeld te worden.

Jake stond bij de open kofferbak terwijl de sedan draaide. "De radio zegt dat er een ongeluk is gebeurd op de snelweg en dat het verkeer kilometers vast staat. We zullen er omheen moeten rijden."

"Oké." Terwijl Boomer de tassen in de kofferbak gooide, kwam er een SUV het terrein op piepen en de hoofden van beide mannen draaiden zich om.

Ze trokken hun wapens, gingen achteruit om hun huurauto als dekking te gebruiken en gingen voor Kat staan om haar te beschermen. Vier grote mannen klommen uit de Escalade en hadden elk een semiautomatisch wapen in de hand, maar richtten die niet op het trio. Dat was de enige reden waarom Boomer en Jake het vuur niet openden.

"Geef ons meisje en je kunt vandelen weg."

Wat krijgen we nou? Aan het accent te horen, hadden de Russen Kat gevonden. Hoe wisten ze verdomme waar ze was? Jake zou iedereen gezien hebben die de bank in de gaten hield, dus de info moet van iemand binnen zijn gekomen. Brad, misschien? Het maakte niet uit hoe ze gevonden waren, het punt was dat het vier wapens tegen twee waren, met één ongewapende vrouw. En omdat de geweren niet vuurden, wist Boomer dat ze Kat levend wilden... voorlopig.

Hij keek naar de man die gesproken had. De verwaande bastaard was de kleinste van de groep. Dat zei niet veel, want hij was ongeveer één meter negentig en gebouwd als een stenen muur.

"Gaat niet gebeuren. Waarom neem je mij niet in de plaats?" Boomer hoorde Kats verbaasde zucht achter zich, maar negeerde haar. Hij had het te druk met het inschatten van de dreiging en hoe die te elimineren zonder dat Kat, Jake of hijzelf zouden sterven. Beide deuren van hun motelkamer waren nu gesloten en vergrendeld. Zelfs als dat niet zo was, zouden ze met zijn drieën opgesloten zitten met een klein raampje als enige hoop om te ontsnappen. Hun kamers waren aan het eind van het motel, dus aan de zijkant van het gebouw was de dichtstbijzijnde grote schuilplaats. Een leeg minibusje geparkeerd naast hun huuraccommodatie zou ook een obstakel zijn om zich achter te verbergen. Ze moesten een publieke schietpartij vermijden, tenzij het absoluut noodzakelijk was. Boomer wilde niet het risico lopen dat een kogelregen het motel zou rondvliegen en mogelijk een onschuldige omstander zou raken, hoewel zij op dit moment de enige zeven mensen in het zicht waren. Hij greep Kats arm vast, zonder zijn ogen van het viertal af te wenden. Ze zouden maar één kans krijgen. Hij moest er klaar voor zijn.

De leidende Rus vernauwde zijn ogen naar hen. "Waarom ik schiet jullie niet dood als hond, en neem wat ik wil?"

Het was tijd om te bluffen. "Omdat als je me neerschiet, je nooit zult krijgen wat je zoekt."

"Wat jij bedoel?"

Boomer deed een kleine stap naar links, hield Kat achter zich en de huurauto tussen de dreiging en hen. Hij was ervan overtuigd dat Jake zijn bedoelingen kende en vlak achter hen zou staan. Eerst moest hij de aandacht van Kat afleiden. "Het betekent dat Ivan een reeks aanwijzingen achterliet. Ik ben de enige die weet waar hij het over had. Ik ben de enige die weet hoe de schat te vinden."

Bij het noemen van "schat", glom er herkenning in het gezicht van de Rus. Bingo! Als ze dachten dat Kat van geen nut voor hen was, zou het makkelijker zijn haar te beschermen.

"Dan komen jij en meisje met ons mee en wij laat vriend leven."

Verdomme! Boomer opende zijn mond om te reageren, maar er klonken sirenes in de buurt en de aandacht van de Russen flitste naar de ingang van de parkeerplaats. De politie was misschien onderweg. Ze waren nog te ver weg om te helpen. Maar het was de doorbraak waar Boomer op had gewacht. Zonder een moment te aarzelen, ging hij er links vandoor, Kat voor zich uit duwend, wetend dat Jake hem op de hielen zat. Geschreeuw, gevolgd door geweervuur, vulde de lucht. Hij blokte Kats lichaam zo goed als hij kon tegen de dreiging van rondvliegende kogels terwijl ze op volle snelheid het gebouw omsloegen.

Toen ze de hoek om waren, zat Jake hen op de hielen en beantwoordde het vuur. "Verdomme! Godverdomme!"

Boomer vertraagde niet maar keek over zijn schouder. De sirenes kwamen dichterbij en het geweervuur kwam tot een abrupt einde. Russisch geschreeuw bereikte zijn oren, maar hij had geen idee wat er gezegd werd. "Wat?"

"Niets, ga door!"

Kat strompelde aan de achterkant van het motel. Als Boomers hand niet om haar arm had gezeten, was ze op haar gezicht gevallen. Een gierende band kwam van de voorkant van het gebouw toen hij haar tussen zijn lichaam en de achtergevel klemde. Jake stopte naast hen, zwaar ademend, en gluurde om de hoek. "Het klinkt alsof ze vertrekken. Ik denk dat het goed is."

Er was iets in de stem van de andere man dat Boomers aandacht trok. Toen hij opkeek, deed wat hij zag zijn hartslag weer omhoog schieten. Bloed stroomde uit een wond aan de linkerkant van Jake's bleke gezicht. "Wel verdomme!"

Hij keek vol afschuw toe hoe Jake op de grond gleed en hoe Kats gil door de lucht gierde.

Hoofdstuk 10

Boomer stapte met Kat de spoedafdeling buiten en scande de omgeving op gevaar. Hij hield haar verborgen in een nis, haalde zijn telefoon tevoorschijn en belde Ian. Toen zijn baas opnam, gaf hij hem een samenvatting van wat er was gebeurd.

"Dus het komt goed met Reverand?"

Er reed een auto voorbij. Boomer keek er even naar voordat hij antwoordde. "Ja. Een kogel raakte de muur toen hij de hoek om kwam. Die schopte een mooie grote brok baksteen uit. Het raakte hem bij zijn oog en schramde zijn hoornvlies. De dokter zegt dat het niet zo erg is als het eruit ziet. Hij heeft wat hechtingen voor een snee net boven het oog. Hij bloedde als een rund en heeft ons de stuipen op het lijf gejaagd. Hij heeft een ooglapje nodig en wat oogdruppels voor een week of zo. Daarna moet hij naar een oogarts. Ze moesten hem iets tegen de pijn geven. Het feit dat hij het heeft ingenomen, zegt je dat hij pijn heeft."

Ian snoof, duidelijk opgelucht dat de verwonding niet erger was. "Ja. Die klootzak haat zelfs een Dafalgan. Dus, wat is het plan vanaf hier?"

"Ik ga CC bellen en hem Jake laten ophalen als hij ontslagen wordt en hem naar huis laten vliegen. We hebben de politie verteld dat het een poging tot carjacking was. Of ze ons geloofden of niet is een ander verhaal. Eén van de rechercheurs is een oude vriend van m'n vader, dus ik denk dat hij ons wat ruimte gaf. Het helpt ook dat de enige getuige de motelbediende was die zich achter zijn bureau verborg terwijl hij 911 belde. Ik ben blij dat we nog steeds een wapenvergunning hebben in Virginia, anders zaten we nu nog in de verhoorkamer." Zijn ogen ontmoetten die van Kat. "Wij gaan naar Murfreesboro in North Carolina. Het is ongeveer een uur van hier. Kats tante woont daar. We hopen dat zij ons kan vertellen over de foto uit de kluis."

"Goed dan. Maar pas op je tellen. Als CC landt met Jake, stuur ik Dev en Marco om jullie te ontmoeten. Afhankelijk van hoeveel CC heeft geslapen, zijn ze er misschien niet voor morgenochtend. Ik wil dat je elke twee uur incheckt totdat je back-up er is. En ik heb je tracker geactiveerd, dus verlies je telefoon niet.

"Nog iets, mam?"

"Stop met dat sarcasme, kikker. Ik vind het niet leuk dat deze jongens Kat willen hebben, en jij staat in hun weg. Van wat je me vertelde, willen ze haar levend, wat betekent dat jij en alle anderen als bijkomende schade kunnen eindigen. Kijk uit en bel me zodra je problemen ziet. In het ergste geval bel ik Little Creek en stuur ik Team Vier om je te helpen. Ze zijn op dit moment aan het trainen in Amerika."

"Ja, ik betwijfel of Oom Sam dat leuk zou vinden, Bossman, maar ik begrijp je. Ik zal voorzichtig zijn en hou je op de hoogte."

"Elke twee uur of ik begin mensen te bellen."

Voordat Boomer kon antwoorden, verbrak zijn baas de

verbinding. Naast hem stond Kat. Ze zag steeds bleek, maar ze trilde tenminste niet meer. Ze had goed geholpen ter plaatse en had Jake eerste hulp verleend, terwijl Boomer zich ervan verzekerde dat de aanvallers er vandoor waren, vlak voordat de politie arriveerde. Het was pas nadat de hulpverleners het overnamen dat de schok van het beschoten worden haar eindelijk had geraakt. Nu trok hij haar naar zich toe in een omhelzing. "Gaat het?"

In zijn armen begon ze weer te beven. "Het spijt me zo, dit is allemaal mijn schuld. Jake of jij hadden dood kunnen zijn. Wat als hij zijn zicht in dat oog verliest?"

Hij omhelsde haar steviger en ging met zijn handen over haar rug. "Shhh. Rustig maar. Dit allemaal is niet jouw schuld. Je hebt de dokter gehoord, Jake wordt weer helemaal beter. Alsjeblieft, voor een Navy SEAL, is dit het equivalent van een nijdnagel."

Kat snoof. "Hoe kun je hier grapjes over maken?"

Hij trok zich terug zodat ze hem kon zien en pakte haar kin. "Dat is een ding dat je leert in het leger, Kitten. Grapjes maken is een manier om met dingen om te gaan. Het alternatief is gek worden. Ik ben serieus. Jake en ik hebben in veel ergere situaties gezeten dan vandaag. Ik maakte me alleen zorgen omdat jij er middenin zat. Als er iets met jou gebeurd was, zou ik niet weten wat ik gedaan zou hebben. Ik heb je net terug. Ik zal verdoemd zijn als ik je weer verlies."

Hij kantelde zijn hoofd en haar adem stokte een fractie van een seconde voordat hij haar mond opeiste. Dit was niet de tijd of de plaats voor een vrijpartij, maar hij moest haar iets anders geven om over na te denken. Aangezien hij voortdurend dacht aan seks tussen hen twee, waarom zou hij dan de enige zijn? Hij kuste haar hard en snel, stak zijn tong in haar mond en proefde snel van haar. Toen hij de korte kus beëindigde, was hij blij te zien dat ze blozend, glazig en buiten adem was. Spoedig. Hij moest haar snel de zijne maken. Maar eerst moest hij haar veilig houden en uitvinden wat er verdomme aan de hand was.

"Kom op, laat me Jake inlichten en dan gaan we op weg. Ik wil zoveel mogelijk afstand houden tussen ons en de slechteriken."

Het was nu na vieren. Tussen de politieverhoren en het wachten op een oogspecialist, vloog de rest van de ochtend en middag voorbij. Met het drukke verkeer zou het dicht tegen zes uur zijn tegen de tijd dat ze Murfreesboro bereikten, zo niet later.

Het bleek, met een ongeplande stop en meer verkeer dan ze hadden verwacht, vijfentwintig na zeven te zijn toen ze de lege oprit van Irina Maier opreden. Ze klommen allebei uit de auto en Boomer keek om zich heen. Hij was er zeker van geweest dat ze niet gevolgd waren.

Voordat ze Jake verlieten, had hij hen gezegd terug te gaan naar het autoverhuurbedrijf en van auto te wisselen, voor het geval één van de schurken een tracker geplaatst had. Boomer kon zichzelf wel schoppen dat hij daar niet eerst aan had gedacht. Ze waren zelfs nog een stapje verder gegaan en de auto teruggebracht naar een verhuurbedrijf voordat ze aan de overkant van de straat een nieuwe auto gingen halen bij een ander. En deze keer gebruikte hij een alias creditcard en identiteitskaart, wat hij jammer vond dat hij dat bij de eerste verhuur niet had gedaan. Ze hadden niet gedacht dat de Russen zouden weten dat ze in Virginia waren minder dan vierentwintig uur nadat ze waren aangekomen. Het was te laat om nu nog iets te veranderen, dus moest hij maar hopen dat de Russen hun nummerplaat niet hadden onthouden en getraceerd.

Nadat hij een kilometer had gereden, stopte hij en schakelde de GPS tracker uit die de meeste bureaus tegenwoordig gebruiken om hun voertuigen te volgen. Toen hij er zeker van was dat ze niet gevolgd werden, ging hij de snelweg op richting zuidwest. Terwijl ze in de file stonden, hadden ze van een truckstop geprofiteerd om wat te eten te halen. Het was niet geweldig. Het was de broodnodige voeding sinds ze de lunch gemist hadden.

Ivan Maiers ouderlijk huis was een ranch met één verdieping op ongeveer twee hectare land. Er stonden overal bomen en het was duidelijk dat Irina Maier graag tuinierde, of er op zijn minst iemand voor inhuurde. De herfstbloemen stonden in bloei en de bloembedden waren strategisch over het terrein verspreid, zodat je overal waar je keek een scala aan kleuren zag - roze, rood, geel en blauw. Het bakstenen huis was goed verzorgd en het leek alsof de witte luiken onlangs een nieuwe laag verf hadden gekregen.

Met Kats hand in de zijne, liep Boomer naar de voordeur en belde aan. Hij kon het klokkenspel horen afgaan, maar er kwam verder geen ander geluid van binnen. Kloppen had hetzelfde resultaat. Hij gluurde door het raam en zag niets verkeerds. Voor de zekerheid liepen ze om het huis heen.

"Misschien is ze uit eten met vrienden."

Boomer hoopte dat Kat gelijk had en dat er geen snode reden was waarom haar tante niet thuis was. Ze hadden geen idee of Volkovs mensen hier zouden komen zoeken naar antwoorden op de vragen die ze voor Kat hadden. "Kom op. Laten we een kamer zoeken voor de nacht. We kunnen over een tijdje terugkomen en kijken of ze thuis is."

Ze zuchtte. "Oké. Ik denk dat we geen keus hebben."

Hij opende de passagiersdeur voor haar en sloot hem nadat ze haar benen naar binnen had geslagen. Hij wierp een blik op het einde van de oprit en zag een man van achter in de zestig die post haalde uit een rij brievenbussen. Hij stak een vinger op naar Kat om haar te vragen even te wachten en liep de oprit af. "Excuseert u mij? Meneer?"

De man keek hem wantrouwend aan, dus stopte hij een paar meter verder en hief zijn handpalmen op om aan te geven dat hij geen bedreiging vormde. "Het spijt me, meneer. Mijn vriendin is een . . . een ver familielid van mevrouw Maier. We waren op doorreis en dachten, we gaan even gedag zeggen. Je weet niet toevallig waar ze zou kunnen zijn, of wel?" Hij wist niet wat Irina's buren wisten over haar broers familie, dus wilde hij niet zeggen dat Kat haar nichtje was.

De ogen van de man verschoven naar voorbij Boomer, dus hij wierp een blik achterom en zag dat Kat uit de auto was gestapt en naar hen toe liep.

"Verdomme!"

Boomers hoofd draaide zich weer om naar de oude man. "Wat is er?"

De buurman leek te beseffen dat hij hem had laten schrikken. "Oh, niets om je zorgen over te maken, jongen. Alle gedachten die ik had dat je me zou besodemieteren met je onzinverhaal vlogen het raam uit toen ik je vriendin daar zag. Ze lijkt precies op Irina ... nou ja, jonger natuurlijk. Hoe zei je dat je heette?"

"Dat heb ik niet gezegd, meneer, maar het is Ben Michaelson. En dit is Kate Zimmerman." Nogmaals, hij wilde de man niet tippen over Kats afkomst. Hij stak zijn hand uit, en de man schudde die.

"Mijn naam is Harry Bernhard. Ik woon aan de overkant. Welke afdeling van het leger, jongen?"

Boomers wenkbrauwen trokken verbaasd op. "Marine, meneer. Afgezwaaid SEAL om precies te zijn. Hoe weet je dat?"

"Zo'n twintig jaar geleden met pensioen gegaan bij de mariniers. Majoor. Je herkent altijd iemand die een gevecht heeft meegemaakt. Het is de manier waarop ze zich gedragen. Irak? Nee, geen antwoord. Soms vergeet ik dat jullie black-ops jongens die vraag niet kunnen beantwoorden."

Boomers mond tikte omhoog. "Nee, meneer, dat kan ik niet. Laten we zeggen dat ik al een paar keer de wereld ben rond geweest."

"Ik hoor je. Nu, over Irina. Verwacht ze je?"

Kat antwoordde van zijn kant voordat Boomer de kans had. "Nee, dat doet ze niet. Sterker nog, ze zal erg verrast zijn me te zien. Ik heb haar al heel lang niet meer gezien." Boomer wierp haar een subtiele blik toe. Ze besefte dat ze te veel had gezegd en probeerde zich in te dekken. "Ik woon al meer dan tien jaar aan de westkust en ben net terug naar het oosten verhuisd. Ik hoopte haar te verrassen."

"Nou, ik hoop dat je geen haast hebt, want zij en een paar leden van haar vrouwengroep hebben een nachtelijke roadtrip naar Roanoke Rapids gemaakt. Ze gaan om de maand naar een show en spelen op speelautomaten in het Royal Palace daar." Op Kats blik van ontzetting, voegde Harry eraan toe, "Maak je geen zorgen, juffie. Ze is morgen tegen de middag terug."

Glimlachend legde Boomer zijn arm om Kats schouders en kneep. Ze begreep het en trok een blij gezicht terwijl hij sprak. "Dat zou fijn zijn, meneer. We zijn net in de stad en meteen hierheen gekomen, dus kunt u ons een motel in de buurt aanraden?"

Harry krabde op zijn hoofd. "Nou, daar heb je een beetje pech mee, want Murfrees-boro heeft geen motels. De dichtstbijzijnde is zo'n vijfendertig kilometer verderop in Franklin. Maar we hebben wel een leuke bed and breakfast in de stad. Altijd schoon en niet te duur. En het is recht tegenover een goede plek om te eten."

"Dat zou geweldig zijn. Wat is de naam van de B&B?"

"Carmichael's. Rij rechtdoor de stad in en je vindt het aan je linkerkant na het eerste stoplicht. Je kunt het niet missen."

Boomer stak zijn hand weer uit en bedankte de man. "Ik zou het op prijs stellen, meneer, dat als u Irina ziet voordat wij dat doen, u de verrassing alstublieft niet bederft."

"Geen probleem, jongen. En noem me Harry. Misschien zie ik jullie morgen toch. Iri-na brengt me altijd een bosbessentaart mee van die geweldige bakkerij die ze daar hebben. Welterusten, nu."

"Welterusten."

Toen ze terugliepen naar de auto, gluurde Boomer over z'n schouder en zag de oude man hetzelfde doen. Hij mocht dan vriendelijk tegen hen zijn, hij was beschermend over Irina en dat was te zien. "Ik denk dat je tante een vriendje heeft."

"Huh? Waar heb je het over?"

Hij stak zijn duim op in de richting van het einde van de oprijlaan. "Harry. Het zou me niet verbazen als hij een oogje op haar heeft."

Kat wierp een blik over haar schouder op de oudere man voordat ze in de auto klom. "Echt? Nou, goed voor hen. Het is een lieve vrouw en ik heb me altijd afgevraagd waarom ze nooit getrouwd is."

Nadat ze haar deur weer had dichtgedaan, draaide Boomer de auto rond en stapte op de bestuurdersstoel. "Misschien heeft ze tot nu toe nooit de juiste man ontmoet."

"Misschien."

* * *

Kat was stil toen Benny terug naar de stad reed. Nu de stress van vanmorgen haar lichaam verliet, waren haar gedachten gevuld met alles wat er de afgelopen vierentwintig uur was gebeurd. Jammer genoeg bleef er één onbelangrijk ding opduiken. Het was wat ze vanmorgen op de badkamervloer had gevonden. Het roze papiertje van een memoblokje moet per ongeluk uit Benny's zak gevallen zijn. Ze wist dat het van hem was, omdat er "Ben" op stond in het nette handschrift van zijn secretaresse. Blijkbaar was Kat niet de enige die zijn bijnaam niet gebruikte. Het bericht op het papier was wat haar dwars zat terwijl ze de woorden in haar gedachten afspeelde.

Tanya wil graag met je spelen op de club vanavond. Bel alsjeblieft. 813-555-9438.

Kat had hem nooit gevraagd of hij een vriendin had. Ze had niemand over een vriendin horen praten, maar dat betekende niet dat hij geen afspraakjes had. En wat bedoelde Tanya met "met je spelen"? Wat spelen? Darts? Pool? En welke club? Nachtclub? Country club? Er waren te veel variabelen, maar haar gedachten dwaalden af naar het boek dat ze aan het lezen was - *Leder & Kant*. Het was een liefdesroman. De seks was niet "vanille," wat een term was die door boekenwebsites werd gebruikt als de seks in het verhaal tam was. In vergelijking daarmee was *Leder & Kant* wat ze erotica noemden. De sex was BDSM-Bondage, Discipline, Sadisme, en Masochisme. Kat hield van lezen. Hoewel ze "de levensstijl", zoals het werd genoemd, niet helemaal begreep, waren de fictieve boeken over het onderwerp leuk. En heet. Godverdomme, wat waren ze heet. Haar vibrator had de neiging om heel wat batterijen te gaan verbruiken als ze één van die romans las.

Het was het woord "spel" dat haar stoorde. Het werd veel gebruikt in BDSM-boeken en die verhalen speelden zich meestal af in clubs. Seksclubs. Had de vrouw die ze gisteren bij de apotheek hadden ontmoet het niet over een club gehad? Zou Benny in zoiets zitten? En hoe voelde zij zich daarbij? Kat wist niet wat te voelen of te denken op dit moment. En ze schaamde zich te veel om hem er naar te vragen. Wat als ze het mis had? Oh God, wat als ze gelijk had?

"Kat."

Ze sprong op bij het geluid van zijn diepe sexy stem. "W-wat?"

Wijzend naar het grote huis waar ze naast geparkeerd stonden, zei hij: "We zijn er. Alles goed met je?"

"Eh, ja. Sorry." Ze bloosde. "Mijn gedachten waren elders."

"Ja, het is een lange dag geweest. Kom op. Laten we een kamer nemen en in bed kruipen."

Oh hemel.

Hoofdstuk 11

Terwijl Benny in de badkamer was, stond Kat in hun slaapkamer en staarde naar het tweepersoonsbed. Omdat er dit weekend een bruidspaar uit de buurt ging trouwen, was er maar één kamer beschikbaar in de B&B. Het was een grote kamer met ook een zithoek, en Benny had aangeboden om op de bank te slapen. Maar door de blik in zijn ogen toen hij het zei, wist Kat dat de bank niet was waar hij wilde zijn. Hij wilde in het grote bed liggen... met haar. Samen. Naakt. En als ze eerlijk was tegen zichzelf, wilde ze dat allemaal en meer.

Ze dacht terug aan de kus die ze hadden gedeeld in het motel voordat Jake hen had onderbroken. Kat wist niet wat er aan de hand was, of ze aankwamen of weggingen. Alles wat ze wist was dat ze verdwaald was en niet gevonden wilde worden. Verloren in Bens armen was waar ze altijd wilde zijn, en, God helpe haar, ze wilde meer. Ze verlangde ernaar zijn shirt uit te rukken en de harde borst te verkennen waar haar borsten tegenaan gedrukt waren. Zijn pik had stijf tegen haar buik gestaan. Ze had zijn lichaam willen beklimmen en haar benen om zijn heupen willen slaan, zodat hij op één lijn met haar kutje had gelegen.

Terugdenken aan dat heerlijke moment maakte haar nat van verlangen. Ze mocht dan onervaren zijn, maar er waren dingen die het menselijk lichaam instinctief wist. En haar lichaam wilde paren. Hier. Nu. Met die ene man waar ze al die jaren op had gewacht.

Het toilet spoelde door en ze sprong op. Haastig trok ze de dekens naar achteren en klom in het bed. Ze had maar één van haar plunjezakken meegenomen, dus droeg ze het T-shirt en de korte broek die ze gisteravond in bed had gedragen. Ze waren niet echt sexy, maar hopelijk zou ze die niet lang meer dragen. Haar maagdelijkheid verliezen terwijl mensen haar probeerden te ontvoeren was niet de manier waarop ze wilde dat het zou gebeuren. Ze wilde wel dat het met deze man zou gebeuren. De man op wie ze had gewacht sinds haar zeventiende.

Kat haalde diep adem en trok de dekens aan de andere kant van het bed naar achteren als een overduidelijke uitnodiging aan Benny om bij haar te komen liggen. Ze wachtte. God, ze was zo nerveus. Wat als hij haar afwees? Wat als ze iets verkeerds deed? Hij zou meteen weten dat ze geen ervaring had, nietwaar? Zou het hem afschrikken?

De badkamerdeur zwaaide open en Kats ogen flitsten naar die van Benny toen hij de kamer binnenliep. Ze herkende het moment dat de teruggetrokken dekens in zijn brein werden geregistreerd. Hij bevroor en trok zijn wenkbrauw naar haar op. Ze gromde, "Er is geen, uh... geen reden voor jou om op de bank te slapen... Ik bedoel, we zijn volwassenen, toch? En ik..."

Haar woorden vielen weg en Benny glimlachte om haar nervositeit. Ze zat aan de kant van het bed die het dichtst bij hem was. Hij liep naar haar toe en ging naast haar zitten, haar een beetje opdringend. Haar hart begon te bonzen in haar borstkas toen ze haar ogen van zijn gespannen blik afwendde. "Als ik dit bed met je deel, Kitten, zal slaap het laatste zijn waar ik aan denk. Ik wil jou. Ik wil bovenop je liggen, onder je, achter je, en *in* je. Als jij dat niet wilt, zeg het dan en ik slaap op de bank." Hij wierp een blik op het beledigende meubelstuk. "Hoeveel pijn het me ook doet."

Natheid bedekte Kats slipje, en ze kwam bijna klaar van zijn sexy stem alleen al. Haar handen draaiden in elkaar in haar schoot. "Ik wil... Ik wil dat je bij me slaapt... Ik bedoel, niet slapen-slapen, maar..."

* * *

Boomer grinnikte en bedekte haar trillende lippen met zijn vingers. "Ik weet wat je bedoeld, Kitten. Verdomme, je bent mooi als je bloost. Net als op de middelbare school." Hij verplaatste zijn hand om haar wang te bedekken, maar bleef met zijn duim over haar lippen strijken. Hij dacht dat ze vanavond te moe en te gestrest zou zijn voor intimiteit. Seks was een geweldige stressverlichter. Zijn lul was harder geworden toen hij alle tekenen van haar opwinding zag - snelle hartslag, verhoogde ademhaling, hard slikken, en tepels die door haar dunne shirtje piepten. Toen haar ogen op haar schoot waren neergedaald, werd hij opgewonden van de natuurlijke reactie van een onderdanige.

Verdorie, haar dikke onderlip was gemaakt om op te sabbelen. Hij kon niet langer wachten en leunde voorover. Hij verving zijn duim door zijn lippen, tanden en tong. Kreunend bij haar smaak stak hij zijn hand in haar haar en hield haar op haar plaats terwijl zijn mond en tong gemene dingen met de hare deden. Zijn andere hand vond haar borst en masseerde het weelderige vlees.

Toen haar handen om zijn nek gingen, trok hij zich terug, en ze jammerde bij het verlies van contact. "W-wat is er mis? Heb ik iets verkeerd gedaan?"

Een gerommel kwam uit zijn borst. "Ben je gek? Nee, je hebt niets verkeerd gedaan. Het is gewoon..." Hij zuchtte zwaar. Er waren dingen die hij haar moest vertellen. "Kitten, als het op seks aankomt, ben ik veranderd. Ik weet niet zeker wat jouw reactie zal zijn." Zijn pik schreeuwde dat hij zijn kop moest houden en verder moest gaan. Zijn hersenen en hart vertelden hem dat dit belangrijk was. Hij kon niet verder gaan zonder haar over zijn wensen en behoeften te vertellen. Haar onderwerping aan hem was iets waar hij naar hunkerde. Hij dacht niet dat hij zonder kon leven.

"Wat is er?"

De argwaan in haar stem was dodelijk voor hem. "Als ik met een vrouw ben... in bed... moet ik de baas zijn... over alles. Ik hou ervan... Verdorie, dit is de eerste keer dat ik nerveus ben om een vrouw dit te vertellen. Ik ben een Dominant, Kat. Weet je wat dat betekent?"

Haar ogen verwijdden zich van verbazing. Om de één of andere reden leek ze niet zo geschokt als hij had verwacht. "Het betekent dat je houdt van... vrouwen vastbinden en billenkoek geven en zo. Het tegenovergestelde van 'vanille' seks, toch?"

Hij wist niet zeker waarom hij zo verbaasd was over haar antwoord. Ze had tenslotte het boek van Kristen over BDSM gelezen. "Ja. Dat is een deel ervan. Het is zo veel meer. Het gaat om een machtsuitwisseling. Terwijl een Dom de scène lijkt te leiden, is het de onderdanige die alle macht heeft."

Kats ogen vernauwden zich in verwarring. "Ik begrijp

het niet. Ik bedoel, ik heb boeken gelezen over het onderwerp. Het is soms moeilijk om feit van fictie te scheiden."

"Ja, nou, veel boeken die er zijn, geven een verkeerde indruk van de levensstijl. Zie je, als een Dom en sub aan het scenen zijn, of spelen zoals het ook genoemd wordt, dan stelt een sub alle grenzen en limieten. Er zijn lijsten die we in de club gebruiken en die bevatten elke vorm van spelen - wat een sub leuk vindt, wil proberen, of absoluut niet wil doen onder geen enkele omstandigheid. Een goede Dom zal die lijst respecteren. Hij zal de grenzen van de sub opzoeken. Als de sub haar stopwoord zegt, stopt alles. Dus, zie je? Een sub heeft alle macht."

Ze beet weer op haar onderlip en hij gebruikte zijn duim om het mishandelde stukje vlees te redden. "Waar denk je aan, Kitten?"

"Ik denk dat ik niet begrijp wat mensen er aan hebben. Ik bedoel, als een sub alle macht heeft, zoals je zei, wat heeft een Dom er dan aan?"

Ongemakkelijk geworden in zijn huidige positie, stond Boomer op en liep rond het bed. Hij ging op zijn zij liggen en stak zijn hoofd omhoog met zijn hand en legde zijn andere hand op de hare over haar buik. Zijn duim wreef over haar pols in kleine, sensuele bewegingen terwijl er kippenvel op haar huid verscheen. "Een Dom haalt voldoening uit de wetenschap dat hij het vertrouwen van zijn onderdanige heeft dat hij voor haar zal zorgen. Haar onderdanigheid is zijn grootste plezier. In ruil daarvoor is zijn grootste verlangen om *haar* plezier te geven dat haar stoutste dromen overtreft. Haar geest, lichaam en orgasmes behoren hem toe. Hij behandelt hen alsof ze het kostbaarste geschenk ter wereld zijn, want dat zijn ze ook."

Kats hartslag versnelde weer toen hij sprak. Hij kon

zien dat ze ergens mee worstelde, maar wachtte af. Hij kon dit niet overhaasten, het was te belangrijk.

"Mag ik je iets vragen?"

Aan haar toon te horen, wist hij niet zeker of hij dat wel wilde horen. "Natuurlijk schatje. Je kunt me alles vragen wat je wilt."

"Je... uhm... je liet een briefje vallen in de badkamer deze morgen. Van Tanya."

Verdomme. Hij had niet eens door dat het briefje van zijn secretaresse ontbrak. Hij was het helemaal vergeten. "En je wilt iets weten over haar en de club." Ze knikte en hij zuchtte. "Ja, ik ben lid van een privé club. Ian en Devon zijn de eigenaars van The Covenant. Het is in het eerste gebouw op het Trident terrein. Je zou het nooit weten van buitenaf. Tanya is een vriendin, niets meer. We hebben in het verleden gespeeld. Er is niets tussen ons op relatie-gebied. Ik heb geen vriendin, als je je daar zorgen over maakt. Ik zou nooit een vrouw bedriegen waar ik een relatie mee had."

"Dat dacht ik al."

Hij legde hun vingers in elkaar en kneep. "Nou, eerlijkheid is een groot deel van mijn levensstijl, dus ik wilde het je gewoon vertellen. De levensstijl is een groot deel van mijn leven." Hij haalde diep adem en ging verder. "Ik wil dat jij ook een deel van mijn leven wordt. We kunnen langzaam beginnen. Ik ga je niet in de boeien slaan en gemene dingen met je doen. ...nou, nog niet tenminste. Maar ik wil je laten kennismaken met mijn levensstijl en je laten zien hoe goed dingen kunnen zijn tussen ons. Kun je me... ons een kans geven?"

Haar aarzeling was dodelijk voor hem. Hij hoopte dat haar antwoord geen nee was. Hij hield zijn adem in en merkte dat Kat nerveus verschoof. "Er is iets dat ik je moet vertellen. Iets belangrijks."

Oh, God help hem. Dit was voorbij voordat het begonnen was. Zijn wantrouwen sloop in zijn stem. "Oké. Je kunt me alles vertellen, Kitten. Wat het ook is, we lossen het wel op."

"Ik, uhm... Ik bedoel, ik heb nog nooit... verdomme, dit was makkelijker in mijn hoofd... Ik heb nog nooit seks gehad." Die laatste zes woorden kwamen er haastig uit. Ze staarde naar hun ineengestrengelde handen, durfde hem niet aan te kijken.

Boomer bevroor. Huh? Verdomme wat! Zei Kat dat ze nog maagd was? Ze was negenentwintig jaar oud! Hoe was ze verdomme negenentwintig geworden en had ze nooit... nooit iets gedaan... Godverdomme!

Hij schraapte zijn keel en probeerde kalm te blijven en haar niet bang te maken. "Uh, wow, uhm... verdomme, die zag ik niet aankomen. Hoe... Ik bedoel, waarom... verdorie, help me hier eens mee, Kat. Ik ben niet boos of teleurgesteld... alleen geschokt dat je nooit... dat je nog maagd bent." *Ja, nou, dat had allemaal veel beter gezegd kunnen worden.* Hij raakte haar kin aan en draaide haar hoofd, zodat ze hem aankeek. Ze schaamde zich, dat was duidelijk. Maar ze hoefde zich nergens voor te schamen. Sterker nog, hij was blij dat geen enkele andere man haar ooit had genomen. "Wees niet beschaamd. Praat tegen me, schatje. Je zei eerder dat je seks met me wilde hebben. Als je dit wilt doen, hebben we wat communicatie nodig. Ik moet dingen weten om het goed te doen voor jou. De eerste keer kan ongemakkelijk zijn als ik het niet goed doe."

"Als je het hebt over het breken van mijn... je weet wel... Ik heb het jaren geleden gedaan met..."

Zijn ogen vernauwden zich en hij gromde. "Met wie ? Je zei net dat je nog maagd was."

"Dat ben ik ook ! Maar omdat ik nooit met een man ben

geweest, wil dat nog niet zeggen dat ik geen behoeftes had. Dus heb ik er zelf voor gezorgd, met..."

"Een vibrator," maakte hij voor haar af.

Kat knikte, haar wangen werden met de seconde roder.

"Verdomme, dat is geil. De gedachte aan jou... verdorie!" Boomer had niet gedacht dat hij nog harder kon worden dan hij al was. De beelden die zijn hersenen bombardeerden, brachten zijn hormonen in overdrive. Hij wenste dat hij een joggingbroek had aangetrokken, want hij zou ritsafdrukken op zijn pik krijgen van zijn spijkerbroek. Hij moest zijn innerlijke beest in toom houden of hij zou haar de stuipen op het lijf jagen. "Ik moet het vragen schatje, waarom heb je nooit eerder seks gehad? Zeg me niet dat er nooit een gelegenheid was. Je bent beeldschoon en je moet ze met een honkbalknuppel van je af slaan. Ik weet dat je ondergedoken leefde. Nadat je een nieuw leven begon in Portland, moeten er mannen geweest zijn die je in hun bed probeerden te krijgen. Anders zegt het niet veel over de mannelijke bevolking in Oregon."

Ze snoof. "Alsjeblieft, ik weet dat ik niet lelijk ben, maar ik ben verre van beeldschoon. Ik ben een gewone meid, niets bijzonders."

Nam ze hem in de maling? Weer grommend greep Boomer haar heup en rukte aan haar tot ze op haar zij lag, waarna hij een stekende klap tegen haar linker bil gaf.

"Auw! Waar was dat goed voor?" Haar ogen stonden wijd open van schrik... en nog iets anders... opwinding.

"Regel nummer één in mijn wereld, Kitten, is dat je jezelf nooit... *nooit*... kleineert. Dat is één van de snelste manieren om straf te krijgen. Je bent echt geen 'gewoon meisje'. Ik herinner me nog de avond van mijn feestje. Ik vertelde je hoe mooi je voor me was. Dat komt niet eens in de buurt van hoe mooi je vandaag bent. Jij bent de vrouw die een kamer binnenloopt en mannen je meteen in hun bed willen. Maar dan spreek je en ze willen op hun knieën vallen en je aanbidden. Je bent zo sexy als de zon, zowel van binnen als van buiten. Ik wil het je bewijzen. Maar je hebt nog steeds mijn vraag niet beantwoord. Waarom heb je niet eerder seks gehad?" Hij wist dat het belachelijk was te hopen dat ze op hem had gewacht. Wachtend op een moment dat ze weer bij hem kon zijn. Maar dat was wat hij graag van haar lippen wilde horen.

"Ik weet het niet. Ik bedoel, ik ben met een paar jongens uit geweest. Het voelde nooit goed. Het voelde alsof er iets ontbrak. Nu denk ik dat ik weet wat het was."

Boomer hield zijn adem in.

"Jij was het, Benny. Geen van die andere jongens was jij. Mijn hart en mijn lichaam wisten altijd al dat ze jou wilden en niemand anders."

Zijn hart voelde alsof het uit zijn ribbenkast zou barsten. Hij trok haar tegen zijn harde borst en pakte haar haren vast. "Jezus, dat is het meest sexy wat ik ooit heb gehoord."

Hij rolde op zijn rug, trok haar bij zich en eiste haar mond weer op. Proeven... genieten... haar als de zijne markeren. Zijn andere hand gleed over haar rug tot aan haar kont en hij pakte haar wang vast. Een gedachte schoot door zijn verwarde hersenen en hij trok aan haar haar om hun kus te verbreken. Ademloos zei hij: "Kitten, ik wil dat je me zegt dat dit is wat je wilt. Ik zal het goed voor je maken, dat beloof ik. We houden het voorlopig op 'vanille'. Ik ga je toch een stopwoord geven. Als ik iets doe dat je bang maakt of pijn doet, zeg dan het woord 'rood'. Ik zal onmiddellijk stoppen en we praten dan over wat er mis is, oké?"

Kat probeerde te knikken. Zijn hand hield nog steeds

haar haar vast. "Ja. Dit is wat ik wil. En als er iets niet goed voelt, zeg ik 'rood'."

"Het is belangrijk, schat. Ik kan geen gedachten lezen. Je moet het me zeggen als je iets niet leuk vindt of als het pijn doet. Laat me niet iets blijven doen omdat jij denkt dat ik dat wil. Het enige wat ik wil is jou plezier geven. En heel veel orgasmes." Haar ogen verwijdden zich. "Oh, ja, Kitten. Daar ga ik je er genoeg van geven. Ga nu even rechtop zitten en trek je shirt uit."

Hij wilde het van haar afrukken, samen met haar korte broek. Hij moest echter babystapjes nemen voor haar eerste keer. En een paar onschuldige bevelen zouden haar laten wennen aan het feit dat hij ze uitdeelde. Terwijl hij haar aandachtig bekeek, duwde Kat zich van zijn borst en knielde naast hem. Blozend greep ze naar de zoom van haar T-shirt en sloeg haar ogen neer.

"Uh-uh, Kitten. Ogen op de mijne. Dan kun je zien hoe mooi ik je vind."

* * *

Kat deed haar ogen omhoog op hetzelfde moment dat ze haar shirt uitdeed. Haar zicht werd even belemmerd terwijl ze het over haar hoofd trok. Toen haar blik de zijne weer ontmoette zag ze warmte. Verlangen wervelde in de amberkleurige irissen en deed haar denken aan gesmolten lava. Ze voelde een golf van sappen tussen haar benen en beet op haar lip.

"Je gaat tandafdrukken achterlaten in je onderlip. Ik heb liever dat die afdrukken door mij gemaakt worden." Zijn blik ging over haar lichaam terwijl ze bloosde. "Je bent prachtig, Kitten. Denk er niet aan om me te corrigeren. Ik hou van wat ik zie. Ik wil meer. Ik wil je zien spelen met je tieten zoals je doet als je alleen bent en niemand kijkt."

"Oh godverdomme!" Kat sloeg haar hand voor haar mond, gekrenkt dat de woorden haar waren ontgaan. "Ik bedoel... wil je dat ik dat doe waar jij bij bent? Dat is gênant."

Boomer grinnikte. "Oh, dit wordt zo leuk. Jouw onschuld is de grootste opwinding die ik ooit heb gehad. Er is niets om je voor te schamen, liefje. Het gaat nog veel intiemer worden dan dit. Ik vraag je niet om iets te doen wat miljarden vrouwen al duizenden jaren niet meer doen." Hij ging rechtop zitten en trok zijn eigen T-shirt over zijn hoofd. "Ik zal je wat vertellen..." Tot haar verbazing pakte hij het kledingstuk in twee handen en scheurde een lange strook van de stof af. "Laten we dit meer een kwestie van voelen maken, in plaats van zien."

Knielend voor haar, legde hij de strook over haar ogen en bond hem achter haar hoofd. Toen het vast zat, voelde ze hem weer gaan liggen. "Oké, laten we dit nog eens proberen. Hef je handen omhoog en bedek je tieten, Kitten." Haar handen bewogen langzaam, onzeker, maar ze volgde zijn bevelen op. "Mmm, goed meisje. Knijp en masseer ze nu. Duw ze omhoog en erin... verdomme, dat is geil."

Kat kon niet geloven dat ze dit deed. Maar Benny's stem was laag en bevelend. Ze kon niet anders dan zijn bevelen opvolgen. Terwijl ze zijn bevelen opvolgde, voelde ze zich ontspannen in het moment. Ze verdrong haar verlegenheid en nervositeit. Liet zijn stem door haar aderen stromen.

"Neem je duimen en wijsvingers en knijp in je tepels voor mij, schatje. Rol ze en trek eraan."

Ze voelde het bed weer verschuiven maar kon niet zien wat hij aan het doen was. Het onbekende deed haar huiveren in afwachting. Terwijl ze met haar tepels speelde, kreunde ze bij de sensaties die door haar heen raasden, recht naar haar kutje. Haar dijen klemden zich onwillekeurig samen terwijl haar clitoris klopte van behoefte.

"Masseer je borsten nog eens, Kitten. Omhoog en erin."

Ze bracht haar handen een beetje naar beneden en tilde ze op. Het bed dook nog een keer. Ze schreeuwde het uit toen zijn mond zich rond een tepel sloot. Haar clitje ging in overdrive toen hij zoog, likte en-*godverdomme*-knabbelde aan de gespannen top.

"Oh, oh, Benny! Oh mijn God!"

Hij zei geen woord. In plaats daarvan ging hij naar de andere tepel en gaf die dezelfde aandacht. Haar dijen begonnen te trillen. Net toen ze dacht dat ze het zouden begeven, sloeg hij zijn armen om haar heen en liet haar op het matras zakken. Zijn mond verliet nooit haar borsten terwijl hij ze bleef teisteren. Elk gebrom, geslurp en geklots leek door de kamer te galmen. Een deel van haar wilde naar hem kijken. Een ander deel wilde de spanning van het niet weten wat hij hierna zou doen. Ze voelde dat hij over haar heupen lag. Het bed schoof heen en weer terwijl hij naar beneden bewoog. Zachte kussen regende op haar ribben en buik tot hij de bovenkant van haar short bereikte. Hij greep de zijkanten, schoof het naar beneden en kuste elke nieuwe blootgestelde centimeter van haar huid.

Kat hijgde toen zijn tong de plooi tussen haar heup en dij likte. Meer vocht sijpelde uit haar binnenste. Voor ze het wist, was ze helemaal naakt en vroeg ze zich af wat hij dacht terwijl hij op haar neerkeek. Ze wist niet zeker hoe ze wist wat hij aan het doen was. Ze kon het voelen. Zijn handen gleden op en neer langs haar buitenste dijen, van haar heupen tot haar knieën. Ze wenste dat hij hetzelfde zou doen met de binnenkant.

"Ik heb hierover gedroomd sinds mijn laatstejaarsbal,

Kitten. Zelfs toen ik dacht dat je weg was, drong je mijn dromen binnen. Heel lang heb ik gebeden dat het een nachtmerrie was die nooit gebeurd was, maar dan werd ik wakker en... en rouwde ik weer. En het ergste was, terwijl ik rouwde om het verlies van mijn beste vriend, rouwde ik meer om het verlies van de vrouw van wie ik hield. Ik heb nooit van een andere vrouw gehouden en zal dat ook nooit doen. Jou in mijn armen en in mijn bed hebben is een mirakel dat ik nooit voor lief zal nemen."

Tijdens zijn toespraak kuste hij haar lichaam weer omhoog tot hij haar mond weer opeiste. Haar hart vulde zich met liefde voor deze man. Ze sloeg haar armen om hem heen. Ze verdronk in zijn passie en kreunde toen zijn blote heupen de hare raakten. Zijn harde erectie drukte tegen haar onderbuik. Even dacht ze: wanneer heeft hij zijn spij-kerbroek uitgetrokken? Oh, wie kan het verdomme wat schelen? Ze was gewoon blij dat hij het gedaan had. Terwijl hij in haar nek kroelde, hijgde ze: "Ik wil... Ik wil je zien."

"Hmm, dat komt nog wel, schatje. Maar nu wil ik dat je je andere zintuigen gebruikt - voelen, horen, ruiken, en..." Hij likte haar lippen. "proeven. Nou, ik zal degene zijn die een poosje proeft. Spreid je benen voor me, Kitten. Wijd."

Het bed dook heen en weer tot ze hem tussen haar dijen voelde zitten. Zijn handen spreidden haar een beetje. Ze had een plotselinge drang om hem te smeken... om wat ze niet wist. Ze voelde een zuchtje lucht een seconde voordat zijn tong langs haar spleetje likte en haar heupen omhoog stuwden. "Oh mijn God! Godverdomme!"

* * *

Grijnzend om haar reactie likte Boomer haar opnieuw. Deze keer hield hij haar heupen op hun plaats. Hij kreunde toen de smaak van haar sappen zijn smaakpapillen verzadigde. Het was de zoetste crème die hij ooit had geproefd. Hij likte meedogenloos aan haar. Ze was getrimd, niet bloot, maar dat vond hij prima. Het enige waar hij om gaf was dat hij haar eindelijk in zijn bed had. Hij zou er een nacht van maken die geen van beiden ooit zou vergeten. Hij wilde haar ruïneren voor elke andere man. Zijn Kitten zou hem kennen, en alleen hem. Ze kronkelde, kreunde, schreeuwde en smeekte terwijl hij haar hoger en hoger nam. Haar handen grepen de lakens vast... zijn haar... haar eigen haar... alles binnen handbereik, alsof ze een reddingslijn zocht om zich aan vast te houden. Zijn duim beroerde haar clitoris als een gitaarsnaar terwijl hij haar bespeelde met zijn stijve tong.

Hij verving zijn duim door zijn mond en zoog op haar kleine parel. Twee vingers doken in haar trillende kutje dat kletsnat voor hem was. Verdomme, ze stond in vuur en vlam voor hem, haar hitte verschroeide zijn vingers terwijl hij ze in en uit haar strakke kanaal stootte. Hij schoof ze helemaal naar binnen en zocht... ze hijgde... daar was het, het plekje dat hij zocht. Terwijl hij er over wreef, werden haar smeekbeden uitzinnig. "Kom voor me, Kitten. Laat je gaan en kom." Hij zoog hard aan haar clitje.

Kat gooide haar arm over haar mond om haar schreeuwen van bevrediging te dempen toen ze klaarkwam in golven van extase. Boomer stopte niet. Terwijl het ene orgasme wegebde, bouwde een ander zich er vlak achter op. Terwijl het genot weer over haar heen kwam, likte en streelde hij om het zo lang mogelijk te rekken. Toen ze van haar tweede orgasme bekwam, nam hij gas terug. Hij haalde zijn vingers uit haar kut en gaf haar clitoris en spleetje een paar laatste likken.

Verzadigd lag ze daar te hijgen, haar huid gloeiend met

een laagje zweet. Hij reikte omhoog, verwijderde haar blinddoek en wachtte tot ze hem in de ogen keek. Toen ze dat deed, likte hij langzaam het laatste van haar sappen van zijn vingers. Haar ogen verwijdden zich lichtjes. Ze werden zo groot als schoteltjes toen haar blik langs zijn lichaam naar zijn stijve schacht gleed die indrukwekkend fier overeind stond.

"Dat is allemaal voor jou, Kitten. En maak je geen zorgen, het zal passen."

Knikkend stak ze haar hand voorzichtig uit en zijn heupen schokten naar voren toen haar vingertoppen tegen hem aan kwamen. Hij pakte haar hand en legde die om zijn pik. "Strakker, schatje." Hij liet haar zien hoe ze hem moest aftrekken, van de wortel tot de punt. Zijn hoofd kantelde achterover op zijn schouders, zijn ogen sloten zich terwijl hij luid kreunde. "Dat is het. Streel mijn ballen, maar wees voorzichtig. Niet te hard met de familiejuwelen."

Hij grijnsde toen hij haar hoorde giechelen. "Ja, precies zo. Rol ze in je hand."

Haar aanraking was de zoetste van alle martelingen. Hij wilde haar de kans geven om hem een beetje te verkennen. Toen het bed verschoof, opende hij zijn ogen net genoeg om te kunnen zien wat ze aan het doen was. Kat zat op haar ellebogen en knieën. Hij realiseerde zich wat ze van plan was een seconde voordat haar mond zich om hem sloot. "Godverdomme!"

Ze deinsde terug en liet hem los. "Sorry!"

Hij greep haar haar en leidde haar weer naar beneden. "Jij hoeft geen spijt te hebben, Kitten. Het voelde ongelofelijk. Ik wil dat je het nog eens doet. Let gewoon op je tanden en je zult het goed doen. Proef me, schatje. Lik me."

Hij siste toen ze deed wat haar gezegd werd. Haar mond was pure zonde. Heet, nat en wild. Ze was eerst verlegen, maar begon er al snel in te komen. Haar tong draaide rond zijn schacht terwijl haar hoofd op en neer bewoog. Boomer hield de drang tegen om zijn heupen naar voren te duwen tot zijn pik de achterkant van haar keel raakte. Binnenkort, niet vanavond. Hij had andere plannen voor vanavond en er was maar één plek waar zijn pik nu wilde zijn... diep in haar kutje.

Hij verstevigde zijn greep op haar haar en trok haar van hem af. "Dat voelde geweldig. Ga weer liggen. Vanavond gaat niet om mij."

Terwijl ze zich op haar plaats legde, reikte hij over het bed en pakte zijn portefeuille van het nachtkastje. Hij vond het condoom dat daarin zat, opende het snel en rolde het over zijn pijnlijke pik. Hij spreidde haar benen wijd en controleerde met twee vingers of ze nog nat genoeg was... nou ja, dat was een understatement. Ze was drijfnat. Ze keek toe hoe hij zich op één lijn met haar ingang zette. "Je bent strak, schatje, dus ik zal het rustig aan doen. Het kan een beetje ongemakkelijk aanvoelen tot je meer strekt. Het zou geen pijn moeten doen, oké?"

"Alsjeblieft, ik wil je. Ik weet dat je het goed zult doen."

Haar vertrouwen in hem trok aan zijn hart en maakte hem nederig. Ze hijgde weer, de anticipatie was te zien in haar blik. Hij stootte het topje naar binnen en haar heupen kantelden voor meer. Hij pompte langzaam in en uit, met korte stoten en telkens dieper. "Verdorie, je bent zo strak. Doe ik je pijn?"

"N-nee, meer, ooohhh, alsjeeebliiieeeeefffft mmmmmmmmmeer. Oh God, het voelt zo goed, zo goed. Benny, alsjeeebliiieeeeefffft!"

Zijn vingers vonden haar clitoris en wreven er in cirkels over terwijl haar lichaam hem gulzig naar binnen nam. Toen hij eindelijk helemaal binnen was, begonnen haar heupen te golven. Haar benen sloten zich om zijn heupen en haar voeten groeven zich in zijn kont. Hij kon zich niet meer inhouden. Hij verhief zich boven haar op zijn ellebogen en begon haar sneller en harder te neuken, aangespoord door haar erotische kreten om meer. Het gevoel van haar strakke wanden rond hem was hemels. Hij liet zijn hoofd zakken, zoog op één tepel en speelde met de andere. Ze naderde. Hij vocht om zijn eigen bevrediging tegen te houden tot ze weer kwam. Hij schoof op zijn knieën, pakte met zijn ene hand haar heup vast en kneep met zijn andere hand in haar clitoris. Terwijl ze van de klif af begon te vliegen, greep hij haar beide heupen stevig vast, waarschijnlijk vingerafdrukken achterlatend, daar zou hij zich later wel zorgen over maken. Alles wat er nu toe deed was zijn behoefte om te komen, om één met haar te zijn. Zijn ballen trokken strak. Na nog drie of vier stoten volgde hij haar in de diepe kloof, grommend toen hij in haar klaarkwam. Zwarte vlekken verschenen voor zijn ogen. Hij wist op dat moment dat hij zijn eeuwige thuis had gevonden.

Ineengezakt gebruikte hij zijn armen om het grootste deel van zijn gewicht van haar af te houden. Zijn longen schoten uit zijn lijf en hij begroef zijn gezicht in haar nek. "Gaat het, Kitten?"

"Beter dan oké."

Hij grinnikte om haar gemompelde antwoord. Kreunend reikte hij naar beneden om het condoom vast te houden en trok zich uit haar terug. Hij kuste haar neus. "Niet bewegen. Ik ben zo terug."

"Mm-hmm."

Boomer haastte zich naar de badkamer, zo snel als zijn trillende benen hem konden dragen. Hij gooide het condoom weg en pakte twee washandjes. Hij maakte ze allebei nat en liep terug naar het bed, veegde er snel een over zijn leeggelopen pik en ballen en liet die toen op de grond vallen, bovenop zijn gescheurde shirt. Toen hij het andere warme washandje tussen haar benen legde, vlogen Kats ogen open en haar dijen klemden zich samen. Wel, zoveel als mogelijk was met zijn hand en arm ertussen geklemd.

"W-wat ben je aan het doen?" Haar geschrokken woorden kwamen er als een piepje uit.

"Ik zorg voor je. Nu, doe open, zodat ik je kan schoonmaken."

"Ik kan het wel."

Hij pakte de hand waarmee ze naar beneden reikte en pinde die vast aan het bed. Zachtjes grommend zei hij: "Het is mijn taak om voor je te zorgen, schatje. Dit is één van die dingen die een Dom doet, en het brengt me plezier. Nu, open je benen voor me."

* * *

Verlegen deed Kat haar benen wijd en sloot haar ogen terwijl Benny de sporen van hun vrijpartij wegspoelde. Geen van de orgasmes die ze zichzelf ooit had gegeven waren zo intens geweest. Ze genoot van de laatste sensaties die door haar lichaam gierden. Een deel van haar schaamde zich voor wat hij deed. Het andere deel voelde zich... aanbeden en... geliefd? Hij had eerder gezegd dat hij van haar hield... verleden tijd. Maar wat voelde hij nu voor haar? Ze opende haar ogen tot ze nog net door de spleetjes kon kijken en keek naar hem terwijl hij haar waste. Toen hij klaar was, boog hij zijn hoofd naar beneden en kuste haar heup, waardoor ze glimlachte.

Hij zag haar amusement en haalde zijn schouders op. "Ik kon het niet laten."

Opstaand trok hij de dekens onder haar vandaan en legde ze over haar heen. Daarna deed hij het licht uit en klom achter haar. Hij lepelde haar en hield haar stevig vast in zijn armen. "Slaap, Kitten."

En dat deed ze.

Hoofdstuk 12

Boomer zat tegenover Kat in het koffietentje en was blij haar aan te zien ontbijten. Ze had hem na hun ochtendlijke vrijpartij verteld dat ze uitgehongerd was van al die calorieën die ze had verbrand. Als dat alles was wat nodig was om haar aan het eten te krijgen en weer wat vlees op haar dunne botten te krijgen, wie was hij dan om te klagen?

Hij stopte het laatste stuk van zijn toast in zijn mond, kauwde, en spoelde het weg met een slok sterke koffie. "Ben je klaar om je tante weer te zien?"

Ze slikte een mondvol wentelteefjes en stroop door. "Ja, ik ben niet meer zo nerveus als gisteravond. Ik ben nu opgewonden. Ik hoop alleen dat ze niet flauwvalt."

Haar ogen glinsterden en hij wist dat ze hem aan het plagen was. Verdomme, dat zou hij nooit meer meemaken. "Ga zo door, Kitten, en de volgende keer dat ik je naakt zie, geef ik je zoveel orgasmes dat *jij* degene bent die flauwvalt."

Hij grinnikte om haar blos. Verdomme, ze was schattig. Hij keek naar haar bord en zag dat ze bijna klaar was, dus seinde hij de serveerster voor hun rekening. Hij wierp een blik op de wandklok bij de uitgang en zag dat het net na half twaalf was. Ze hadden uitgeslapen omdat Harry had gezegd dat Kats tante rond de middag thuis zou zijn.

Boomer had voor het ontbijt contact opgenomen met Ian en had vernomen dat Jake terug was op het terrein, geïrriteerd maar aan het rusten. De Trident vrouwen - Kristen, Angie en Jenn - waren druk met hem bezig en maakten hem helemaal gek. CC zou Marco en Devon naar een vliegveld zo'n dertig minuten van Murfreesboro vliegen. Ze zouden rond dertienhonderd uur met hen afspreken. Hopelijk zouden ze tegen die tijd weten waar ze heen zouden gaan.

Hij gooide genoeg geld op tafel om de rekening en de fooi te betalen, stond op en hielp haar van tafel opstaan. Hij liet haar hand niet los, verbond hun vingertoppen met elkaar en glimlachte in zichzelf over hoe goed dat voelde. Vanmorgen, toen hij in bed lag te kijken hoe ze sliep, besefte hij dat hij verliefd op haar was. Sommigen zouden hem krankzinnig noemen, omdat ze nog maar drie dagen geleden in zijn leven was teruggekeerd. De waarheid was dat hij nooit was opgehouden van haar te houden. En nu hadden ze een kans op de toekomst die hen zo lang geleden was ontzegd.

Hij hield de autodeur voor haar open en scande het stadje op bedreigingen. Niets leek ongewoon. Ja, er waren een paar mensen die naar hen keken, maar dit was een stad waar iedereen mekaar kende. Zij twee waren vreemden. Hij glimlachte en zei gedag tegen een ouder echtpaar op weg naar de bestuurderskant, waarna hij instapte en de motor startte. Er zat niets anders op dan te hopen dat Irina en haar vrienden vroeg terug waren, dus maakte hij een U-bocht en stuurde de auto in de richting van haar huis.

Hij wierp een blik op Kat en merkte dat ze weer nerveus werd en kneep in haar hand. "Alles komt goed, Kitten."

"Oh, ik weet dat alles goed komt met mijn tante. Ik ben bang dat ze niets zal weten dat ons kan helpen uit te vinden waarom die mannen achter me aanzitten."

"Als ze het niet weet, dan zoeken we een andere manier om het uit te zoeken. Brody zit nog steeds achter de computer om uit te zoeken wat we missen. Misschien hebben we meer informatie tegen de tijd dat Marco en Dev hier zijn.

Toen ze de oprit opreden, zagen ze een bruine Toyota Camry. Boomer zuchtte van opluchting. Hij wist dat Kat, ondanks wat ze bij het ontbijt had gezegd, zich druk maakte over de eerste minuten van deze reünie. Hij was dankbaar dat ze niet langer hoefde te wachten. Hij parkeerde de auto achter het andere voertuig, stapte uit en liep naar haar deur. Terwijl hij haar naar buiten hielp, ging de voordeur van het huis open. Boomer was niet al te verbaasd Harry naar buiten te zien lopen.

De oudere man kwam hen halverwege tegemoet. "Ik heb mijn woord gehouden en niets tegen haar gezegd. Ik dacht dat het wel beter was als ik hier was. Het gebeurt niet elke dag dat een nichtje van een vrouw uit de dood opstaat."

Ze schrokken van zijn woorden. Boomer was de eerste die bijkwam. "Hoe wist je dat?"

Harry grijnsde. "Ik ben niet dom, jongen. Ik weet al jaren wat er met Irina's broer en familie is gebeurd, althans dat dacht ik. Hun foto's hangen daar overal. Het was niet moeilijk om twee en twee samen op te tellen. Hoewel, ik weet zeker dat ik een paar stukjes van de puzzel mis, samen met Irina. Dus, hoe wil je dit doen? Ze is in de keuken koffie aan het zetten en mijn taart aan het opwarmen."

Boomer keek naar Kat, die haar schouders ophaalde, en toen weer naar Harry. "Jij kent haar op dit moment beter dan wij, dus ik ben bereid je te volgen."

De andere man knikte. "Okay. Waarom wacht je dan niet hier. Geef me een paar minuten?"

Het stel ging akkoord en keek toe hoe Harry weer in het huis verdween. Het duurde vier, misschien vijf minuten voordat de deur open vloog en een kortere, oudere versie van Kat de voortuin in kwam stormen. Ze hijgde en schreeuwde het uit, maar vertraagde niet en rende met open armen naar haar nichtje. Tranen vielen van beide vrouwen toen ze elkaar omhelsden. Irina trok zich steeds terug, staarde naar Kat en omhelsde haar dan weer innig. "Katerina, Katerina! Oh, mijn God! Ik begrijp het niet, maar ik ben nog nooit in mijn leven zo gelukkig geweest. Mijn Katerina is terug!"

Boomer voegde zich bij Harry op de trap aan de voorkant en gaf de twee vrouwen een paar minuten alleen.

"Ik neem aan dat dit een lang verhaal gaat worden. Is het niet, zoon?"

"Ja, meneer."

Harry trok een wenkbrauw naar hem op. "Als je wilt, kan ik later terugkomen. Ik wilde alleen zeker weten dat Irina me niet nodig had."

Hij dacht er even over na en besloot dat Harry misschien van pas kon komen. Als ze vertrokken waren, hadden ze iemand nodig om Irina in de gaten te houden voor het geval iemand hen kwam zoeken. Hij zou Ian ook bellen en kijken of Trident contacten had die ze konden gebruiken om de oudere vrouw te beschermen. Kat zou er kapot van zijn als er iets met haar tante gebeurde. "Als u het goed vindt, meneer, denk ik dat het beter is als je alles hoort."

Harry hield zijn hoofd bevestigend schuin en keek verder naar de betraande reünie.

Twintig minuten later zaten ze met z'n vieren aan

Irina's eetkamertafel, nippend aan de koffie. De taart voor elk van hen bleef onaangeroerd, behalve die van Harry. Terwijl ze luisterden hoe Kat het oudere echtpaar vertelde wat er twaalf jaar geleden tot nu toe was gebeurd, bekeek Boomer het schilderachtige kleine huis. Er waren foto's van Katerina, Alex, en hun ouders strategisch geplaatst door de kamers. Het was duidelijk hoeveel Irina van haar familie had gehouden en haar had gemist. Verdriet vulde zijn borst toen hij de foto zag van Alex en Boomers diploma-uitreiking. Hij herinnerde zich de foto van de familie Maier nog goed, omdat hij die op haar verzoek met Kats camera had genomen. De vier zagen er zo gelukkig uit, hun toekomst helder en veelbelovend. Maar al dat geluk was vernietigd door hebzucht en kwaad. Hij schudde zijn hoofd om de woede die zich in hem ophoopte weg te nemen en keerde terug naar het heden.

Kats verhaal werd onderbroken door af en toe een "oh, jee" en "arm kind" van Irina. Ze had de hand van haar nichtje niet losgelaten sinds ze het huis waren binnengekomen. Boomer kende het gevoel van de behoefte om verbonden te zijn met de lang verloren vrouw.

Toen Kat even op adem kwam nadat ze had verteld hoe ze in Trident terecht was gekomen, nam Boomer het over. "We doen alles wat we kunnen om Kat veilig te houden, Irina, maar we hebben jouw hulp nodig. Ivan gaf haar een sleutel van een kluisje in Norfolk. Er zat alleen een foto in. We hoopten dat jij ons kon vertellen waar die genomen werd."

Terwijl Kat de foto uit haar tas haalde en aan Irina overhandigde, gaf Boomer de gepensioneerde majoor een militair handgebaar om aan te geven dat er in Norfolk meer was gebeurd en dat hij de man later zou inlichten. Kat was het met hem eens geweest toen hij had voorgesteld haar tante niet te vertellen over de ontvoeringspoging van de dag ervoor. Het zou haar alleen maar ongerust maken.

"Oh jee, dit roept herinneringen op. Dit is je vader toen hij ongeveer vijf of zes jaar oud was. Dus, ik was toen ongeveer zeven. Dat is de rozenstruik van mijn moeder aan de hoek van het huis. Hij was prachtig. Dit is het huis waar we eerst woonden, voordat we naar Durham verhuisden. We verhuisden naar Murfreesboro toen ik twaalf was, bijna dertien. Toen nam papa de apotheek hier over. Voor die tijd werkte hij voor andere apothekers."

Normaal zou Boomer het niet erg hebben gevonden dat de vrouw herinneringen aan het verleden ophaalde. Nu had ze wat belangrijke informatie overgeslagen. "Irina, weet je nog hoe het dorp heette waar het eerste huis stond, dat op de foto?

"Oh, natuurlijk. Dat is wat je moest weten, is het niet? Dit was ons huis in Mint Hill, ongeveer een half uur ten oosten van Charlotte."

Boomer knikte. "Ik heb er wel eens van gehoord. Mijn bazen zijn in Charlotte opgegroeid en hun ouders wonen er nog steeds. Je herinnert je niet toevallig het adres in Mint Hill, hè?

"Natuurlijk, schat. Het was 58 Sycamore Road, maar het staat er niet meer. "

Iedereen staarde de vrouw verward aan toen Kat vroeg: "Wat bedoel je, tante Irina?"

"Heeft je vader je dat nooit verteld? Nou, blijkbaar niet. Ons huis in Mint Hill is afgebrand, er is niets meer van over."

"Wat? Hoe komt het dat ik hier nog nooit van gehoord heb?" Terwijl Kat geschokt was, hield Boomer een kreun in. Hij was er zeker van dat dit de plek was waar ze nu heen moesten. Nu was hij er niet meer zo zeker van.

Irina klopte op Kats hand. "Het was geen geheim, Katerina. Ik denk dat je je gewoon niet herinnert dat je het verhaal ooit gehoord hebt. Het huis werd op een nacht door de bliksem getroffen en ging in vlammen op. Gelukkig kwamen we er allemaal ongedeerd uit. Het huis was een totaal verlies. Het enige wat overbleef was een berg puin en de schoorsteen. Toen nam mijn vader een baan aan bij een apotheek in Durham. Het loon was daar beter en mijn grootmoeder was net overleden, dus konden we een tijdje in haar huis blijven wonen."

Irina stond op, ging naar de boekenplank en haalde er een oud fotoalbum uit dat eruit zag alsof het uit de jaren zeventig stamde. Ze bracht het terug naar de tafel en overhandigde het aan Kat. "Hierin staan al onze foto's van toen. De enige reden dat we ze nog hebben is omdat mijn moeder ze op een dag naar het huis van haar zus had gebracht en ze daar per ongeluk had laten liggen."

Kat streelde het met bloemen bedekte album. "Ik herinner me dit. Mam bewaarde het bij al onze andere albums."

"Ik heb ze allemaal, Katerina." Ze wees naar de plank, en Kats ogen volgden. Ze werden voller toen ze de stapel albums zag die haar moeder in de familiekamer had bewaard. "Toen ik jullie huis moest verkopen na ... na het ongeluk, heb ik alles bewaard wat sen-timentele waarde had. Een deel ervan ligt op zolder. Ik bladerde 's avonds graag doorheen de boeken als ik jullie zo vreselijk miste. Ik vroeg me altijd af wat er met alles zou gebeuren als ik er niet meer was, maar nu... is het allemaal van jou, mijn mooie Katerina."

Kat stond op en omhelsde haar tante. De tranenvloed begon weer. Harry ving Boomers blik en stak zijn duim op in de richting van de voordeur. Hij wist nooit wat hij moest doen of zeggen in de buurt van vrouwen in tranen. Boomer liep met de oudere man mee naar de voordeur. Harry gaf een valse, overdreven huivering en schudde zijn hoofd. "Verdomme, ik haat het als vrouwen huilen. Ik krijg er de kriebels van."

Boomer bulderde van het lachen. "Hetzelfde geldt voor mij."

"Blij dat ze gewacht hebben tot ik klaar was met mijn taart. Waarom vertel je me niet wat je niet wilt dat Irina weet."

Hij lichtte de man in over de ontvoeringspoging. "Ik ga mijn baas bellen voor we vertrekken en laat hem iemand sturen om Irina in de gaten te houden, voor het geval dat."

Harry haalde zijn mobieltje tevoorschijn en antwoordde: "Niet nodig. We zijn dan wel een klein stadje, maar onze sheriff is zelf een ex-special ops. Hij zorgt ervoor dat zijn hulpsheriffs geen luilakken zijn. Hij is toevallig ook mijn jongere broer. Als je het goed vindt, kan ik hem laten langskomen en kan je hem inlichten. Als het je nog niet was opgevallen, vreemden vallen hier nogal op, vooral stadslui."

Boomer wist dat de man gelijk had. Hij zou pas een oordeel vellen over het vermogen van de plaatselijke bevolking om Irina te beschermen als hij de sheriff had ontmoet. "Oké. Waarom bel jij hem niet even terwijl ik de status van mijn team controleer? Mijn back-up moet al geland zijn."

Alsof hij hen riep, ging Boomers telefoon en verscheen Marco's bijnaam "Polo" op het scherm. Hij antwoordde en gaf zijn teamgenoot een update en Irina's adres voor hun GPS. Met de bevestiging dat ze er ongeveer een half uur vandaan waren, hing hij op en wachtte tot Harry klaar was met zijn eigen telefoontje. Met alles onder controle op dit moment, was het enige wat hem dwars zat dat ze geen idee hadden waar te gaan vanaf hier.

Toen de twee mannen het huis weer binnenkwamen, waren ze opgelucht te zien dat de waterleiding weer was uitgezet. De vrouwen zaten aan tafel en bladerden door het oude fotoalbum toen de mannen weer gingen zitten. Kat sloeg een bladzijde om. Boomer merkte onmiddellijk iets op... eigenlijk meerdere dingen. "Kat, geef me het album even, alsjeblieft."

Op zijn opgewonden toon keek ze hem aan en haalde haar schouders op. "Natuurlijk, wat is er?"

Hij scande snel de pagina's voor en na de pagina die zij net had omgeslagen. Er stonden zes foto's op elke pagina en elke foto was netjes op een rij gezet met de andere. Maar aan de linkerkant van de huidige pagina ontbrak een foto, waarschijnlijk die uit het kluisje. De foto naast de lege ruimte was ondersteboven gekeerd. Boomer trok voorzichtig de plastic beschermfolie van de foto's af en haalde de omgekeerde foto eruit. Het was weer een foto van Ivan op de hoek van het oude huis. Irina stond ook op deze foto. De zevenjarige grijnsde en pronkte met haar ontbrekende voortand. Boomer draaide de foto om en vond wat hij hoopte dat hun volgende aanwijzing was.

"Dat is het handschrift van mijn vader."

Kat hoefde hem dat niet te vertellen. Na al die jaren herkende hij nog steeds het precieze handschrift van Ivan Maier.

"Wat staat er, zoon?" vroeg Harry.

Hij las voor wat een soort code leek te zijn. "NW-X-17D-24A."

"Weet iemand wat het betekent?"

Ze keken elkaar allemaal verward aan. Kat vroeg wat ze allemaal dachten, "Wat nu?"

Boomer zuchtte. "Ik zal Brody bellen. Misschien kan hij uitvinden wat je vader ons probeerde te vertellen. Kat, terwijl ik dat doe, kun jij de achterkant van alle andere foto's controleren. Irina, is het goed als we dit album samen met de anderen nemen? Misschien staat er nog iets in wat we missen."

"Natuurlijk, Benny. Ze zijn toch van Katerina."

Boomer probeerde zijn huivering te verbergen omdat ze hem "Benny" noemde. Ze had het blijkbaar snel opgepikt van Kats gebruik ervan. Hij liep naar de voordeur en pakte zijn telefoon er weer bij. Tegen de tijd dat hij klaar was met het bijbrengen van Egghead, stopte een patrouillewagen bij de brievenbussen naast de weg. Harry moet het gehoord hebben want hij kwam naar buiten op hetzelfde moment dat de sheriff uit het voertuig stapte.

Harry stelde de twee mannen voor. Ze schudden elkaar de hand. "Aangenaam, Sheriff Bernhard."

"Insgelijks, Ben. Maar noem me Marty. Harry zegt me dat we hier een probleem kunnen hebben."

"Ik hoop van niet, Marty." Boomer lichtte de andere man in. Net toen hij alles afrondde, reed er een huurwagen de oprit op. "Hier is mijn back-up."

Meer introducties werden gedaan toen Devon en Marco zich bij de groep voegden. Devon klapte zijn teamgenoot op de rug. "Zo, wat is het volgende, Baby Boomer?"

Boomer gromde maar hapte niet naar het plagerige aas. De jongens voegden alleen "Baby" aan zijn bijnaam toe als ze hem uit de tent wilden lokken of de spanning wilden verminderen. In plaats van hatelijk te worden, vertelde hij hen over het briefje op de achterkant van de foto. "Ik denk dat onze volgende stop Mint Hill is. Er moet een reden zijn waarom Ivan die twee foto's als aanwijzingen heeft gebruikt."

"Mee eens. Het is ongeveer vier en een half uur rijden om daar te komen, wat betekent dat het te laat zal zijn om vanavond nog rond te kijken. We kunnen bij mijn ouders logeren. Ze zijn in San Diego op bezoek bij mijn broer terwijl zijn team INCONUS is." De jongste van de Sawyer familie, Nick, was in de voetsporen van zijn broers getreden en was een Navy SEAL in Team Drie. Het was een paar maanden geleden dat hij nog op Amerikaans grondgebied was geweest.

Boomer keek zijn baas verward aan. "Waarom kunnen we geen vlucht nemen in de jet? We kunnen er in minder dan een uur zijn."

"CC's dochter is ongeveer twee uur geleden bevallen van zijn eerste kleinkind. Hij was aan het tanken en ging meteen terug naar Tampa. Ik bel Ian en laat hem contact opnemen met Chase. Hij kan één van zijn jets naar Charlotte sturen voor ons." Chase Dixon was eigenaar van Blackhawk Security en voorzag Trident en andere bedrijven van extra getraind personeel of transporten indien nodig.

"Goed dan. Dan kunnen we beter door gaan. Laat me Kat halen." Hij rolde met zijn ogen. "Maak je klaar voor nog meer tranen als zij en haar tante afscheid nemen."

Bijna als één, huiverden de andere mannen allemaal.

Hoofdstuk 13

Het was net na zessen toen ze allemaal een café binnenkwamen niet ver van het huis van de familie Sawyer. Kat merkte meteen dat de meeste vrouwen kwijlend keken naar de drie knappe mannen die haar omringden. De mannen waren alleen al indrukwekkend door hun lengte en lichaamsbouw. Voeg daar hun knappe gezichten aan toe en ze kon zich voorstellen hoe veel van de vrouwen wensten dat ze op dit moment haar waren. Ze zouden vast van gedachten veranderen als ze erachter kwamen dat mensen haar probeerden te ontvoeren en mogelijk te doden.

Nadat ze aan een tafel zaten, flirtte een mooie serveerster met neptieten openlijk met Benny, Devon en Marco. Alleen de laatste flirtte terug. Van wat Kat had gehoord, was Devon gelukkig verloofd, terwijl Marco momenteel vrijgezel was. Wat Benny betreft, hij leek alleen maar oog voor haar te hebben. Het deed haar lichaam tintelen toen ze de warmte in zijn blik zag. Ze hoopte dat het betekende dat hij haar net zo graag wilde als zij hem. Omdat ze niet wist hoeveel slaapkamers er in het huis van Devons ouders waren, wist ze niet hoe de slaapkamers geregeld zou worden. Kat hoopte dat Benny en zij een kamer zouden delen.

"Kat, hoe was Baby Boomer als kind?"

Ze keek Devon geamuseerd aan. "Ik weet dat zijn bijnaam Boomer is omdat hij getraind is in explosieven, maar waarom noem je hem Baby Boomer?"

"Twee redenen. Eén, omdat hij de jongste van het team is. En twee, omdat hij het haat."

Kat giechelde toen Benny met zijn ogen rolde. "Dus, natuurlijk, hoe meer hij het haat, hoe meer iedereen het gebruikt."

Een grijns verspreidde zich over Devons gezicht. "Zo ongeveer, ja. Veel bijnamen die we in het leger kregen, zouden we niet zelf gekozen hebben. De mijne is 'Devil Dog'. Hoewel het een lang verhaal is, laten we het erop houden dat mijn kluisje en een maandvoorraad Drake's Devil Dogs erbij betrokken waren."

Ze lachte. "Ik hou daarvan! Mama had altijd een voorraad van die en Yodels." Ze keek naar Benny's andere teamgenoot. "Zo, Marco, wat is jouw bijnaam, of heb je er geen."

"Ik heb geluk gehad met de mijne, er zit geen beschamend verhaal achter. Ik ben 'Polo' als in Marco Polo."

"Oh, wat schattig!"

De andere mannen grinnikten. Marco deed alsof hij beledigd was. "De eerste keer dat iemand mijn naam schattig noemt."

De serveerster kwam terug met hun drankjes en Kat dacht dat de vrouw zou smelten toen Marco naar haar knipoogde. Maar zodra de giechelende blondine weg was, richtte hij zijn aandacht weer op Kat. "Zo, vertel ons over toen Baby Boomer een jeugddelinquent was. Geef ons wat goede informatie die we tegen hem kunnen gebruiken."

Ze brachten het volgende uur door met eten en

verhalen vertellen. Ze vertelde over Benny, Alex, en haar capriolen op de middelbare school. Zij vertelden haar wat ze konden vertellen uit hun militaire en Trident tijd. Ze kwam er snel achter dat plagerijen en grapjes een groot deel uitmaakten van de relaties tussen de teamgenoten. Toen ze klaar waren met eten, besefte ze dat ze zich meer ontspannen voelde dan ze in jaren was geweest.

Vanuit de pub duurde het niet lang voor ze bij het Sawyer huis waren. Terwijl Benny de andere huurauto de lange oprijlaan op volgde, kon Kat het niet laten zich te vergapen aan het ... landgoed, kon ze het wel noemen. "Goeie genade! Zijn Devon en Ian hier opgegroeid?"

Het grote huis stond op enkele hectaren grond. Ondanks zijn grootte, was het niet ostentatief. Het gazon was prachtig verzorgd en bomen, struiken en bloembedden bezaaiden het landschap. Vergelijkbaar met het huis van haar tante, maar op een grotere schaal. Vier zuilen stonden op gelijke afstand van elkaar aan de voorkant van het bakstenen en gepleisterde huis. Beide voertuigen parkeerden op de ronde oprijlaan die een waterfontein omringde.

"Eigenlijk niet, nee. Mr. en Doc Sawyer kochten dit het jaar nadat Dev in dienst ging. Ik weet niet of je ooit van hun vader aan de westkust hebt gehoord. Zijn naam is Charles, maar zijn naasten noemen hem Chuck. Hij verdiende een fortuin in onroerend goed toen zijn jongens jonger waren. Nu hebben ze overal huizen. Doc Sawyer is plastisch chirurg, en ze doen allebei veel liefdadigheidswerk, dus reizen ze veel."

"De naam komt me niet bekend voor. Ik lees niet graag over mensen die ik niet persoonlijk ken.

"Ze bezoeken Tampa een paar keer per jaar. Wij bezoeken hen wanneer we kunnen. Ze hebben de rest van het team als hun eigen familie geadopteerd. Je zou goed met ze opschieten. De aardigste mensen ter wereld. Relaxed. Ondanks de mooie huizen en auto's, zou je nooit weten dat ze rijk zijn. Ze weten nog hoe het is om een middenklasse gezin te zijn dat het moeilijk heeft."

Benny pakte hun plunjezakken voordat ze Devon en Marco het huis in volgden. Nadat hij de deur had dichtgedaan, activeerde Devon het beveiligingssysteem. "Polo, jij kunt in Ians kamer slapen. Boomer, jij en Kat kunnen de twee gastenkamers nemen aan het einde van de gang boven."

"We hebben maar één kamer nodig."

Devon trok een wenkbrauw op, maar twijfelde niet aan de verklaring. "Oké. Waarom breng jij haar niet naar een kamer en dan neem ik contact op met het kantoor? Ik zal kijken of Egghead iets zinnigs heeft gezegd over die letters en cijfers."

Kat volgde hem de elegante trap op en door de hal naar één van de gastenkamers. Hij sloot de deur achter hen, liet hun tassen vallen, trok haar in zijn armen en kuste haar. Ze verloor de tijd uit het oog voordat hij zich terugtrok en haar met wellustige ogen aanstaarde. "Dat heb ik de hele dag al willen doen."

Giechelend gaf ze toe: "Dat heb ik ook de hele dag al gewild. Nou, en nog een paar andere dingen."

Hij kneep in haar kont en ze piepte. "Kleine plaaggeest. Ik moet terug naar beneden om te kijken of Brody informatie voor ons heeft. Waarom ontspan je je niet of neem je een douche, dan kom ik zo weer naar boven?"

Ze drukte een kus op zijn lippen, draaide zich om en liep verleidelijk met haar heupen zwaaiend naar de badkamer. "Niet te lang wegblijven."

* * *

Terwijl Kat een douche nam en zich klaarmaakte om naar bed te gaan, voegde Boomer zich bij zijn teamgenoten in de ontspanningsruimte, maar niet voordat hij de stijve had getemd die ze hem gaf. Een glas Jack Daniels wachtte op hem en hij bedankte Devon voor zijn vooruitziende blik. "Al iets van Egghead?"

"Nee, maar hij haalt de sequentie door elk codebrekend programma dat hij heeft. En een paar waarvan je niet eens wilt weten dat hij er toegang tot heeft." De nerd was één van de meest getalenteerde hackers in de business. Als de FBI, CIA, en NSA hem niet als één van hun eigen konden hebben, waren ze gewoon dankbaar dat hij aan hun kant van de wet stond.

Marco nam plaats in één van de zetels en had de TV afgestemd op een honkbalmatch met het volume op een laag pitje. Terwijl de andere twee op beide banken gingen zitten, ging Boomers telefoon. Hij haalde hem uit zijn zak en keek op het scherm.

Onbekende beller.

Dat was niet ongebruikelijk. "Michaelson."

"Boom-Boom. Wat is er aan de hand?"

"Hé, Carter, hoe gaat het?" Boomer was een beetje verbaasd om iets van de agent te horen. Het was meer dan twee maanden geleden dat hij hem in The Covenant had gezien, genietend van een avondje spelen. T. Carter was goede bevriend met de Trident mannen nadat hij ze in de loop der jaren op talloze missies was tegengekomen. Ze waren het hem allemaal verschuldigd dat hij meerdere malen op het juiste moment op de juiste plaats was. Als hij er niet was geweest, zou één of meer van hen bijna een jaar eerder door een sluipschutter aan het Trident terrein zijn vermoord. Boomer had geen idee voor welke van de Amerikaanse alfabetagentschappen de man eigenlijk werkte, maar uit ervaring en de verhalen die hij in de loop der jaren had gehoord, was hij blij dat Carter aan hun kant stond. Je kon de man in één woord samenvatten: dodelijk.

"Ik heb vanmorgen met Ian en Keon gesproken en ze vertelden me wat je de afgelopen dagen hebt uitgespookt. Ik heb wat gegraven en wat informatie voor je gevonden."

"Verdomme, je bent de beste. Wacht even. Polo en Dev zijn hier. Laat me je op de speaker zetten." Hij drukte op de juiste knop en legde de telefoon op de koffietafel, zodat ze allemaal de informatie konden horen. "Oké, zeg maar."

De diepe stem van de man schalde uit de luidspreker. "Het gerucht gaat dat Sergei Volkovs eigen mensen een aanslag op hem hebben gepleegd. Men vermoedde dat hij deals maakte onder de tafel en het niet vertelde aan degenen boven hem in de voedselketen. Hij werd hebberig. Dat maakte sommige mensen kwaad. Nogmaals, het gerucht gaat, dat zijn tweede-in-bevel de vuile daad deed en hem daarna verving. Zijn naam is Viktor 'De Stier' Denisovich, een gemene klootzak. Niet iemand die je wil belazeren. Men zegt dat hij meteen op zoek is gegaan naar een begraven schat."

"Begraven schat"... wat betekent dat verdomme?"

"Blijkbaar is jaren geleden een accountant met z'n gezin omgekomen bij een auto-ongeluk. ...klinkt dat bekend?"

"Ja," antwoordde Boomer voorzichtig. Het beviel hem niet waar dit heen ging.

"Ja, nou, drie dagen *nadat* deze accountant zou zijn

vermoord, verdween er een grote som geld van verschillende rekeningen waar deze man toegang toe had. Overgeboekt naar het buitenland en dan naar onbekende rekeningen."

"Godverdomme!" spuwde hij uit. "Over hoeveel geld hebben we het hier, Carter?"

"Vijftien miljoen."

"Wat? Godver!" Boomer haalde zijn handen door zijn haar en trok er bijna een paar stukken uit van frustratie en ongeloof. "Ah, Godverdomme. Ivan stal vijftien miljoen dollars van de Russische maffia. Was hij verdomme gek?"

"Mijn gok... het was zijn vorm van wraak, Boom."

Marco knikte instemmend terwijl Devon sprak. "Klinkt wel zo. Van wat ik begrepen heb, was Ivan een eenvoudige familieman. Het lijkt erop dat hij zijn wraak nam waar hij ze het meest kon kwetsen - in de portemonnee."

Nog steeds bezig zijn hoofd rond deze nieuwe ontwikkeling te wikkelen, staarde Boomer naar het plafond. "Ik begrijp het niet. Van wat Kat ons vertelde, werkten ze allebei en leefden ze middenklasse. Niets wijst op zoveel geld. Dus, wat heeft hij er in godsnaam mee gedaan?"

"Dat is de grote vraag. Carter, enig idee?" vroeg Devon.

"Sorry, Devil Dog. Ik weet alleen dat Volkov al jaren op zoek was naar het geld, ook al schreven de hogere rangen het af als verlies. Als ik nog meer te weten kom, laat ik het je weten."

"Bedankt, man."

Het gesprek werd verbroken en nadat hij nog een paar dingen met zijn teamgenoten had doorgenomen, ging Boomer naar boven naar de slaapkamer die hij met Kat deelde. Hij wist niet zeker of hij haar dit nieuws vanavond moest vertellen of tot morgen moest wachten. Hij moest het haar snel vertellen. Er waren vragen waar hij een antwoord op wilde. Toen hij de deur opende, bevroor hij bij de aanblik die hij zag. Verdomme, ze was zo mooi. Ze benam hem de adem.

Kat zat op het tweepersoonsbed in niets anders dan een zachte, groene handdoek. Haar blote armen en benen glinsterden van de pas aangebrachte lotion en de tropische geur van kokosnoten hing in de lucht. Het moet uit Doc Sawyers gastenkast komen, want het was anders dan wat Kat eerder had gebruikt in de Bed and Breakfast. Ze haalde een borstel door haar handdoekdroge haar en worstelde om een paar knopen eruit te krijgen. Boomer sloot de deur en liep doelbewust op haar af, terwijl hij zijn hand uitstak. "Laat mij het voor je doen."

Verbazing verscheen in haar ogen. Ze overhandigde de borstel en draaide zich toen met haar rug naar hem toe. Terwijl hij achter haar zat, nam hij een deel van haar lange lokken en gleed er met de haren doorheen. Als hij een knoop tegenkwam, verzekerde hij zich ervan dat hij haar geen pijn deed terwijl hij de lichtbruine lokken begon los te werken. Woordeloos ging hij verder, deel voor deel, tot de borstel bij elke passage soepel ging.

"Zo. Helemaal klaar."

Toen ze hem over haar schouder aankeek, was er geen twijfel mogelijk over de warmte in haar blik. Haar stem was laag en hees toen ze vroeg: "Hoe heb je dat gedaan?"

Zijn ogen vernauwden zich in verwarring. "Wat gedaan?"

"Je veranderde iets wat ik elke dag doe in een erotisch gebaar. Ik dacht dat alleen jongens in liefdesromans zulke dingen deden."

Boomer grijnsde en leunde voorover om haar oor te likken. "Je hebt nog niets gezien, Kitten."

Aangemoedigd door de rilling die door haar heen ging,

schoof hij haar vochtige haar opzij. Ze hield haar hoofd schuin zodat hij beter bij haar nek kon. Hij kuste, likte en knabbelde aan de gevoelige huid daar, terwijl hij zich omdraaide en de badstof van haar lichaam losrukte. Met een hand ging hij naar haar borst, waar hij het harde topje van plukte en rolde tot ze kronkelde en hem om meer smeekte.

"Vertrouw je me, Kitten?" fluisterde hij in haar oor terwijl zijn handen haar opwinding steeds verder opdreven.

Ze hijgde terwijl haar rug kromde van genot. "Oh, God, ja. Ja, ik vertrouw je."

Hij gromde en kuste haar blote schouder. De kamer scannend, zag Boomer wat hij nodig had. Hij haastte zich naar de openslaande deuren die naar een klein balkon leidden en verwijderde een van de touwen met kwastjes die de zware gordijnen ophielden. Het was perfect voor wat hij met haar wilde doen.

Terugkerend naar haar, grinnikte hij om de grote, onschuldige uitdrukking op haar gezicht. "Ik beloof je, schatje, je gaat dit geweldig vinden. Leg je handen achter je rug." Hij was blij toen ze maar een fractie van een seconde aarzelde voordat ze deed wat hij vroeg. Met geoefend gemak maakte hij haar polsen aan elkaar vast en controleerde toen of het touw niet te strak zat. Het materiaal van de karmozijnrode vlecht was zacht en zijdeachtig. Hij hoefde zich geen zorgen te maken dat het zou schuren op haar tere huid.

Hij streelde haar wang. "Je stopwoord is 'rood'. Als je bang wordt, of iets voelt niet goed, zeg dan 'rood' en ik maak je meteen los. Oké?" Hij hield het simpel, als een aan-uit schakelaar. Naarmate de dingen vorderden tussen hen, introduceerde hij het 'gele' stopwoord dat ze zou gebruiken om dingen te vertragen voordat ze verder gingen.

"Oké."

"Mmm. Dat was regel nummer twee. Regel nummer één was jezelf niet naar beneden halen. Nu, regel nummer drie is, als we zo spelen, wil ik dat je me Sir of Meester noemt. Kun je dat voor me doen, Kitten?"

"Ja. Ja, Meester."

Hij leunde voorover en drukte zijn lippen op de hare. "Verdomme, het klinkt zo lekker uit jouw mond. Zeg het nog eens."

Haar tong stak uit om haar lippen te bevochtigen. "Ja, Meester."

Boomer gromde als een beest dat net had gemerkt dat zijn partner loops was. Hij drukte zijn mond tegen de hare en hield haar op haar plaats door haar haren vast te pakken. Lippen smolten samen, tanden botsten en tongen duelleerden terwijl hij genoot van haar smaak. Zijn pik stond dik en hard in zijn spijkerbroek. Hij was nog niet klaar om haar te nemen... nog niet. Hij had eerst nog wat vieze, heerlijke plannen met haar.

Abrupt haalde hij hen uit elkaar. Er was nog een stel lippen dat hij wilde claimen. Hij haalde zijn portefeuille uit zijn achterzak en legde die samen met zijn pistool op het nachtkastje. Toen zag hij het doosje condooms dat ze eerder hadden meegenomen toen ze gingen tanken bij een truckstop. Hij pakte er één en grijnsde toen hij zich realiseerde dat zij het doosje voor hem had opengemaakt. *Wat een ondeugende meid.*

Hij kleedde zich snel uit, ging op het bed liggen, pakte haar op en plaatste haar zo dat ze op zijn gezicht zat. Haar benen zaten naast zijn oren en haar kern slechts centimeters boven zijn mond. Haar geur maakte hem gek. Voor hij aan zijn feestmaal begon, zei hij tegen haar: "Regel nummer vier, Kitten, is niet klaarkomen zonder toestemming.

Concentreer je goed en je zult het kunnen. Hoe langer je het volhoudt, hoe blijer ik zal zijn. En hoe blijer je me maakt, hoe harder je zult komen als ik je laat komen."

Kat jankte van behoefte en haar kutje huilde mee. "J-ja, Meester."

"Je mag wat lawaai maken als je dat nodig vindt. De jongens zijn aan de andere kant van het huis." Hij grinnikte en wreef met zijn stoppels tegen haar binnenste dij. "Schreeuw alleen niet te hard, anders denken ze misschien dat we hier in de problemen zitten."

"O-okay. Alsjeblieft."

"Mmmm. Ik hou van dat woord. Alsjeblieft wat, schatje? Zeg me wat je wilt, en misschien zal ik aardig zijn en het je geven."

Haar hele lichaam bloosde. Haar dijen trilden in afwachting. "Oh, God. Alsjeblieft ... um ... lik me alsjeblieft."

"Waar likken?" plaagde hij.

"D-daar. Tussen mijn benen."

"Uh-uh, Kitten. Je kan beter dan dat. We moeten werken aan je vuile slaapkamer praat. Vraag me of ik je poesje wil opeten." Zijn handen verplaatsten zich van haar heupen naar haar billen. Hij kneep en masseerde ze. "Denk aan al die ondeugende boeken die je gelezen hebt. Vertel je Meester wat hij wil horen."

Ze sloot haar ogen en slikte hard. Hij zou geen stap meer verzetten zonder haar verbale verzoek. "Alsjeblieft, Benny... Ik bedoel, Meester. Eet alsjeblieft mijn... mijn zoete poesje."

"Met plezier, schatje. Met plezier."

* * *

Benny trok haar naar beneden. Ze schreeuwde het uit op het moment dat ze zijn mond haar kutlippen voelde kussen. Afwisselend zoog hij op elk van hen, likte en knabbelde er dan aan. Zijn tong likte aan haar spleetje terwijl zijn neus tegen haar clitje stootte. Kat realiseerde zich plotseling waarom hij haar handen had vastgehouden. Ze was overgeleverd aan zijn genade en kon alleen maar, letterlijk, daar zitten en het ontvangen. Hij plaagde, prikkelde en martelde haar. Zijn sterke handen hielden haar op haar plaats terwijl ze probeerde te kronkelen en haar heuvel in zijn mond te persen.

"Meer, oh alsjeblieft, meer. Niet stoppen, alsjeblieft niet stoppen." Haar eigen woorden klonken onsamenhangend. Ze hoopte dat ze hem iets duidelijk maakte. Achter haar vonden haar handen de huid van zijn borst en krabde het. Ze werd overspoeld door sensaties en jaren van seksuele frustratie kwamen naar boven. Zijn tong deed meer voor haar dan haar vibrator ooit had gedaan. Als zijn handen haar niet hadden vastgehouden, was ze plat op haar gezicht in het matras gevallen. Hoger en hoger nam hij haar. Oh God, ze was zo dichtbij!

Zijn tong spietste haar en ze viel in een miljoen stukjes uiteen. Haar lichaam schokte door de impact. Omhoog was omlaag, omlaag was omhoog. Niets had zin toen golf na golf over haar heen rolde. Witte lichten en zwarte stippen vulden haar zicht en ze dacht dat ze flauw zou vallen. Ze zweefde naar de hemel en weer terug. Hoe had ze haar hele leven kunnen leven zonder te weten hoe het was om te vliegen?

Oh, shit! Dat was niet de bedoeling, toch? Hij had haar gezegd niet te komen zonder toestemming. "H-het s-spijt me," snikte ze en ze voelde zich zwaar, haar lichaam nog steeds in de war.

Boomer verschoof haar tot ze op zijn borst zat. Zijn mond en kin waren bedekt met haar sappen. Hij likte af wat hij kon bereiken. "Shh. Het is goed, schatje. Daar kunnen we aan werken." Hij grinnikte. "Tenslotte, oefening baart kunst. En ik ben van plan om keer op keer met je te oefenen. Maar de volgende keer, Kitten, zul je gestraft worden als je me niet gehoorzaamt. En je straffen zullen bestaan uit het slaan met mijn hand op je blote kont tot je me smeekt je te neuken."

Zijn woorden lieten haar bijna weer klaarkomen. De gedachte dat hij haar over zijn schoot zou draperen was iets waar ze al aan dacht sinds hij haar de vorige avond op haar kont had geslagen. Ze zag hoe hij het condoom pakte dat hij op het bed had gegooid en haar geslacht sidderde. Nooit had ze zoveel lust en verlangen gekend. Hij reikte om haar heen en bedekte zichzelf voordat zijn handen haar heupen vastgrepen en haar over zijn harde schacht heen legden. Kat ging op haar knieën zitten om hem de ruimte te geven en kreunde toen hij met het topje langs haar spleetje wreef. Haar lichaam gaf zich aan hem over toen hij zich een weg baande in haar strakke kanaal. Het slepen van zijn pik tegen haar wanden was puur hemels.

Benny liet haar langzaam zakken tot ze helemaal op hem zat, en hield haar daar. "Oh, verdomme, vrouw! Je verbrandt me levend. Ik kan dit niet lang meer volhouden, liefje."

Elke zenuw in Kat was levend. Elke beweging en ruk van zijn pik was een zoete marteling. Haar wanden klemden zich samen. Ze vond het heerlijk hoe hij kreunde. "Ik wil niet langzaam," hijgde ze. "Snel... alsjeblieft... snel."

"Godzijdank!"

Hij verstevigde zijn greep op haar heupen en begon haar op en neer te bewegen op het ritme van zijn stoten.

Deze positie voelde zo anders dan gisteravond, en ze voelde al snel haar orgasme opkomen. Met haar handen nog steeds achter haar werd haar borst naar voren geduwd en haar tieten stuiterden bij elke beweging. Hij trok haar over zijn torso en nam een van de bollen in zijn mond. De dubbele aanval op haar kutje en tepel liet haar smeken. "Oh, verdorie! Oh, Benny... Meester... meer, alstublieft. Oh mijn God, ik ga... oh, alsjeblieft... Ik moet... oh, help me... Ik moet... alsjeblieft..."

Ze voelde één van zijn handen tussen hen in glijden en toen zijn vingers haar clitoris vonden, stopte hij net lang genoeg met zuigen aan haar tepel om te bevelen: "Kom, Kitten. Kom voor mij."

Hij kneep in haar clitje op hetzelfde moment dat zijn tanden op haar gespannen topje beten en ze begon te vallen. "Oh... oh... oh, vvveeeeerrrrrrrd-dooooooommmmmeeeee!"

* * *

Boomer keek toe hoe ze in een spiraal naar de vergetelheid zakte, terwijl hij van onderen op haar bleef inbeuken. Haar poesje was zijn thuis. Hij wilde nergens anders zijn. Zijn ballen trokken strak en zijn onderrug tintelde. Nog een paar stoten en hij was er.

"Verdomme, schatje, jha... oh, godver jha... aaaaahhhhh-hhh, verdorie!" Zijn lichaam werd stijf toen zijn zaad de dunne barrière tussen hen vulde. Haar wanden persten de laatste druppel uit hem en ze smolt bovenop hem. Hij vertraagde hun ritme tot stilstand, snakkend naar adem. Hij zweette, hijgde, tintelde, sidderde - hij zwoer dat het uren zou duren om te herstellen.

Boomer draaide zich om en maakte haar polsen los. Zijn

handen masseerden haar armen tot aan haar schouders om er zeker van te zijn dat haar bloedsomloop niet was afgesneden. "Gaat het, schatje?"

"Mm-hmm."

Grinnikend reikte hij tussen hen in en kneep aan de rand van het condoom voordat hij zich uit haar terugtrok. Ze kreunde in protest toen hij haar van zich af rolde op haar zij. Hij leunde naar haar toe en kuste haar kleine, puntige neusje. "Ik ben zo terug."

"Mm-hmm."

Even later was hij terug met een washandje. "Spreid je benen voor mij, Kitten."

"Mm-hmm."

Hij snoof zijn amusement en begon haar schoon te maken. "Mm-hmm? Is dat alles wat je kan zeggen?"

"Mmm," mompelde ze. "Je hebt het woordenboek uit mijn hoofd geslagen. Kan niet denken."

Hij grijnsde en gooide het doekje terug de badkamer in, waar het op de tegelvloer belandde. Hij trok de dekens terug, pakte haar op en legde haar verzadigde lichaam aan haar kant van het bed en nestelde zich achter haar. Haar billen omhelsden zijn zachte pik terwijl hij in haar heup kneep. Als deze gekte achter de rug was, was hij van plan haar kont klaar te maken om genomen te worden. Hij hoopte als de hel dat het niet op haar harde-limiet lijst zou staan.

Verdomme! Hoe moesten ze in godsnaam plannen maken voor de toekomst met een prijskaartje van vijftien miljoen boven haar hoofd? Om haar tevredenheid niet te bederven, besloot hij te wachten tot de ochtend om haar over het geld te vertellen. Hoewel, ze had hem niet veel keus gelaten toen hij zich realiseerde dat haar ademhaling was gedaald en ze sliep. Hij hield haar dicht tegen zich aan, pakte een borst en sloot zijn ogen.

hoofdstuk 14

Kat werd zwetend wakker. Het duurde even voor ze begreep dat het Benny's lichaamswarmte was die haar de dekens van het lijf deed rukken. Toen hij zich niet verroerde of niets zei, besefte ze dat hij nog steeds sliep terwijl hij haar van achteren lepelde met zijn arm om haar middel. De ochtendzon scheen door de transparante schuiven van de Franse deur. Ze had plotseling de behoefte om naar het toilet te gaan. Toen ze zich uit het bed probeerde te bevrijden, verstrakte zijn arm om haar heen. Zijn hand vond haar borst en kneep erin. Ze beet op haar lip en probeerde het opnieuw. Toen ze zich deze keer verplaatste, ging zijn hand zuidwaarts naar haar bekken en zijn heupen schoten naar voren. Zijn ochtend-hout nestelde zich nu tussen haar onderste kaken en hij pompte nog een paar keer, kreunend, maar nog steeds slaperig.

Verdorie! Het voelde zo goed, zo ondeugend. Als ze niet snel opstond zou haar blaas gaan protesteren. "Benny?" Ze schudde aan zijn arm. Natuurlijk was het enige wat dat deed, dat hij zijn erectie weer in haar vlees liet schuren. Ze verhief haar stem iets harder en probeerde het opnieuw. "Benny, ik moet opstaan."

"Waarom?" mompelde hij.

"Ik moet naar het toilet."

Langzaam liet hij haar los en ze kroop uit het bed. Ze was halverwege de deur toen hij vroeg: "Hoe laat is het?"

Kat wierp een blik op de klok naast haar bed. "Kwart na zeven," vertelde ze hem voordat ze de badkamer inging.

* * *

Zuchtend schoof Boomer op zijn rug en zag haar kont de badkamer in verdwijnen. Hij pakte zijn stijve pik, wreef er een paar keer over en krabde toen aan zijn ballen. Achter de nu gesloten deur spoelde het toilet door en toen hoorde hij het geluid van de douche die aanging. Hij bleef even liggen om de ochtendmist uit zijn hoofd te laten verdwijnen, toen hem een gedachte te binnen schoot. Deze keer hoefde hij zich geen zorgen te maken over wat zij zou denken als hij bij haar kwam. Hij gooide de dekens van zich af, liep door de kamer en was blij dat de deur niet op slot zat. Hij besloot wat plezier te maken, gebruikte zijn sluiptraining en opende langzaam de deur. Stoom had de kamer gevuld. Door de spiegel kon hij nog steeds zien hoe ze naakt in de douche stapte. Het was een open inloopcabine achter dikke glasblokken zonder deur of gordijn om te sluiten.

Kat stond met haar rug naar hem toe terwijl hij de kamer binnenglipte en de deur achter zich sloot. Zwijgend liep hij naar de opening van de douche, stapte naar binnen en leunde tegen de betegelde muur. Hij keek toe hoe ze haar hoofd achterover hield en met gesloten ogen het water langs haar gezicht, nek, schouders en onderlichaam liet stromen. Zijn ogen volgden de kronkelende waterstromen toen haar handen haar natte haar van haar voorhoofd duwden. Een stroompje liep langs haar ruggengraat en verdween in de spleet van haar kont. Nog steeds bleef haar rug naar hem toe gekeerd.

Boomers hartslag ging tekeer terwijl zijn oogleden en ballen zwaar werden. Terwijl hij zijn harde, dikke pik vastgreep, streelde hij hem langzaam terwijl hij toekeek hoe zij een roze washandje en een fles douchegel pakte. De geur van kokosnoten vulde de lucht en het maakte hem nog harder, herinnerde hem aan hoe goed ze rook afgelopen nacht. Het washandje was nu ingezeept en zeepbubbels begonnen haar huid te bedekken. Hij rukte aan zijn pik en voorvocht sijpelde terwijl zijn blik de roze bundel volgde terwijl die over elke centimeter van haar huid ging. Ze spreidde haar benen en kreunde luid terwijl ze haar kutje zeepte. Boomer beet op zijn lip en probeerde te zwijgen.

"Blijf je daar de hele dag staan, naar mij kijken en met jezelf spelen?"

Een grijns verspreidde zich over zijn gezicht. "Hoe wist je dat ik hier was, jij kleine plaaggeest?"

Ze draaide zich om en gaf hem een brutale glimlach. "Ik voelde de koelere lucht toen de deur openging. En ik heb ook een goed perifeer zicht." Ze streelde verder met het washandje over haar lichaam terwijl ze toekeek hoe zijn hand op en neer ging.

"Heb je pijn vanochtend? Wees eerlijk, want je hebt me gisteravond behoorlijk hard bereden."

Een blos verspreidde zich over haar wangen terwijl ze knikte.

"Het is goed, Kitten. Ik zorg hier wel voor," zijn kin daalde in de richting van zijn schaamstreek, "terwijl jij je verder doucht."

Kat beet op haar onderlip en haar tong streelde over haar bovenlip. "Of, ik kan... je weet wel..."

Boomer snoof geamuseerd. "We zullen aan je ondeugende woordenschat moeten werken. Betekent 'je weet wel' dat je aanbiedt me te pijpen?"

Haar ogen bleven op zijn hand gericht terwijl die in een betoverend ritme langzaam zijn pik omhoog, over, terug en omlaag bleef werken. "Gisteravond was de eerste keer dat ik ... je weet wel, maar ik heb veel boeken gelezen, dus ik deed gewoon wat ze zeiden."

"Nou, je hebt het goed gedaan. Ik vond het heerlijk om je mond te neuken, maar deze keer wil ik in je keel klaarkomen. Denk je dat je dat aankunt?"

"Ik weet het niet, maar ik wil het proberen... Meester."

Boomer gromde. "Verdomme, ik hoor dat graag van jouw lippen. Ga op de bank zitten, schatje. Laat me even snel afspoelen. Dan ga ik je lekkere mondje neuken."

De ingebouwde betegelde bank bestond uit twee aparte delen, de ene hoger dan de andere. De onderste was de perfecte hoogte voor haar om op te zitten terwijl ze hem pijpte. Hij nam het roze washandje uit haar hand en zeepte zijn lichaam in, waarbij hij extra tijd nam om zijn pik en ballen voor haar schoon te maken. Nadat hij het sop had afgespoeld, stapte hij naar haar toe. Ze likte haar lippen en hij kreunde toen hij zijn pijnlijke pik naar haar wachtende mond leidde. "Lik eraan, schatje. Als een lolly."

* * *

Kats tong gleed langs de dikke ader aan de onderkant en Benny siste. "Oh, jha. Doe het nog eens."

Aangemoedigd, begon Kat serieus te likken. Terwijl ze hem bij zijn wortel en zijn zak vastpakte, herinnerde ze zich hoe hij haar de vorige avond had gezegd dat hij het lekker vond. Een druppel voorvocht verscheen op het topje, en ze ging er met haar tong overheen. Het was zoutig. Dat was alles wat haar smaakpapillen registreerden.

Zijn hand greep haar natte haar en trok haar dichter naar zijn schaamstreek. "Doe wijd open. Neem me zo ver mogelijk in je op."

Haar mond vormde een "O" en ze sloot haar lippen om zijn harde vlees. Voorzichtig om hem geen pijn te doen met haar tanden, zoog ze hem alsof hij een rietje was in een dikke milkshake.

Kreunend begon hij met zijn heupen te stoten, haar dwingend om steeds een beetje meer van hem te nemen. Hij was zo breed dat ze niet zeker wist of ze hem wel helemaal in haar mond kon krijgen. Ze wilde het proberen. Terwijl ze met haar tong om hem heen draaide, verstevigde hij zijn greep op haar haar. De pijn van haar hoofdhuid ging rechtstreeks naar haar clitoris, die klopte van verlangen. Het kon haar niet schelen dat ze pijn had en bracht een hand naar haar heuveltje.

"Uh-uh, Kitten. Ik heb niet gezegd dat je met jezelf mocht spelen. Bewaar dat maar voor mij. Ik zorg wel voor je nadat ik in je mond ben gekomen."

Ze jankte om zijn pik. Ze moest zichzelf aanraken. Ze wilde hem meer plezieren. Haar gedachten waren gefocust geraakt op haar clitoris en ze verloor uit het oog waar ze mee bezig was. Kat kokhalsde en hoestte toen zijn topje de achterkant van haar keel raakte. Als een reflex sloot haar kaak zich een beetje en hij schokte met zijn heupen. "Verdomme, schatje, kijk uit voor die tanden!"

Terwijl ze hem losliet, vulden haar ogen zich met verontschuldigingen. "Sorry ! Ik wilde niet..."

"Shhh. Het is al goed. Dit is iets wat je moet oefenen. Ik zal me een beetje inhouden, zodat je je niet verslikt. Oké?"

Kat knikte en probeerde het opnieuw. Deze keer hield ze haar gedachten bij wat ze deed, ze wilde hem niet bijten. Zijn hand leidde haar en ze volgde zijn voorbeeld. Eerst langzaam, zijn stoten werden geleidelijk sneller en korter.

"Ik ga komen, schatje. Slik door wat je kan."

"Mm-hm."

* * *

Boomers ballen trokken strak en zwarte vlekken verschenen voor zijn ogen. "Oh, Godver! Verdomme, je voelt zo goed aan. Slikken, schatje."

Boomer schoot zijn lading in haar mond en bijna onmiddellijk begon Kat te stikken.

"Verdorie!" Hij trok zich snel terug en de rest van zijn sperma raakte haar in het gezicht en nek. Wat in haar mond was gekomen, kwam er meteen weer uit en ze spuugde het op de douchevloer. Hoestend en hakkend keek ze hem geschrokken aan toen hij voor haar knielde. Hij gebruikte zijn handen om haar gezicht schoon te vegen met water dat nog steeds uit de douchekop stroomde. "Shhhhh. Schatje, het is oké. Shhh. Adem, Kitten, adem door je neus."

"I . . ." Haar stem was nauwelijks hoorbaar terwijl ze probeerde op adem te komen. Waterige, rode ogen probeerden zich op hem te richten, maar dat mislukte. Ze hoestte nog een paar keer en schraapte toen eindelijk haar keel. "Het s-s-sorry."

Boomer trok haar in zijn armen en legde haar hoofd op zijn schouder. Zijn handen wreven op en neer over haar rug. "Er is geen reden om spijt te hebben, schat. Helemaal geen reden. De meeste vrouwen doen hetzelfde bij hun eerste keer. Ik had je moeten waarschuwen. Seks wordt soms slordig... meestal. En sperma inslikken is niet voor iedereen weggelegd. Maar ik ben trots op je dat je het geprobeerd hebt. Gaat het ?"

Ze ademde even haperend in. "Ik denk het wel?"

Hij trok zich terug, keek haar aan en grijnsde. "Ik begrijp dat het niet was wat je verwachtte."

"Helemaal niet." Ze giechelde en veegde de laatste tranen weg. "Het spijt me, maar in de boeken schrijven ze altijd hoe zoet en lekker het is. Dat is het niet." Ze huiverde. "Sorry, ik wilde je niet beledigen."

Boomer stond op en hielp haar ook overeind. "Kom hier. Laten we je weer opknappen. En ik ben niet beledigd. Dat is één ding met die romantische boeken... daar is alles perfect in. In werkelijkheid vinden sommige mensen sperma bitter en zout, terwijl anderen genieten van de smaak."

Terwijl ze elkaar wasten, leek Kats verlegenheid over het voorval uit haar lichaam te ebben. Hij wilde het plezier dat hij had gekregen teruggeven en stak zijn hand tussen haar benen. Ze siste en greep zijn pols. "Nee. Niet doen."

"Pijnlijk?"

"Ja, sorry."

Zijn hand greep haar kin en hij zorgde ervoor dat haar ogen op hem gericht waren. "Stop met zeggen dat het je spijt, Kitten. Alles wat je voelt is normaal. Stop even met leven in die fantasiewerelden. Seks is vies, rommelig en, ja, soms een beetje pijnlijk. Maar ik kijk er naar uit om je te laten zien hoe je de pijn kan omzetten in plezier. Ik weet dat je Kristens boek leest. Van wat ik heb gelezen, doet ze haar best om haar seksscènes waarheidsgetrouw te maken. Als je vragen hebt als we thuis zijn, kun je met haar praten."

"Kristen? Je bedoelt, je kent Kristen Anders? Heb je haar boeken gelezen?"

Hij grijnsde bijna bij het vleugje jaloezie in haar stem. "Ik heb alleen de seksscènes doorgenomen. En ja, ik ken haar. Behalve dat ze binnenkort Kristen Sawyer zal zijn. Ze is Devons verloofde en onderdanige."

Brede ogen staarden hem aan. "Oh, mijn God! Dat wist ik niet. Waarom heb je me dat niet verteld?" Ze gaf hem een speelse klap op zijn borst en deed toen het water uit. Ze zouden verrimpelen als ze er nog langer onder bleven.

Boomer nam één van de handdoeken van het rek buiten de douche en wikkelde die om haar heen voor hij er zelf nog één nam. "Sorry, ik had andere dingen aan mijn hoofd."

"Zoals mensen die op ons schieten en zo." Haar stem was stiller geworden, alsof de realiteit van de afgelopen dagen in een roes tot haar was teruggekeerd.

Grimassend volgde hij haar naar de slaapkamer om zich aan te kleden. "Ja, dat soort dingen."

Tien minuten later voegden ze zich bij Devon en Marco in de grote eetkeuken. De twee keken Boomer aan en die schudde zijn hoofd - nee, hij had het haar nog niet verteld. Toen ze aan tafel zaten met koffie en bagels, kneep hij in haar hand. "Kat, we hebben gisteravond wat informatie gevonden en we hebben een paar vragen voor je."

Bevreesd zette ze het koffiekopje neer dat ze net had gepakt. "Oké, vertel."

"Wat is er gebeurd in de paar dagen na het ongeluk?"

De kleur sijpelde uit haar gezicht. Hij kneep weer in haar hand. Ze haalde diep adem en dacht even terug aan die vreselijke tijd. "De FBI bracht ons naar een ziekenhuis voor behandeling en regelde toen dat we werden..." Ze slikte even. "Dood verklaard. Ze haalden ons daar weg en brachten ons naar een onderduikadres. We wisselden van onderduikadres na vierentwintig en achtenveertig uur. Ik was zo verdoofd en overstuur, ik weet niet eens waar we waren."

"Het is goed, schatje. Weet je nog of je vader toegang had tot een computer?"

Ze schudde haar hoofd. "Ik weet niet ... Ik weet het niet meer. Het spijt me. Ik weet nog dat ze onze mobieltjes afnamen en dat we TV hadden. Nee, ik denk niet dat we een computer hadden. Eén van de agenten had er misschien wel een. Het is zo lang geleden, ik weet het eerlijk gezegd niet meer. Waarom? Wat heeft mijn vader gedaan?"

De tranen in haar ogen waren dodelijk voor hem. "We denken dat je vader geld heeft gestolen van de rekeningen die hij voor de Russen beheerde, een paar dagen na het ongeluk. Gaf hij je enige aanwijzing dat hij in de loop der jaren aan een grote som geld was gekomen?"

"Oh. Mijn. God. Nee . . . Nee... Nee!" Woede kookte in Kat terwijl ze haar hoofd schudde. Hoe kon haar vader haar dit aangedaan hebben? Dit moest de reden zijn waarom die mannen achter haar aan zaten. "We hadden een gezamenlijke rekening bij de bank. Het enige geld daar was wat de marshals ons hadden gegeven om opnieuw te beginnen. Onze loonstrookjes werden direct gestort. Voor zover ik weet, was dat de enige rekening die hij had. Hoeveel... hoeveel geld heeft hij gestolen?"

Toen Benny haar niet onmiddellijk antwoordde, keek ze naar Marco en toen naar Dev. "Hoe. Veel?"

"Vijftien miljoen dollar," vertelde Devon haar rustig.

De kleur die op haar gezicht was teruggekeerd, liep weer weg. Ze sprong op van haar stoel en begon door de

keuken te ijsberen, haar handen in ongeloof geheven. "Vijftien... vijftien miljoen. Godverdomme! Godverdomme !
Godverdomme! Verdorie ! Papa, wat heb je verdomme
gedaan ? Vijftien miljoen dollar! Waar... ... waar... . ."

Devon onderbrak haar tirade met zijn sussende stem.
"Dat is wat we moeten uitzoeken, Kat. Van wat ons contact
ons vertelde, werd Sergei Volkov gedood door zijn eigen
mensen. Een man genaamd Viktor Denisovich heeft het
overgenomen. We denken dat hij degene is die jou en het
geld wil vinden."

"Maar ik weet niet waar het is!"

Benny stond op en omhelsde haar. Zijn sterke armen en
lichaamswarmte kalmeerden haar onmiddellijk. "Dat weten
ze niet, Kat. Maar je vader heeft aanwijzingen achtergelaten die ons hopelijk kunnen vertellen waar het geld is."

"En als we het niet vinden, wat dan?" riep ze in zijn
schouder.

"Stap voor stap, schatje. We vinden wel een uitweg.
Stapje voor stapje."

hoofdstuk 15

"Viktor? Het is Ruslan."

"Wat heb je voor me?"

"Ik heb auto getraceerd naar bedrijf in Tampa. Trident Security. Voormalig militair. Plaats goed bewaakt. Paranoïde groep."

"*Blyat!* Enig teken van de meisje?"

"Nyet."

"Blijf zoeken. Ik wil die geld. Dood iedereen die in weg staat."

"*Horosho.*"

Viktor de Stier hing de telefoon op en gooide hem op zijn bureau. Hij was zo dichtbij het geld dat die verdomde accountant jaren geleden van Sergei de Wolf had gestolen. De hogere rangen hadden het allang afgeschreven, ondanks dat het veel geld was. Ze hadden genoeg te verbranden. Maar dankzij een getalenteerde computernerd was die vijftien miljoen dollar eindelijk binnen Viktors bereik. Toen hij de toestemming kreeg om Volkov te ontslaan, had hij zijn pogingen om Ivan Maier te vinden hervat. Met een beetje geld aan de juiste mensen, twaalf jaar geleden, hadden ze ontdekt dat de accountant en zijn dochter het "ongeluk" hadden overleefd. Helaas liep het spoor dood na een paar waarnemingen. Nu met een gezichtsherkenningsprogramma, was hij weer op jacht. En deze keer zou hij slagen.

* * *

De twee huurwagens trokken op naar het vergeten stuk land. Het was, samen met de omliggende eigendommen, al lang geleden verlaten. Een paar vervallen schuren en huizen, meer dan zeven decennia geleden gebouwd, bezaaiden het gebied. Brody kon inbreken in de computers van de lokale overheid en de coördinaten achterhalen van Ivan Maiers ouderlijk huis, of wat er van over was. Irina had gelijk gehad. Alles wat overbleef van het oude huis was de fundering, verkoolde stukken hout en een bakstenen schoorsteen. Het onkruid en een paar dieren uit de omgeving hadden zich in de ruïnes genesteld.

Alle vier stapten ze uit de voertuigen en staarden ontzet naar de aanblik voor hen. Een briesje blies Kats haar in verschillende richtingen. Ze deed het snel in een paardenstaart met een elastiek dat ze uit haar zak haalde. "Zo, en nu? Waar zijn we naar op zoek?"

Boomer stak zijn hand naar haar uit. "Pas op waar je loopt. Er ligt hier veel oud puin. Je kunt het niet goed zien met dat verdomde onkruid."

Terwijl Boomer haar dichter naar de fundering leidde, sprong Marco naar beneden in wat de kelder was geweest. Het leek wel of het een hangplek was voor jongeren die niets beters te doen hadden. Lege bierflesjes, blikjes frisdrank, vuilnis en af en toe een gebruikt condoom lagen verspreid over het gebied. Devon omcirkelde het gebied rond de fundering en inspecteerde de schoorsteen voordat hij zich bij zijn teamgenoot in het gat voegde. In plaats van te springen, duwde hij een nutteloze metalen deur opzij en nam een betonnen trap die ooit naar de achtertuin leidde.

Vanaf de vroegere voortrap scanden Boomer en Kat het gebied beneden. "Is er iets?"

"Afgezien van al deze rotzooi, Boomer, zie ik niets dat niet op zijn plaats is," zei Marco terwijl hij wat rommel uit de weg schopte. "Het is of allang weg of goed verstopt. Heeft Kats tante iets gezegd over een ondergrondse schuilplaats of waterput op het terrein?"

Kat haalde haar mobiele telefoon tevoorschijn. "Nee, dat heeft ze niet. Ik kan haar bellen."

Boomer knikte instemmend. "Het is een mogelijkheid. Er zaten nog meer foto's van dit terrein in het album. Hij heeft die voor het huis uitgekozen voor een reden."

Ze brachten de volgende twintig minuten door met zoeken boven en onder de grond. Kat belde verschillende keren naar haar tante als ze vragen hadden. Gefrustreerd, maar niet bereid om op te geven, sprong Boomer in de kelder.

Devon liep naar de plek waar zijn teamgenoot was geland en stak zijn hand uit. "Laat me de foto nog eens zien."

"Hier." Hij gaf zijn baas de foto. Ze bekeken hem samen. De jonge Ivan stond op de hoek van het huis, waar de voorkant en de schoorsteen elkaar ontmoetten. Niets viel op, en Devon keek naar de tekst op de achterkant.

"Klote." Boomer gooide geïrriteerd zijn handen in de lucht en draaide rond in een cirkel. "Ivan kon verdomme geen 'X' op de plek zetten?"

De anderen mompelden instemmend terwijl hij naar wat er over was van de open haard op de eerste verdieping stond te kijken. Er moest iets zijn dat ze misten. Hij hield zijn hoofd achterover en staarde naar de hemel, alsof die de antwoorden bevatte. De ochtendzon scheen nog steeds over zijn rechterschouder. *Klootzak!* Hij controleerde snel het kompas op zijn militaire horloge en staarde toen weer naar de schoorsteen.

"Godverdomme! Ik denk dat ik het heb." Biddend dat zijn openbaring juist was, klauterde hij de trap op naar de achtertuin en rende om de fundering heen naar rechts.

"Wat?" Devon zat hem op de hielen met Marco niet veel verder achter hem. "Wat is er?"

Met z'n drieën stopten ze en staarden naar het gedeeltelijk beschadigde metselwerk. Alleen Boomer begreep waar hij naar keek. "Deze kant van het huis is naar het noordwesten gericht." Hij nam de foto terug van Devon. "Er staat 'NW schuine streep X'. Noordwesten. En kijk naar de linkerbovenhoek voordat de schoorsteen versmalt... daar staat een 'X' op die steen. Het is als een kruiswoordpuzzel, denk ik. Ik herinner me dat Ivan ze altijd deed... met inkt! 17D streep 24A' Zeventien beneden en vierentwintig overdwars."

Toen Marco op de stenen ging staan en naar beneden naar de overkant begon te tellen, gaf Devon Boomer een klap op zijn rug. "Ik zal Ian zeggen geen moeite te doen met het kruiswoordraadselwoordenboek als kerstcadeau."

Hij snoof en riep toen dat Kat zich bij hen moest voegen. Ze was de fundering aan het omzeilen toen Marco zijn Leatherman mes tevoorschijn haalde. Met haar telefoon aan haar oor, staarde ze naar het trio dat dicht bij de stenen muur stond. "Tante Irina, ik bel je terug." Ze verbrak de verbinding. "Wat is er? Heb je iets gevonden?"

"Leuke codebreker, Baby Boomer, die baksteen hier zit los." Marco schoof het mes in de mortelscheuren en wiebelde er een paar keer mee. Toen de steen ver genoeg was, wrikte hij hem met zijn vingers los en stapte opzij. "Jij hebt het opgelost, jij mag je hand erin steken."

De opening ging verder dan de baksteen deed en Boomer huiverde toen hij dacht aan alle griezelige kruipertjes die zich in de donkere spleet konden bevinden - spinnen waren niet één van zijn favoriete dingen. Terwijl hij in de kleine ruimte tuurde, zei hij: "Ik denk dat er iets in zit." Terwijl hij naar binnen reikte, vond zijn hand een klein plankje binnenin en daarop zat een lang, rond stuk plastic. Hij trok het voorwerp eruit en wierp een blik op de anderen. Een oude Pepsi-fles met een stuk papier erin opgerold was blijkbaar hun volgende aanwijzing. "Waarom krijg ik plots zin om 'Message In A Bottle' van The Police te zingen?"

Kat nam het van hem aan en draaide de dop er met een draaibeweging af. Met behulp van haar pink kon ze het briefje eruit schuiven, waarna ze het uitrolde met Boomer over haar schouder toekijkend. Het handschrift van Ivan Maier verscheen. "Neemt hij me in de maling? Echt, pap? Weer een stel getallen? God, zelfs in de dood kan de man doordrammen! Hij heeft geluk dat ik nog van hem hou."

Boomer nam het papier van haar over, gaf het aan Marco en zei, "Ziet eruit als routing en rekeningnummers. Denk je dat Egghead het kan vinden?"

"Is whisky nat?" antwoordde de man, terwijl hij zijn telefoon uit zijn zak haalde en het nummer opdiepte dat hij nodig had.

"Zeg hem niet dat ik het vroeg, hij zal een uur lang zeuren."

"Probeer vijf uur durende gezeur. Egghead? Ik heb een klusje voor je."

* * *

Twintig minuten later reden ze allemaal terug naar Charlotte met Devon aan het stuur. Op Benny's passagiersstoel staarde Kat uit het raam, nog steeds in een staat van ongeloof. Brody, wie hij ook was, had zonder problemen de nummers kunnen traceren naar een bank en een rekening op de Kaaimaneilanden. Van wat hij kon achterhalen, had Ivan Maier de geheime rekening geopend drie jaar voor de aanslag op hem en zijn familie werd gepleegd. De eerste storting was een luttele duizend dollar zonder enige andere activiteit tot de dag dat vijftien miljoen dollar werd overgemaakt van een bank in Zwitserland. Sindsdien had het geld alleen maar rente opgebracht, tot een totaal van drieëntwintig miljoen dollar en wat kleingeld.

Het was duidelijk dat haar vader zijn wraak van tevoren had gepland, voor het geval hij het ooit zou moeten doen. Hoewel hij nooit een cent van het geld had aangeraakt, had hij twee jaar nadat hij en Kat zich in Portland hadden gevestigd, contact opgenomen met de bank en haar als mederekeninghouder vermeld. Kat was op papier miljonair. Het geld was bezoedeld met het bloed van haar moeder, broer en alle anderen die die klootzakken hadden vermoord of pijn gedaan in de naam van hebzucht. Ze wilde er geen deel van uitmaken.

"Wat gaan we nu doen? Ik wil het geld niet teruggeven aan criminelen, maar ik doe het als het betekent dat ik mijn leven terugkrijg."

"Eerst iets anders. We gaan terug naar de Sawyers en bellen de rest van het team op en onze FBI contactpersoon. We zoeken dit wel uit, dat beloof ik je, schatje." Hij bracht haar hand, die hij vasthield, naar zijn mond en kuste haar knokkels. "Ik beloof het. Dan gaan jij en ik elkaar helemaal opnieuw leren kennen." Hij lonkte naar haar en likte haar vingers. "Steeds opnieuw en opnieuw."

Kat kreunde en giechelde toen. "We hebben mensen die me proberen te ontvoeren. Die er waarschijnlijk niet voor terugdeinzen om jou en je team te vermoorden als je hen in de weg staat. Ik heb meer dan drieëntwintig miljoen dollar in een bank op de Kaaimaneilanden, en jij denkt aan seks?"

"Kitten, als het over jou gaat, denk ik altijd aan sex." Benny verstijfde, kreunde toen en sloeg met zijn achterhoofd tegen de hoofdsteun van de stoel. "Verdomme!"

"Wat is er?"

"Ik ben vergeten dat mijn vader gisteren jarig was. Ik heb hem niet gebeld. Verdorie."

Ze kneep in zijn hand. "Ik ben er zeker van dat hij het zal begrijpen. Gingen ze gisteravond niet naar de Billy Joel special?"

"Ja. We zijn bijna bij de Sawyers. Ik bel hem als we er zijn."

"Wil je hem ook een gelukkige verjaardag wensen van mij?"

Benny wierp haar een blik toe voor zijn ogen weer op de weg gericht waren. "Natuurlijk, schat. Maar ik weet zeker dat hij het liever rechtstreeks van jou hoort. Mijn ouders hebben altijd van je gehouden." En zij had altijd van hen gehouden. Nadat ze woensdagavond uit Sarasota waren teruggekeerd, had Rick zijn vrouw verteld over Kats wonderbaarlijke terugkeer. Ze had Benny's mobiele telefoon gebeld direct na hun pizza maaltijd in het motel. Kat en Eileen Michaelson hadden ongeveer twintig minuten aan de telefoon gelachen en gehuild voordat ze elkaar beloofden elkaar zo snel mogelijk te zien.

Kats glimlach werd breder toen hij de lange oprijlaan opreed en achter Devon wachtte tot de elektronische poort openging. Ze hadden hun tijdelijke woning bereikt. "Ik heb ook altijd van ze gehouden. Ik herinner me nog de barbecues bij jou thuis als je vaders team terugkwam van waar ze ook geweest waren. Dat zijn een paar van mijn favoriete herinneringen van toen."

Grinnikend zette hij de auto in de parkeerstand. "Je was gewoon geil op de jongens van mijn vaders team. Net als mijn nichtjes, Jessica en Vicki."

"Oh, mijn God, ik was hen helemaal vergeten. Hoe gaat het met ze?"

"Jess werkt in Californië voor een grote Hollywood producer, en Vicki is getrouwd met een agent in New York en is kinderverpleegster."

"Wow." Ze klommen tegelijk uit de auto. "Dat is fantastisch. Ik ben blij voor hen. Zie je ze nog wel eens?"

Hij haalde zijn schouders op en haalde zijn telefoon tevoorschijn. "Niet zo vaak als we zouden willen. De laatste keer dat we samen waren was ongeveer anderhalf jaar geleden op Vicki's bruiloft."

Voor hij het telefoontje pleegde, begeleidde Benny Kat naar binnen. Hoewel er een hek rond het hele huis stond, wist ze dat hij zich beter voelde als ze uit het zicht was. Hij volgde haar naar hun slaapkamer om nog wat in te pakken en drukte op de sneltoets van zijn vaders telefoonnummer. "Hey, pap. Gelukkige verlate verjaardag. Sorry, ik heb je nog niet kunnen bellen."

* * *

Rick Michaelsons diepe stem kwam over de lijn. "Geen probleem, zoon. Hoe gaat het met alles? Alles goed met je?"

Boomer lichtte hem in over wat er gebeurd was sinds hun laatste gesprek twee dagen geleden en verzekerde hem dat ondanks Jake gewond was, alles op zijn plaats leek te vallen. Nu moesten ze nog uitzoeken wat ze met het geld zouden doen en hoe ze het doelwit van de Russen voorgoed van Kats rug konden halen.

"Heb je me nodig?"

Zuchtend ging hij op het bed zitten terwijl Kat haar spullen uit de badkamer pakte. "Niet hier, Pap. Een van Chase's piloten is op weg naar Charlotte om ons naar thuis te vliegen. Als je mee wil zijn, we houden morgenochtend een teambespreking. Dat is aan jou."

"Margaret wil ons morgenochtend mee uit nemen voor een ontbijt voor mijn verjaardag. Ik kom na het eten. Ik denk dat ik rond veertienhonderd bij je ben. Klinkt dat goed?"

"Dat is goed. Doe tante Margaret de groeten van me. Ian neemt contact op met Keon, en Carter heeft zijn contacten aangesproken, dus misschien hebben we tegen die tijd een plan." Kat liep terug de kamer in, verdwaald en verward over alles wat er was gebeurd. Een gedachte kwam bij Boomer op. "Waarom breng je mama niet mee, zodat ze Kat kan zien? Ze kunnen Angie, Jenn, en Kristen bezoeken."

Haar mond ging omhoog en ze knikte enthousiast, terwijl zijn vader beaamde dat het een uitstekend idee was. Hij liet Kat nog snel een "gelukkige verjaardag" zeggen voor ze de telefoon aan hem teruggaf en haar kleren in haar plunjezak begon te vouwen. Nadat Rick afscheid had genomen, hing Boomer op en haakte zijn vinger in een riemlus van haar spijkerbroek. Hij trok haar tussen zijn benen en zijn ogen ontmoetten de hare. "Gaat het? Je weet dat ik je niets laat overkomen, toch?"

Toen ze deze keer knikte, was het niet van verrukking. Haar blik verschoof opzij. Hij wist dat haar iets dwars zat. "Kitten, luister naar me." Hij wachtte tot ze hem weer aankeek. "Ik weet dat met alles wat er gaande is, het laatste wat je van me wilt horen een hoop D/s regels zijn. Maar één ding waar ik vanaf nu op ga aandringen is eerlijkheid. Ik wil dat je eerlijk bent en me vertelt wat je denkt en voelt."

"Over?"

Hij haalde zijn schouders op en trok haar toen dichter naar zich toe. "Over van alles en nog wat. Ik wil weten wanneer en waarom je gelukkig bent, verdrietig, bang, opgewonden... geil." Ze giechelde terwijl hij grijnsde en met zijn wenkbrauwen naar haar wiebelde. "Daar is de glimlach waar ik naar op zoek was. Maar ik meen het, schat, praat tegen me. Vertel me wat er in je mooie hoofdje omgaat."

Bijtend op haar onderlip, duwde ze op zijn schouders tot hij op het bed lag met zijn voeten nog op de grond. Ze klom boven op hem en schoof met haar knieën over zijn heupen. Boomer voelde, ondanks hun positie, dat ze iets belangrijks moest zeggen. Hij legde zijn handen om haar middel.

"Ik ben bang."

De woorden kwamen er op fluistertoon uit. Hij hoorde ze bijna niet. "Waarover, schatje? Ik heb je gezegd, de jongens en ik laten die klootzakken niet in je buurt komen. Ik zou eerst sterven."

Kats ogen werden groot en vulden zich met tranen. Hij had zichzelf op dat moment wel voor zijn kont kunnen schoppen.

"Verdorie, Kitten. Dat is niet wat ik bedoelde. Ik bedoel, het is wat ik bedoelde, maar er gaat niets met mij gebeuren. Ik beloof het. Ian, Devon en de rest van het team, we zijn verdomd goed in wat we doen. We zullen je niets laten overkomen." Hij wreef met zijn knokkels op en neer langs haar zij. "Ik heb je net terug en ik zal verdoemd zijn als er ooit nog iemand tussen ons komt." *Zeg het haar*, schreeuwde zijn verstand tegen hem, *zeg dat je van haar houdt!* Maar hij kon het niet. Nog niet. Daar was ze nog niet klaar voor. Binnenkort. Weldra zou ze weten dat ze bij hem hoorde. En hij hoorde bij haar. Zij was de enige vrouw die ooit zijn hart in de palm van haar handen zou houden.

Ze staarde naar haar handen waar ze zijn borst raakten. "Ik ben gewoon bang dat iemand anders gewond raakt door mij. Jake had zijn oog kunnen verliezen."

"En hij had wel duizend keer gedood kunnen worden tijdens één van onze missies. Hij kan morgen aangereden worden door een bus als hij over straat loopt. Zo is het leven, schatje, jij zou dat beter moeten weten dan wie ook. We zullen je beschermen. Of je het er mee eens bent of niet, jouw leven gaat voor dat van het team. Ieder van hen zal je dat vertellen. Dat is wie we zijn. Wie we getraind hebben te zijn. Als dit allemaal voorbij is, kunnen jij en ik... Ik wil een toekomst met jou, Kat. De toekomst die ik nooit gedacht had te hebben."

"Dat wil ik ook, maar ik kan de gedachte niet verdragen jou te verliezen. Dus, als je gewond raakt," ze balde haar vuisten en nam zijn T-shirt mee, "dan sla ik je verrot, hoor je me?"

"Verdomme, je bent zo sexy als wat."

Ze rolde met haar ogen. "Ik meen het, Benny."

Voordat ze besefte wat er gebeurde, ging hij rechtop zitten en duwde haar opzij, zodat ze halverwege zijn schoot lag en met haar gezicht eerst in het dekbed. Hij tilde zijn handpalm op en sloeg ermee op haar bil. Niet te hard, maar genoeg om het te laten prikken.

"Auw! Dat doet pijn!" Ze reikte met haar handen naar achteren om haar achterste te bedekken. Omdat dit nieuw voor haar was en ze op dit moment niet echt aan het spelen waren, liet hij haar begaan. Maar toen ze over haar schouder naar hem keek, zag hij hitte in haar blik. Zijn pik roerde zich.

"Het was de bedoeling dat het pijn zou doen, Kitten. De volgende regel is... niet met je ogen rollen naar je Dom. Dat en sarcasme zijn de snelste manieren om een pak slaag te krijgen." Hij hielp haar opstaan. "En het enige wat je kan redden van een pak slaag is dat we snel naar het vliegveld moeten, dus pak je spullen in terwijl ik mijn spullen pak." Hij stond ook op en klopte op haar kont. "Maar heel snel zullen mijn hand en jouw kont elkaar goed leren kennen en zul je me smeken om je te laten klaarkomen. Geloof me."

Haar gapende mond negerend, begon hij zijn spullen te pakken, in zichzelf grinnikend. Oh ja, haar alles leren gaat leuk worden.

hoofdstuk 16

Kat probeerde zich te concentreren om *Leder & Kant* te lezen. Ze vond het erg moeilijk om Meester Xavier in haar gedachten niet te vervangen door Benny. Meester X sloeg Rebecca omdat ze had gelogen door informatie weg te laten. Ze had hem niet verteld dat ze doodsbedreigingen had gekregen. Hij was erachter gekomen toen iemand haar van de weg probeerde te rijden. Kat stelde zich voor dat zij de vrouwelijke hoofdrolspeelster van het boek was, gedrapeerd over een spanking bank en vastgebonden met haar blote kont in de lucht. Meester X/Benny pauzeerde na verschillende tikken om haar roodgloeiende wangen te strelen. De fictieve hitte en pijn gingen rechtstreeks naar Kats kutje en maakten het kloppend. Oh, ze wist dat Rebecca huilde en niet van haar straf genoot. Kat herinnerde zich hoe de angel van Benny's snelle klappen haar beide keren had laten schrikken. En toen hadden ze haar nat gemaakt. Nat en verlangend naar meer.

Ze kronkelde een beetje in haar eersteklas stoel in het privévliegtuig dat hen terugbracht naar Tampa. Ze hadden nog wat tijd te doden voordat het vliegtuig in Charlotte landde om hen op te halen, dus had Devon hen meegenomen naar één van zijn favoriete lunchtentjes. Het was een sportbar, wat ze niet erg vond. Ze was opgegroeid met het kijken naar bijna elke sportwedstrijd die haar broer en Benny op de middelbare school hadden gespeeld. In de herfst was het football geweest, gevolgd door hockey in de winter. Toen kwam de lente en Alex gooide terwijl Benny derde honk speelde. Kat had altijd aan de zijlijn gestaan, juichend en giechelend met haar vriendinnen over hoe sexy de jongens er allemaal uitzagen in hun uniformen. In tegenstelling tot sommige van haar vriendinnen had Kat wel aandacht besteed aan de wedstrijden en genoeg geleerd om zich staande te kunnen houden als het ging om mannen die over sport spraken.

Devon had haar laten kennismaken met de belangrijkste reden waarom hij dat restaurant had uitgekozen: de hamburgers. Kat had bijna een huissalade besteld. De mannen hadden er allemaal op aangedrongen dat ze een hamburger zou nemen en haar verteld dat dit de beste hamburgers waren die ze ooit in haar leven zou eten. Toen ze toegaf, had Benny geglimlacht en onder de tafel in haar knie geknepen. Ze wist dat hij zich zorgen maakte over haar gewichtsverlies, dat nog steeds merkbaar was. Ze moest toegeven dat het fijn voelde te weten dat hij voor haar wilde zorgen.

Devon en Marco hadden haar nog wat grappige verhalen over Benny verteld, terwijl hij met zijn ogen rolde probeerde er een andere draai aan te geven. Het was duidelijk dat hij een hechte band had met deze mannen, hen respecteerde en hun vriendschap op prijs stelde. Een gevoel van verlies overviel haar weer. Ze vroeg zich af of Alex en Benny nog steeds beste vrienden zouden zijn geweest als de dingen voor iedereen anders waren gelopen. Ze dacht graag van wel, en vroeg zich toen af hoe het vriendje/vriendinne-tje-gedoe tussen haar en Benny zou hebben uitgepakt.

"Waar denk je zo hard over na, Kitten? Er komt bijna stoom uit je oren."

Benny kwam naast haar zitten en nam haar hand in de zijne. Ze haalde haar schouders op en herinnerde zich toen wat hij had gezegd over eerlijkheid. "Gewoon een hoop wat-als. Ik vroeg me af, als mijn vader nooit met Volkov zaken had gedaan, hoe ons leven dan zou zijn gelopen. Het jouwe, het mijne en dat van Alex. Zouden jij en ik dan nog samen zijn?"

Zijn duim wreef in rustgevende cirkels over de rug van haar hand. Een droevige glimlach verscheen op zijn knappe gezicht. "Ik wil 'ja' zeggen, maar eerlijk gezegd weet ik het niet. Ik zou het wel willen denken. We zijn allebei zo veranderd in twaalf jaar, dat het moeilijk te zeggen is. Het huwelijk van mijn ouders was in de minderheid als het op SEAL team leden aankomt. Velen van hen redden het niet." Kat draaide zich in haar stoel om hem beter aan te kijken en hij tilde haar benen op zodat haar kuiten zijn schoot kruisten. "Begrijp me niet verkeerd, er waren tijden dat mijn moeder hem op zijn kont wilde gooien. Hij kwam terug van een missie, net als de meeste jongens, en zat dan een tijdje in een diepe funk totdat zijn geest weer gewend was aan het feit dat zijn lichaam terug was in de Verenigde Staten. Soms zijn de dingen die we gezien en gedaan hebben moeilijk van ons af te zetten. En omdat SEALs de meeste missies niet buiten het team mogen bespreken, kwam de relatie tussen mijn ouders onder druk te staan. Ik ben gewoon dankbaar dat ze bij elkaar bleven tijdens de moeilijke momenten. Mijn moeder is een sterke vrouw, sterker dan de meesten." Zijn glimlach veranderde en verlichtte nu zijn knappe gezicht. "En nu ik erover nadenk, jij bent dat ook. Dus, ja, ik denk dat we nog steeds samen zouden zijn."

"Dat zou ik ook graag denken. Denk je dat we kinderen zouden krijgen? Zo hecht als we vroeger waren. Er zijn zoveel dingen die ik nu niet van je weet. Ik weet niet eens of je kinderen wilt."

Hij pakte haar rond haar middel en trok haar op zijn schoot. "Kinderen met jou? Oh ja." Hij kneep in haar nek. Ze was blij dat zijn teamgenoten hen niet konden zien van achter in het vliegtuig, terwijl hij in haar borsten kneep en ze masseerde. "Zoveel als we kunnen hebben. Denk niet dat ik een holbewoner ben... wel, in sommige opzichten kan ik dat zijn... maar de gedachte aan jou 'blootsvoets en zwanger' van mijn kinderen is een grote, verdomde opwinding. En denk eens aan al het plezier dat we zouden hebben als we het probeerden."

Zijn hand verliet haar borst en baande zich een weg tussen haar dijen. Hij wreef over haar geslacht door haar joggingbroek heen. Ze wist dat hij de warmte en het vocht kon voelen dat van haar uitging. Kat kreunde zachtjes en deed haar benen uit elkaar om hem wat meer ruimte te geven. Ze vergat helemaal dat ze niet helemaal alleen waren. Het enige wat ze wist was het genot dat hij haar gaf. Ze kronkelde op zijn schoot om dichter bij hem te komen en voelde zijn stijve pik tegen haar heup.

Benny verlaagde de toon van zijn stem. "Zit stil, Kitten. Sla je armen om me heen en leg je gezicht in mijn nek. Probeer stil te blijven."

Verlangen overspoelde haar. Ze deed wat haar gezegd werd toen hij de band van haar joggingbroek losmaakte en zijn hand erin stak. Zijn vingers gingen over haar clitoris en daalden af naar haar natte kutje. Haar ademhaling nam toe toen haar lippen zijn hals raakten. Hij stak een vinger in haar en streelde haar eerst zachtjes. "Je houdt hiervan, is het niet, Kitten? Je houdt ervan hoe ik met je speel, wetende dat Marco of Dev hier elk moment kunnen binnenlopen en mijn hand in je broek zien. Dat ze zien hoe blozend en opgewonden je bent." Hij voegde een tweede vinger toe, in hetzelfde langzame, martelende tempo. "Antwoord me, Kitten. Vind je dit lekker, wetende dat je betrapt kan worden als je zo ondeugend bent? Wil je klaarkomen?"

"Ja," kreunde ze in zijn nek. "Alsjeblieft. Meer. Sneller."

Ze slaakte een lage, teleurgestelde kreet. In plaats van te doen wat zij van hem verlangde, haalde hij zijn hand weer uit haar broek en bracht die naar zijn mond. Ze keek naar hem en haar ogen verwijdden zich toen hij haar sappen van zijn vingers likte.

"Mmm. Zo zoet en heerlijk." Zijn hand ging terug in haar broek. Deze keer begon hij met haar clit te spelen. Zijn ogen waren op haar gezicht gericht, kijkend naar haar reacties. "Ik wou dat ik je op één van de banken kon gooien en mijn gezicht tussen je benen kon begraven. Ik zou je urenlang kunnen opeten, je steeds opnieuw kunnen laten klaarkomen tot ik mijn buik vol heb. En dan zou ik je op je handen en knieën zetten en je van achteren nemen. Je neuken. Je opeisen. Je bezitten. Je bent van mij, Kitten. Van mij."

Zijn laatste woord kwam eruit met een grom. Ze kreunde van behoefte en verlangen. Hij had de waarheid gesproken. Ze was van hem. Dat was ze altijd geweest en dat zou ze altijd blijven. Hij bezat haar hart, geest en ziel. Geen andere man kon haar zo laten voelen als Benny deed. Ze hield van hem. Nog steeds. Nu. Voor altijd.

Haar hartslag en ademhaling namen toe terwijl haar ogen zich sloten. Met zijn andere hand greep hij haar haar en trok haar mond naar de zijne. Ze opende onmiddellijk haar lippen en liet zijn tong het duel met de hare aangaan. Hij verhoogde het tempo en de druk van zijn vingers tegen haar clitoris. Het was niet genoeg om haar over de rand te brengen. En, verdorie, dat wilde ze wel. Ze wilde in een orgastische afgrond vallen.

Zijn tanden kwamen tevoorschijn om op haar onderlip te knabbelen en toen langs haar kaak. Hij liet zijn hand zakken en stak twee vingers terug in haar terwijl zijn duim de aanval op haar clitoris overnam. Zuigend aan haar nek markeerde hij haar terwijl zijn vingers harder en sneller pompten. "Kom voor me, schatje. Vlieg voor me."

Haar orgasme kwam hard. De wanden van haar kutje knepen en klopten rond zijn vingers terwijl een golf van vocht haar ontsnapte. Hij nam haar mond weer vast, haar geluiden van bevrijding dempend. Golven van genot over- vielen haar. Zijn vingers vertraagden terwijl ze terug naar hem zweefde. Hij glimlachte om haar blozende gezicht en haar verzadigde uitdrukking. "Dat vond je lekker, of niet?" Hij trok zijn hand uit haar broek en likte zijn vingers af terwijl zij dichterbij kroop.

"Mmm-hmm." Haar wangen bloosden. Deze keer was het niet van opwinding. "Denk je dat ze het gehoord hebben?"

Grinnikend gaf hij haar een snelle kus. "Als dat zo is, is het niets wat ze niet eerder in de club gehoord hebben." Hij tilde haar op en zette haar weer in de stoel naast hem. "Blijf hier even terwijl ik een handdoek haal om je schoon te maken."

Enkele ogenblikken later kwam hij terug met twee papieren handdoeken, een vochtige en een droge. "Dit was alles wat ze aan boord hadden." Ze zat blozend terwijl hij snel tussen haar benen schoonmaakte en de touwtjes van haar joggingbroek weer vastmaakte. Hij liet haar weer even alleen om de papieren handdoekjes weg te gooien en paste zich toen aan voordat hij naast haar ging zitten. "De volgende keer moeten we je officieel lid maken van de mile-high club met mijn pik diep in je."

Ze giechelde en nestelde zich tegen zijn borst terwijl hij zijn arm om haar schouders sloeg. "Je bent onverbeterlijk."

* * *

Boomer hield van het gevoel van haar in zijn armen. Ze paste alsof ze alleen voor hem geschapen was. En als hij zijn zin kreeg, zou hij haar nooit meer laten gaan. Zijn vingers streken langs het teken dat hij in haar nek had achtergelaten. Hij moest de wereld laten zien dat hij zijn claim had gevestigd totdat hij een collar om haar nek kon krijgen. Lichtjes verschuivend, paste hij zich weer aan. Hij was harder dan graniet. Hij zou moeten wachten tot later om dat te regelen. Dit ging allemaal om Kat. Om haar te plezieren en haar te tonen dat ze bij hem hoorde. "Wat is het eerste wat je wilt doen als dit allemaal voorbij is? Ik kan wat vrije tijd nemen. We kunnen wat reizen. Misschien naar de Caraïben voor een paar dagen. Een onbewoond eiland vinden waar we naakt kunnen rondlopen en neuken als konijnen."

"Is seks het enige waar je aan denkt?', plaagde ze.

"Als het over jou gaat, ja. Ik heb een hele lange lijst met stoute dingen die ik met je wil doen. Ze eindigen allemaal met mijn pik diep in jou. Ik weet zeker dat we wel wat tijd kunnen vinden om andere dingen te doen, zoals eten en slapen."

Terwijl ze geamuseerd haar hoofd schudde, legde ze haar hand op zijn met katoen bedekte six-pack. Hij onderdrukte de neiging om het naar beneden te duwen, niet om iets te beginnen wat ze niet konden afmaken. "Weet je wat ik het liefste wil doen?"

Hij drukte een kuise kus op haar voorhoofd. "Noem het en we doen het."

"Ik wil gaan bowlen."

"Ha! Wat?" Boomer kon de bulderende lach niet tegenhouden die hem ontsnapte, al zou hij het proberen. "Bowlen? Meen je dat nou? Ik bied je een reis naar de Caraïben aan, gevuld met ongelooflijke apen-seks, en jij wilt gaan bowlen?"

Een brede grijns en speelse ogen verlichtten haar gezicht. "Ja. Bowlen. En hou op met me uit te lachen."

"Ik kan het niet helpen, Kitten. Je zegt de grappigste dingen. Je hebt me altijd al aan het lachen kunnen maken." Ze kneep in zijn zij. Hij pakte haar pols om haar tegen te houden. "Oké. Oké. Ik lach je niet uit. Maar waarom bowlen?"

Haar hoofd rustte weer op zijn sterke bovenlichaam. "Omdat we altijd de beste tijden hadden als we aan het bowlen waren. Jij, ik en Alex. Vooral op de Retro Disco Nights waar we altijd heen gingen." Ze tilde een schouder op en liet hem weer zakken. "Ik weet het niet, het leek wel of we ons dan helemaal lieten gaan en ons om niets anders bekommerden dan ons amuseren. Ik herinner me onze laatste Halloween, toen jullie twee iedereen in de rij lieten staan in de gangen om 'The Hustle' te dansen. Jij was verkleed als John Travolta in *Saturday Night Fever*, en Alex was de *Grease* versie van Travolta. Ik denk niet dat ik ooit zo hard gelachen heb in mijn hele leven."

Boomer brulde bij de herinnering. "Oh, mijn God! Dat was ik helemaal vergeten. Mijn moeder leerde ons de pasjes. Het kostte Alex twee weken om het tekunnen. Hij had geen richtingsgevoel. Hij ging naar links terwijl iedereen naar rechts ging. Dus hebben we hem naar iedereen toe laten kijken, als een dansleraar, en dat werkte."

"Het was de beste avond ooit, en daarom wil ik gaan bowlen." Haar gelach verstomde, en ze plukte aan een onzichtbaar plukje pluis op zijn shirt. "Ik heb niet meer gebowld sinds... sinds mijn wereld uit elkaar viel."

Hij hield haar steviger vast en tilde met zijn andere hand haar kin op. "Ik kan het verleden niet veranderen, schat. Ik ga er alles aan doen om ervoor te zorgen dat je de rest van je leven lacht en ten volle leeft." Zijn lippen ontmoetten de hare. Het was geen verleidelijke kus, maar één vol belofte. "Ik hou van je, Kitten."

Kat verstijfde, trok zich toen terug zodat ze zijn hele gezicht kon zien en staarde hem ongelovig aan.

"Wil je dat ik het nog een keer zeg?" Ze knikte langzaam en hij grijnsde. "Ik. Hou. Van. Jou. Katerina. Maier. Ik hou al heel lang van je. En ik ben van plan om de rest van mijn leven jou te laten zien hoeveel je voor me betekent. Jij bent de enige vrouw tegen wie ik die woorden ooit zal zeggen."

Haar ogen vulden zich met tranen bij zijn verklaring. Zijn bonzende hart probeerde te ontsnappen uit zijn opsluiting toen Kats woorden op een fluistertoon uitkwamen. "Ik hou ook van jou. Voor altijd. En ik zal die woorden nooit tegen een andere man zeggen."

"Goed. Nu dat we de sentimentele dingen uit de weg hebben, kus me."

En dat deed ze.

* * *

"Ze zijn net aangekomen op terrein. Meisje, drie mannen. Te veel mensen. Moeten wachten tot ze alleen zijn."

Terwijl hij luisterde naar het verslag van zijn loopjongen, ijsbeerde Viktor de Stier heen en weer in het kantoor van de bar. Het was ooit van Volkov geweest, maar Viktor had het binnen enkele dagen na de moord op de hebzuchtige bastaard overgenomen. Het grootste verschil tussen de twee mannen was dat Volkov dom en slordig was geweest, terwijl Viktor gezond verstand had. Hij wist dat hij iedereen die zijn geheimen kende moest elimineren zodra ze niet meer bruikbaar waren. Soms zelfs voor die tijd.

Opgegroeid als wees in de USSR, was Viktor op niemand anders dan zichzelf gaan vertrouwen. Zijn eerste moord op zijn veertiende was een vermomde zegen. De perverse klootzak had geprobeerd hem te molesteren in een steegje, nadat hij de tiener betrapt had bij het stelen van eten van een straatverkoper. Terwijl hij op de grond lag te worstelen, was Viktor erin geslaagd een gebroken fles te pakken en die in de nek van de engerd te duwen, waardoor de slagader werd doorgesneden. In plaats van weg te rennen, stond hij daar en keek toe hoe de man in een plas bloed aan zijn einde kwam. Wat hij niet wist, was dat er nog iemand in de schaduw had gestaan toen het incident zich voltrok. Een man die alleen bekend stond als Dmitry Sishnik, de aaseter.

De getrainde moordenaar had Viktor onder zijn hoede genomen en hem alles geleerd wat hij wist. Eerst dacht de tiener dat Dmitry weer zo'n duivel was, die zijn aanbod van voedsel, onderdak, bescherming en onderwijs gebruikte als een manier om seksuele gunsten te verkrijgen. Hij kwam er al snel achter dat dat niet het geval was. De oudere man wilde alleen maar een protégé om zijn vak aan door te geven. Hij was op dezelfde manier opgeleid door één van de besten. Het was zijn manier om zijn nalatenschap door te geven.

Nadat hij alles van zijn mentor had geleerd, was Viktors

laatste daad voor hij zijn geboorteland verliet, hem te doden, snel en pijnloos. Het was het minste wat hij kon doen voor de man die zijn leven ten goede had veranderd en die op sterven lag aan kanker. Terwijl een broze Dmitry op een ochtend worstelde om uit bed te komen, kon Viktor de pijn en vernedering in zijn ogen zien. Hij kon zijn lijden niet meer aanzien. Zonder een woord te zeggen, brak hij snel de nek van de man. Viktor wist dat de aaseter zijn leerling dankbaar was, want hij zou het nooit opgebracht hebben zelfmoord te plegen, en een langzame dood zou nog erger geweest zijn.

Sinds hij naar Amerika was gekomen, werkte Viktor voor een Russisch netwerk van criminelen als huurmoordenaar. Hij werd ouder en wilde van het goede leven gaan genieten, zoals zijn bazen deden. Er was maar één ding dat hem in de weg stond. Het maakte hem kwaad dat de Maier vrouw goed beschermd werd. Hij zou verdoemd zijn als ze er geen weg omheen konden vinden. Hij wilde het geld en zij was de laatste bekende verbinding ermee. Hij had een manier gevonden om het geld voor zijn bazen te verbergen en het in zijn pas verworven bedrijven te laten vloeien. Het zou hem ook helpen verder te komen in de vereniging. Hij kon het risico niet nemen dat zijn mannen het zouden verpesten, dus nam hij een besluit. "Ik zit op volgende vlucht naar Tampa. Zoek manier om meisje te krijgen, doe niets tot ik er ben."

hoofdstuk 17

Terwijl Jenn, Angie en Kristen Eileen Michaelson en Kat vermaakten bij de koivijver, zaten Boomer, zijn vader en vijf teamgenoten rond de onverlichte vuurplaats. Een paar maanden eerder, voor Ians verjaardag, had iedereen Angie geholpen hem te verrassen om de ruimte tussen de laatste twee gebouwen om te toveren in *Ians Oasis*. Ze hadden het asfalt gesloopt, graszoden gelegd en dingen toegevoegd zoals een buitenkeuken, een TV, zitjes en struiken. De achtertuin, zoals het vaak genoemd werd, werd al snel een plek om te relaxen. Op dit moment speelde er country muziek op de achtergrond, en een mistsysteem hield de ruimte koel ondanks de hoge Floridiaanse temperaturen.

Ian overhandigde Boomer en Rick hun nieuwe biertjes, ging weer zitten en opende zijn eigen bier. Hij ging verder met de oudere man in te lichten over wat ze eerder hadden besproken met de assistent-directeur van de FBI. "Keon zal de zaken bespreken met zijn baas en het hoofd van de taskforce die het onderzoek naar de Russische maffia in Norfolk leidt. Uiteraard willen ze het geld niet aan hen teruggeven. Zoals het er nu voor staat, ook al maakt het geld deel uit van een strafrechtelijk onderzoek, denkt hij dat alle statuten die erop van toepassing zijn, verlopen kunnen zijn. Dus, het betekent dat het geld misschien naar Kat gaat, of ze het wil of niet. Ik laat Reggie de legale kant controleren." Reggie Helm was een van Tridents advocaten en een Dom in de club. Ze overlegden met hem en zijn drie partners over alles, van strafrechtelijk en civielrechtelijk tot contractrechtelijk.

Boomer opende zijn biertje en nam een slok. "Kat zei dat ze er niets mee te maken wil hebben. Wat haar betreft, is het besmet geld. Het zou me niet verbazen als ze het allemaal doneert als dit voorbij is, maar dat regelen we wel als ze buiten gevaar is.

Rick knikte naar zijn zoon en keerde zich toen terug naar Ian. "Heeft Carter iets nieuws ontdekt?"

"Natuurlijk heb ik dat. Ik ben geen slappeling zoals dit stelletje mietjes."

De mannen keken verbaasd op toen de black-ops agent vanaf de parkeerplaats het gras op slenterde. Gewoonlijk werd ten minste één van hen gewaarschuwd als iemand onaangekondigd het terrein betrad. De bewakers hadden het bevel Carter altijd toe te laten. Het team wist niet dat hij in de stad was, maar dat was niets nieuws. De man was een spook, hij kwam en ging wanneer hij wilde. Vanaf de plek waar hij bij de vrouwen stond, liep Beau naar de man toe, die even met de hond dolde voordat hij een biertje uit de koelkast pakte. Hij dronk de helft op en schudde handen of stootte de vuisten van alle mannen, met nog een paar beledigingen ertussen. Hij nam plaats naast Jake en grijnsde. "Heb je eindelijk een litteken op dat Hollywood gezicht van je, huh? Dat hele piratengedoe van je is verdomd lekker. Je weet wel, de man omver blazen... of opblazen... of waar je ook voor bent. Jammer dat je mijn type niet bent."

Terwijl de anderen bulderden van het lachen, snoof Jake en stak zijn vriend de middelvinger toe. "Krijg de klere, eikel. Ik word gek van dit kloteding, maar niet zo erg als de vrouwen." Hij stak zijn duim op in de richting van het einde van de achtertuin. "Je zou denken dat ik vanaf mijn wenkbrauwen verlamd ben, zoals ze alles voor me proberen te doen. Ik ben blij dat de hennen nu Kat hebben om zich druk over te maken."

De mannen gingen akkoord. Met uitzondering van Boomers vader, waren ze allemaal Doms en voorbestemd om voor hun subs te zorgen, niet andersom. En in Jake's geval, een homo zonder zussen, was het een beetje verontrustend dat een stel vrouwen zich zorgen over hem maakten. Hij hield veel van de Trident vrouwen, maar was niet gewend aan al die aandacht.

"Dus, Boom-Boom. Ga je me nog voorstellen aan die knappe brunette daar?" Carter deed zijn beste imitatie van Groucho Marxs oogwiebel terwijl hij de groep vrouwen bekeek. De man hield van dames, alle soorten, en kon soms de grootste flirt zijn.

Boomer gromde. "Handen af, eikel. Denk er zelfs niet aan."

"Ach, een man mag dromen, nietwaar? Ze is een sexy dingetje, weet je, voor het geval je ooit op zoek bent naar een derde." Hij negeerde de blik van zijn vriend, nam nog een slok en zuchtte terwijl hij zich in de Adirondackstoel nestelde. "Verdomme, dat smaakt goed. Maar goed, terug naar het huidige probleem. Ik heb wat onderzoek gedaan naar Viktor Denisovich. Hij is al zo'n twintig jaar in de VS. Daarvoor werd hij getraind door één van de beste huurmoordenaars van de USSR in die tijd."

"Verdomme." Boomer haalde gefrustreerd zijn hand langs zijn gezicht. Een getrainde huurmoordenaar was niet iemand die hij ergens in hetzelfde halfrond als Kat wilde hebben.

"Ja, ik weet het. Het lijkt erop dat hij zijn rol als handhaver bij de maffia afzweert en de dood van Volkov gebruikt als een manier om hogerop te komen in de organisatie. Van wat ik hoor, hebben de hogere rangen het geld al jaren geleden afgeschreven. Dus mijn beste gok is dat Denisovich het zal verbergen voor zijn bazen als hij het ooit in handen krijgt."

Ian leunde voorover en krabde aan Beau's oren, nadat de hond met het gekke gezicht aan zijn voeten zat. "De kans is groot dat maar weinig mensen weten dat Kat toegang heeft tot het geld. En als ze het toch weggeeft, dan kunnen we de dreiging helemaal elimineren."

Boomer schudde zijn hoofd. "Ik vind het maar niks. Wat als hij niet gelooft dat ze het heeft weggegeven? En, we moeten wachten op de wettigheid om er zeker van te zijn dat ze het weg kan geven. Deze man wil het geld, en Kat is de enige link."

"Daarom wil ik dat jullie twee hier in het gebouw blijven. Het zal niet de eerste keer zijn dat we aangevallen worden, en ik weet zeker dat het niet de laatste keer zal zijn. Ik bel Chase en post een paar extra bewakers."

"En de club?" vroeg Devon aan zijn broer. "Morgen en dinsdag zijn we gesloten. Wat wil je vanavond doen?"

Ian dacht er even over na. "Ik denk niet dat we op dit moment dicht hoeven. Met een paar extra bewakers bij de poort en op het terrein, zitten we goed. En met Eggheads verhoogde perimeter beveiliging zal niemand in de buurt van het terrein kunnen komen zonder opgemerkt te worden. Jij en ik zullen vanavond met Tiny en Mitch alle voorzorgsmaatregelen doornemen." Devon knikte bevestigend. Tiny was niet alleen lijfwacht, maar ook hoofd van de beveiliging van de club. Mitch Sawyer was hun neef en de manager van The Covenant. Terwijl Ian en Devon bij de marine gingen, studeerde Mitch aan de universiteit en had zijn MBA gehaald. Als gevolg daarvan was hij de voor de hand liggende keuze om de club te leiden waarvan zij drieën eigenaar waren.

Brody stond op en gaf Boomer een klap op zijn schouder. "Ik pak zo'n medische alarmarmband die ik bij Angie heb gebruikt. Kat kan die dragen tot ze buiten gevaar is, zodat we haar kunnen opsporen als dat nodig is."

"Bedankt, dat zou geweldig zijn." Boomer en de anderen wisten uit eerste hand hoe goed het speeltje van de nerd werkte. Angie en Jenn waren een paar maanden geleden gegijzeld. Tijdens de voorbereiding van de redding was het team in staat geweest om vitale informatie te verkrijgen via een eenrichtingsmicrofoon die in de GPS-armband verborgen zat. Terwijl zijn vriend naar het kantoor rende om het apparaat te halen, wierp Boomer een blik op hem en zag Kat naar hem toe lopen, haar bleke gezicht stoorde hem. Hij reikte omhoog, pakte haar hand en trok haar op zijn schoot. "Alles goed, Kitten?"

Ze kroelde tegen zijn borst. "Ja, ik ben alleen een beetje moe. Ik denk dat ik migraine krijg, dus ik wil uit voorzorg mijn medicijnen innemen. Is er een plek waar ik even kan gaan liggen?"

"Zeker. We hebben een paar logeerkamers boven de kantoren. Daar blijven we toch vannacht." Hij hielp haar overeind en stond toen ook op. "Ik pak onze koffers en neem je mee naar boven."

"Ik kan je een verhaaltje voorlezen als je wilt. Vrouwen zeggen me dat ik erg vermakelijk ben in bed."

* * *

Kat keek met open mond naar de vreemdeling die naar haar grijnsde, geamuseerd in zijn donkerblauwe ogen. Hij was met Jake aan het praten toen ze naar hier toe liep. Nu zijn aandacht op haar was gericht, vroeg ze zich af hoe ze niet had gezien wat voor een stuk hij was. Zijn donkerblonde haar moet net onder zijn schouders vallen, want hij had het in een kleine paardenstaart gebonden. Een strak T-shirt bedekte zijn bovenlichaam, en zijn in spijkerbroek geklede benen waren lang en mager. Aan de manier waarop hij ze voor zich uit strekte, schatte ze dat hij een paar centimeter langer was dan Benny. Net als de Trident-mannen had hij de lichaamsbouw van een krijger, gevormd door hard werken en training. Geen fitnessclub of steroïde naald kon zo'n perfect mannelijk exemplaar produceren. Verdorie, de man was prachtig op een gevaarlijke, bad-boy manier. "Uhm..."

"Wees niet zo'n klootzak, man." Snauwde Benny. Hij sloeg zijn arm om haar heen en trok haar naar zich toe. Het was een overduidelijk bezitterig gebaar en het deed haar rillen van genot.

De knapperd deed alsof hij beledigd was, zijn grote hand spreidde zich over zijn brede borstkas. "Wie ik? Ik ben een eikel. Egghead is de klootzak."

"Dat heb ik gehoord!"

Toen Brody weer in zijn stoel plofte, grinnikte de andere man. "Je was verondersteld het te horen, klootzak." Hij richtte zijn aandacht weer op Kat en zijn blik werd zachter. "Sorry, kleintje. De naam is Carter, en je vriendje hier zou moeten weten dat ik maar een grapje maak, hoewel zijn overduidelijke jaloezie me zegt dat je iets speciaals voor hem bent. Als hij je verkeerd behandelt, laat het me dan weten, dan schop ik hem voor je in elkaar. Oké?"

Toen hij speels naar haar knipoogde, kon Kat het niet helpen dat er een glimlach op haar gezicht verscheen. Het was moeilijk om de man niet meteen aardig te vinden. "Leuk je te ontmoeten, Carter. Ik ben Kat. En bedankt voor het aanbod. Hij behandelt me prima. Hij weet dat ik met een honkbalknuppel zwaai als hij dat niet doet."

"Ha! Je hebt ballen. Ik mag je nu al, Miss Kitty-Kat. Het is me een waar genoegen u te ontmoeten." Haar hart kromp ineen bij de bijnaam die haar vader voor haar gebruikte, terwijl zijn ogen naar Benny dwaalden. "Ze is een blijvertje, man. Laat haar niet ontsnappen."

"Ja, dat is ze." Hij liet zijn hoofd zakken en gaf haar een snelle kus. "En ik ben niet van plan haar weer te verliezen."

* * *

Enkele minuten later stond Kat uitgekleed tot op haar ondergoed en trok Boomer de dekens tot aan haar kin omhoog. Sommige van de zes logeerkamers hadden stapelbedden, maar dit was één van de twee met een tweepersoonsbed. Een aangrenzende badkamer betekende dat ze niet naar de gang hoefde voor wat voor reden dan ook. Hij deed de armband die Brody hem had gegeven om haar linkerpols. "Hier zit een zendertje in, Kitten. Als er iets met je gebeurt, we gaan doen wat we kunnen om dat te voorkomen, zal het ons helpen je te vinden. Het is gewoon een voorzorgsmaatregel." Hij veegde haar haren weg van haar wang. "Weet je zeker dat je niet wilt dat ik bij je blijf?"

Ze knikte, haar oogleden werden zwaar. "Het is goed zo. Je ouders blijven niet lang meer, dus ga maar bij hen zitten. Ik zal zo in slaap vallen."

Terwijl hij haar op het voorhoofd kuste, zag hij dat ze gelijk had. Tegen de tijd dat hij het licht uitdeed en de deur opende, lag ze al onder zeil. Toen hij terugkwam in de achtertuin, zag hij dat een paar mensen weg waren. Jenn was naar haar werk gegaan, ze had haar dienst geruild met een andere serveerster in het café van Jake's broer. Marco en Brody waren ook weg en Devon zei dat ze op kantoor aan een verduisteringszaak aan het werken waren. Kristen en Angie maakten bij de buitenkeuken een maaltijd van gegrilde kip, salades, maïs en aardappelen klaar terwijl Ian de enorme gasgrill aanzette.

Boomer ging naast zijn moeder zitten, die met zijn vader bij de vuurplaats zat. Eileen glimlachte naar hem. "Ik vind het nog steeds moeilijk om te bevatten dat ze terug is. Ik moet zeggen dat ik je sinds de middelbare school niet meer zo gelukkig heb gezien. ik ben ook blij voor jou. Voor jullie allebei. Toen zag ik al hoe goed jullie het samen hadden, zelfs als jullie nog niet samen waren."

Blozen was niet iets wat hij vaak deed. Hij praatte nooit over vrouwen met zijn moeder. Hij wist dat ze op een dag kleinkinderen wilde. Ze was niet één van die moeders die hun zonen aan het hoofd zeurde om te trouwen. "Zij is de ware, mam. Dat is ze altijd geweest. Ik heb het de afgelopen dagen al een paar keer gezegd, ik laat haar nooit meer gaan."

Eileen reikte hem de hand en kneep in zijn hand. "Ik weet dat je dat niet doet, Ben. Zorg gewoon dat jullie allebei veilig zijn."

"Dat zal ik doen."

"Godverdomme!" Boomers vader sprong van zijn stoel en hield zijn schouder vast. "Godverdomme! Ik ben net gestoken door een bij. Ik leunde achterover op die klootzak."

Zijn vrouw en zoon sprongen op en begonnen aan Ricks shirt te trekken, om te proberen te zien waar hij gestoken was. De laatste keer dat hij gestoken was, was zijn voet opgeblazen als een ballon. Ze wisten dat als één bij hem weer te pakken kreeg, de reactie erger kon zijn. Eileen had nu een Epipen en Benadryl-capsules in haar tas, voor het geval dat.

Boomer zag de grote wonde die zich achter op zijn schouder vormde. "De angel is eruit. Problemen met ademhalen, pa?

"Nee. Maar kijk, ik krijg nu al netelroos. Eil, geef me gewoon de Benadryl. Ik neem eerst de pillen. Als het erger wordt, kan ik de pen gebruiken."

Ze haalde ze uit haar tas toen Kristen naar voren stapte met een fles water. Rick stopte de pillen snel in zijn mond en spoelde ze weg met de koele vloeistof. "Verdomme. Hoe kan zoiets kleins in hemelsnaam zo'n godverdomde pijn doen? Sorry voor mijn taalgebruik, dames."

De vrouwen grinnikten allemaal om hem, ze hadden al veel ergere dingen gehoord van de mannen. Angie had een geïmproviseerd ijszakje gemaakt van een plastick zakje en overhandigde dat aan Boomer. Nadat hij zijn vader had bevolen weer te gaan zitten, klemde hij het tussen de getroffen schouder en de stoel. "Mam zal naar huis moeten rijden. De laatste keer dat je gestoken werd, sloeg de Benadryl je op je kont, oude man."

Rick mopperde en vervloekte de dode bij nog wat meer.

"Je hoeft vanavond niet naar huis te rijden," zei Kristen. "Je weet dat je altijd in een van onze logeerkamers kunt slapen."

Glimlachend naar de jongere vrouw schudde Eileen haar hoofd. "Bedankt voor het aanbod, Kristen. Ik heb morgenochtend vroeg een afspraak bij de tandarts. Het is beter als we naar huis gaan. Ik wil gewoon even wachten om zeker te weten dat Ricks reactie niet erger wordt."

Ongeveer een half uur later was Ricks netelroos verdwenen. Hij had moeite om zijn ogen open te houden en hij raakte zijn eten nauwelijks aan. Boomer hielp hem naar hun auto terwijl de vrouwen wat eten pakten dat Eileen mee kon nemen. Boomer opende het bestuurdersportier voor zijn moeder en gaf haar een kus op haar wang voor ze instapte. "Sms of bel me als je thuis bent, zodat ik weet dat alles in orde is."

"We redden ons wel. Ik sms je." Ze wierp een blik op haar man die wakker probeerde te blijven, maar daar niet in slaagde. "Hij zal slapen voor we de snelweg oprijden. Hou van je, Ben. En zeg Katerina dat we gedag hebben gezegd. Probeer volgend weekend langs te komen, alsjeblieft."

"Als dit allemaal voorbij is, doen we dat, mam."

Hij sloot haar deur en keek toe hoe zijn ouders wegreden. Voor de eerste keer sinds hij een tiener was, zag Boomer zijn toekomst en hij hield ervan. Hij zou van Kat zijn vrouw maken en zij zouden zijn ouders kleinkinderen geven om rot te verwennen. Misschien kon hij ze ervan overtuigen om dichter bij dan Sarasota te gaan wonen. Glimlachend maakte hij voor Kat een bord klaar, zich verheugend om haar in bed te voeden... en meer.

"Volgen auto met dezelfde achternaam als vriend. Dat moet de ouders zijn."

Viktor glimlachte terwijl hij door de gang liep die naar zijn vliegtuig leidde. Zijn mannen hadden de kentekens genoteerd van de voertuigen die richting het Trident complex reden. Het was het enige terrein langs die weg, dus het was makkelijk aan te nemen dat iemand die er reed een mogelijk doelwit kon zijn. Dankzij zijn contacten bij de politie konden ze de kentekens natrekken en uitzoeken van wie ze waren. Als ze niet in het complex konden komen om het meisje te halen, moesten ze het meisje naar hen laten komen.

"Raak ze niet kwijt. Ik ben onderweg." Hij verbrak de verbinding en knipoogde naar de mooie stewardess toen hij aan boord van het vliegtuig ging. Het zag er goed uit.

hoofdstuk 18

Kat probeerde het korte rokje lager te trekken, maar het ging niet. Na een dutje en het eten dat Benny haar letterlijk in bed had gegeven, was ze ervan overtuigd dat ze haar migraine in de kiem had gesmoord. Ze was verrast en opgewonden toen hij vroeg of ze een rondleiding wilde in The Covenant. Zondagavonden waren meestal de rustigste avonden, had hij haar verteld. Dat betekende niet dat er niet genoeg te zien zou zijn. Hij had haar privacy papieren gegeven die ze moest ondertekenen, evenals een lijst met limieten en protocollen waaraan ze zich moest houden. De meeste waren makkelijk te onthouden. Benny had haar verzekerd dat iedereen haar zou helpen als ze per ongeluk iets fout deed. Ze had nog geen toestemming gekregen om te spelen, omdat ze een verplichte achtergrondcontrole en bloedonderzoek moest ondergaan, dus hij zei haar dat ze de limietenlijst een andere keer samen zouden invullen. Vanavond mocht ze alleen observeren en leren wat BDSM inhield.

Toen Angie en Kristen ontdekten dat ze mee zou gaan, waren ze dolblij en hadden aangeboden haar iets te lenen om aan te trekken. Ze hadden haar meegenomen naar het grote appartement dat Ian en Angie deelden op de eerste verdieping van het laatste gebouw van het terrein. Kristen en Devon hadden het appartement boven hen. Het was net zo ruim. Sinds haar door stress veroorzaakte gewichtsverlies had Kat nog maar een maatje zesendertig in plaats van haar normale maat veertig. Angie had een paar dingen die ze aan haar kleinere gestalte konden aanpassen.

De zwarte rok die ze nu droeg was een wikkelrok die aan de achterkant van haar smalle taille vastgeknoopt zat. Het had een lichte A-lijn snit en bedekte haar kont zolang ze niet ronddraaide, waardoor het naar buiten uitwaaierde. Bovenop droeg ze een groenblauw hemdje met kanten randje. Hoewel haar borsten, nauwelijks, bedekt waren, voelde ze zich toch onzeker over het feit dat ze geen ondergoed droeg. Benny had erop aangedrongen. Ze moest toegeven dat ze zich daardoor ondeugend en sensueel voelde. Dat betekende niet dat ze met iemand anders wilde flirten dan met hem.

Toen ze met z'n drieën over het terrein naar de club liepen, keek ze naar Kristen en Angie. Ze besefte dat zij het minst schaars gekleed was. Angie droeg een nauwsluitende roze teddy die tot het midden van haar dijen reikte. Het rekbare kanten materiaal was net doorschijnend genoeg om er doorheen te kijken. De vrouw deed alsof het niet erg was dat haar tepels te zien waren. Kat kon ook zien dat ze een bijpassende string droeg. Ze was stikjaloers op het gespierde en toch gewelfde lichaam van de vrouw. Angie had haar verteld dat Ian een dingetje had voor lingerie. Hij bladerde graag door de mooiste en stoutste intieme catalogi op zoek naar nieuwe dingen voor haar om te dragen.

Kristens outfit viel ergens tussen de andere twee in. Ze had een bijpassende zwarte beha en slipje aan met een doorschijnend zwarte overlap. Hoewel het sexy was, was het niet minder dan wat sommige vrouwen aan het zwembad of op het strand droegen.

Toen ze door de poort liepen die de club van de rest van het Trident complex scheidde, klapperden hun slippers bijna synchroon tegen hun hakken. De meisjes hadden haar verteld dat de vloeren van de club bedekt waren met tapijt, met uitzondering van de scèneruimtes. De meeste onderdanigen liepen op blote voeten. Glas was niet toegestaan in wat zij "de pit" noemden, dus hoefden zij zich geen zorgen te maken over iets dat in hun voeten zou snijden. De kamers hadden gepolijst houten vloeren en werden voortdurend schoongeveegd door het personeel om alle "juk" factoren te elimineren.

Toen ze de trap opliepen naar de ingang op de tweede verdieping, sloegen de vlinders in Kats buik op hol. Haar nervositeit moet op haar gezicht te zien zijn geweest, want Angie gaf haar een bemoedigende glimlach terwijl ze de deur voor haar openhield. "Rustig maar. Het komt wel goed met je. Boomer gaat je een collar geven om te dragen, zodat niemand anders je mag aanraken. Als je vragen hebt, stel ze dan aan één van ons. We hebben allemaal al eens in jouw schoenen gestaan... nou ja, eigenlijk, in jouw slippers."

Kat liep door de deur en haar ogen vonden meteen die van Benny. Hij wachtte op haar in de lobby van de club, samen met Devon en Ian. En verdorie, wat zagen ze er allemaal uit alsof ze net uit een *Playgirl* magazine fotoshoot waren gestapt. Ian en Devon droegen beiden een leren broek. De stijlen waren lichtjes verschillend. Die van Ian had een rits aan de voorkant en hij combineerde de zwarte broek met een strak grijs T-shirt. Devons kruis was dicht geregen en hij droeg een bijpassend zwart leren vest zonder shirt. Het was Benny die ze het meest sexy vond. Ze hoopte dat ze niet stond te kwijlen. Onder zijn open bruine leren vest droeg hij geen hemd, met zijn keiharde borst en buikspieren in een door de zon gebronsde huid. Zijn jeans zat hem als gegoten en de bult achter zijn rits deed haar watertanden. Een bruine leren riem ging door de lussen in zijn taille en kwam goed overeen met de versleten laarzen aan zijn voeten.

Hij stak zijn hand naar haar uit en grijnsde breed toen ze hem aannam. "Verdomme, schatje. Net als ik denk dat je niet sexier kunt worden, bewijs je mijn ongelijk. Ik denk dat ik je mijn kleine seks-kitten ga noemen."

Hij haalde een simpele, zwartleren collar tevoorschijn en gaf aan dat ze zich moest omdraaien en haar haar moest optillen. Zijn vingers streelden haar huid toen hij het om haar nek legde en de haak en oog sluiting aan de achterkant verbond. Terwijl ze aan de dunne ring voelde, keek ze hem weer aan. "Oké?"

"Voorlopig. Ik zal moeten gaan nadenken over een permanente voor jou, zoals Angie en Kristen hebben. Ik wil hem zelf ontwerpen."

Kat was blij dat hij iedereen wilde laten zien dat ze van hem was. Ze had eerder de collars van de andere vrouwen gezien. Die van Kristen was een platina choker met gelijkmatig verdeelde diamanten over de hele lengte. Ze had Kat de afneembare saffieren hanger laten zien die ze er af en toe bij droeg. De op maat gemaakte collar paste bij de verlovingsring die Devon haar ook had gegeven, met kleine blauwe steentjes rond de grote traanvormige diamant. Angie droeg één van de twee collars die Ian voor haar had gekocht. Haar gewone was een geelgouden, Byzantijnse ketting met een hangertje van een hangslot, die ze eerder had gedragen. Degene die ze nu om had was een witgouden collar met een diamanten hart in het midden. Het was prachtig en moet een fortuin gekost hebben. Maar het maakte Kat niet uit welke halsband ze droeg, zolang het maar die van Benny was.

Hij greep weer naar haar hand en deed een gele "niet-spelen" band om haar pols. "Ben je klaar om naar binnen te gaan?"

Een nerveus gegiechel ontsnapte haar. Ze haalde diep adem. "Oh, wat maakt het ook uit. Je leeft maar één keer, of in mijn geval, twee keer. Laten we dit doen voordat ik de moed verlies."

De groep lachte met haar mee toen ze Benny volgde naar de grote houten deuren die naar de hoofdclub leidden. Tiny stond op wacht en trok één van de deuren voor hen open. Het was Kat niet ontgaan dat hij een holsterpistool op zijn heup droeg. Er was haar verteld dat ze de beveiliging op het terrein hadden verhoogd tot ze buiten gevaar was. De enorme man glimlachte naar alle drie de vrouwen toen ze langs hem werden geleid. "Hallo, juffrouw Katerina. Hallo, dames. Jullie zien er mooi uit, zoals altijd. Nog een prettige avond."

Kat bedankte hem terwijl ze aan Benny's arm over de drempel stapte. Haar kaak viel open toen de beelden, geluiden en geuren van de club haar zintuigen bestormden. Ze probeerde overal tegelijk te kijken. Dat was fysiek onmogelijk, dus nam ze één deel tegelijk in zich op. De eerste verdieping was in feite een hoefijzer dat uitkeek over de gelijkvloers. Links van hen, aan de basis van de "U", was een gebogen, donkerhouten bar met ingewikkeld houtsnijwerk. Een shirtloze barman serveerde drankjes aan de leden. Zijn rode vlinderdas en zwarte broek waren, wat haar verteld was, de onderdanige mannelijke werknemer zijn uniform. Een vrouwelijke serveerster bracht drankjes, gekleed in een kort zwart rokje, rode beha en vlinderdasje.

Het waren de klanten die haar versteld deden staan. Terwijl sommigen gekleed waren in kleding die geschikt zou zijn voor elke club in de stad, waren anderen praktisch, zo niet helemaal, naakt. Aan de bar zaten twee vrouwen in modieuze outfits te praten. Aan hun voeten knielde een man met alleen een string aan en een zwarte collar met een riem. Andere mensen liepen rond in verschillende stadia van kleding. Kat was dankbaar voor het weinige dat ze droeg. Haar tieten en kont waren tenminste bedekt.

Kat scande de ruimte en vond het prachtig hoe het grijze tapijt en de bordeauxrode muren de club een warme sfeer gaven. De verlichting bestond uit smeedijzeren kroonluchters en lichtpunten. Er waren talrijke zitjes met banken, chaise lounges, stoelen met gevleugelde rugleuningen en donkere, houten tafels. Tegenover de bar was een grote trap naar de verdieping eronder. Messing leuningen liepen langs de zijkant van de trap en rond het balkon. Meer zitplaatsen, in de vorm van hoge tafels en krukken, stelden de leden in staat om van bovenaf de activiteiten in de pit te observeren.

Twee mannen, van wie er één griezelig veel leek op Ian en Devon, naderden de groep. Ze vermoedde dat dit hun neef Mitch was. Hij was iets korter dan de broers en zijn blauwe ogen waren niet zo opvallend. Zijn haar en gelaatstrekken waren zeker Sawyer DNA. Gekleed in een zwarte kostuumbroek en een strak zwart T-shirt, straalde hij zelfvertrouwen uit. De andere man was slank en met zijn grijzende haar en sikje, dacht ze dat hij in de vijftig was. Door zijn zwarte leren broek en geklede overhemd kwam een beeld van Dracula in haar op. Hij miste alleen nog een cape en wat hoektanden. De manier waarop hij haar aankeek, deed haar huiveren en een stap dichter bij Benny zetten. Terwijl ze de twee mannen bestudeerde, was het eerste woord dat in haar opkwam: dominant. Kat realiseerde zich dat ze de clubbezoekers kon categoriseren aan de hand van hun kleding en/of manier van doen.

Naast haar legde Benny zijn arm om haar schouders en gebaarde naar de twee nieuwkomers. "Kat, dit is Meester Mitch, mede-eigenaar en manager van de club. En dit is Meester Carl, die maar beter aardig kan zijn als hij wil blijven staan."

Meester Carl negeerde Benny's waarschuwing terwijl hij Kats hand nam en haar knokkels kuste. "Dus, dit is de kleine kitten waar Meester Carter het over had. Hij loog niet toen hij zei dat je een machtig mooie katachtige was. Mi-auw. Je mag mijn krabpaal gebruiken wanneer je maar wilt, mijn kleine poesje... Kat."

Terwijl Benny gromde en haar hand uit de greep van de andere man rukte, bloosde Kat ongemakkelijk. De groep lachte en Ian rukte aan Carls arm om hem te dwingen uit haar persoonlijke ruimte te komen. "Je moet Meester Carl vergeven, Kat. We proberen hem nu al een tijdje zindelijk te maken. Eén dezer dagen gaat hij in de verkeerde zandbak pissen. Behalve dat hij een sadist is, is hij ongevaarlijk."

"Uhm ... ok." Kat wist niet zeker wat ze daar nog op moest zeggen.

Kristen legde haar hand op Kats arm. "Maak je geen zorgen. Hij komt over als een haai, maar is eigenlijk een grote teddybeer. Maar als hij aanbiedt je zijn zweep te laten zien, ren dan de andere kant op."

Meester Carl probeerde te fronsen. Dat lukte niet. "Iedereen verpest al mijn plezier. Het is echter een genoegen je te ontmoeten, kleintje. Ik heet je welkom in onze club."

Voordat iemand meer kon zeggen, snelde Tiny toe en richtte zich tot Ian. "Bij de voorpoort zitten drie onbekende mannen in een voertuig die toegang tot de club eisen. De bewakers hebben ze onder schot."

Terwijl Tiny en Devon naar de deur gingen, wendde Ian zich tot zijn neef. "Verlaat de vrouwen niet. Niemand gaat naar de parkeerplaats tot we dit opgelost hebben."

"Begrepen. Ik zal extra beveiliging bij de deuren zetten." Mitch zwaaide naar twee mannen in rode hemden en begon bevelen te blaffen.

Ondertussen wees Benny naar de manager. Zijn ogen waren op Kat gericht. "Jij blijft bij Mitch, wat er ook gebeurt, en doet precies wat hij zegt. Ik ben zo terug."

Kat voelde het bloed uit haar gezicht wegvloeien. Ze slaagde erin te knikken. "Oké. Maar wees voorzichtig."

Ze wist niet zeker of hij haar gehoord had. Hij en Ian renden al door de dubbele deuren via de lobby naar buiten. Angie sloeg haar arm om Kats schouder toen Kristen voor haar ging staan en haar aandacht trok. "Het komt wel goed, Kat. Dit is wat ze doen en ze zijn de best getrainde mannen die er zijn."

Geen van beiden wilde haar vertellen hoe ze dat beiden uit de eerste hand wisten. Vorig jaar was Kristen bijna 'bijkomende schade' geweest toen een huurmoordenaar achter Devon, Ian, Jake en Brody aanzat. En vijf maanden geleden waren Angie en Jenn gegijzeld door smerige DEA-agenten nadat de undercoveroperatie van Angies beste vriend was opgeblazen. Helaas was haar vriend, Jimmy, gedood tijdens de succesvolle redding van de vrouwen. Angie rouwde nog steeds en had nachtmerries over het incident.

Mitch voegde zich weer bij hen en stelde voor dat ze Kat naar één van de lege zitplaatsen brachten. "Ze is erg bleek. Ik wil niet dat ze flauwvalt." Terwijl de vrouwen gingen zitten, seinde hij één van de serveersters om een paar flessen water te brengen. Hij nam er één, opende ze en legde ze in Kats hand. "Drink, Kat."

Ze kon zich niet herinneren hoe de fles water in haar hand terecht was gekomen - ze had zich geconcentreerd op de deuren die naar de lobby leidden. Bij Mitch' woorden wierp ze een blik op haar hand en vervolgens op de mooie brunette serveerster die naar haar glimlachte.

"Hoi, ken je me nog? We hebben elkaar laatst in de winkel ontmoet. Ik ben Cassandra. Het is leuk je weer te zien."

Herkenning drong door. Kat had twee dingen die door haar hoofd spookten. Eén, was Benny oké buiten? En twee, had hij seks gehad met de tengere vrouw die voor haar stond? Ze probeerde beleefd te blijven, ondanks de golven van jaloezie die door haar heen gierden. "Oh, ja. Hallo. Het is ook leuk om jou te zien."

Cassandra overhandigde flesjes water aan Kristen en Angie, die haar bedankten. Ze draaide zich terug naar Kat. "Ik had al zo'n gevoel dat ik je hier snel zou zien. Het lijkt erop dat meester Ben van de markt is. Ik ben blij voor jullie beiden. Hij is een geweldige kerel en verdient een speciaal iemand. Hoe dan ook, als je iets anders nodig hebt, laat het me weten."

Kat keek toe hoe de vriendelijke serveerster wegliep en voelde Angies hand op haar arm. "Ik weet wat je denkt, Kat. Je moet het feit vergeten dat Boomer een leven had terwijl hij dacht dat je dood was. Het punt is dat hij nu bij jou is. Ik kan aan de manier waarop hij naar je kijkt zien dat hij niemand anders wil."

Kat knikte en nam een slok water, wetende dat de andere vrouw gelijk had. Toen ze eerder op de dag bij de koivijver zaten, was het onderwerp van gesprek dat ze weer in Benny's leven was teruggekeerd en in zijn armen. Angie en Kristen hadden niet veel over de club gesproken waar Jenn en Eileen Michaelson bij waren. Wel toen ze iets voor Kat hadden gevonden om aan te trekken. Ze legden uit hoe sommige BDSM-interacties gewoon lichamelijk waren, zonder de emotionele verwikkelingen en drama's die bij traditionele relaties hoorden. Of ze het leuk vond of niet, er waren vrouwen in de club met wie Benny had gespeeld. Ze wist dat ze probeerden haar gerust te stellen. Het was niet alsof ze verwachtte dat hij twaalf jaar lang een celibataire monnik zou zijn toen hij dacht dat ze dood was. De paar mannen met wie ze in de loop der jaren had gedate hadden haar nooit een reden gegeven om jaloers te zijn, dus het was een nieuwe emotie voor haar. Eén die ze te boven moest komen als ze wilde dat dit tussen hen zou werken - en dat wilde ze meer dan wat ook in de wereld.

Het duurde ruim tien minuten voordat de mannen de club weer binnenkwamen. Mitch was zichtbaar ontspannen. Kat kon aan de manier waarop ze grapten en lachten zien dat er niets ernstigs was gebeurd. De drie vrouwen gingen staan toen hun mannen naderden. Ian wuifde dat ze weer moesten gaan zitten. "Niets om je zorgen over te maken. Gewoon een paar, nauwelijks legale, dronken eikels die op zoek zijn naar wat slaag en gekietel. Ze hoorden over de club en dachten dat het een combinatie was van een stripclub en een hoerenhuis. De idiote bestuurder trok een mes toen de bewakers hen niet binnenlieten en deed het in zijn broek toen hij geconfronteerd werd met een volledig arsenaal. De politie is gearriveerd en rekent met hen af."

De groep brak uit in gegrinnik en opmerkingen over domheid toen Benny Kats hand pakte en haar in zijn armen trok. "Gaat het? Het spijt me dat we je hebben laten schrikken."

Ze smolt in hem. "Het was niet jouw schuld. Ik ben

gewoon blij dat niemand gewond is geraakt. Ik zou niet met mezelf kunnen leven als dat wel zo was."

"Hé." Zijn hand ging onder haar kin en kantelde haar hoofd naar achteren zodat ze zijn gezicht kon zien. "Ik zeg het je, niets van dit alles is jouw schuld, Kitten. Ik weet dat het moeilijk te geloven is. De slechteriken en je vader hebben schuld. Hoewel ik betwijfel of hij zich realiseerde dat hij je in gevaar bracht door het geld te stelen. Dat had hij moeten doen." Hij boog zich voorover, verlaagde zijn stem en zijn lippen raakten haar oor. "Nu de opwinding voorbij is, zal ik je een rondleiding geven en je op een andere manier opwinden? Een manier die je nat zal maken en me zal smeken om stoute dingen met je te doen."

Kat bloosde bij zijn suggestie, huiverde en liet zich door hem naar de grote trap leiden. Hij overhandigde een clubkaart aan één van de bewakers die het door een handheld computer scande. Hieruit bleek dat Benny twee of minder alcoholische dranken had laten serveren. Ze mochten de kuil betreden. Kats gele polsband gaf aan dat ze niet mocht spelen als gast, dus hoefden ze niet te weten of ze iets gedronken had.

Toen ze in de pit afdaalde, waren Kats vlinders terug en ze huiverde. Benny moet haar reactie gevoeld hebben want hij stopte en trok haar naar de zijkant van de trap, uit de weg van het verkeer. "Gaat het wel goed met je? Weet je zeker dat je dit wilt doen? Als je dat niet wilt, kunnen we nu vertrekken, Kitten. Dit is een deel van mijn leven. Ik wil jou in mijn leven, meer dan wat dan ook. Ik kan het opgeven als het moet."

Ze wist dat hij het meende door de blik in zijn ogen. Hij hield van haar en zou niets in de weg laten staan van hun samenzijn. Zelfs niet iets waar hij jaren zonder haar van genoten had. "Nee, ik wil nog niet weg. Ik weet niet of dit iets is wat ik kan doen. Dat weten we pas als ik het probeer, toch? Kunnen we het gewoon rustig aan doen?"

Met een tedere aanraking die haar hart deed smelten, pakte Benny haar wang. "Absoluut. Weet je wat? We lopen wat rond en observeren een paar relatief tamme scènes. Dan gaan we terug naar onze kamer en bespreken wat je wel en niet leuk vond, oké? We kunnen hier vanavond toch niet spelen. Als iets je stoort, zeg het me en we gaan verder. Jij betekent meer voor me dan de levensstijl, Kitten. Elke goede relatie heeft een compromis tussen beide partijen. We moeten alleen dat van ons vinden."

* * *

De leiding en haar hand weer nemend, baande Boomer zich een weg door de menigte. Hij passeerde Meesteres China die een mannelijke onderdanige een pak slaag gaf, een wassenbeelden scène en een andere waar de tepels en clitoris van de vrouwelijke onderdanige in klemmen zaten. Ze kwamen bij een bank waar een onderdanige, Shelby, werd vastgebonden en haar kontje rood werd gemaakt door Carter. De echte blondine stond bekend om het dragen van verschillende gekleurde pruiken die pasten bij haar schaarse outfits, en vanavond was geen uitzondering. Haar sluike paarse haar complimenteerde haar gestippelde beha en minirok die momenteel rond haar middel was opgetrokken. Boomer wierp een blik op Kat en glimlachte om haar geschokte, maar geïnteresseerde blik. Ze keek niet weg. Hij zag dat als een goed teken. Hij stapte achter haar, pakte haar heupen vast en liet haar zijn erectie tegen haar kont voelen. Hij was blij toen ze hem een kleine zwieper gaf als erkenning.

De positie waarin Shelby stond liet iedereen haar blote

kont en geschoren geslacht zien. Haar wangen waren rood van Carters handafdrukken en haar kutje druipte. De Dom ging aan de zijkant van de bank staan en boog zich voorover om iets tegen de sub te zeggen terwijl zijn hand in haar tedere vlees kneep. Wat er ook gezegd werd, ze knikte met haar paars gecoiffeerde hoofd. Grijnzend deed hij twee stappen in de richting van een zwarte plunjezak die op een bijzettafeltje stond en begon er in te rommelen. Boomer voelde hoe Kat haar adem inhield in afwachting van wat Carter uit zijn speelgoedtas zou halen. De Dom koos een klein, nieuw pakje uit en verbrak het zegel. Een zwart voorwerp viel in zijn hand en voordat hij zich weer naar zijn sub keerde, haalde hij er ook nog een tube glijmiddel uit.

Boomer haalde Kats haar van haar schouder zodat hij in haar oor kon fluisteren. "Dit is wat ik binnenkort met jou wil doen. Hij gaat Shelby's kont pluggen. Dat zal alle zenuwen stimuleren totdat ze hem smeekt om haar te laten klaarkomen."

Kat kon haar ogen niet afhouden van de scène voor haar. Het was het meest erotische dat ze ooit in haar leven had gezien. Hoewel een deel van haar zich schaamde om te kijken, vond ze het opwindend en kon ze het niet uit de weg gaan. Terwijl Benny's woorden haar oor kietelden, keek Kat naar de knappe Dom die zich zeker amuseerde. Zijn pik puilde uit achter de rits van zijn bruine, leren broek en ze kon het niet helpen te denken, goede God, hoe enorm hij was. Een nauwsluitende pullover met korte mouwen toonde zijn gebeeldhouwde torso. Ze zou wel dood moeten zijn om zijn lichaamsbouw niet te waarderen. Bij de V-hals kon ze een tipje van zijn blote borst zien. Op zijn kin had hij een stoppelbaardje. Toen haar ogen verder naar boven gingen, besefte ze dat hij haar naar hem had zien staren. Kat bloosde toen hij haar een speelse knipoog gaf voordat hij zijn aandacht weer op zijn vastgebonden onderdanige richtte.

Ze kon haar ogen niet van Carters handen afhouden terwijl hij de anaalplug klaarmaakte en vervolgens zijn ingevette vingers gebruikte om Shelby voor te bereiden om hem in te nemen. Muziek vulde de lucht. Op de maat pompte hij één, dan twee vingers in en uit haar kontgaatje. De onderdanige vond het duidelijk heerlijk. Ze smeekte om meer. "Sneller. Harder. Alstublieft, Sir." De Dom grinnikte alleen maar en nam zijn tijd om haar uit te rekken, haar klaar te maken om de grote plug te ontvangen.

Kat was geschokt toen ze zich realiseerde dat haar kutje zich ook op de maat klemde. Benny wreef zijn erectie tussen haar billen. Ze kreunde en kantelde haar heupen. Ze wilde dat hij het nog een keer deed. En hij stelde haar niet teleur. Van achteren reikte hij tussen haar benen. Ze hijgde toen hij een vinger in haar eigen druipende kutje dompelde. Ze klemde haar benen samen. Ze wierp een blik omlaag en keek om zich heen om zich ervan te vergewissen dat haar rok haar van voren nog bedekte en dat niemand naar hen keek. Niemand keek, en Benny begon haar in een sensueel tempo te strelen, het tempo van Carter volgend.

Zijn zwoele stem fluisterde in haar oor. "Mijn Kitten is lekker nat. Ik hoop dat Carter deze scène snel afwerkt, anders zeg ik naar de hel met de regels. Ik buig je over de rugleuning van een bank en neuk je hier waar iedereen bij is."

Eén van zijn andere vingers streek over haar clitoris en Kats benen begonnen te trillen toen er nog meer vocht uit haar kutje stroomde. Het verlangen dat door haar lichaam gierde deed haar verlegenheid snel plaats maken voor haar behoefte aan meer genot. "I-ik dacht dat we... niet konden spelen."

Ze huilde bijna van teleurstelling toen zijn vingers zich terugtrokken en hij de achterkant van haar rok weer naar beneden liet zakken. Ze draaide haar hoofd naar hem toe en keek vol ontzag toe hoe hij haar sappen van zijn vinger likte.

"Je hebt gelijk. Maar ik kon mezelf niet helpen. Ik zal braaf zijn, dat beloof ik. Heel, heel braaf."

Het boze amusement in zijn stem vertelde haar dat hij toespelingen maakte. Ze wenste dat ze mochten spelen. Ze wilde niets liever dan zich vooroverbuigen en hem diep in haar voelen, van achteren in haar stotend. Rauwe behoefte overspoelde haar. Ze likte haar lippen terwijl ze naar de zijne staarde. "Zou je teleurgesteld zijn als ik zei dat ik nu terug naar onze kamer wilde om te spelen?"

Een tevreden grijns trok over zijn gezicht, en Kat wist dat het enige wat hij niet voelde teleurstelling was.

hoofdstuk 19

Eileen Michaelson rolde zich om en bestudeerde haar achtenvijftig jaar oude, nog steeds knappe echtgenoot. Het was half drie 's nachts en ze kon niet slapen terwijl Rick de resterende effecten van de Benadryl weg snurkte. Hij had de Epipen niet nodig gehad, godzijdank. Hij had de hele rit naar huis gedommeld en had nauwelijks het avondnieuws gehaald voor hij in bed kroop. Een vrij verkrijgbaar medicijn deed wat veel terroristen en slechteriken in de loop der jaren hadden geprobeerd, maar niet voor elkaar kregen: haar grote, boze Navy SEAL op zijn lekkere kont slaan.

Soms kon ze niet geloven dat ze al bijna vijfendertig jaar getrouwd waren. Hun trouwdag was over zes maanden. Ze hield meer van Rick dan ooit. Ze hadden moeilijke eerste jaren achter de rug met hem die weken of maanden het land uit was. Telefoontjes waren sporadisch, afhankelijk van de missie van het team. Op momenten als deze was ze dankbaar dat ze de stormen had doorstaan en bij hem was gebleven.

Toen ze vijf jaar getrouwd waren, had ze na twee miskramen de hoop verloren om Rick het kind te geven dat ze beiden zo wanhopig wensten. Toen, op een dag, terwijl hij uitgezonden was naar God-weet-waar, aan de andere kant van de wereld, bracht ze een zwangerschapstest mee naar huis nadat ze voor de tweede keer in evenveel maanden haar maandstonden had gemist. Ze was doodsbang geweest om te hopen dat de test positief was en dat ze de baby kon voldragen als dat zo was.

Het had nog drie weken geduurd voor ze Rick kon vertellen dat hij vader zou worden. Ze was net in haar tweede trimester en de enige twee mensen die het wisten waren haar moeder en die van hem. De twee oma's in spe hadden de subtiele veranderingen in Eileens lichaam opgemerkt en hadden geheimhouding gezworen tot het aan Rick kon worden verteld. Hij was in de wolken geweest nadat ze hem het nieuws via de telefoon had verteld. Er gingen nog vijf weken voorbij voordat ze weer in elkaars armen lagen. En op de één of andere manier was hij enkele maanden later in de VS toen ze beviel van hun zoon.

Door de jaren heen hadden ze hun ups en downs gehad. Ze slaagden erin hun huwelijk overeind te houden ondanks Ricks lange afwezigheden voor missies waar hij haar niets over kon vertellen. Nu genoten ze van hun semi-pensioen in Florida. Zij werkte als deeltijds lerares voor kinderen met leermoeilijkheden en was vrijwilligster in een plaatselijk dierenasiel. Rick deed af en toe een opdracht voor Trident of viel in als een vissersmaat een extra stuurman nodig had voor zijn charterbedrijf. Ondanks hun geluk, misten ze iets. Eileen hoopte dat de terugkeer van Katerina betekende dat hun zoon zich zou settelen en hen de kleinkinderen zou geven waar ze naar uitkeken. Als er twee mensen waren die een lang en gelukkig leven verdienden, dan waren het Kat en Ben wel.

Licht flitste buiten hun slaapkamerraam en een donderslag volgde. Snelle stormen waren normaal in Florida. Het zou waarschijnlijk binnen een half uur of zo opklaren. Eileen kon niet meer slapen en besloot thee te zetten en misschien een tijdje te lezen. Gebruikmakend van het licht van de straatlantaarn dat door de luxaflex naar binnen kwam, pakte ze haar lichte badjas en sloop naar de gang, de slaapkamerdeur achter zich sluitend. Ze draaide de lichtschakelaar om, maar er gebeurde niets. Ze probeerde het opnieuw, ging ervan uit dat de storm de stroom had uitgeschakeld en gebruikte haar handen langs de muur als leidraad. Pas toen ze de keuken binnenstapte, schoot haar een gedachte te binnen. De straatlantaarn zou niet hebben gebrand als de buurt geen stroom meer had. Ze realiseerde zich dat ze niet alleen was, een seconde voordat een sterke hand haar mond bedekte en haar schreeuw blokkeerde.

"Sstil of ik snij keel door."

Boomers arm lag rond Kats naakte middel. Zijn hand vond haar borst. Hij wist dat hij haar moest laten slapen na de seksuele gymnastiek die ze eerder hadden uitgevoerd. Zijn pik was hard en hij wilde haar opnieuw. Hij had de uitwisseling tussen Kat en Carter gezien, en hoewel een deel van hem jaloers was, vroeg een ander deel zich af of ze geïnteresseerd zou zijn om de andere Dom op een dag bij hen te laten komen. Het ging er allemaal om haar op alle mogelijke manieren te plezieren. Hij had in de loop der jaren deelgenomen aan verschillende ménages en een paar waren met de black-ops agent. Carter zou nooit de vrouw van een andere man stelen. De man hield van de vrouwelijke bevolking, en elke manier waarop hij hen seksueel kon behagen was goed voor hem.

Terwijl hij haar weelderige borst masseerde, kuste Boomer Kats blote schouder en drukte zijn erectie tegen haar kont. Ze bewoog in zijn armen en rolde zich naar hem toe zodat hij zijn hand kon vervangen door zijn mond. Hij plaagde de tepel, zoog en likte tot haar rug kromde. Een kreun ontsnapte haar en zijn ogen gingen omhoog om te zien dat ze helemaal wakker was. Er kwam net genoeg maanlicht door de luxaflex zodat hij kon zien dat ze erg opgewonden was.

Hij gaf de gespannen tepel nog een veeg met zijn tong en grijnsde naar haar. "Sorry, ik heb je wakker gemaakt."

Ze stak haar handen in zijn haar en rukte naar beneden tot zijn mond zich weer om haar borst sloot. "Nee, dat doe je niet, en ik ook niet. Niet stoppen, het voelt zo goed."

Benen, heupen, schouders en armen verschoven. Al snel lag zijn torso tussen haar dijen. Een hand plukte aan haar andere tepel terwijl hij aan de eerste bleef zuigen. Haar zuchten en hijgen maakten hem harder. "Handen boven je hoofd, Kitten. Hou je vast aan het hoofdeinde en laat niet los. Ik hoorde Carter tien minuten geleden hiernaast neerstorten, dus je kunt je geluid beter wat zachter zetten. Hoewel ik betwijfel of hij het erg zou vinden je te horen."

Haar heupen bewogen tegen hem aan. Hij kneep in haar tepel waardoor ze het uitschreeuwde. "Oh, oh, verdomme!"

Boomer verwisselde van tiet en klemde zijn mond vast aan die waar hij net in geknepen had. Hij zoog het stijve topje in zijn mond en schoof zijn lichaam opzij zodat zijn hand naar haar kutje kon glijden. Met een vinger omcirkelde hij haar clitoris een keer, dan twee keer voordat hij naar beneden ging naar haar gezwollen lippen. Ze was klaar voor hem. Hij was nog niet klaar om haar te nemen. Hij wilde haar plagen tot ze hem smeekte zoals ze eerder had gedaan toen hij haar door drie krachtige orgasmen had gejaagd.

Voorzichtig liet hij een vinger in haar hete kanaal glijden, hopend dat ze niet pijnlijk was. Toen ze haar benen wijder opende, zodat hij er beter bij kon, voegde hij er nog een vinger aan toe en begon haar clitoris met zijn duim te strelen. Eén van haar handen verliet het hoofdeinde en greep zijn haar vast. Hij liet haar borst met een plop los. "Uh-uh, Kitten. Wat heb ik je gezegd? Ik heb gewacht op een excuus om je vanavond te slaan en je hebt het net verdiend."

Kat piepte. "W-Wat? Meen je dat? Ik ben klaar om te komen, en jij wilt me slaan?"

"Zeker weten. Kom hier." Zittend pakte hij haar heupen vast en draaide haar op haar buik, haar hijgen en gillen negerend. Hij tilde haar op en legde haar toen op zijn schoot. Haar naakte kontje stak uitdagend omhoog en hij streelde de bleke wangen terwijl ze kronkelde. Een ander idee kwam in hem op en hij reikte naar het nachtkastje waar hij eerder een nieuwe tube glijmiddel had neergezet. Hij kon haar maagdelijke gaatje nog niet nemen, maar hij kon haar wel een voorproefje geven van wat komen ging.

Boomer scheidde haar billen, en Kat reikte instinctief met haar handen naar achteren om zich te bedekken. "Wat ben je aan het doen?"

Hij pakte haar polsen met één hand en hield ze vast bij de kleine van haar rug. "Sh. Rustig, Kitten. Ik ga niets doen waarvan ik denk dat je er niet van zult genieten. Geef het een kans, dat is alles wat ik vraag. Oké?

Haar gespannen lichaam ontspande een beetje. Hij liet haar polsen los. Terwijl hij haar rug, kont en benen streelde, voelde hij haar nog meer in hem smelten. Zijn gedachten dwaalden af naar waar hij aan dacht voordat ze wakker werd. Hij dacht dat hij het nooit te weten zou komen tenzij hij het haar vroeg, dus besloot hij ervoor te gaan. "Wat vind je van Carter?"

"Wat bedoel je? Hij lijkt me een aardige vent."

"Voel je je tot hem aangetrokken?"

Kat keek hem over haar schouder aan, haar wenkbrauwen gegroefd in verwarring. "Ik denk dat de meeste vrouwen zouden zeggen dat hij er goed uitziet." Ze voegde er niet aan toe, "zolang ze niet dood waren," maar hij was er zeker van dat de woorden op het puntje van haar natte kleine tong lagen.

"Dat is niet wat ik vroeg, Kitten, en dat weet je." Hij kneep in haar kontje en gleed toen met zijn vingers naar haar natte kutje, haar plagend terwijl ze kronkelde in zijn schoot. "Nu je geen maagd meer bent, als jij en ik niet samen waren en Carter probeerde je te versieren, zou je dan met hem naar bed gaan?"

Ze staarde hem aan. "Ben je boos op me? Er is niets voor jou om jaloers over te zijn. Ik ben met jou, niet met Carter. Het is niet omdat ik een andere kerel knap vind, dat ik met hem naar bed wil."

Hij streelde haar clitoris en glimlachte toen ze met haar heupen bewoog, om dichter te komen en van onderen te kunnen toppen. Hij hief zijn andere hand op, gaf haar een harde klap op haar kont en dook toen met zijn vinger weer in haar, haar hoger strelend, maar niet hoog genoeg.

"Ow! Ohhhhh, verdomme!"

"Zo, hmm? Leg je handen onder je wang en hou ze daar. Pijn kan heel plezierig zijn, Kitten. Ik ben van plan je te laten zien hoeveel." Hij vertraagde zijn plagerig tempo. "Nu, terug naar mijn vraag. Ik geef toe dat ik een moment van jaloezie had. Ik ken Carter goed genoeg dat dat geen probleem is. Wat ik probeer te weten te komen is, hoe jij je zou voelen als ik hem zou vragen om bij ons te komen... hier... ...op dit moment."

Kat probeerde zich om te draaien om hem aan te staren, maar hij hield haar stevig vast. "Bedoel je als een ménage? Een triootje? Serieus?"

"Serieus. Als je nee zegt, dan is het goed. We hebben je limietenlijst nog niet doorgenomen, dus ik dacht ik vraag het maar."

Ze duwde zich op haar handen en draaide haar bovenlichaam. "Kun je even stoppen zodat ik me even kan omdraaien, alsjeblieft? Dan kunnen we het hier eerst over hebben. Ik kan niet nadenken als je dat doet. Ik zeg geen nee, maar ik zeg ook geen ja."

Hij trok zijn vinger uit haar kutje, draaide haar om en ging op zijn schoot zitten, zijn stijve pik tegen haar heup gedrukt. Of haar antwoord nu ja of nee was, hij zou haar nog een paar orgasmes geven voordat hij zelf tot een bevrediging kwam. Hij was betrokken geweest bij een paar eerste ménages. Dit was Kat en dit alles was nieuw voor haar. Hij reikte voorover en deed het bedlampje aan zodat ze elkaar beter konden zien. "Laat me eerst een paar dingen uitleggen voordat je me antwoord geeft. Eén van de dingen van een ménage is vertrouwen. Je moet me vertrouwen dat ik ervoor zorg dat de derde, of het nu Carter is of iemand anders, niets doet wat je niet bevalt of iets wat je zou kwetsen. Alles wat hij doet moet eerst door mij goedgekeurd worden. Ik zal niets toestaan waar jij je niet prettig bij voelt. De derde in een scène is er om het genot van de vrouw te vergroten. Stel je voor dat ik vier handen heb in plaats van twee, die je aanraken en plezieren. Misschien terwijl mijn mond jouw kutje eet, zuigt de zijne aan die heerlijke tieten van jou." Hij sloot zijn hand om één en begon haar te plagen. Kreunend wiebelde ze in zijn schoot en stak haar borst vooruit, hem uitnodigend om meer te doen. "Terwijl ik je zoete kut neuk, zal hij je mond neuken. Maar maak je geen zorgen, hij zal niet in je mond klaarkomen... hij zal op het laatste moment over je borst komen. Dan laat ik jou klaarkomen voordat ik kom. Dus, vertel me, Kitten. Wil je twee mannen meemaken die niets anders doen dan je plezieren, je in een miljoen stukjes breken, keer op keer?"

"Jjhaaaa." Haar antwoord kwam eruit als een gesis, hem bijna smekend om te doen wat hij wilde.

Hij stopte zijn sensuele aanval op haar borst en greep haar haar, hield haar zo dat ze hem recht aankeek. "Zeg het nog eens, Kitten. Ik moet weten of je geen bedenkingen hebt nadat we begonnen zijn. Is dit wat je wilt? Jij, ik en Carter?"

Haar hand omklemde zijn kaak, zijn stoppels ruw tegen haar zachte handpalm. "Ja, zolang jij de touwtjes in handen hebt, ja, dan wil ik dit. Ik wil nieuwe dingen met je proberen, maar alleen als jij dat ook wilt."

"Ik hou van je, Kitten. Ik beloof je dat dit goed zal zijn. Als iets je bang maakt of niet goed voelt, gebruik dan je stopwoord 'rood', oké?" Hij leunde voorover en nam bezit van haar mond, proefde, plaagde en genoot voordat hij zich weer terugtrok. "Oké?

"Oké. En ik hou ook van jou."

"Nog één ding. Als we aan het spelen zijn, vergeet dan niet dat ik 'Meester' uit je mooie mondje wil horen, en noem Carter 'Sir'."

Ze likte haar lippen. "Ja, Meester."

Boomer stak zijn hand uit boven het hoofdeinde en klopte op de muur tussen hun kamer en die van Carter. Hij was niet verbaasd toen de deur een seconde later openging en de man binnenliep in alleen een trainingsbroek. Het grijze katoen deed niets om zijn prominente stijve te verbergen. Zijn haar was nog vochtig van het douchen en glom van de eerdere paardenstaart.

"Jezus, je hebt er verdomme lang genoeg over gedaan. Ik dacht dat ik me daar moest gaan aftrekken." Op Kats verbaasde blik, voegde hij eraan toe: "Hallo, kleintje. Ja, de muren hier zijn dun genoeg om er doorheen te kunnen horen. We moeten Ian dat laten repareren. Maar als je 'nee' had gezegd, had ik je nooit laten weten dat ik iets gehoord had. Ik wilde je niet in verlegenheid brengen." Hij stopte naast het tweepersoonsbed en keek haar waarderend aan. "Verdomme, je bent naakt nog mooier."

* * *

Kat was zo geschrokken van zijn plotselinge verschijning. Toen had zijn blote torso haar aandacht getrokken en was ze vergeten dat ze naakt was. Ze stond op het punt haar handen op te heffen om zich te bedekken. Benny hield haar tegen.

"Uh-uh, Kitten. Je hoeft je niet te verstoppen. Laat hem zien hoe mooi je bent." Hij draaide haar op zijn schoot zodat haar benen aan weerszijden van de zijne vielen en zijn erectie zich tegen haar kont en onderrug nestelde. Hij nam haar polsen vast en bracht haar handen achter zijn nek terwijl haar hoofd tegen zijn schouder rustte.

Ze huiverde bij de hitte die ze zag in Carters ogen toen die over haar lichaam reisden en bleven hangen bij haar borsten en blootgestelde kutje. Zijn intense blik maakte haar natter. Ze bloosde nog dieper.

Terwijl Benny's handen zich rond haar borsten sloten, pakte Carter haar wang. "Ik hou ervan vrouwen te zien blozen, kleintje. Je hoeft je niet te schamen. Je hebt een prachtig lichaam en het is een voorrecht om het te zien. Ik wil je nog één keer horen zeggen dat je me hier wilt. Ik ga niets doen wat Boomer niet goedkeurt. Hij weet wat je leuk vindt en wat niet. Wil je dat ik een derde in je bed ben, je neuk, en je behaag? Ik heb een verbaal antwoord nodig, liefje."

Kat was zo opgewonden door zijn woorden en door hoe Benny met haar tepels speelde, dat ze niet aarzelde. "Ja... Ja, Sir. Dat wil ik." Kat kon nog steeds niet geloven dat ze hiermee had ingestemd. Ze wilde het niet terugnemen. Ze had veel boeken gelezen met ménage relaties erin en fantaseerde dat het haar ook zou overkomen. Alleen als Benny bij haar was.

"Dank je, en ik ben echt vereerd. Ik beloof je dat je er elke minuut van zult genieten, vanaf nu. Boom, ik geloof dat je een pak slaag noemde, hmm?"

Kats ogen werden groot en een klein piepje ontsnapte haar. "Wat? Word ik verondersteld daarvan te genieten? Serieus?"

"Ha!" blafte Benny en grinnikte. "Zoals ik je al eerder zei, Kitten, ja, serieus. Ik heb er zin in om je een pak slaag te geven en, ja, als je het goed doet, zul je ervan genieten. Wil je nu verder gaan of wil je je stopwoord zeggen?

Beide mannen wachtten geduldig terwijl Kat dit in haar hoofd doorwerkte. Ze kon niet ontkennen dat het idee van een pak slaag haar opwond. Zou het te veel pijn doen? Hij had gezegd dat ze haar geen pijn zouden doen. Er was wat pijn die bevredigend was. Ze had ook haar stopwoord waarvan ze zeker wist dat het gehoord zou worden als ze het zei. De paar tikken die Benny haar tot nu toe had gegeven hadden haar opgewonden. Ze was nog steeds nerveus. "Is dit een straf pak slaag of een plezier pak slaag, Meester?"

"Omdat je mijn titel zo mooi gebruikte, zal het een

plezier pak slaag zijn, Kitten. Laat ons je tonen hoe een beetje pijn je hoger kan brengen dan je ooit geweest bent."

Zonder een woord te zeggen, stak Carter zijn hand naar haar uit. Ze nam haar besluit en liet zich door hem overeind helpen. Terwijl hij naar haar glimlachte, richtte hij zich tot Benny. "Waarom verhogen we de hittefactor niet voor haar? Ze kan op mijn gezicht zitten terwijl jij haar kont rood maakt.

Kats mond viel open toen Benny van het bed klom, kennelijk niet beschaamd dat hij naakt voor de andere man stond. "Uitstekend idee, mijn vriend. Voor ik het vergeet, als Kat je straks pijpt, ze is nog geen fan van slikken. Dat is nu een harde limiet voor haar."

Haar hele lichaam bloosde van schaamte. Geen van beide mannen leek er door aangeslagen.

"Begrepen." Carter ging op het bed liggen met zijn hoofd aan de rand die het dichtst bij hen was. "Klim er maar op, Kitty-Kat, en laat me je zoete kutje proeven."

Kats benen trilden toen Benny haar weer op het bed hielp, zodat ze schrijlings over het hoofd van de andere man lag, met haar blote voeten aan de andere kant. Carter trok haar knieën wat wijder uit elkaar zodat ze dichter bij zijn mond zakte, maar begon haar nog niet te proeven. Toen ze op de juiste plaats zat, duwde Benny op haar rug tot ze haar opgeheven lichaam op dat van Carter liet zakken, met haar hoofd rustend op zijn keiharde buikspieren. Met haar ogen naar boven rollend kon ze zijn stijve pik in zijn jogging-broek zien uitpuilen en ze vroeg zich af hoe hij eruitzag. Zou hij groter of kleiner zijn dan Benny? Zouden ze hetzelfde smaken of totaal anders? Ze wist het niet, maar was nieuwsgierig om het te weten te komen. Toen ze Carters adem tegen haar natte geslacht voelde, huiverde ze van verwachting. *Waar wachtte hij op?*

"Lig je lekker, Kitten?" Benny streelde haar rug en kont terwijl het kippenvel over haar porseleinen huid omhoog kwam.

"Ja, Meester."

"Goed. Ga ervoor, man."

Carter verspilde geen tijd meer voor hij zich tegoed deed aan haar. Zijn tong en mond vielen haar aan. Ze schreeuwde hoe goed het voelde. Hij likte haar hele spleetje van begin tot eind en dan weer terug, steeds maar weer, alsof ze een ijshoorntje was, terwijl zijn vingers haar clitje vonden. De druk op haar kleine klitje was licht, alleen genoeg om te plagen, niets meer... en ze wilde meer. Oh godver, wat wilde ze meer! Hij knabbelde aan haar kutlipjes en ze voelde haar sappen stromen. Kreunend ging ze met haar tong langs de rechterkant van de gespierde "V" die in zijn joggingbroek verdween. Zijn heupen schokten en zijn lul trilde als antwoord. Kat glimlachte ondeugend, zich gesterkt voelend dat ze zo'n reactie kon oproepen bij een merkbaar ervaren man.

Net toen hij haar met zijn stijve tong spietste, landde een hand hard op haar rechterbil en ze sprong. Carter hield haar heupen vast zodat ze niet ver kwam. Pijn, dan hitte, dan puur verlangen schoten door haar heen. Een fractie van een seconde voordat ze hetzelfde voelde op haar andere wang, klonk er nog een klap, en de pijn werd nauwelijks in haar gedachten geregistreerd. Het enige waar ze zich op kon concentreren was de euforische high die ze beklom. Deze keer masseerde Benny het vlees dat hij had geraakt. De sensaties die hij opriep deden haar sappen in Carters mond stromen. De man kreunde en likte elke druppel op. Kat wist niet waarop ze moest reageren, of hoe. De dubbele aanval op haar billen en kut liet haar hoofd tollen. Het enige wat ze kon doen was kreunen, hijgen, en genieten. Haar handen omklemden Carters dijen door zijn joggingbroek terwijl ze probeerde haar bekken in zijn gezicht te drukken. Hij spietste haar weer met zijn tong. "Oh, verdorie. God-ver-domme, het voelt zo goed. Oh, God!"

* * *

Boomers lul werd harder door de woorden en geluiden die uit Kat kwamen. Hij sloeg haar nog een paar keer op haar kont, met een tussenruimte totdat zijn handafdrukken haar wangen bedekten en de zitplekken aan de bovenkant van haar dijen. De mix van wit, roze en rood was zo verleidelijk. Hij drukte zijn handen tegen haar vlees, hield de warmte binnen en liet de genot-pijn zich vermengen met wat Carter met haar deed. Boomer wist dat er niet veel meer nodig was om haar over de rand te sturen. Eerder op de avond had ze zich kunnen inhouden en twee keer op commando een orgasme kunnen krijgen, dus besloot hij haar deze keer een pauze te gunnen. "Kom wanneer je maar wilt, Kitten."

"J-ja, M-Meester. Dank u. Oh, verdorie! Niet stoppen, S-Sir, alstublieft! Heilige Hel..."

Carter moet iets gedaan hebben wat ze erg lekker vond. Haar woorden werden gemompeld tussen haar gekrijs door terwijl ze haar gezicht in zijn onderbuik begroef. Boomer vond de tube glijmiddel bij de kussens en pakte het. Hij wreef het over zijn vingers en instrueerde zijn vriend: "Spreid haar wangen voor me, man. Het is tijd om haar kennis te laten maken met een beetje anaal."

Zonder op te houden met zijn aanval op haar kutje, reikte Carter naar achteren en kneep in haar tedere kont-wangen, waardoor ze uit elkaar gingen. Haar gebobbelde maagdelijke gat knipoogde naar Boomer. Hij smeerde het in met glijmiddel. Hijgend klemde ze zich vast. Hij hoorde Carters gedempte gegrinnik.

"Wat je net ook deed, doe het nog eens. Het liet haar gutsen. Verdomme, ze is verrukkelijk."

"En ik heb nog niets naar binnen geperst. Dat is het volgende. Ontspan je kont, Kitten. Je gaat wat druk voelen. Ik gebruik alleen mijn vinger. Het zal niet te oncomfortabel zijn. Als je je ontspant, voel je het in je poesje."

"J-ja, Meester. Ik zal t-proberen."

"Goed zo meisje." Boomer randde haar ingang, zorgde ervoor dat er genoeg glijmiddel was en bracht dan zijn wijsvinger naar het midden. Met een in-en-uit beweging ging hij een beetje verder met elke pas. "Relax, Kitten. Laat me binnen. Ik zweer je dat je hard gaat komen als ik daar kom."

* * *

"Oh verdorie! Ik ben klaar om te komen nu. Nog een beetje meer, alsjeblieft... meer!" Ze had geen idee om welk "meer" ze smeekte. Het maakte niet uit zolang ze maar doorgingen met dat waar ze mee bezig waren. Tussen hun vier handen kon Kat haar bekken niet bewegen. Ze was aan hen overgeleverd. Er was geen andere plaats waar ze op dit moment wilde zijn. Zonder het eerst te beseffen, groef ze haar nagels in Carters dijen tot zijn harde spieren zich nog meer spanden. Haar vingers vlogen open. "S-sorry."

Zijn mond verliet haar kutje lang genoeg om te zeggen: "Je hoeft je niet te verontschuldigen, Kitty-Kat. Ik hou ervan om geklauwd te worden. Als je maar geen bloed trekt, dan is het goed."

"Oh verdomme!" riep Kat uit. Benny had haar afleiding gebruikt om langs haar sluitspier te gaan. De zenuwen in haar kont lichtten op als de Nationale Feestdag. Hij had gelijk. Alle zenuwen leken in directe verbinding te staan met haar clitoris, die onophoudelijk pulseerde. Als er maar iemand zou... "Alsjeblieft. . . Ik moet... Oh, kut. . ."

Carter zoog aan haar clitoris en dat was alles wat nodig was om klaar te komen. Haar orgasme stuurde haar in een spiraal naar de afgrond. Ze vloog en viel tegelijkertijd, niet wetend welke kant boven was. Haar lichaam schokte terwijl golf na golf van extase door haar heen golfde. Geschreeuw van genot klonk in haar oren. Het kostte haar een moment om te beseffen dat het van haarzelf kwam. Ze draaide met haar handen aan de lakens en probeerde met haar heupen weg te komen... om dichterbij te komen. Carters mond en tong gingen door met hun aanval terwijl Benny haar kont neukte met zijn vinger, en de combinatie bracht haar weer op een steile klim. "Nee... ja... oh dorie, jjjhaaaa..."

Eerst kreeg ze een klap op haar rechterbil en daarna op haar linker. Het was allemaal te veel. Ze ging weer over de kop, trillend en schreeuwend. Vlekken verschenen voor haar ogen terwijl ze uit haar dak ging. Nooit in haar leven had ze zich zo'n goed orgasme kunnen voorstellen... zo intens. Ze dacht altijd dat vrouwen die beweerden er zo één gehad te hebben, overdreven. Nu wist ze dat ze bestonden en dat ze er toe in staat was... meer dan eens.

De mannen lieten zich gaan en stopten toen Kat in elkaar zakte op Carters lichaam. Haar longen snakten naar zuurstof en Benny pakte haar op en legde haar op het bed. "Ok, Kitten?"

Terwijl ze knikte en op adem probeerde te komen, stond Carter op, veegde zijn glinsterende gezicht af met zijn hand en trok toen zijn joggingbroek uit. De man was perfectie. Zijn indrukwekkende pik stond fier overeind toen hij hem een paar keer streelde. De twee mannen staarden op haar neer terwijl ze hen beiden aankeek. Verdomme, ze waren geil. Ze dacht aan alle vrouwen die een miljoen dollar zouden betalen om in haar positie te liggen, of elke andere positie waarin Benny en Carter haar wilden hebben. *Pech gehad, dames, ik ruil met niemand van plaats. Ik speel een inhaalslag met de rest van de vrouwelijke bevolking.*

"Klaar voor meer, Kitty-Kat?" Carter knielde op het bed terwijl Benny een condoom uit de doos op het nachtkastje pakte. Hij zou er meer moeten halen als ze in dit tempo doorgingen. Het was al de derde die hij vanavond gebruikte.

"Verdomd, ja!" Ze bedekte haar mond toen ze naar haar grinnikten. Haar mond-op-hersenen filter moest doorbroken worden als het op seks aankwam. "Ik bedoel... oh, wat dan ook... Verdomd, ja!"

"Boomer gaat je lekkere poesje neuken terwijl jij mij pijpt. Maak je geen zorgen, ik trek me terug en kom klaar over die mooie tieten van je in plaats van in je mond. Oké?"

Ze knikte instemmend.

Carter pakte haar kin vast. "Uh-uh, Kitty. Het antwoord is 'ja, Sir. Eerder ging het allemaal om jou. Nu ben je een braaf meisje, doe je wat we zeggen en we laten je nog een keer komen voordat wij dat doen."

Hij veranderde voor haar ogen. Zijn gezicht stond streng en hij had de toon in zijn stem laten zakken. Weg was het plagerige speelkameraadje en in zijn plaats was een bevelhebbende Dominant-sexy en zondig. Ze wierp een blik op Benny en zag dezelfde intense uitdrukking. Ze zou alles doen of zeggen wat ze maar wilden, zolang ze maar naar haar bleven kijken alsof ze het meest sexy ding was dat ze ooit hadden gezien. Haar kutje klemde zich samen terwijl ze zich weer naar Carter keerde. "Ja, Sir."

"Boom, hoe wil je dit doen?"

* * *

Klimmend op het bed, pakte Boomer Kats heupen vast. "Op handen en voeten, Kitten. Ik ga je van achteren neuken terwijl jij hem afzuigt. Als hij klaar is, trek ik je rechtop zodat hij op je kan klaarkomen."

Kat ging op haar handen en knieën naar het voeteneind van het bed zitten. Carter knielde voor haar terwijl Boomer zich achter haar nestelde. Hij deed snel het condoom om en legde zijn pijnlijke pik tegen haar spleetje. Toekijkend hoe Kat zijn vriend in haar mond nam, was zo verdomd heet dat hij niet zeker wist of hij het lang zou volhouden. Ze zouden het weer goed maken voor haar voor dat gebeurde. Carter siste toen haar mond zich om hem sloot. Hij greep haar haar stevig vast, om haar het tempo te laten zien dat hij wilde. Boomer wreef met zijn topje langs haar kutlippen en merkte dat ze nog steeds drijfnat was. Hij greep haar heupen vast, stootte naar voren en werd beloond met een sexy kreun van haar toen hij zich tot het uiterste in haar begroef.

Carter vloekte. "Verdomme, haar mond is een verdomde doodzonde. Laat haar nog eens kreunen."

"Geen probleem." Hij gleed in en uit haar kanaal, genietend van het gevoel van haar strakke wanden. Hij droomde van de dag dat hij haar kon nemen zonder barrières tussen hen in. Vlees op vlees. Hij reikte om zich heen, vond haar clitoris en al snel kreunde ze herhaaldelijk.

Aan beide kanten legden beide mannen hetzelfde tempo aan. In en uit. Langzaam in het begin. Elk staarde naar waar hun pik in haar lichaam verdween, haar vullend. Gesis, gekreun, geslurp en geklop vulden de lucht terwijl alle drie hun plezier beleefden en het teruggaven. Carter reikte naar beneden en haalde haar haar dat rond haar gezicht was gevallen, weer weg. "Kun je me een beetje dieper nemen? Adem door je neus."

"Ze heeft een sterke kokhalsreflex." Boomers handen wreven over haar blote rug, flanken en heupen terwijl hij bleef pompen in haar strakke, hete kutje.

Carter sloeg zijn vingers om zijn dikke schacht heen op driekwart van de weg naar beneden. "Ik zal niet te ver gaan, Kitty. Nog een klein beetje verder."

Zonder hem los te laten, knikte Kat en haalde diep adem door haar neus. Carters hand trok niet zachtjes aan haar haar, terwijl zijn andere één van haar tieten vond en de parmantige tepel tussen zijn vingers rolde. Gelijktijdig reikte Benny rond haar heup en kneep in haar clit. Haar gedempte gil van genot deed beide mannen grijnzen, wetend dat er niet veel meer voor nodig was om haar te laten exploderen. Haar gekreun, ademhaling en hartslag namen toe terwijl beide pikken haar neukten en het tempo opvoerden. Alle tekenen wezen op een naderend orgasme. Carter richtte zich tot zijn vriend. "Ze is er bijna, man, en ik ook. Maak je klaar om haar op te tillen."

Terwijl hij haar heupen vastpakte, stelde Boomer zijn knieën bij. Hij leunde voorover, stak zijn armen onder haar oksels en pakte haar schouders. De nieuwe positie stelde hem in staat haar harder en sneller op zijn pik te spietsen en dieper te stoten. Hij voelde hoe haar binnenwanden om hem heen begonnen te pulseren, maar wachtte tot de andere man hem zou zeggen dat het tijd was om haar omhoog te trekken.

Carters greep op haar haar werd sterker terwijl hij mompelde hoe goed ze was. Een grom ontsnapte hem. "Nu!"

Boomer trok haar rechtop. Ze had geen andere keus dan de pik uit haar mond te laten. Door de nieuwe positie zakte ze verder op de schacht in haar kut. Carters vingers knepen in haar tepel en duwden haar over de rand toen hij zijn hete sperma over haar borsten en buik spoot. Twee kreten en vloeken van bevrediging werden vergezeld door een derde toen Boomer zijn eigen lading diep in haar spoot.

Er werden enkele ogenblikken geen woorden gesproken toen alle drie weer op adem kwamen. Kat liet een kreun horen toen Boomer zich uit haar lichaam terugtrok en haar op haar rug draaide. Hij gooide zijn condoom snel weg in een vuilnisemmer in de buurt. Carter stond op trillende benen en ging naar de badkamer om vochtige en droge handdoeken te halen. Hij overhandigde beide aan Boomer, die haar begon schoon te maken, en boog zich toen voorover om Kats voorhoofd te kussen. "Dank je, Kitty-Kat. Je was geweldig. Ik laat je nu onder de hoede van je Dom. Slaap lekker."

"Jij ook," mompelde ze en ze viel snel in slaap.

Carter grinnikte terwijl hij zijn trainingsbroek pakte en hem aantrok. "Dank je, man. Zoals ik al eerder zei, ze is een blijvertje."

Toen hij klaar was met Kats bovenlichaam, vond Boomer een schoon stuk van de vochtige handdoek en begon tussen haar benen af te vegen. "Ik weet het. Ben je er morgenochtend nog?"

Carter opende de deur en keek zijn vriend aan. "Tenzij ik ergens voor word weggeroepen, dacht ik dat ik hier zou blijven. Voor het geval jullie me nodig hebben tot ze veilig is. Jullie... Hij stootte zijn kin naar Kat. "... en jullie dames, zijn het dichtste bij familie dat ik heb. Ik zal alles doen om jullie in de buurt te houden. Later."

Boomers hand kwam tot stilstand terwijl hij naar de nu gesloten deur staarde. De spion van de geheime dienst was er vaak geweest als ze hem nodig hadden. Hij stond er niet om bekend lang te blijven. En zeggen dat het team en hun vrouwen familie waren van de eenling, had Boomer nooit verwacht te horen. Ze wisten heel weinig over het leven van hun vriend, nog minder over zijn verleden. Hij was er zeker van dat zij hem beter kenden dan de meesten. Carter was altijd een aardige vent geweest, geduldig met de onderdanigen en zeker loyaal. Hoe kon een man met zulke dodelijke handen zo'n liefdevol hart verbergen?

Boomer richtte zijn aandacht weer op Kat, die bijna sliep, pakte haar op en legde haar hoofd op het kussen. Hij gooide de handdoeken op de grond en deed het licht uit. Hij ging naast haar liggen, trok het laken over hun lichamen en viel spoedig ten prooi aan een bevredigende uitputting.

hoofdstuk 20

Kat werd wakker, gewikkeld in Benny's armen, en heter dan een varken aan het spit. Ze was niet gewend om met iemand te slapen. Hoewel ze het heerlijk vond om de hele nacht bij hem in de buurt te zijn, wenste ze soms dat zijn lichaamstemperatuur tien graden lager lag. Zich van hem verwijderend, gooide ze het laken van zich af en ging rechtop zitten. Volgens de klok op het bed was het iets na tienen. Ze wist niet waarom ze verbaasd was dat ze zo lang had geslapen. Per slot van rekening was ze de halve nacht op geweest om ongelooflijk ondeugende seks te hebben. Ze had er elke minuut van genoten. Ze rekte zich uit, stond op en liep naar de badkamer. Een gezoem bereikte haar oren en ze realiseerde zich dat het afkomstig was van de stapel kleren die ze de vorige nacht praktisch van elkaar hadden gerukt. Zoekend tussen de shirts, rokken en broeken, vond ze zijn mobiele telefoon, nog steeds op trilstand van in de club. Terwijl ze de naam en het nummer noteerde, besloot ze hem te laten weten dat hij een telefoontje had.

"Benny?" Geen antwoord. Kat liep terug naar het bed en

schudde aan zijn schouder. "Benny? Wakker worden. Je moeder belt je."

"*Mmm*," mompelde hij in zijn kussen. "Iiee is?"

"Je moeder."

"Bel trug l-ater."

Kat grijnsde toen hij weer als een klein kind in slaap viel. Terwijl ze zijn telefoon op het nachtkastje legde, ging ze weer naar de badkamer.

Een kwartier later, na een ontspannende douche, liep ze naar buiten naar de gemeenschappelijke ruimte van de tweede verdieping waar de keuken en de woonkamer waren. Haar natte haar, achterover gekamd, maakte haar schone T-shirt vochtig. Ze staarde naar beneden, langs haar slobberbroek naar haar blote tenen, merkend dat die dringend aan een pedicure toe waren, toen ze zich realiseerde dat er nog iemand in de kamer was. Ze bloosde van Carters aanwezigheid en liep naar de koffiemachine.

Hij grijnsde toen ze hem passeerde en nam plaats aan tafel. Zonder zijn geamuseerde blik van haar af te wenden, nam hij een slok van zijn koffie. "Goedemorgen, Kitty-Kat."

"Uhm, goedemorgen." Kat concentreerde zich op de Keurig alsof dat het meest gecompliceerde apparaat was dat ze ooit had gebruikt, en hield zich bezig. Ze wist niet zeker wat ze moest zeggen tegen de man die een derde was geweest in haar en Benny's seksuele escapades. Moest ze hem bedanken? Dat zou vreemd zijn. Misschien moest ze gewoon doen alsof er niets gebeurd was. Hoewel ze zich schaamde hem vanmorgen te zien, had ze geen spijt van wat ze hadden gedaan. Ze was dan wel pas ontmaagd. Zoals de meeste vrouwen had ze haar fantasieën, hoewel ze nooit had durven dromen dat die fantasie haar zou overkomen. En, oh man, de realiteit was honderd keer beter dan alles wat ze ooit had kunnen bedenken. Omdat ze niets meer te doen had, hoopte ze dat hij de kamer zou verlaten, zodat ze zichzelf niet voor gek zou zetten. Toen haar koffie klaar was, moest ze zich wel omdraaien en hem aankijken.

Met zijn voet schoof hij de stoel tegenover zich naar voren en gaf met zijn gebeitelde kin aan dat ze moest zitten. Het zou ongemakkelijker zijn als ze weigerde, dus ging ze zitten met haar koffie in de hand, haar ogen neergeslagen. Na een ogenblik schrok ze op toen hij een overdreven zucht slaakte en opstond. Kat keek toe hoe hij een doos Cheerios, een kom en melk uit de kasten en de koelkast haalde en ze voor haar neerzette. Hij pakte een mes en lepel uit een lade en een banaan van het aanrecht en voegde die bij de andere spullen. Een servet was het laatste wat hij voor haar neerlegde. Toen hij weer ging zitten, wees hij naar haar en toen naar het eten. "Eet, kleintje. Je kleren hangen je uit. Het is duidelijk dat je de laatste tijd afgevallen bent. Ik betwijfel of het met opzet was."

Kat snoof, maar begon de cornflakes in de kom te gieten. "Zijn alle Doms zo bazig? Jullie blijven me maar bevelen om te eten."

"Ja, als het op de gezondheid en veiligheid van een onderdanige aankomt, zijn we erg bazig." Hij keek even naar haar terwijl ze haar ontbijt klaarmaakte, melk en gesneden banaan toevoegde, tot hij tevreden leek met de hoeveelheid voedsel waarmee ze de kom had gevuld. "Nu je toch aan het eten bent, er zijn nog een paar andere dingen waar we het over moeten hebben." Toen haar hand de geladen lepel halverwege haar mond tegenhield terwijl ze hem aanstaarde, reikte hij met zijn vingers naar haar toe en bracht haar weer op gang. "Ik zei 'terwijl je eet'." Ze stak de lepel in haar mond en trok hem er toen leeg uit. "Goed zo meisje. Wat er vannacht, of vanochtend vroeg als het was, is gebeurd, is iets tussen jou, Boomer en mij. Niemand anders.

Als je met de anderen over die meisjeszaken wilt praten, is dat je goed recht. Ik zal niemand laten weten wat er tussen ons is gebeurd. Ik vertel niets over dingen die achter gesloten deuren gebeuren. Begrepen?"

Kat knikte en slikte. "Ik bedoel, ja, Sir."

"Je kunt die 'Sir' vanochtend laten vallen, Kat. Alleen als we spelen of in de club zijn is de formaliteit nodig. Ik wil niet dat je te veel zoekt in wat er gebeurd is en dat je je schaamt voor mij. Dat is niet nodig. Boomer is een goede vriend en, zoals ik al eerder zei, het was een eer om met je te spelen. Als het een eenmalig iets was, is dat prima." Hij haalde zijn schouders op. "Als het nog eens gebeurt, is het ook goed. Maar zie het als... ik weet het niet... dat we met z'n allen zijn gaan bowlen en een leuke tijd hebben gehad. Niets gênants aan bowlen, toch?"

Verbaasd dat hij dezelfde activiteit had gebruikt als waar ze met Benny over had gepraat in het vliegtuig, lachte Kat. De spanning die ze had gevoeld verdween. "Eh, nee ik denk het niet. Tenzij het naakt bowlen is."

"Dat is nog eens een sport die niet snel op TV zal komen." Hij ging voorover zitten en nam nog een slok van zijn koffie. "Je bent een mooie, sensuele vrouw, Kat. Schaam je daar nooit voor. Alleen omdat je genoot van iets buiten de normen van de samenleving, betekent niet dat het verkeerd was. Je was moedig genoeg om iets te proberen wat miljoenen vrouwen willen, maar die niet de moed hebben om het zelf te ervaren."

"Zo heb ik er nooit over gedacht."

"En dat is wat er mis is met de maatschappij tegenwoordig." Kennelijk iets van hun gesprek opgevangen hebbend, liep Benny de kamer in, fris na zijn eigen douche. Hij stopte naast de tafel en keek naar haar ontbijt, blijkbaar tevreden met wat hij zag. "Iedereen is te bang om iets te proberen waar ze alleen maar van gedroomd hebben. En het is leuk om je te zien eten. Alles goed tussen jullie twee?"

De vraag was aan hen beiden gericht. Het was duidelijk dat de enige over wie hij zich zorgen maakte Kat was. Ze wierp een blik op Carter, die naar haar knikte, en grijnsde toen terug naar Benny. "Jep. lles goed." Nadat hij zijn gsm op tafel had gegooid, kuste Benny de bovenkant van haar hoofd en zette toen een stap naar het koffiezetapparaat. "Heb je je moeder al teruggebeld?"

"Nog niet. Ik heb eerst cafeïne nodig. Ze is waarschijnlijk al van plan om ons een paar dagen op te zoeken. Voor we dat doen, moeten we uitzoeken hoe we het doelwit van je rug krijgen."

Kat keek naar de telefoon die naast haar las. Om één of andere reden lichtte het scherm op. Wat ze zag deed haar wenkbrauwen fronsen. "Eh, Benny. Er staat dat je zevenentwintig gemiste oproepen hebt."

* * *

Boomer draaide zich om, griste de telefoon van tafel en staarde naar het scherm. "Wat krijgen we nou? Shit, ze zijn allemaal van mijn moeder. Verdomme, er moet iets met pap gebeurd zijn." Hij drukte op de sneltoets voor de telefoon van zijn moeder en ijsbeerde ongeduldig tot ze opnam. Een koude rilling liep over zijn rug. Toen de verbinding tot stand kwam, kwamen zijn woorden er snel uit. "Mam? Ik ben het. Wat is er? Mijn telefoon stond uit."

"B-Ben? Je moet v-vlug naar huis komen, en K-Katerina meebrengen. Ze gaan je vader v-vermoorden als je dat niet doet."

Hij bevroor bij de schrik die hij hoorde in zijn moeders

stem. "Wat? Wie? Mam, ben je daar? Wie gaat pap vermoorden?"

Een scherpzinnige Carter trok onmiddellijk zijn telefoon en belde Ian. "Als je nog niet in het kantoor bent, ga er dan heen. Ze hebben Booms ouders." Hij hing op toen de andere man luidkeels vloekte.

"Mam! Godver! Hallo?" Eerst dacht Boomer dat de verbinding verbroken was. Toen hoorde hij zijn moeder op de achtergrond schreeuwen toen iemand anders de telefoon opnam. "Wie is dit verdomme?"

"Dit is man die je ouders zal vermoorden als jij niet breng wat ik wil. Je heb twee uur of ik begin spelen met mes. Ik zal doden als ik zie politie. Breng meisje en geld mee."

"Jij vuile klootzak! Ik vermoord je als je ze ook maar één haar krenkt! Hoor je me, stuk stront! Hallo? Hallo? God-ver-domme!" Hij gooide de telefoon door de kamer en het maakte hem niet uit dat hij in een miljoen stukjes brak. Ze hadden genoeg reserve telefoons beneden. Brody kon Boomers telefoonnummer overzetten.

"Het team is gewaarschuwd. Ian is zo beneden." Carter stond bijna in de gang toen hij zich omdraaide. "Ik pak mijn spullen. We krijgen ze wel, Boom. We halen je mensen hieruit, en Kat ook."

Boomer knikte zijn dankwoord en keek naar Kat die huilde, haar mond ging open en dicht zonder geluid. Hij trok haar uit haar stoel en in zijn armen en omhelsde haar stevig. "Het is al goed, schat. Hij heeft gelijk... we halen mijn ouders hier wel uit."

"H-Hoe? Je moet mij met je meenemen, en het geld ook. Ruil me voor je ouders."

"Geen! Verdomde! Denken! Aan!" Hij pakte haar schouders en gaf haar twee korte schokken tot hij zeker wist dat hij haar aandacht had. Zijn boze ogen flitsten naar haar. "Geen denken aan dat ik dat doe, Kitten. Gebeurt niet. Dit is wat wij doen. We redden mensen. Deze klootzakken hebben met het verkeerde team gerotzooid. Ik ga je echt niet ruilen voor mijn ouders, laat staan je met ons meenemen. Je blijft hier op het terrein."

"Je kunt me hier niet achterlaten ! Wat als... wat als ze zien dat ik er niet ben en je ouders vermoorden, Benny ? Dat kan ik niet laten gebeuren. Je moet me met je meenemen! We zullen ze het geld geven! Alsjeblieft!"

Ze werd hysterisch. Daar was geen tijd voor. Hij schudde weer aan haar schouders, praatte over haar geraaskal heen en legde zijn beste Dominante toon in zijn stem. "Nee, Kat. Nee! Luister naar me, verdomme! Je komt niet in de buurt van die klootzakken. Je blijft hier. Tenzij je het komende jaar niet wilt zitten, doe je precies wat ik zeg. Jouw veiligheid is mijn eerste prioriteit. Ik kan mijn werk niet doen als ik me zorgen maak over jou en mijn ouders. We hebben geen tijd om ruzie te maken, dus ga je me gehoorzamen, of moet ik je aan een stoel vastbinden?"

Carter rende langs hen heen op weg naar de trap met zijn spullen. "De tijd dringt, kerel."

"Kat? Geef me antwoord!"

Ze trilde en snikte. Op één of andere manier drongen zijn woorden door in haar verwarde hersenen. "Uhm, o-oké."

"Brave meid." Hij pakte haar hand en leidde haar naar de trap. Nu hij zich geen zorgen meer over haar hoefde te maken, kon hij zich weer zorgen maken over zijn ouders.

* * *

Kat keek toe toen de commandowagen het terrein afreed, gevolgd door twee zwarte SUV's. Naast haar legde Jake zijn arm om haar schouders. "Alles komt in orde, Kat. Kom mee. Laten we naar binnen gaan. Het zal ongeveer een uur duren voordat ze er zijn. We zullen alles horen als ze terug zijn."

Ze was vastbesloten om samen met Jake naar de redding te luisteren. Er werd besloten dat hij achter zou blijven om Kat in de gaten te houden, samen met Murray, de dagbewaker van het complex, en één van Chase Dixon's mannen. De andere twee contract agenten waren met de rest van het Trident team en Carter meegegaan. Omdat Jake's dominante oog nog steeds bedekt was door de patch, nam de black-ops spion zijn plaats in als scherpschutter. Jake was er niet erg blij mee dat hij de redding miste. Hij wist dat hij een belemmering kon zijn, en Kat moest ook bewaakt worden.

Gelukkig waren Kristen, Angie, en Jenn op weg naar een boekpromotie in een Barnes & Noble in Spring Hill, ongeveer een uur ten noorden van Tampa. Omdat Angie de boekomslag van *Leather & Lace* had ontworpen, vond Kristens uitgever het een goed idee dat ze samen met de schrijfster zou verschijnen. Ze hadden Jenn uitgenodigd om hun betaalde hulpje voor die dag te zijn. Ze had van shift gewisseld in de pub zodat ze met hen mee kon. De drie vrouwen waren een uur voor Boomer het telefoontje van zijn moeder kreeg vertrokken, dus ze hadden geen idee wat er aan de hand was. Ian en Devon hadden het liever zo. Het had geen zin hen ongerust te maken als dat niet nodig was. Hopelijk zou de opwinding voorbij zijn voor ze later in de middag terugkwamen.

Beau draafde achter Kat aan toen ze Jake volgde naar de kantoren. Het team had ervoor gekozen de getrainde hond achter te laten als extra beveiliging voor Kat. De enige andere persoon op het terrein, naast de twee bewakers, was de secretaresse van Trident, Colleen, die opkeek toen de andere twee haar bureau naderden. "Maak je geen zorgen, Kat. Deze jongens weten wat ze doen. Ze zijn de beste."

"Ik weet het." Ze gaf de jongere vrouw een kleine glimlach. "Ik kan alleen niet ontspannen tot ik van Benny hoor dat iedereen in orde is.

"Kan ik iets voor je halen? Thee, misschien?"

Kat schudde haar hoofd. "Nee, dank je. Mijn maag is een puinhoop. Dat maakt het alleen maar erger."

"Waarom ga je niet naar boven en even liggen?" vroeg Jake haar. "Je bent bleek. Ik wil niet dat je ziek wordt onder mijn toezicht." Ze wilde net bezwaar maken, maar hij stak zijn hand op en hield haar tegen. "Ik beloof het, ik kom je halen als ze er zijn. Er is niets dat we tot dan kunnen doen. Alsjeblieft, Kat? Dwing me niet mijn zweep te pakken."

Terwijl Kat hem aankeek, snoof Colleen, wat haar een strenge blik van de Dom opleverde. Ze grijnsde naar hem, wetende dat hij de andere vrouw aan het plagen was. "Hij neemt je gewoon in de maling, Kat. Dreig hem maar te bemoederen tot zijn pleister is verwijderd en hij zal de andere kant op rennen. Vrouwen maken hem bang."

"Ga zo door, kleintje, en ik zal je Dom bellen. Reggie zal meer dan blij zijn om je huid te roden vanavond."

De secretaresse giechelde. Ze wisten allebei dat ze graag billenkoek kreeg van haar Meester. "Ja, Sir."

Terugkijkend naar Kat, wees Jake naar de trap. "Alle gekheid op een stokje, ga alsjeblieft even liggen, Kat. Neem Beau met je mee. Zodra ik hoor dat ze het huis naderen, kom ik je halen."

Ze mopperde, maar liep naar de trap, haar ogen zwaar van de stress. "Bazige Doms. *Hier*, Beau."

Terwijl de hond Kat volgde, wendde Jake zich tot

Colleen. "Heb je Tiny al te pakken gekregen? Ik wil hem hier hebben als extra voorzorgsmaatregel."

"Ik heb hem gesproken en hij zei dat hij zo snel mogelijk zou komen. Dat zal ongeveer twee uur duren. Hij moest zijn moeder meenemen voor een MRI van haar knie om te zien of ze geopereerd moest worden. Zodra hij haar heeft afgezet, gaat hij weer verder." De telefoon ging, maar ze ging verder toen ze hem pakte. "En vergeet niet dat ik over een half uur vertrek. Ik moet de vuurwapentraining gaan volgen waar Ian me voor heeft ingepland. Ik kan het afzeggen als je dat wilt." Zonder op antwoord te wachten, bracht ze de telefoon naar haar oor. "Goeiemorgen, Trident Security. Hoe kan ik helpen?"

Blij dat hij nu één persoon minder had om zich zorgen over te maken, zwaaide Jake even naar haar om aan te geven dat ze naar haar cursus moest gaan en ging toen naar de oorlogskamer. Hij had Brody beloofd niets aan te raken, behalve de camera's en communicatie apparatuur. De nerd was erg kieskeurig over wie er in zijn technologisch hol mocht komen. Er was ook een reserve laptop van het bedrijf die Brody voor hem had klaargezet. Hij weigerde hem toegang te geven tot de mainframe computer. Of zoals Egghead het noemde, zijn baby.

Jake greep de bureaustoel vast en zorgde ervoor dat die onder hem stond voor hij ging zitten. Zijn perceptie was slecht door het ooglapje. Hij was er aan gewend geraakt na de eerste twee dagen. Maar als hij iets wilde pakken, lukte dat niet altijd meteen. Toen hij de laptop uit de slaapstand haalde, keek hij hoe laat het was. Nog zo'n vijftig minuten voor ze daar aankwamen. Niets anders te doen dan wachten. . .

hoofdstuk 21

"Kun je verdomme niet wat sneller rijden?"

"Rustig, Boomer." Ian wachtte tot een tegenligger voorbij reed en manoeuvreerde toen om het oude vrouwtje achter het stuur van haar zeven jaar oude Ford Taurus heen die zestien kilometer trager dan de maximumsnelheid reed. Het communicatiebusje van Marco volgde hem, net als Devon in de andere SUV. "We zijn tot de nok toe geladen met wapens en munitie, dus ik heb geen zin om aangehouden te worden. Ze zeiden twee uur. We zijn er in één uur en tien minuten. Nog vijf minuten en we zijn er. Rustig nu, of ik laat je achter in de com-van."

"Als de sodemieter!"

Ian negeerde zijn jongste medewerker en reed door naar het huis van de Michaelsons in een rustige buurt aan de rand van de stad. Hij parkeerde honderd meter van de oprit, uit het zicht van iedereen die uit de ramen keek. De andere voertuigen stopten achter hem en de inzittenden stapten uit, de omgeving scannend. In dit deel van Sarasota waren de percelen groter. De huizen stonden meer verspreid. Rick en Eileen Michaelson werden verliefd op hun semi-gepensioneerden huis nadat ze elf jaar geleden dagenlang met een makelaar naar huizen hadden gezocht. Het was afgelegen genoeg voor rust en privacy, toch dicht genoeg bij anderen zodat ze vrienden konden worden met hun buren. Een ritje van zes minuten was alles wat nodig was om de meer bevolkte woon- en handelsgebieden te bereiken.

Hoewel het klote was dat hun buren te ver weg waren om hulpgeroep te horen, als dat er al was geweest, was het in het voordeel van het team. Als ze eenmaal in de boomgrens zaten, hoefden ze zich geen zorgen meer te maken dat iemand de politie zou bellen over een klein leger gewapende mannen dat rondliep. Terwijl Boomer uitstapte en zich bij de rest van het team voegde, tikte Ian op de microfoon van zijn headset. "Reverend, bent je daar?"

Een uitbarsting van ruis kwam door en loste toen op. "Ja, Boss-man. Wat is jouw status?"

"Net aangekomen. Hoe gaat het daar?"

"Vijf voor vijf." De militaire code betekende dat alles goed was. "Ik ga Kat halen. Blijf veilig, makkers."

"Amen." Ian verliet het voertuig en ontmoette de rest van het team aan de zijkant van de communicatie wagen waar wapens en uitrusting werden gecontroleerd en vastgemaakt. De mannen waren gekleed in camouflage en tot de tanden bewapend. "Carter, zoek een sluipschutterspositie voor jezelf. Ik denk dat ze in de familiekamer zitten. Het is de grootste en heeft de meeste ramen om te zien of er iemand aankomt. Achterkant van het huis, noordwest hoek. Scan de ramen aan de voor- en zijkant op Tango's die onderweg zijn." Zonder een woord te zeggen, verdween de spion in de bomen met zijn vertrouwde MK-11 sluipschuttersgeweer. "Polo, Dev, neem één van de SUV's, rij langs het huis en parkeer verderop. Nader te voet vanuit die richting.

Werk je een weg erheen en sta klaar om de keukendeur binnen te vallen. Controleer onderweg ook de ramen. Egghead, ik wil weten waar de warmte signalen zijn en hoeveel, gebruik dan de zijdeur naar de garage. Wacht tot drie nadat we zijn binnengedrongen. Ik wil niet dat je in de weg staat van een kruisvuur." Hij draaide zich naar Chase's twee mannen. "Burke, Dusty, jullie gaan met de nerd mee."

Brody reikte in het busje, haalde het hitte opsporingsapparaat tevoorschijn en ging toen achter zijn twee tijdelijke teamgenoten aan, waarbij ze allemaal de boomgrens als dekking gebruikten.

"Boom, jij gaat met mij mee naar de voordeur." Ian wachtte op een antwoord, maar Boomer staarde in de richting van zijn ouderlijk huis. "Boomer!" Hij ging in het gezicht van de jongere man staan. "Dit is net als elke andere missie, kikker. Ik heb je hoofd bij het spel nodig."

Wetende dat zijn baas gelijk had, haalde Boomer diep adem en ging in gevechtsmodus. Iets anders kon ertoe leiden dat één van zijn teamgenoten gewond raakte of gedood werd. Hij zou verdoemd zijn als hij daar de oorzaak van was. "Het is in orde. Laten we dit gewoon doen."

Ian wachtte even tot hij er zeker van was dat zijn vriend in de juiste stemming was. Hij zette zijn geweer klaar, ging voorop en leidde de weg naar de rand van het terrein. Het huis stond ver van de weg. Gelukkig hield Boomers moeder van landschap met bomen, struiken en bloemen. Er was niet te veel om als dekking te gebruiken, maar genoeg, het was beter dan niets.

Toen ze een meter of vijf tussen de bomen parallel aan de woning liepen, stopten ze en wachtten tot het team zich meldde met informatie. Carter kwam als eerste. "De blinden zijn allemaal dicht. Geen tekenen van beweging."

"Godverdomme!"

Ian staarde naar Boomer maar zei niets over zijn lage uitbarsting. Hij zou hetzelfde doen als de situatie omgekeerd was. "Hitte signalen?"

Het duurde even voor Brody's antwoord door de ether kwam. "Niets aan de voorkant van het huis. Ik ga rond de oostkant. De blinden zijn hier ook dicht."

Het wachten was moordend voor Boomer. Hij wist dat het nodig was. Hoe meer informatie, hoe groter de kans dat ze dit konden beëindigen zonder zijn ouders vermoord, als ze al niet dood waren. Hij verdrong de lelijke gedachte uit zijn hoofd en luisterde naar het volgende rapport van zijn teamgenoot.

"Geen hitte, oostkant."

"Neem het mee naar achteren," antwoordde Ian voordat hij naar de voordeur ging. Laag blijvend en uitkijkend voor alles wat niet op zijn plaats was, volgde Boomer hem. Na twee bomen gebruikt te hebben om de omgeving te scannen, bereikten ze de veranda en flankeerden stilletjes beide kanten van de voordeur, wachtend op een nieuwe update. Devon en Marco waarschuwden dat ze klaar waren voor het doorbraakcommando bij de achterste keukendeur.

"Twee positieven, volle hitte, negenennegentig en achtennegentig graden. Beide op de vloer van de familiekamer."

"Maar twee? Wat krijgen we nou? Ga langs de westkant, Egg. Zorg ervoor dat er geen verrassingen zijn. Dev, Burke, zorg ervoor dat er geen boobytraps zijn bij jullie ingangen.... . Ik vind dit maar niks."

Boomer ook niet, terwijl hij het deurkozijn begon te inspecteren. Het enige goede was, als het zijn ouders waren die op de grond lagen, dat ze nog leefden. Anders zouden hun warmtesignalen koeler zijn. Tenzij ze vermoord waren en de Tango's vertrokken waren voordat het team arriveerde. Maar waarom zouden ze dat gedaan hebben zonder Kat en het geld?

Aan Ians kant was er een dunne rij ramen over de lengte van de deur. Hij wierp een snelle blik en schudde toen zijn hoofd. "Niets dat ik kan zien."

Brody liep om het huis heen en rende naar hen toe. "Niemand anders in het huis, Boss-man."

Grimassend erkende Ian hem met een knikje. Er was iets mis... serieus mis. Maar de enige manier om daar achter te komen, was het huis binnen te gaan... heel voorzichtig. "Burke, Egghead is bij ons. Het zijn alleen jullie twee. Omdat je niet naar binnen kunt kijken, wil ik niet het risico lopen dat de deur gemanipuleerd is. Wacht op ons om je binnen te laten. Dev, hoe ziet de achterkant eruit?"

"Alles ok."

"Goed dan. Forceer het slot in plaats van het in te slaan. Laat me weten wanneer je klaar bent."

Boomer was bezig met de nachtschoot. Toen die klikte richtte hij zijn aandacht op het slot op de knop. In minder dan twee minuten waren ze klaar om te gaan. Ian kreeg het "klaar" van Devon terwijl Boomer met zijn hand om de deurknop stond, wachtend op het signaal.

"Op drie. Eén... Twee... Drie."

De voor- en achterdeur gingen tegelijk open. De vijf teamgenoten stormden naar binnen. Omdat hij vanuit de bomen niet kon schieten, had Carter zijn geweer op de schouder genomen en was naar de achterdeur gelopen, twee stappen achter Marco, met zijn Sig Sauer pistool in de hand. Met hun wapens in de aanslag liepen ze systematisch door het huis, elke kamer, kast en schuilplaats afwegend op hun weg naar de familiekamer. Brody stopte bij de deur die naar de garage leidde en nadat hij had gecontroleerd of er geen boobytraps waren, opende hij die voor de anderen.

Niets had Boomer kunnen voorbereiden op wat hen in de familiekamer van zijn ouders te wachten stond. Zijn moeder probeerde verwoed de duct-tape los te krijgen die van haar enkels tot haar knieën om haar blote benen was gewikkeld. Haar armen zaten op dezelfde manier achter haar vastgeplakt. De smeerlappen hadden het zelfs over haar ogen en mond geplakt. Het enige wat de arme vrouw kon doen was vergeefs kronkelen.

Het was zijn vader die Boomers geschokte aandacht vasthield. Liggend in een plas bloed, was de man asgrauw. Net als zijn vrouw was Rick vastgebonden. Het leek erop dat de Russen het niet nodig vonden om ook zijn gezicht te bedekken. Boomers voeten waren aan de grond genageld toen de anderen hem voorbij duwden, vloekend en op hun knieën vallend om het echtpaar te helpen.

Naast hem stond Ian in de telefoon te blaffen en eiste dat 911 een ambulance naar hun locatie zou sturen voor een slachtoffer van een schietpartij. Dat brak Boomer uit zijn shock. Hij dook om Devon en Brody te helpen zijn vader te bevrijden. Nu hij dichterbij was, begon hij Ricks verwondingen te beoordelen. Naast een schotwond in de buik, was hij ook wreed geslagen. Zijn gezicht en torso vertoonden kneuzingen, zwellingen en gescheurde huid die gedurende meerdere uren moeten zijn ontstaan. Brody begon hen spullen te geven uit een EHBO-pakket en scheurde de pakjes open terwijl hij werkte. Er werden drukverbanden aangebracht terwijl Devon een infuus aanlegde. Ricks ademhaling was moeizaam. Hij leefde nog, godzijdank.

Achter Boomer sneden Marco en Carter Eileens tape door en begonnen heel langzaam de tape van haar gezicht te halen. Ze zouden wachten tot ze in het ziekenhuis waren en de dokters een anti-kleefmiddel laten gebruiken om de rest eraf te trekken. Duct tape zat als lijm tegen de huid en was pijnlijker om te verwijderen naarmate het er langer op zat. Ze konden er niets aan doen dat een laagje huid van haar lippen en delen van haar wenkbrauwen werden afgetrokken. Het leek haar niet te deren. Toen ze haar mond vrijmaakten, begon ze om haar man te schreeuwen, wanhopig proberend om bij hem te komen terwijl ze haar tegenhielden. Boomer wist dat hij zijn moeder moest kalmeren en wisselde van plaats met Marco, die het drukverband vasthield om de bloedstroom uit Ricks onderbuik te stelpen.

"Hij leeft, mam. Pap is een vechter. We hebben dit. We brengen hem naar het ziekenhuis en hij wordt weer helemaal beter." Zittend op de grond sloeg Boomer zijn armen om zijn huilende moeder heen, wiegde haar en verzekerde haar dat alles goed zou komen. Hij liet haar alleen even los toen Burke en Dusty ieders wapens begonnen te verzamelen om ze in een verborgen compartiment in het busje te verstoppen voordat de politie zou komen. Aangezien er niet mee geschoten was, waren de wapens niet nodig als bewijs en zouden ze alleen maar problemen veroorzaken met de lokale politie. De camouflage kleding kon worden goedgepraat door te zeggen dat ze op weg waren om te paintballen, of iets stoms als dat.

Ian hurkte naast Boomer en zijn moeder. Hij pakte haar hand en kneep tot hij haar aandacht had. "Eileen, we doen alles wat we kunnen voor Rick. Je moet ons vertellen wat er gebeurd is voor de politie komt."

Toen ze niet meteen antwoordde, wist Boomer dat haar adrenaline uitgewerkt was en dat ze in shock begon te raken. Hij gaf haar een hand en trok aan haar kin zodat ze naar hem toe keek. "Mam, help ons even. Je moet ons vertellen wat er gebeurd is. Waar zijn ze heen gegaan? Wanneer zijn ze vertrokken? Hoeveel van hen waren hier ?"

"Ik... uh... oh God, Ben!" Haar lichaam begon te trillen.

"Het komt allemaal goed, mam. Maar we moeten het weten. Wanneer zijn ze weggegaan? Hoe lang geleden?"

Eileen schudde haar hoofd en probeerde haar hoofd leeg te maken. Ze had er geen idee van hoe lang ze daar had gelegen, worstelend om zichzelf te bevrijden of Rick te bereiken nadat ze het schot had gehoord. "Het was ... het was een paar minuten nadat je gebeld had. Ze ... ze waren met z'n drieën ... ze zeiden dat ze ons alleen maar nodig hadden, toen bedekten ze mijn ogen en mond. Ze waren... ruw met me, en Rick schreeuwde dat ze me met rust moesten laten. Toen hoorde ik het pistoolschot. Ze hadden hem een paar keer geslagen toen... ...terwijl we jou probeerden te pakken te krijgen."

Boomer slikte het schuldgevoel in dat door hem heen gonsde. Hij had geneukt terwijl zijn ouders werden mishandeld.

"Ik weet niet hoe lang het geleden is. Ze zijn meteen daarna vertrokken. Rick was een tijdje in staat om te praten. Toen begon hij te vervagen. Toen hij stopte met praten, dacht ik dat hij..." Ze verslikte zich in de laatste woorden.

"Dat is hij niet, mam. Pap leeft, en dat blijft hij ook." Toen ze weer harder begon te huilen, trok hij haar weer in zijn armen en keek op naar Ian, die nu naast Carter stond. "Ze gaan achter Kat aan. Dit was allemaal een list om de meesten van ons bij haar weg te krijgen."

De twee mannen knikten grimmig instemmend. Boomer greep naar zijn headset, maar merkte dat die in de verwarring van de kamer uit zijn oor was gevallen. "Zeg Reverend dat hij haar naar de paniekkamer brengt."

Ian keek naar Carter en stak zijn kin uit naar Eileen. De spion knielde en nam haar van Boomer over, zodat hij kon gaan staan om met zijn baas te praten. Ian pakte zijn arm en trok hem mee naar de keuken. Het was ver genoeg weg zodat Eileen hen niet kon afluisteren. Boomer kon nog steeds zien wat er in de andere kamer aan de hand was. "We kunnen hem niet te pakken krijgen. Hij antwoordt niet op de com of zijn mobiel. Er is ook geen antwoord in het kantoor of bij de poort."

"Godverdomme!" Zijn woorden waren sissend laag, maar dringend en wanhopig. "Ze zijn er al! We hebben... verdomme!" Hij keek op zijn horloge. "Als ze meteen na het telefoontje vertrokken waren... een uur rijden... verdomme, dan waren ze er al bijna een half uur geleden. Hoe komen we daar terug? Het is waarschijnlijk te laat! Godver!"

Aan het begin van Boomers paniekerige tirade toetste Ian een snelkeuzetoets op zijn mobiel. Hij stak zijn hand op om hem de mond te snoeren toen de verbinding werd gemaakt. De jongere man staarde hem aan en keek toen hoe zijn teamgenoten met zijn vader bezig waren. Angst zoals hij die nog nooit gekend had, sloeg hem in zijn buik - angst voor zijn vader en angst voor de vrouw van wie hij meer hield dan het leven zelf. Sirenes drongen zijn hersenen binnen. Er was hulp onderweg. Die kwam met de seconde dichterbij. Hulp voor zijn vader. Wat met Kat... en Jake en de anderen?

* * *

Ian legde zijn hand op de schouder van zijn teamgenoot uit medeleven en solidariteit en wachtte ongeduldig tot zijn oproep werd beantwoord.

"Kan dit wachten, Ian? Ik loop naar een vergadering met POTUS."

Het kon hem niet schelen dat de onderdirecteur van de

FBI het Oval Office binnenliep. Niet wanneer Kat, Jake, en de anderen in gevaar waren. "Nee, dat kan niet."

Larry Keon zuchtte zwaar door de telefoon en zei toen iets tegen iemand anders voordat hij weer aan de lijn kwam. "Je hebt twee minuten."

Nadat hij de man had ingelicht, vertelde Ian hem wat ze nodig hadden. "Hoe snel kun je me een helikopter terug naar het terrein bezorgen? En hoe erg ik het ook vind om te vragen, kun je Stonewalls SWAT sturen? De dingen kunnen naar de klote zijn tegen de tijd dat we daar aankomen, als dat al niet is." De Tampa FBI Special Agent, Frank Stonewall, en de mannen van Trident waren niet de beste vrienden na een paar incidenten in het verleden. De man haatte Carter nog meer en dat gevoel was wederzijds. Het bevel van de superieur van de SAC zou ervoor zorgen dat er geen ruzie of vertraging zou zijn in de reactie van het SWAT team.

"Ik bel je zo terug. Sms me de coördinaten van hun huis. En zeg Carter dat hij uit de problemen moet blijven. Ik heb hem nodig tegen de tijd dat mijn vergadering voorbij is. Ik wil hem niet eerst uit de problemen moeten halen."

"Zal ik doen." Hij hing op net toen een horde politie-agenten en verplegers het huis vulden. Burke en Dusty hadden de agenten buiten ontmoet en hen verteld dat de verdachten allang weg waren, dus werden er geen wapens getrokken. Brody, Marco en Devon gingen aan de kant zodat de hulpverleners het over konden nemen, maar bleven in de buurt om te helpen als dat nodig was. Carter stond naast Eileen en hield haar hand vast toen een vrouwelijke hulpverlener haar begon te onderzoeken op verwondingen.

Naast Ian fronste Boomers voorhoofd in verwarring. "Waarom hebben ze hen niet allebei gedood? Ik bedoel, ik dank de goede God dat ze dat niet deden... maar waarom?

Ik krijg niet de indruk dat ze ethisch zijn, dus waarom ze laten leven?"

Ian gebaarde met zijn hand naar de georganiseerde chaos. "Voor dit. Dit is om ons nog langer op te houden. Het geeft ze meer tijd om Kat te pakken en haar te dwingen het geld te geven. Als we naar binnen waren gelopen en we hier niets meer hadden kunnen doen, waren we al op weg terug geweest naar het terrein." Hij wilde meer zeggen. Zijn telefoon ging over. "Keon, wat heb je?"

"De helikopter van de staatspolitie zal binnen tien minuten landen op het schoolplein verderop bij de Michaelsons. SWAT is op weg naar jullie terrein. Geef me de agent die ter plaatse de leiding heeft, dan haal ik je daar weg." Ian legde aan een sergeant uit wie de andere man aan de lijn was en gaf hem de telefoon, de verbaasde blik van de supervisor negerend.

* * *

Boomer werd in tweeën gescheurd. Hij wou bij zijn ouders blijven, maar Kat had hem nodig. Terwijl de verplegers zijn vader op een brancard legden, ging hij naar zijn moeder toe die met Carter op de bank zat. Boomer knielde voor haar en nam haar aandacht weg van Rick. De bleke teint van haar gezicht maakte de steek van de tape overduidelijk, en hij huiverde, wetende dat het pijnlijk moest zijn. "Mam..."

Eileen onderbrak hem. "Katerina is in gevaar, nietwaar?"

"Ja, dat is ze. Er komt een helikopter om ons terug te brengen naar het kamp. Ik wil bij jou en pap blijven, maar ik..."

"Nee. Ga haar halen en neem haar mee terug. Het komt goed met je vader en met mij." Ze omvatte zijn wang en hij leunde in haar aanraking. "Zij is je toekomst, Benjamin. Ga haar redden."

Boomer slikte de dikke brok in zijn keel weg. Hij stond op, hielp haar overeind en omhelsde haar stevig. "Ik kom snel terug. Met Kat. Bel mijn mobiel... Godver... Ik heb de mijne kapot gemaakt en had geen tijd om hem te vervangen. Mijn telefoontjes worden doorgeschakeld naar die van Ian. Ik bel tante Margaret om je in het ziekenhuis te ontmoeten. Oké ?"

"Ik zal Margaret wel bellen. Doe jij maar wat je moet doen. Ik hou van je. Blijf veilig en breng haar thuis."

"Dat zal ik doen. Ik hou ook van jou, mam."

Met de hulp van de vrouwelijke ambulancebroeder begeleidde Boomer zijn moeder naar de wachtende ambulance. De artsen vertelden hem dat zijn vader gestabiliseerd was, maar nog steeds buiten bewustzijn. Terwijl ze zijn ouders in de achterbak van de ambulance laadden, hoorde hij in de verte de dreun, dreun, dreun van de naderende helikopter.

Ian kwam naast hem staan. "Onze rit is bijna hier. Keon heeft ons toestemming gegeven om op te stijgen en later de politie rapporten in te dienen. Burke en Dusty nemen één van de SUV's en volgen jouw ouders naar de eerste hulp. Ik wil dat ze bewaakt worden tot dit voorbij is."

De deuren van de ambulance sloegen dicht en het voertuig vertrok van de oprit. "Bedankt, Boss-man. Dat waardeer ik."

Ian gaf zijn teamgenoot een schouderklopje toen ze naar zijn SUV liepen. Het was sneller om de vijfhonderd meter te rijden naar waar de helikopter landde op een leeg honkbalveld. De rest van het team was al onderweg in het communicatiebusje. "Dat is wat familie doet, Baby Boomer. Nou, laten we je meisje gaan halen."

hoofdstuk 22

Ongeveer een kwartier lang probeerde Kat het zich gemakkelijk te maken op de bank in de recreatiezaal boven de kantoren. Haar geest liet het haar niet toe. Dit was allemaal haar schuld. Als zij haar problemen niet naar Benny had gebracht, dan zouden zijn ouders veilig zijn geweest. Nu moest ze bidden dat het team op tijd bij hen was om hen te redden. Het wachten was moordend voor haar. Uiteindelijk gaf ze het op om wat te rusten, stond op en liep naar de trap met Beau op haar hielen.

In plaats van naar de kantoren te gaan, ging ze langs de voordeur om een luchtje te scheppen. Ze glimlachte toen Beau een hard rubberen balletje wilde pakken, terugkwam en het aan haar voeten legde.

"Zo, je wilt spelen, hé?" De hond met het gekke gezicht leek naar haar te grijnzen voordat hij haar met een lage woef beantwoordde. "Goed, dan gaan we een paar minuutjes apporteren. Misschien gaat de tijd dan sneller."

Beau gaf haar nog een woef en ging toen achter de bal aan die ze over het terrein gooide. Terwijl ze wachtte tot de hond terug was, wierp ze een blik naar links en zag Mur-ray

op wacht staan bij de poort. In de tegenovergestelde richting liep de man van Black-hawk Security, die haar was
voorgesteld als Jason Tanner, naar de achterkant van het
terrein, uitkijkend naar iets ongewoons. Beide mannen
waren gewapend en Kat voelde zich veiliger nu ze wist dat
ze er waren. Beau rende naar haar toe en liet de bal vallen,
die nu bedekt was met hondenkwijl. Dat vond ze niet erg.
Ze werd vaak onder gekwijld door de honden die ze trainde.
Toen ze de bal weer opgooide, hoorde ze de deur van het
kantoor achter zich opengaan. Ze draaide zich om en zag
Colleen naar buiten lopen met haar tasje in haar hand. "Ga
je weg?"

De jongere blonde vrouw stopte naast haar. "Ja. Het
team heeft me wat getraind om te schieten. Ik moet nog een
cursus volgen om mijn wapenvergunning te krijgen voordat
ik een wapen mag dragen. Ian en Reggie willen dat ik het
haal vanwege alle wapens op het terrein. Met de slechteriken waar ze hier mee te maken hebben, willen ze zeker
weten dat ik er één kan gebruiken als het nodig is. Ik moet
toegeven, het geeft me het gevoel dat ik een coole meid ben
als ze me meenemen om te schieten."

Kat lachte toen Colleen giechelde en poseerde als één
van de sterren van een populaire tv-show uit de jaren
zeventig met haar vingers die een nepwapen vormden. "Oh,
dat is geweldig. Ik hou van de *Charlie's Angels* herhalingen.
Misschien moeten Kristen, Angie, en ik ons bij je aansluiten. Ik denk dat de originele drie waren twee brunettes en
een blonde. Een andere blonde verving de eerste, dus we
zouden perfect zijn. En ik hou van die retro kleren."

"Oh! Misschien kunnen we de Doms overhalen om een
jaren zeventig thema-avond in de club te houden. Dat zou
zo funky zijn."

Kat lachte harder, reikte naar achteren en pakte haar

billen vast. "Een pak slaag op discomuziek? Dat klinkt echt kinky."

"Shelby zou het geweldig vinden! Ze houdt van thema-avonden. Ik zal het haar voorleggen en kijken wat ze ervan vindt." Terwijl ze op haar horloge keek, voegde Colleen eraan toe: "Verdorie. Ik ga te laat zijn als ik niet vertrek. Ik zie je later wel. Jake beloofde me een sms te sturen om me te laten weten dat alles in orde is met Bens ouders."

Kat zwaaide gedag terwijl de secretaresse naar haar Toyota Prius liep en wegreed. Toen ze haar gsm controleerde, zag ze dat ze nog minstens een kwartier had voordat het team Sarasota bereikte. Nog niet klaar om terug naar binnen te gaan, begon ze rond te dwalen over het terrein terwijl ze Beau bleef apporteren. Toen ze op de parkeerplaats van de club kwam, liep ze naar de bewaker om te zien of Murray wat nodig had. Ze wilde net iets zeggen toen de bewaker zijn hoofd naar de weg draaide bij het geluid van een naderend voertuig. Een zwarte Cadillac Escalade met getinte ramen reed tot aan de gesloten poort en stopte. De bewaker bekeek het voertuig met argusogen en legde zijn hand op zijn pistool, klaar om het 9mm pistool te trekken indien nodig.

Alles leek in slow motion te gaan toen Kat toekeek hoe het raampje van de bestuurder naar beneden rolde en Murray zijn wapen uit de holster op zijn heup trok. Hij was te laat toen de chauffeur zijn eigen pistool met geluiddemper afvuurde. Ze stond versteld toen het lichaam van de gespierde bewaker schokte door de impact van de kogel die zijn rechter bovenborst raakte. Verbijsterd bleef Kat op haar plaats staan, starend naar de man die op de grond viel. Bloed begon zijn hemd te doordrenken en het wapen viel uit zijn hand.

Drie deuren van de SUV gingen open. Twee grote

mannen stapten uit, beiden gewapend met zwarte handwapens. De bestuurder was iets langer en magerder dan zijn tegenhanger, die Kat met zijn platte neus en pokdalige huid op een varken vond lijken. Een andere man klom uit de achterbank en ze hijgde. Het was één van de Russen die had geprobeerd haar te ontvoeren uit het motel in Norfolk en die een doodsbange Colleen uit het voertuig sleepte met een pistool tegen haar hoofd. Naast Kat gromde en blafte Beau. Hij voelde dat zijn mensen in gevaar waren maar hij kon niet door het gesloten hek komen.

"Roep hond terug en gooi mobiele telefoon op grond. Kom met ons mee of ik vermoord vrienden. Nu!"

Terwijl ze haar ogen gericht hield op de secretaresse die zich probeerde goed te houden, legde Kat een trillende hand op de veiligheidsscanner tot het hek open begon te schuiven. "Beau, *platz*." De hond bleef grommen met de haren op zijn rug overeind, maar ging liggen zoals bevolen. "Laat haar gaan en ik kom met je mee. Als je haar pijn doet, zal ik je nooit vertellen hoe je aan het geld komt."

De grote man grijnsde en Kat huiverde, wetende dat hij haar graag zou martelen voor de informatie. Varkensgezicht van de voorste passagiersstoel had zijn pistool op haar gericht, terwijl de bestuurder het zijne op Murray had gericht, die gelukkig nog leefde. De gewonde bewaker keek meer nijdig dan wat dan ook. Met zijn pistool naast zijn voeten en in de minderheid, was er niet veel wat hij kon doen. Kat haalde haar telefoon uit haar zak, legde hem op de grond en stapte naar voren, haar handen in de lucht. Het zonlicht viel op de gouden armband om haar pols, en ze herinnerde zich dat Benny haar had verteld over de GPS-tracker. Als ze met deze mannen meeging, had hij nog steeds een manier om haar te volgen. Ze moest het doen, weigerend om iemand anders te verwonden door haar. "Alsjeblieft, laat ze gaan. Ik zal niet tegenwerken. Ik zal je laten zien waar het geld is."

De man die Colleens arm vasthield had duidelijk de leiding aangezien geen van de andere mannen sprak. Hij duwde de vrouw venijnig op de grond naast de bewaker, die met moeite zijn lichaam voor het hare plaatste ter bescherming. De Rus gaf aan dat Kat in het voertuig moest stappen. "Kom. Nu. Of ik vermoord."

Kat haastte zich naar het achterportier aan de bestuurderskant terwijl de man achteruit stapte en haar in het voertuig liet klauteren. Hij schoof naast haar in en dwong haar naar de andere kant te gaan. Voordat hij zijn deur sloot, instrueerde hij zijn chauffeur: "Dood ze."

Ontzet greep Kat naar de deurklink naast haar. De smeerlap greep haar haren en verhinderde haar te ontsnappen. Pijn schoot door haar hoofdhuid. *"Packen,"* schreeuwde ze langs het open bestuurdersportier en was opgelucht Beau op het bevel te zien reageren, terwijl hij naar de man toe sprong die zijn wapen op de twee mensen op de grond richtte. De bestuurder stak zijn arm omhoog om de gemene aanval te blokkeren. Zijn pistool ging de lucht in, waarbij de kogel een nabijgelegen boom raakte. De man draaide zich wild om en schreeuwde het uit van de pijn toen de vlijmscherpe tanden van de hond door zijn vlees scheurden, tot aan de botten in zijn onderarm.

De chaos gaf Murray de kans om zijn eigen wapen te grijpen, af te vuren en de bestuurder met een kogel in het hoofd te doden. Met wat een gemakkelijke prooi had moeten zijn van over de motorkap, zorgde een schreeuw uit de verte ervoor dat varkensgezicht zijn hoofd draaide en zijn eigen schot verprutste, waardoor hij Murray op een haar na miste toen die zich omrolde om Colleen te beschermen. Door de voorruit zag Kat Jake en Tanner naar de poort rennen, wapens in de hand. De combinatie van aankomende versterkingen, en Beau die de bestuurder losliet en zijn aandacht op de tweede bedreiging richtte, zorgde ervoor dat varkensgezicht op de voorstoel dook en de deur dichtsloeg. Hij klom over de console, zette het voertuig in zijn achteruit en trapte het gaspedaal in terwijl Beau een vergeefse poging deed om toegang te vinden aan de passagierskant. Geen van Kats mogelijke redders kon het riskeren een schot te wagen met haar in de vuurlinie. Een snelle draai aan het stuur draaide de auto rond en ze vertrokken met hoge snelheid in de richting van de snelweg. Aan het einde van de weg, voordat ze linksaf sloegen om de noordelijke rijstroken te nemen, spotte Kat Colleens wagen met de bestuurdersdeur wijd open. De Russen moeten haar in een hinderlaag hebben gelokt en haar uit de auto hebben gedwongen.

"Waar gaan we heen?"

Geen van beide mannen gaf haar antwoord. Ze spoorde zichzelf aan kalm te blijven en te zoeken naar een manier om te ontsnappen. Ze kon niet stoppen met trillen. Niet wetende wat ze anders moest doen, bad Kat.

Terwijl hij het kantoor verliet en terugliep naar de oorlogskamer, bleef Jake luisteren naar het geklets van zijn teamleden op de luidsprekers die hij had aangezet. Hij vloekte omdat hij de actie miste. Hij wist dat Carter de perfecte persoon was om zijn plaats in te nemen. Het was nog steeds irritant dat hij niet inzetbaar was tot zijn oog genezen was.

Net toen hij de kamer binnenkwam, klonk Ians stem door de ether. "Reverend, bent je daar?"

Jake stapte naar de microfoon en drukte op de zendknop. "Ja, Boss-man. Wat is jouw status?"

"Net aangekomen. Hoe gaat het daar?"

"Vijf voor vijf," antwoordde hij. "Ik ga Kat halen. Blijf veilig, makkers."

"Amen."

Jake draaide zich om en liep langs de receptie naar de trap, twee treden tegelijk. Hij hoopte dat Kat wat rust had gekregen, want dat had ze nodig. Als dit allemaal voorbij was, zou het hem niet verbazen als Boomer van plan was haar mee te nemen naar een rustige plek om bij te komen. Het kind kon ook wel een vakantie gebruiken na dit.

Toen hij de recreatiezaal binnenstapte, keek hij even rond en zag dat die leeg was. Omdat hij dacht dat ze in de slaapkamer was die Boomer en zij gisteravond hadden gebruikt, liep hij door de gang en klopte op de enige gesloten deur. Hij kreeg geen antwoord, klopte nogmaals en in plaats van te wachten, draaide hij de knop om en opende de deur. Leeg. "Kat?" Nog steeds geen antwoord. Hij verhief zijn stem. "Kat? Ben je hier boven?"

Een snelle controle van de rest van de kamers vertelde Jake dat ze niet op deze verdieping was. Hij haastte zich terug de trap af en de oorlogskamer in om de live camera beelden te scannen en uit te zoeken waar ze was. Terwijl hij eerder naar de badkamer was gegaan, was Colleen haar tas aan het pakken om naar haar les te gaan. Op één monitor kon hij zien dat haar auto weg was en dat Tanner aan de noordkant van het terrein liep, achter de gebouwen. Zijn blik ging naar de andere feeds, op zoek naar Kat. Zijn bloed werd koud toen hij het beeld zag van de voorste poort. Een zwarte SUV stond stationair aan de poort, Murray lag op de grond, drie mannen hielden wapens vast waarvan er een op Colleens hoofd was gericht en Kat opende de poort.

"Godverdomme!" Jake drukte op de knop van de frequentie waar Tanner en Murray's headsets op stonden en blafte in de microfoon: "Tangos voorste poort, man neer, man neer!"

Toen Jake op de monitor zag dat Tanner hem gehoord had en van de andere kant van het terrein naar de poort rende, pakte Jake zijn Sig Sauer P226 en ging er vandoor alsof de hellehonden hem op de hielen zaten. Hij liep naar de voordeur net toen Tanner het gebouw op volle snelheid rond. Terwijl ze over het terrein scheurden, hoorden ze Kat het Duitse bevel geven aan Beau om één van de mannen aan te vallen, voordat Murray zijn wapen weer tevoorschijn haalde en een schot loste. De bestuurder was dood tegen de tijd dat hij de grond raakte. Maar de gorilla aan de andere kant van de SUV richtte zijn wapen op Murray. Jake richtte zijn eigen wapen en riep uit alle macht: "Laat je wapen vallen!"

Hij was nog steeds te ver weg om een accuraat schot te lossen. Hij kon het risico niet nemen om één van de vrouwen of Murray te raken. Door zijn commando miste de klootzak zijn dodelijke schot, godzijdank. Helaas dook de man door de passagiersdeur en gooide de auto in zijn achteruit. Beau ging achter het terugtrekkende voertuig aan, woest blaffend.

"God-ver-domme! Pak je truck, Tanner!"

Terwijl de agent omkeerde, rende Jake naar het hek waar Colleen Murray's hemd aan openscheurde om zijn wond bloot te leggen. De bewaker kreunde en draaide zijn hoofd naar Jake. "Ze hebben Kat. Twee Tango's over. Beide met 9mms, geen andere wapens gezien."

Jake hoorde Tanner de motor van zijn Ford F-150 opvoeren en wierp een blik op Murray's schouderwond die nu zichtbaar was. "Hoe erg is het? Kun je naar de oorlogskamer komen? Ik heb iemand aan de radio nodig."

"Ja, het is een door en door. Ik overleef het wel. Help me overeind."

De telefoon in het wachthuisje rinkelde. Iedereen negeerde hem. Met de hulp van Jake en Colleen stond de bewaker op terwijl hij een brul van pijn slaakte. "Verdomme, dat doet godver pijn. Sorry voor mijn taalgebruik, Colleen."

De nog bleke secretaresse hield zijn goede arm vast, nam de leiding en richtte de grote man op het Trident gebouw. Als de situatie niet zo ernstig was, zou Jake glimlachen over hoe ver de eens zo timide secretaresse de laatste weken uit haar schulp was gekropen. Hun training over hoe te reageren op verschillende noodscenario's wierp zijn vruchten af. "Alsof ik Ian nog niet vijftig keer per dag heb horen vloeken. Laten we naar binnen gaan. Jake, ik bel 911, wat heb je nog meer nodig?"

Tanner gierde naast hen tot stilstand en Jake gooide de passagiersdeur open. Terwijl hij erin sprong, beval hij, "Murray kent het opsporingssysteem. Laat Kats GPS locatie zien. Geef het aan ons op de frequentie van het terrein. Ga dan naar de frequentie van het team en laat ze weten wat er aan de hand is."

Hij sloeg de deur dicht, erop vertrouwend dat de secretaresse en bewaker, een afgezwaaide sergeant, zouden doen wat nodig was. Tanner trapte het gaspedaal in en week uit rond het lijk buiten de poort.

Toen ze het kruispunt naar de snelweg naderden, vroeg Tanner, "Welke kant op?"

Het voertuig vertraagde. Jake zocht verwoed in beide richtingen. "Links! Godverdomme, ik ben die verdomde hond een biefstuk schuldig. Rij langzamer, zodat ik hem kan pakken."

Beau rende zo'n 50 meter ten noorden van het kruispunt in de berm van de weg, nog steeds achter het al lang verdwenen voertuig aan. Hij wees hen tenminste de juiste richting. Terwijl Tanner de truck afremde, opende Jake zijn portier. "Beau! *Hier!*"

De lab-mix rende terug naar de truck en maakte een vliegende sprong op Jake's schoot. Hij duwde de hond op de achterbank en sloeg de deur dicht. Tanner trapte het gaspedaal weer in zodra Beau uit de deuropening was en gaf reed weer door. Jake reikte naar zijn headset voor hij zich herinnerde dat hij er nooit één op had - hij had meegeluisterd via de speakers in de oorlogskamer.

"Geef me je headset." De agent rukte het apparaat uit zijn oor en gooide het naar Jake die het aan zijn eigen oor bevestigde. "Murray, ben je daar?"

Er klonk ruis over het oortje en daarna de met pijn gevulde stem van de bewaker. "Ja, ik ben hier. Ik breng de GPS in beeld. Geef me een momentje. Colleen is aan de telefoon met 911. Welke richting ga je op?"

"Noord. Beau ging die kant op. We hebben ze nog niet ingehaald. Heb je Ian al te pakken gekregen?

"Dat doe ik zodra ik Kats locatie voor je heb. Hier is het. Het lijkt erop dat ze nog steeds op de snelweg voor je zitten. Ik laat de GPS in je telefoon zien... ze rijden ongeveer anderhalve kilometer voor je. Ik laat het je weten als ze van richting veranderen."

Jake bevestigde met zijn hand dat ze de goede kant op reden en Tanner versnelde nog meer terwijl ze beiden de voertuigen voor hen scanden. "Goed genoeg. Zodra we ze zien zal ik proberen een kenteken voor je te krijgen. Zwarte Escalade, toch?"

"Bevestigd."

Tanner wierp een blik op Jake. "Wat wil jij doen? Volgen om te zien waar ze heen gaan tot we versterking hebben en een wegversperring?"

Terwijl hij zijn hand ophief om zijn ooglapje aan te passen, moest Jake wel instemmen. Ze konden Kats leven niet op het spel zetten door hen van de weg te rijden. "Ja. Breng ze in zicht en hou ze op afstand."

Net toen ze de Cadillac voor zich zagen, kwam Murray's stem over de headset. "Hey, Jake? Ik heb Ian op het andere kanaal. Hoor dit. Ze gaan net aan boord van een helikopter van de staatspolitie op weg terug naar het terrein. Ze hebben FBI SWAT hier gecontacteerd. Ze hebben door dat het een list was om de meeste van hen hier weg te krijgen."

"Een beetje laat voor het feest. Beter dan niets. Het team is nog te ver weg." Hij haalde zijn mobieltje uit de zijzak van zijn cargo broek. "Geef me een telefoonnummer van iemand van SWAT, in plaats van telefoontikkertje met jou te spelen."

"Stand-by."

Jake probeerde een plan te bedenken en bad dat Boomer zijn vrouw niet weer zou verliezen... en voorgoed deze keer.

* * *

Boomer kon niet geloven wat Murray hen net had verteld via hun koptelefoons... Verdomme, ja, dat kon hij wel. Ze waren allemaal gevallen voor de misleidende truc en het had gewerkt. Hoewel hij wist dat ze nog steeds zijn ouders zouden redden, hadden ze Kat en de anderen in de paniek-kamer moeten zetten tot ze meer informatie hadden over wat er aan de hand was. Maar daar was het te laat voor. Nu was Kat in handen van mannen die geen moeite hadden iedereen te doden die hen in de weg stond. Zodra ze hun geld hadden, was ze vervangbaar. Verdomme, hij kon haar niet weer verliezen. Hij zou het verlies dit keer niet overleven.

De rotors van de helikopter dreunden op het ritme van zijn hartslag. Het enige geklets op dit moment was van de piloot en de co-piloot. Het team en Carter wachtten op updates van Murray over wat er aan de hand was. De piloten vlogen de vogel zo snel als ze konden. Boomer was bang dat ze er niet op tijd zouden geraken om Kat te redden. Zelfs bij vol gas zou het nog twintig minuten duren van Sarasota naar Tampa. Hij moest erop vertrouwen dat Jake en Tanner zouden doen wat ze konden tot hun back-up arriveerde. Het was frustrerend om op informatie te wachten zonder iets te kunnen doen.

Van wat Murray had gezegd, lag één van de Tango's dood naast de poort van het terrein. Dat betekende dat er nog maar twee waren waarvan ze wisten. Dankzij Eggheads tracking armband weten ze tenminste waar Kat was. Het SWAT team van de FBI stond nu in direct contact met Jake en was op weg om het vluchtvoertuig te onderscheppen. Er waren teveel variabelen en Boomer hield niet van de kansen.

Brody verschoof in zijn stoel. "Weet je, Ian, dit is waarom we onze eigen verdomde helikopter nodig hebben."

Knikkend sloeg hun baas zijn armen over elkaar. "Niet dat het ons nu helpt. Hij wordt over twee weken uit de lucht gehaald. We bewaren hem op het vliegveld bij de jet tot het helikopterplatform is gebouwd. Dat begint trouwens volgende week, samen met de hindernisbaan die Devil Dog gepland heeft."

Terwijl zijn teamgenoten en Carter nog wat hersenloos geklets door de koptelefoons van de helikopter lieten horen, kwam en ging de grond onder hen in een snel tempo. Boomer hoopte maar dat het snel genoeg was. Hij wierp een blik op zijn duikhorloge: zeven minuten voorbij, nog dertien minuten te gaan. "Godverdomme."

hoofdstuk 23

Rillend probeerde Kat zo ver mogelijk weg te zitten van de man die ze nu herkende als Viktor "The Bull" Denisovich, Volkovs rechterhand en zelfbenoemde erfgenaam van het criminele imperium van de dode man. Ian had haar foto's laten zien van de man waarvan Benny en Jake hadden bevestigd dat hij de leider was van de groep die had geprobeerd haar te ontvoeren uit het motel in Norfolk. Denisovich en varkensgezicht hadden geen woord tegen haar gezegd sinds ze tien minuten geleden het terrein verlieten en spraken Russisch tegen elkaar, wat haar angst en ongerustheid alleen maar deed toenemen. Wat waren ze van plan haar aan te doen om het geld te krijgen? Ze zou het hen graag geven, als ze er maar zeker van kon zijn dat ze nog zou leven als ze het in hun hebberige handjes hadden. Het enige wat ze wilde was de kans om het leven te hebben waar ze naar hunkerde... het leven dat ze verdiende met Benny. Ze wist niet eens of Rick en Eileen nog leefden en ze betwijfelde of de Russen haar dat zouden vertellen. Het enige wat ze kon doen was bidden dat Jake en Tanner haar volgden en een reddingsplan bedachten. Benny had haar verzekerd dat zijn team daarin gespecialiseerd was. Ze vertrouwde erop dat ze haar uit deze rotzooi zouden halen.

"Blyat!"

Kat wist niet wat Varkensgezicht in het Russisch had gezegd, maar door de manier waarop hij het uitspuugde, gokte ze dat het een scheldwoord was. Een fractie van een seconde nadat hij het had gezegd, trapte hij op de rem, waardoor ze naar voren vloog en met haar hoofd tegen de hoofdsteun van de stoel voor haar botste. Zwarte vlekken en witte sterren vulden haar zicht terwijl een ontelbaar aantal geluiden in haar oren klonken. Luid gekrijs, geschreeuw, geklop, knallen en het geruis van ontsnappende lucht omringden haar. Het duurde een moment om te beseffen dat zowel haar hoofd als de auto ronddraaiden terwijl varkensgezicht probeerde de auto onder controle te houden op vier aan flarden gereden banden. De kale velgen knarsten tegen het asfalt terwijl het voertuig snel vertraagde. Wat was er in godsnaam aan de hand?

Op één of andere manier slaagde hij erin om te voorkomen dat ze omsloegen. Het voertuig kwam uiteindelijk abrupt tot stilstand in het midden van de snelweg. Voordat Kat een kans had om aan ontsnappen te denken, greep Denisovich haar bij de haren en trok haar naar zijn zijde, zijn wapen tegen haar slaap gedrukt. Tranen vulden haar ogen terwijl ze probeerde de druk op haar hoofdhuid te verlichten. Buiten de SUV begon de rook van de opgeblazen banden neer te slaan. Alles was stil behalve de zware ademhaling van de drie inzittenden en het gevloek van varkensgezicht in beide talen.

"Yobaniyi ment! Klote agenten bliezen banden op. Vat nu?"

Hoop gloorde in Kats borst toen ze sirenes hoorde nade-ren. Ze bad dat deze twee mannen niets doms zouden doen waardoor ze allemaal zouden sterven. De sirenes doofden één voor één toen verschillende voertuigen gierend tot stil-stand kwamen en hen op een afstand omringden. Kat probeerde een glimp op te vangen van wat er aan de hand was. De enige richting die Denisovich haar toestond te zien was door het raam naast hem. Ze realiseerde zich dat ze nu zijwaarts op de snelweg waren gedraaid, met hun gezicht naar de zuidelijke rijbanen. Verder voorbij de rij stationaire patrouillewagens met hun zwaailichten, en ongemarkeerde SUV's, zag ze de tekenen van verkeer dat zich begon op te bouwen voorbij de wegblokkade die snel op zijn plaats was gezet. Er stonden politieagenten - sommigen in uniform, anderen helemaal in het zwart gekleed - die hun voertuigen als dekking gebruikten en handwapens, jachtgeweren en geweren op het vluchtvoertuig richtten. Als Kat eerder dacht dat ze bang was, was ze nu meer dan doodsbang. *Alsjeblieft, God, laat ze niet besluiten om neer te gaan in een regen van kogels.*

Enkele minuten gingen voorbij voordat twee mannen achter één van de politiewagens Kats aandacht trokken. Ze hijgde toen ze zich op Jake richtte. Met wild gebarende armen maakte Boomers teamgenoot ruzie met een rood aangelopen man in een slecht zittend pak. Het was duide-lijk dat de man Jake weg wilde hebben van de scène. Hij wilde niet wijken.

Een plotselinge stem over een luidspreker onderbrak het snelle gesprek van de Russen in hun moedertaal. "Gooi je wapens weg en kom naar buiten met je handen in de lucht."

Varkensgezicht draaide zijn raampje half naar beneden en riep: "Krijg klere."

Oké, dacht Kat, *dat bevel is niet goed overgekomen. Wat nu?* "Laat me alsjeblieft gaan. We zijn omsingeld. Als je meewerkt, weet ik zeker dat de rechter milder zal zijn." Uiteindelijk was ze daar helemaal niet zeker van, maar het klonk goed, toch?

"Hou je kop." Denisovitsj' hoofd draaide terwijl hij keek naar wat er om hen heen gebeurde. "Ruslan, eis nieuwe auto of ik vermoord meisje."

Nou, shit, dat klonk niet echt geruststellend. De smeerlap had in ieder geval zijn greep op haar haren losgelaten. Ze was in staat om wat beter rechtop te zitten. Voordat ze zich van hem kon verwijderen, greep de grote man haar bovenarm, trok haar over zijn schoot en verwisselde hun posities op de achterbank, waardoor ze tussen hem en de meerderheid van de agenten kwam te zitten. Hij hield haar dicht tegen zich aan en richtte nog steeds het dodelijke uiteinde van zijn pistool op haar hoofd. Ze luisterde hoe Ruslan, alias Varkensgezicht, hun eisen uit het raam schreeuwde. De onderhandelaar an de megafoon reageerde. Kat kreeg het gevoel dat haar een lange en stressvolle middag te wachten stond.

* * *

Staand op ongeveer vijfentwintig meter van de uitgeschakelde Escalade, knarste Jake zijn tanden toen SAC Frank Stonewall in zijn gezicht kwam en eiste dat hij en Tanner de zone zouden verlaten. "Jullie zijn verdomme burgers. Deze situatie valt nu onder de jurisdictie van de FBI. Ga terug in je truck en maak dat je wegkomt, zodat wij ons werk kunnen doen."

Jake hield zijn stem laag en dreigend, torende boven de kortere man uit en leunde naar voren, zodat niemand anders hem kon horen. "Luister, jij klootzak. De enige reden waarom jij werd opgeroepen was omdat we onderbemand waren en Ian ons niet te pakken kon krijgen. Je weet verdomd goed dat Keon je met één telefoontje een nieuwe bureaujob zal geven. We zijn bereid een stap terug te doen en de SWAT commandant het te laten overnemen. Ik zal verdoemd zijn als ik die vrouw weer uit mijn zicht laat verdwijnen, dus neem je attitude en steek ze hoog en droog in je reet."

De SAC leek klaar om te ontploffen, maar hield zijn tong in toen een lange, donkerharige man, helemaal in het zwart gekleed en met een megafoon, op hen afkwam. "Jake? Ik hoor dat deze rotzooi begon bij Trident. Breng me op de hoogte, zodat ik weet waar we mee te maken hebben. Je moet me later vertellen wat dat met je ooglapje is."

Jake schudde de uitgestoken hand van Calvin Watts. De agent was de hoofdonderhandelaar van het Tampa FBI SWAT team. Ze hadden gemeenschappelijke vrienden en speelden bijna elke dinsdagavond basketbal tegen elkaar in de plaatselijke YMCA. Jake was opgelucht dat de man hier was. Hij had Watts' team al eerder in actie gezien en was er zeker van dat ze Kat hier heelhuids uit konden halen. "Hey, Cal. Ik waardeer de snelle reactie. Godzijdank bereikte Ian je onderweg en had TPD auto's in de buurt met de spike strips beschikbaar. De Tango's hebben Boomers vrouw uit het kamp ontvoerd. Ze schoten onze bewaker in de schouder. Hij kon de oorspronkelijke bestuurder nog neerknallen, dus zijn ze nog met z'n tweeën daarbinnen, plus Kat. Tango's zijn Russische gangsters uit Virginia. Kats vader heeft zich een grote som geld toegeëigend van hun baas zo'n twaalf jaar geleden. Ze willen het terug."

De SAC negerend die nog steeds ziedend toekeek,

gebaarde Watts, die officieel de leiding had over het incident, en begon naar de pas gearriveerde SWAT commando wagen te lopen. Jake volgde. "Oké, over hoeveel geld hebben we het hier? Ik betwijfel of ze zo'n groot risico nemen voor een paar duizend."

"Probeer vijftien miljoen, plus twaalf jaar rente op de Kaaiman Eilanden." Cal floot zijn verbazing terwijl hij de achterdeur van de grote truck opende en achter Jake aan naar binnen klom. "Ja, ik weet het, verre van makkelijke kost. Ik heb begrepen dat Kats vader boekhouder was voor de maffia, maar zich pas realiseerde met wie hij echt te maken had toen hij er al te ver in zat. Nadat hij zich een paar jaar stil had gehouden, ontdekte hij bewijs van blanke slavernij en gaf het aan de FBI. Een paar dagen later werd Kats familie van de weg gereden. Het ongeluk doodde haar moeder en broer en stuurde haar en haar vader in het Getuigenbeschermingsprogramma. Kat wist niets tot haar vader onlangs stierf. De oude man maakte een paar dagen na het ongeluk geld over van de rekeningen van de maffia en stuurde het naar een dummy rekening. Wraak, denk ik. Door een reeks ongerelateerde gebeurtenissen zijn die klootzakken haar op het spoor gekomen en zo staan we hier."

Watts schudde zijn hoofd. "Verdomme, jullie houden niet van simpele dingen, hé ? Goed, laten we met de redding beginnen. Ze eisen een andere auto en een vrije doortocht of ze vermoorden haar. Het gebruikelijke waar die idioten denken dat we voor zullen zwichten. Enig idee wat hun namen zijn, zodat we een profiel kunnen ontwikkelen?"

Een techneut die op een computertoetsenbord zat te typen keek Jake aan, wachtend op zijn antwoord. "Geen idee van de chauffeur. De man op de achterbank met Kat is Viktor Denisovich, een getrainde huurmoordenaar die de plaats van zijn baas in de organisatie heeft ingenomen nadat hij toestemming had gekregen om de man te vermoorden. Van wat ik heb gehoord, gaat hij er niet gemakkelijk vanaf komen."

"Kerels zoals hij doen dat nooit. Iemand anders hier van Trident?"

"Eén van onze contract jongens, Tanner, zit in zijn truck. Om uit de weg te blijven en om onze hond ervan te weerhouden zijn eigen redding op te zetten. De rest is onderweg. Als Brody hier is, kan hij meeluisteren via een microfoon die Kat draagt. Het is één van zijn speeltjes die we eerder hebben gebruikt."

Watts pakte twee koptelefoons en gooide er één naar Jake. "Oké. Blijf in de buurt en blijf uit Stonewalls buurt. Ik ben niet in de stemming voor zijn gesnotter. Alleen luiste-ren. Hou je microfoon uit, je bent hier uit professionele hoffelijkheid. Ik vertrouw op je inbreng, maar ik wil niet dat je je bemoeit met de onderhandelingen."

Jake begreep dat de man een grote concessie deed door hem te laten blijven. Hij verving de Trident headset over zijn linkeroor met de nieuwe. De oude, die alleen op de frequentie van het terrein stond, stopte hij in zijn zak. Murray was nu in een ambulance op weg naar het zieken-huis met Colleen op sleeptouw. Er was niemand in de oorlogskamer met wie hij kon praten. "Bedankt, en geen zorgen. Ik vertrouw erop dat je je ding doet."

"Sir?" Beide mannen keken naar de tweede technicus die onder andere verschillende radiofrequenties in de gaten hield. "We hebben een helikopter van de Staatspolitie die toestemming vraagt om in de buurt te landen. Ze zeggen dat ze de rest van het Trident team bij zich hebben."

Cal trok een wenkbrauw op naar Jake, die zijn schouders ophaalde. "Vrienden op hoge plaatsen, wat kan ik zeggen?"

De onderhandelaar barstte in lachen uit. "Ja, oké, Smitty. Aangezien de snelweg in beide richtingen is afgesloten. Zeg tegen de TPD op de grond dat ze een landingszone vrijmaken op de zuidelijke rijbanen, ten zuiden van ons. Vraag de staatsjongens om in de buurt te blijven. We kunnen ze misschien gebruiken."

"Ja, sir."

"Hé, Cal?" De agent volgde toen Jake een paar stappen achteruit deed, weg van de technici, en erkende dat wat Jake hem ging vertellen alleen voor zijn oren bestemd was. "We hebben een extra man bij het team. Black-ops met een federale vergunning. Vraag niet naar andere informatie want die kan ik je niet geven. Weet alleen dat hij Moran, Keon en POTUS onder een sneltoets heeft. Hetzelfde in omgekeerde richting." De verbazing van de agent was duidelijk bij de vermelding van de directeur en assistent-directeur van de FBI, samen met de president van de Verenigde Staten. Hij liet Jake uitpraten. "De man is één van de beste scherpschutters die ik ken. Hij heeft mijn reserve geweer aan boord van de helikopter. Ik wil niet op je tenen gaan staan. Ik vertrouw hem met mijn moeders leven."

"Dat is veel gezegd van een SEAL sluipschutter." Jake wachtte terwijl Cal nadacht, wetende dat hij hoe dan ook zijn antwoord zou moeten aanvaarden. "Goed, ik hoop dat we hem niet nodig hebben. Dit is wat we gaan doen."

* * *

Onder de waakzame ogen van zijn teamgenoten ijsbeerde Boomer heen en weer achter de rij politievoertuigen en -

personeel. De enige reden dat hij daar stond en niet de Cadillac Escalade midden op de snelweg aanviel, zo'n 40 meter verderop, was Ians dreiging hem te boeien aan Tanners truck. "Dit duurt veel te lang."

Omdat ze allemaal wisten hoe dit moest aflopen, antwoordde niemand hem, en lieten hem zijn frustraties verbaal uiten. Gijzelingsonderhandelingen waren een psychologisch spel voor de hoofdonderhandelaar. Er waren vijf stappen in de techniek om te communiceren met de gijzelnemers: actief luisteren, empathie, verstandhouding, invloed en gedragsverandering. In een ideale situatie zouden de slechteriken de gijzelaar vrijlaten en zich overgeven zonder enige escalatie van gebeurtenissen. Jammer genoeg waren maar weinig gijzelingssituaties ideaal.

Voor een getraind team van afgezwaaide Navy SEALs, zoals Trident, was het moeilijk om achterover te leunen en een ander team het te laten overnemen. Ze wisten allemaal dat Calvin Watts' SWAT één van de beste in het land was, met een lange geschiedenis succesvolle missies op hun naam. Als ze de redding moesten overlaten aan een wetshandhavingsdienst, hadden ze geluk dat het zijn team was.

Het was al meer dan een uur geleden dat de spijkerstrip van de politie op de snelweg was gegooid, waardoor alle vier de banden van de SUV van de Russen waren opgeblazen. Kat moet gek zijn geworden van angst. Boomer wist precies hoe dat voelde. Het team had tenminste één man aan de binnenkant. Jake zat nog steeds in de communicatiewagen en gebruikte Marco's geleende oortje om informatie aan hen door te geven. Af en toe stelde hij een vraag om de onderhandelaar wat informatie te geven, waar Ian of Boomer hopelijk het antwoord op hadden. In de communicatiewagen zat ook Egghead, die een programma op zijn tablet gebruikte om mee te luisteren met het gesprek tussen de twee Russen, dankzij de microfoon in Kats GPS armband. De mannen spraken voornamelijk in hun moedertaal. De nerd had ook een TPD officier aangesloten die vertaalde voor hem. Helaas leerden ze niets van de uitwisseling wat hen zou kunnen helpen het incident vreedzaam te beëindigen.

"Ian?" Jake's stem kwam over de oortelefoons van het team.

"Ga."

"Deze jongens worden ongeduldig. Ze staan erop om de helikopter van de Staatspolitie te nemen of ze beginnen haar in stukken te snijden met een mes. Met Denisovich zijn achtergrond, denkt Cal dat we weinig tijd meer hebben." Boomers ogen verwijdden zich van afschuw. Een blik van zijn baas deed hem zijn mond houden. Er moest een reden zijn waarom Jake hen dit vertelde, wetende dat hij meeluisterde. "We hebben een idee. We hebben jullie input nodig om te zien of het zal werken. Cal wil jou en Boomer in de communicatiewagen."

Beide mannen gingen naar het FBI commandocentrum nadat ze onder het gele Niet-Kruisen lint over de hele breedte van de snelweg gingen. Ze negeerden een vuile blik van SAC Stonewall toen ze hem en een paar andere agenten onderweg passeerden. Het was nu niet het moment om te gaan zeiken met de *Special Asshat in Charge*.

Ian opende de deur en liet Boomer voor hem instappen. Beide mannen schudden Cal Watts de hand voordat de onderhandelaar het plan dat Jake en hij hadden bedacht uiteenzette. Ian verklaarde dat hij dacht dat het een goede strategie was omdat ze op het punt stonden Denisovitsj' dreigementen te negeren. Boomer was doodsbang dat er iets mis zou gaan. "Wat als ze het niet snapt of het verdomme niet eens ziet? Ze is waarschijnlijk versteend. Wat als ze niet begrijpt wat we willen dat ze doet?"

Terwijl hij zijn armen over elkaar sloeg, richtte Ian zich tot Jake. "Je hebt Kat nu twee keer in actie gezien. Een keer in het motel en nog een keer in het kamp. Denk je dat ze in staat is zich te concentreren op wat we haar vertellen? Als ze dat niet doet, wordt het heel snel gevaarlijk, want we kunnen de helikopter niet laten opstijgen met haar erin."

Ook al leek het erop dat Boomer de pessimist speelde, dat is wat het team deed - een situatie van alle kanten bekijken voordat ze er aan begonnen. Jake haalde diep adem en liet het eruit. "In het motel aarzelde ze niet. Van wat ik achteraf hoorde, sprong ze ertussen om zeker te zijn dat ik in orde was. De verwonding deerde haar niet. Hetzelfde geldt voor wat er net bij de poort gebeurde. Ja, ze was waarschijnlijk doodsbang. Zowel zij als Colleen maakten ons trots. Kat was in staat om snel genoeg te denken om Beau het bevel te geven om aan te vallen. Van wat ik heel snel op de monitor zag, aarzelde ze ook niet om de poort te openen en te doen wat ze moest doen om de anderen te redden. Ik weet zeker dat als we haar aandacht trekken op weg naar de helikopter, dit zal werken."

Alle ogen waren op Boomer gericht. Ze hadden geen opties meer, en hij wist het. "Ik moet het zijn. Van alle stemmen zal ze naar mij luisteren en zich op mij concentreren."

Cal knikte. "Mee eens. Maar voor het geval dat, wil ik Ian bij je. Je wordt geflankeerd door twee van mijn mannen. " Hij wees met zijn vinger naar Boomer. "Je weet hoe dit gaat, man. Doe geen domme dingen daar en verkloot mijn operatie niet."

Een mindere man zou beledigd zijn geweest. Boomer wist dat de onderhandelaar gelijk had. Het SWAT-team trainde dag in dag uit met elkaar, wist precies wat de ander dacht en hoe ze zouden reageren. Een onbekende, zoals hijzelf, erbij halen, hoe goed getraind ook, kan iemands timing in de war sturen. Dan wordt het een chaos. "Laten we dit doen."

* * *

Kat kon het niet goed gehoord hebben. De man aan de megafoon zei dat de Russen met de politie helikopter konden gaan waar ze wilden als ze haar vrijlieten. Toen de reactie was dat ze met hen meeging, stemde de ezel toe. Wat krijgen we nou? Misschien wilden ze haar blijven volgen via haar GPS en ergens anders een redding organiseren. Of misschien hadden ze iets achter de hand. *Een truc. Dat moet het zijn. Toch?* God, ze hoopte dat ze gelijk had. Denisovich had tenminste het scherpe mes weggedaan waarmee hij dreigde haar vingers af te snijden. Maar nu was het pistool weer op haar hoofd gericht, dus ze zat nog steeds in de problemen.

Verder op de weg versnelden de rotors van de helikopter. Ze keken allemaal toe hoe het toestel een paar meter boven de grond zweefde, naar het noorden op de zuidelijke rijbanen, tot het zich recht tegenover de uitgeschakelde Escalade bevond. De piloot zette de helikopter zo neer dat de staart naar hen toe was gericht, maar draaide hem een beetje zodat ze de open deur aan de linkerkant konden zien, en zette hem toen weer neer op de grond. Van wat ze kon zien was er niemand binnen, behalve de piloot.

Kat besloot een laatste vergeefse poging te doen om de Russen zover te krijgen dat ze haar achterlieten. "Alsjeblieft, laat me gaan. Je hebt de helikopter om in te ontsnappen. Ik zal het rekeningnummer en wachtwoord opschrijven van de bankrekening waar het geld op staat. Alsjeblieft."

"Hou je kop!" Denisovich verstevigde zijn greep op haar arm en keek naar de activiteit om hen heen. "Open deur en stap uit. Doe stom en krijg spijt van."

"Ik heb het gevoel dat ik er hoe dan ook spijt van zal krijgen," mompelde ze, terwijl ze aan de hendel trok en de deur opende. Ze klom langzaam naar buiten, nog steeds in zijn strakke greep toen hij achter haar uitstapte. Toen ze eenmaal de vuurlijn van de agenten had geblokkeerd, stapte varkensgezicht ook uit het voertuig, zijn eigen pistool ook op haar gericht. Als een eenheid begonnen ze zich een weg te banen over de grasstrook met Kat dicht bij hen beiden.

"Kitten!"

Haar hoofd draaide zich om bij het geluid van Benny's stem toen Denisovich haar langs een lichte helling naar een lage vangrail duwde. Het kostte haar een ogenblik om hem op de zuidelijke rijbaan te zien staan naast Ian en twee in het zwart geklede mannen met zeer grote wapens. Kats ogen vulden zich met tranen terwijl ze over de dijhoge reling klom. Zou dit de laatste keer zijn dat ze hem zag?

"Kitten, ik hou van je! Onthoud, een sub luistert altijd naar haar Dom!"

Wat? Nam hij haar verdomme in de maling? Oké, het "Ik hou van je" was geweldig, maar waarom over subs en Doms beginnen?

Achter haar gromde Denisovich, "Sneller. Vooruit." Hij spoorde haar aan de kleine helling op te gaan.

"Kitten! Denk eraan!"

Kat richtte zich weer op Benny. Ian en hij zwaaiden naar haar. *Nee! Wacht!* Ze zwaaiden niet. Ze gaven haar een teken. Eén. Twee. Drie vingers. En dan hun rechterarmen, handpalmen naar beneden, voor zich uit zwaaiend van hun

middel tot over hun hoofd - de K9 gebarentaal voor "neer".
Verdomme, op drie wilden ze dat ze op de grond ging en
bleef liggen!

Ze deed het stille commando na, hopend dat de Russen
dachten dat ze zwaaide. "Ik hou ook van jou!"

Terwijl ze haar ogen op Benny en de helikopter gericht
hield, wachtte ze op het teken en hoopte dat ze het goed
begrepen had. Twee stappen voor ze zou moeten bukken
voor de traag bewegende rotor, hief hij zijn hand op tot een
vuist en ontkrulde één voor één zijn vingers.

Een.

Twee.

Drie.

Kat knikte haar knieën en viel zo snel op de grond dat
Denisovich geen kans had haar tegen te houden. Ze voelde
hoe zijn hand haar arm losliet, niet in staat haar plotselinge
dode gewicht vast te houden. De man schreeuwde verbaasd
iets vreemds en brulde toen zijn woede. Terwijl ze haar
hoofd bedekte, klonken er twee schoten tegelijk, gevolgd
door geschreeuw en rennende voeten. Ze durfde niet op te
kijken tot ze Benny's stem weer hoorde. Deze keer stond hij
vlak naast haar. "Kat, ben je in orde? Alsjeblieft, zeg me dat
je in orde bent!"

Zijn woorden kwamen er gehaast uit terwijl zijn
handen snel over haar lichaam dwaalden. Ze rolde op haar
zij, opgewonden om zijn knappe gezicht te zien. "Ik ben oké,
ik ben oké. Wat is er gebeurd?"

Hij trok haar overeind en sloeg zijn sterke armen om
haar heen, waardoor hij haar bijna verpletterde. "Oh,
godzijdank, je bent in orde! Ik was zo verdomd bang. Weet
je zeker dat je in orde bent?"

Hij leunde achterover en zocht bevestiging op haar
gezicht. Ze knikte terwijl haar lichaam begon te beven in de

nasleep van de crisis. Terwijl ze over haar schouder keek, zag ze beide Russen dood op de grond liggen, omringd door mannen in het zwart. Denisovitsj miste de helft van zijn hoofd, terwijl Varkensgezicht in de borst was geschoten, een bloederige gapende wond achterlatend. Kat draaide zich snel om. Haar maag dreigde in opstand te komen. Benny verplaatste hen wijselijk enkele meters weg van de dode lichamen.

Ian kwam dichterbij en legde een hand op haar achterhoofd, alsof hij zich ervan verzekerde dat ze in orde was. "Kat, het spijt me dat dit gebeurd is. Je kunt jezelf toevoegen aan de groeiende lijst van mensen die hun leven aan Meester Carter te danken hebben."

Toen zag ze dat Carter en een in het zwart geklede man aan de overkant van de zuidelijke rijbaan hun geweren aan een andere man gaven. "Wat is er gebeurd?"

"Carter en een andere sluipschutter zaten daar in het bos. Zodra jij viel, richtten de Russen hun pistolen op de agenten. De sluipschutters schakelden hen uit. Deze twee waren niet van plan zich levend te laten vangen."

Kat huiverde, wetende dat het waar was en zij ook dood had kunnen zijn.

Jake verscheen naast Ian, schudde zijn hoofd en stak zijn duim op naar de spion en de twee agenten. "Verdomme, ik weet dat ze mijn geweer een tijdje moeten innemen tot het vereiste onderzoek is afgerond. Ik word nu al moe van al het papierwerk om ze terug te krijgen. Dit is al de tweede keer in minder dan vijf maanden." Hij trok Kat zachtjes uit Benny's greep en in zijn eigen omhelzing. "Je bent een geweldige dame, weet je dat? Beau dat aanvalscommando geven was snel bedacht. Je hield je hoofd erbij en hielp niet alleen je eigen leven te redden, maar ook dat van Murray en Colleen."

Haar ogen verwijdden zich toen ze besefte dat ze hen vergeten was. "Oh mijn God! Hoe gaat het met hen? Murray werd neergeschoten. Is Colleen oké?"

Jake liet haar weer los in Benny's armen en knikte. "Murray is zo taai als maar kan - hij is zo weer aan het werk. De kogel ging er dwars doorheen en heeft niets vitaals geraakt. Het is ook niet de eerste keer dat hij er een kreeg, al is het de eerste keer bij ons. Colleen heeft alleen een paar schrammen. Ze is in orde. Ian zei haar een paar dagen vrij te nemen. Reggie is bij hen in het ziekenhuis. Als we hier klaar zijn, ga ik bij ze kijken. Dan haal ik voor Beau de grootste biefstuk die ik kan vinden. Dankzij hem konden we erachter komen in welke richting ze je brachten en je vrij snel inhalen."

"In dat geval, ben ik hem ook een biefstuk schuldig. En jou ook. Jullie allemaal." Jake grijnsde en wuifde haar weg. Toen ze Benny weer aankeek, zag ze de bezorgdheid nog steeds in zijn ogen. "Is alles goed met je ouders?"

Hij verbleekte en haar hart sloeg over. "Met mam komt het goed, maar pap is in zijn maag geschoten." Ze hijgde en bracht haar hand naar haar mond. "Hij wordt geopereerd. We moeten terug naar hen. Ik wil dat de ambulancebroeders snel naar je kijken terwijl ik kijk of we met de helikopter mee kunnen liften."

Kat schudde haar hoofd. "Ik ben in orde. Laten we gewoon gaan. We moeten er zijn voor je moeder."

Ian deed een stap opzij om een vrouwelijke arts in hun groepje te laten. "Ik zorg dat we toestemming krijgen. Ik weet zeker dat we nog een paar minuten hebben voordat we kunnen opstijgen, dus laat deze aardige dame je even nakijken."

Hoewel ze er net zo op gebrand was als Benny om te vertrekken, wist ze dat het zinloos zou zijn om ruzie te maken met een groep Doms. Ze leerde snel dat als het om iemand ging die onder hun hoede stond, ze uiterst beschermend waren. Een paar minuten later werd ze medisch goedgekeurd. Afgezien van een bloeduitstorting op haar voorhoofd, waar ze de hoofdsteun had geraakt, en blauwe plekken op haar arm van Denisovichs greep, deed enkel haar hoofdhuid pijn omdat er aan haar haren was getrokken.

Na de arts bedankt te hebben voor het snelle onderzoek, draaide Kat zich om naar waar Benny met Ian, Carter en Marco aan het praten was. De rest van het team was opgesplitst, Devon en Brody gingen naar het ziekenhuis om Murray en Colleen te controleren. Jake was op weg terug naar het terrein met Tanner en Beau, gevolgd door een aantal federale agenten. Er lag daar nog een lijk dat naar het mortuarium moest worden gebracht, en een plaats delict die moest worden verwerkt. Ze liep naar de groep van vier mannen en liep recht op Carter af, terwijl ze haar armen om hem heen sloeg. "Bedankt dat je niet gemist hebt."

De spion blafte een lachje en omhelsde haar terug. "Graag gedaan, Kitty-Kat. Ik zou nooit missen. Ik ben erg op je gesteld geraakt. Trouwens, Boom-Boom zou het me nooit vergeven hebben als ik jou iets zou laten overkomen."

Hij kuste de bovenkant van haar hoofd en liet haar toen los. Kat stapte achteruit. Benny stak zijn hand uit naar Carter. "Nogmaals bedankt, man. Mijn lijst met schuldbekentenissen blijft groeien. Ik hoop dat ik je op een dag kan terugbetalen."

Carter pakte de hand van de jongere man, gaf hem een stevige knuffel en sloeg hem op zijn rug. "Niet kwaad bedoeld, ik hoop dat ik het nooit nodig heb. Ik ga terug naar het terrein, en dan moet ik weg. De plicht roept. Ik zal contact opnemen om te kijken hoe het met Rick gaat. Geef je moeder een kus van me."

"Zal ik doen."

Terwijl hun vriend wegliep om een lift te krijgen van één van de vele agenten die nog ter plaatse waren, nam Benny Kats elleboog en stuurde haar naar de helikopter achter Ian en Marco. Het was tijd voor haar om te bidden voor nog een mirakel.

Hoofdstuk 24

Kat hield haar adem in toen de helikopter begon te dalen om te landen op een heli-port in de buurt van het Sarasota Memorial Hospital waar Rick naar toe werd gebracht. Benny had contact opgenomen met zijn moeder voordat ze opstegen van de Tampa snelweg en had te horen gekregen dat zijn vader nog steeds geopereerd werd. Ian en Marco waren van plan om met Kat, Benny en Eileen te wachten tot Rick uit de operatie zou komen. De twee teamgenoten zouden dan de twee andere voertuigen ophalen die nog geparkeerd stonden bij het Michaelson huis, met het communicatiebusje terug rijden naar Tampa en de SUV voor hen achterlaten. De rest van het team zou zorgen voor de schoonmaak op het terrein, de rapporten die moesten worden ingediend bij zowel de FBI en de lokale politie, en alles wat nog meer moest worden gedaan.

Uit de informatie die Ian van de FBI kreeg, bleek dat Denisovich de rest van de Russi-sche maffia niet had verteld dat hij Kat had gevonden. Ze hadden geen idee dat zij de enige levende link was naar het geld, dus de FBI en Trident dachten niet dat iemand anders naar haar zou komen zoeken. Ze was van plan het geld aan liefdadigheid te geven, dus hopelijk zou het snel niets meer uitmaken als iemand anders de verbinding legde. Dat zou moeten wachten voor nu.

Een auto van de Florida Staatspolitie wachtte hen op bij de helihaven om hen naar het ziekenhuis te brengen. Zodra ze geland waren en het veilig was, stapten ze uit en stapten in de auto met Ian op de passagierszetel voorin. Kat zat ingeklemd tussen de twee andere mannen op de achterbank. Benny had geen woord tegen haar gezegd sinds hij haar zei dat ze zich moest laten onderzoeken door de dokter. Ze begreep dat hij bezorgd was om zijn vader, dus zweeg ze ook en nam zijn hand in de hare als een stille geruststelling dat ze er voor hem was. Hij gaf haar een snelle kneep in haar hand en een nog snellere glimlach, die zijn ogen niet helemaal bereikte, voordat hij zich weer omdraaide om uit het raam te staren.

Toen ze het ziekenhuis bereikten, stopten ze met z'n vieren bij de receptie om uit te zoeken op welke verdieping de wachtkamer was en namen toen de liften naar de derde verdieping. Dusty en Burke stonden op wacht in de gang. Ian vertelde hen dat de dreiging voorbij was, zodat de contract agenten terug naar Tampa konden gaan. Eileen en Ricks zus, Margaret, zaten in de warm ingerichte kamer met familieleden van andere patiënten te wachten op bericht over hun geliefden. Eileen stond op zodra ze Benny zag. Hij ging meteen naar haar toe en omhelsde haar stevig. Toen hij haar losliet en zijn tante begroette, omhelsde Eileen Kat. "Godzijdank, je bent in orde. Ik was zo ongerust tot Ben me belde om te zeggen dat je veilig was."

De stress van de dag drong eindelijk tot Kat door toen een enorme snik haar ontsnapte. "Het spijt me zo. Dit is allemaal mijn schuld."

"Stil nu." Benny's moeder trok zich net genoeg terug zodat ze elkaars gezichten konden zien. De bezorgdheid was duidelijk in de ogen van beide vrouwen. Sympathie was ook te zien in de blik van Eileen. "Dit is niet jouw schuld, Kat. En met Rick komt het goed, ik weet het. Hij is een vechtersbaas en ik weet dat hij hier doorheen komt. We moeten gewoon bidden tot het gebeurt."

Ondanks dat iedereen haar vertelde dat het niet haar fout was, kon Kat zichzelf er niet van overtuigen dat het waar was. Ze deed een stap achteruit en gaf Ian en Marco de kans om hun troostende woorden aan de oudere vrouw te geven. Kat had geen idee hoe Eileen in staat was zo kalm te blijven. Haar gezicht en armen vertoonden nog steeds de roodheid waar de duct tape verwijderd was door het personeel van de spoedafdeling. Een paar operatiekleren die ze haar hadden gegeven om te dragen bedekten dezelfde plekken op haar benen. Als de rollen waren omgedraaid, zou Kat nu hysterisch zijn. Nu was ze dat al bijna. Ze wilde niemand van streek maken, haalde diep adem en ging in één van de lege stoelen zitten, in een poging het zich gemakkelijk te maken voor wat hoogstwaarschijnlijk een lange wachttijd zou worden.

Boomer liep door de gang buiten de wachtkamer. Hij had behoefte aan beweging in plaats van alleen maar zitten. Drie en een half uur waren verstreken sinds zijn vader de operatiekamer was binnengereden. Ze hadden nog steeds niets gehoord over hoe het met hem ging. Van wat zijn moeder wist van de dokters op de eerste hulp, had Rick een transfusie nodig gehad om het bloed dat hij verloren had te vervangen en was hij niet meer bij bewustzijn gekomen terwijl ze aan hem werkten. Wat als zijn vader stierf? Zijn moeder was een sterke vrouw, maar het verlies van haar man van bijna vijfendertig jaar zou haar verwoesten. En Kat dan? Hij wist dat ze zichzelf de schuld gaf van alles wat er gebeurd was, hoe vaak ze haar ook verteld hadden dat het niet haar schuld was. Als zijn vader het niet zou halen, hoe konden ze haar dan overtuigen dat soms slechte dingen goede mensen overkomen, en dat het geen zin had om het 'wat als' spelletje te spelen?

Aan het eind van de gang gingen de automatische deuren open en een grijze man in blauwe schort liep naar de wachtkamer. In de hoop dat dit het nieuws was waarop ze hadden gewacht, haastte Boomer zich op tijd terug om de dokter naar Rick Michaelsons familie te horen vragen. De groep van zes verzamelde rondom Dr. Finkelstein die uitlegde wat er gebeurd was. "De kogel heeft de dikke darm geraakt. Dat hebben we kunnen repareren. De kogel stuiterde ook rond en beschadigde enkele bloedvaten voordat hij in de milt terecht kwam, die we moesten verwijderen om het bloeden te stoppen. Hij had veel geluk dat hij hier op tijd was. Nog een half uur en hij had geen kans meer gehad, wat nu fiftyfifty is. Ik wou dat ik kon zeggen dat de kansen beter waren. Je moet je voorbereiden op de mogelijkheid. Hij gaat nu naar de uitslaapkamer. We geven hem nog een transfusie om zijn bloedvolume weer op peil te krijgen. We houden hem nu ook in een medisch opgewekte coma. Zodra zijn bloedresultaten stabiliseren, zullen we zien of we hem eruit kunnen halen."

"Wanneer weten we of hij het haalt?" Boomer kon het verdriet en de bezorgdheid in zijn schorre stem niet helpen. Hoewel hij er al eerder aan gedacht had, geloofde Boomer pas echt dat zijn moeder weduwe kon worden, toen de dokter zei dat Rick kon sterven.

"Het zal minstens tien tot twaalf uur duren voor ik verwacht een verbetering te zien tot het punt dat hij buiten gevaar is."

"Kunnen mijn moeder en ik hem zien, alstublieft?"

Dr. Finkelstein knikte met zijn hoofd. "Natuurlijk. Ik zal één van de verpleegsters laten komen als hij in de verkoeverkamer ligt. Je kan hem maar een paar minuten zien. Er gaan veel buisjes in en uit en hij ligt aan de beademing terwijl hij in coma ligt, dus bereid je daar maar op voor. Ik kom over een uur terug om te kijken hoe het met hem gaat en hem naar de IZ te sturen."

Boomer schudde de man de hand. "Bedankt, Dokter."

Vijf minuten later begeleidde een stevige verpleegster met een vriendelijke glimlach zijn moeder en hem naar de uitslaapkamer. De gebruikelijke ziekenhuis antiseptische geur was hier nog sterker toen ze het mobiele bed naderden waar Rick op lag. De dokter had gelijk: overal lagen buisjes - een intubatieslang in zijn mond, infusen in beide armen, transfusieslangen en draden van een monitor die aan de middelvinger van zijn linkerhand vastzaten. Een bloederige draineerzak en een urinezak hingen laag aan één kant van de brancard. De piep-piep-piep die zijn hartslag aangaf, stelde Boomer er nauwelijks van gerust dat zijn vader het zou halen. In Afghanistan had hij twee vrienden verloren van wie hij zeker was dat ze hun verwondingen zouden overleven. Hun hart stopte met kloppen als gevolg van overmatige inwendige bloedingen.

Hij raakte zijn vaders arm aan terwijl zijn moeder Ricks voorhoofd kuste en woorden van liefde en aanmoediging mompelde. De man was zo bleek dat hij bijna opging in de witte lakens. Boomer wierp een blik op de monitor boven de brancard en merkte de bloeddruk op - 82/40. Dat was veel te laag. Hopelijk zou het bloed dat in zijn aderen werd geperst die cijfers snel omhoog brengen.

Hij leunde voorover, kuste zijn vaders wang, richtte zich toen op en veegde de tranen weg die uit zijn waterige ogen begonnen te lopen. "Ik hou van je, pap. Blijf vechten, hoor je me? We hebben nog een hoop te vissen en zo. Ik ben van plan om je op een dag kleinkinderen te geven en je kunt er maar beter zijn om ze rot te verwennen."

Ze bleven daar in stilte zitten, in de hoop dat Rick zou genezen en terug zou komen, totdat de verpleegster hen vriendelijk vertelde dat ze moesten gaan. Ze zou het hen laten weten als hij naar de IZ werd overgebracht. Toen ze de rekoeverzone verlieten, merkte Boomer dat zijn moeder beefde. Hij pakte haar elleboog vast om haar te steunen, terwijl woede zijn zorgen begon te overheersen. Boosheid op zichzelf en het team omdat ze niet hadden voorzien dat zijn ouders in gevaar zouden zijn. Woede op Kats vader voor het starten van deze hele puinhoop. Boosheid op de Russen die het lef hadden de mensen waar Boomer van hield te kwetsen. En daarbovenop kwam nog de frustratie dat hij niet wist of zijn vader zou leven of sterven. Zijn kaak klemde zich samen en hij voelde de ader in zijn slaap bij elke hartslag wegtikken. Zijn vrije hand balde zich tot een vuist. Hij dwong zichzelf om niet tegen de nabije muur te slaan.

Met een witte ziekenhuisdeken om haar bovenlichaam gewikkeld, stond Kat met Ian in de gang buiten de familiewachtkamer. Omdat hij zijn emoties op dit moment niet onder controle kon houden, stak hij zijn hand op om haar tegen te houden hem te benaderen. Hij had een paar minuten nodig om tot rust te komen, anders zou hij met dingen gaan gooien. Hij dacht niet dat het ziekenhuispersoneel dat op prijs zou stellen. Terwijl hij zijn moeder zwijgend aan Ian overdroeg, liep Boomer verder naar het einde van de gang en drukte op de knop omlaag voor de lift. Een stevige wandeling rond de buitenkant van het enorme ziekenhuis zou hem helpen zijn hoofd leeg te maken. Er moest een delicatessenzaak in de buurt zijn waar hij voor iedereen iets te eten kon halen. Hij wilde het ziekenhuis niet verlaten voordat zijn vader wakker was. Hij betwijfelde of zijn moeder dat ook wilde. Een paar sandwiches zouden hen wel een paar uur zoet houden.

Het laatste wat hij zag toen hij de lift instapte en de deur dichtging, was zijn beeldschone Kitten die naar hem keek. Hij wist tenminste dat ze veilig was en voorgoed terug in zijn armen.

* * *

Kat stond met Ian in de gang, haar blik gericht op de dubbele deuren waar Benny en Eileen een paar minuten geleden door verdwenen. Ze huiverde en vroeg zich af waarom het altijd zo koud leek in ziekenhuizen. Haar T-shirt en Bermuda, die tijdens haar verblijf bij de Russen verstikkend hadden gewerkt, leken nu ontoereikend om haar warm te houden. Elke keer als haar vader voor behandeling was geweest, of om de één of andere reden was opgenomen tijdens zijn ziekte, zorgde Kat er altijd voor dat ze een extra trui bij zich had, zelfs in de zomer.

Ian moet gemerkt hebben dat ze rilde, want hij liep naar een deur waar "Lakens" op stond en kwam even later terug met een gebreide deken die hij uit een van de rekken had gehaald. Hij wikkelde het om haar schouders en zei: "Het is altijd koud in een ziekenhuis. Je adrenaline van daarnet is uitgewerkt en de post-shock is begonnen. Dit zal je voorlopig warm houden. Marco en ik halen mijn truck en het communicatiebusje als Boomer en Eileen terug zijn. Ik pak een sweatshirt dat ik in de kofferbak bewaar voor je."

Ze gaf hem een zwak glimlachje. "Bedankt. Ik denk dat je gelijk hebt. Ik ben opeens heel moe. Als ze hem naar de IZ hebben gebracht, zal ik proberen een dutje te doen in een stoel."

Terwijl hij instemmend knikte, zwaaiden de deuren van de verkoeverkamer open en liepen Benny en zijn moeder naar hen toe. Eileen was bleker dan eerst terwijl ze haar ogen en neus met tissues afveegde. Maar het was de blik op Benny's gezicht die Kats maag deed samenkrimpen. Hij keek zo woedend dat ze half verwachtte dat hij zou gaan schreeuwen en slaan. Ze had hem nog nooit in haar leven zo kwaad gezien. Het maakte haar bang.

Ze deed een stap naar voren om hem te omhelzen, om hem te troosten, maar hij stak zijn hand op en hield haar tegen. Haar hart kneep net zo hard samen als haar maag. Ze hield een snik van verdriet in. Hij gaf haar de schuld. Hij gaf haar de schuld van alles. Ze had dit nooit bij hem op de stoep mogen brengen. Ze had zelf een manier moeten vinden om uit de ellende te komen. Dan, als ze nog leefde, had ze naar hem toe kunnen komen zonder dat het gevaar haar op de hielen zat.

Benny zei tegen niemand een woord toen hij Ian de arm van zijn moeder gaf en verder ging door de gang naar de lift. Ze keek toe hoe hij harder dan nodig op de knop omlaag drukte. Toen de lift arriveerde, stapte hij in. Haar gelukkige toekomst verdween achter de sluitende deuren.

hoofdstuk 25

"Hé, Kat. Wacht even."

Verdomme! Zes meter verwijderd van het ontwijken van de onaangename klootzak! Ze dacht dat ze weg kon glippen zonder voor de achtste of negende keer in vier dagen te worden aangesproken. Blijkbaar had ze niet zoveel geluk. Als ze nu van hem af kon komen, hoefde ze hem pas dinsdag weer te zien. De vrijdagtraining eindigde vandaag om half één, zodat de agenten met lange reistijden op weg naar huis voor het weekend van de vierde juli het spitsuur konden vermijden.

Met een niet al te vriendelijke glimlach op haar gezicht draaide ze zich om naar agent Rob DaSilva van het Eugene Politie Departement toen hij voor haar stopte. Hij was net geen meter tweeëntachtig lang en zag er goed uit, maar hij dacht ook dat hij Gods geschenk aan vrouwen was en hij was seksistisch. Het ergste was dat de man geen "nee, dank je" als antwoord kon accepteren. "Ja, agent DaSilva. Heeft u een vraag over de training van vandaag?"

"Uh, nee. Kijk, ik weet dat je moeilijk-te-krijgen gewoon een act is in het bijzijn van de andere jongens. Nu we alleen zijn, doe ons beiden een plezier en ga akkoord om met mij uit te gaan."

Zijn grijns en de manier waarop hij tegen haar borstkas praatte deden haar temperatuur bijna koken. De enige reden waarom ze hem niet vertelde waar hij zijn egoïstische houding kon duwen, was dat ze erg haar best deed om gezien te worden als een professionele, agressieve K9 trainer in een overwegend mannelijk georiënteerde carrière. Dat betekende niet dat hij haar mocht lastigvallen.

Hij moet zijn Duitse herder in zijn afdelingsvoertuig met airconditioning hebben geplaatst, want het mooie dier was nergens te bekennen. Ze had medelijden met de hond, die samenwoonde met een arrogante ezel. Terwijl ze om zich heen keek, zag ze dat de rest van de trainers en stagi-aires ofwel vertrokken waren, ofwel nog op het oefenterrein stonden, ofwel op weg waren naar de kennels. Op minstens vijftig meter afstand was niemand dicht genoeg om als aflei-ding te dienen. Ze was op weg geweest naar haar kleine hut op de grote ranch, die op slechts zes meter afstand lag. Nadat ze twee weken geleden in Portland was terugge-keerd, had ze met haar bazen gesproken en hen alles uitge-legd. Ze waren geweldig geweest en boden haar het gebruik van de lege hut aan in plaats van terug te keren naar haar appartement waar ze zich niet langer veilig voelde. Jeremy had haar ook in contact gebracht met zijn advocaat, die het proces startte om haar weer "Katerina 'Kat' Maier" te laten zijn, nu ze zich voor niemand meer hoefde te verbergen. Ze was geschokt toen de onderdirecteur van de FBI haar belde, op Ians verzoek, om haar te vertellen dat het geld op de Kaaiman Eilanden van haar was om ermee te doen wat ze wilde. Alle statuten die het geld beschermden waren verlo-pen. Aangezien er niemand meer in leven was die haar in een rechtbank zou aanvechten, was ze nu een onwillige miljonair. Kat wilde er niets van hebben. Nadat ze over de schok heen was en haar naam had veranderd, zou ze kijken naar liefdadigheidsinstellingen die konden profiteren van de onrechtmatig verkregen winst.

"Kijk, agent DaSilva-"

"Rob."

God, ze haatte zijn grijns. Ze sloeg haar armen over elkaar en zorgde ervoor dat ze haar borsten bedekten, in plaats van ze omhoog te steken. Hij had geen aanmoediging meer nodig, integendeel zelfs. Wat hij wel nodig had was een knuppel die over zijn dikke schedel werd geslagen. "Officier DaSilva, ik ben hier om je te trainen, niet om met je uit te gaan. Ik zou het op prijs stellen als je de dingen op een professioneel niveau zou willen houden."

Hij deed een stap naar haar toe. Het was duidelijk dat hij niet afgeschrikt was. "Kom op, schat. Ik zal je een leuke tijd bezorgen." Ze zag iets klikken in zijn ogen, alsof er een lampje ging branden in zijn dichte brein. Hij hield zijn hoofd schuin. "Oh, wacht eens even... Ik snap het. Ik zag je eerder praten met die dijk van Salem P.D. Je speelt voor het andere team, nietwaar? Nou, het is al goed. Met één goede neukbeurt kan ik dat verhelpen. Waarom laat je me niet zien wat een echte man voor je kan doen wat andere meiden niet kunnen ?"

"Oh, maak je geen zorgen. Ze weet wat een echte man kan doen. Of niet, Kitty-Kat ?"

Eerst staarde ze naar agent Weerzinwekkend. Nu staarde ze met open mond naar Carter die naar hen toe slenterde. *Waar kwam hij in godsnaam vandaan?* Zijn blik was dodelijk, in overeenstemming met de toon van zijn stem. Ze was zo blij dat hij zich niet in haar boorde. In plaats daarvan was zijn blik gericht op de agent, die ineens niet meer zo zeker van zichzelf leek. Carter was een paar centimeter groter dan de andere man en was twee keer zo breed in de schouders. Hij zag eruit alsof hij DaSilva kon neerhalen met beide handen op zijn rug gebonden en niet eens zou zweten. Hij droeg een verbleekte spijkerbroek die hem perfect paste, zwarte leren laarzen en een strak grijs T-shirt van Jenn's Universiteit van Tampa. De man was seks op twee lange benen. Voeg daarbij zijn surfer-boy goede uiterlijk, haar in een kleine paardenstaart en gebeiteld lichaam. Ze was er zeker van dat hij kletsnatte slipjes, gebroken harten en tevreden vrouwen achterliet overal waar hij kwam.

De spion liep naar haar toe, trok haar in zijn armen en... *verdorie*... kuste haar! Zijn lippen sloten zich op de hare en hij kuste haar alsof zijn leven ervan af hing. Kat was zo verbijsterd, dat ze zich alleen maar kon vasthouden. Hij beëindigde de kus, knipoogde naar haar en zette haar rechtop terwijl ze geschokt naar hem staarde. Zijn mondhoeken trokken omhoog alsof hij zijn lachen probeerde in te houden, terwijl zijn blik de hare niet verliet. "Als je ons nu wilt excuseren, wij hebben betere dingen te doen. Kom mee, schoonheid." Hij nam haar arm en draaide haar in de richting van de hut, voordat hij een blik terug wierp op DaSilva. Als een opgerolde dodelijke cobra staarde Carter naar de andere man alsof hij een prooi was. "Oh, en trouwens, als ik ooit nog hoor dat je geen respect hebt voor een vrouw zoals je net deed, en zeker niet voor deze, dan zullen ze je lichaam nooit vinden. Begrepen?"

Kats bloed verkilde bij het onuitgesproken dreigement, maar blijkbaar was agent Weerzinwekkend te dom om te weten dat hij de adder niet moest porren, die meer dan klaar was om toe te slaan. DaSilva blunderde, zijn gezicht bloedrood gekleurd in zijn poging tot bravoure. "Je kunt me niet bedreigen! Ik ben een politieagent! Ik kan je zo snel laten arresteren dat je niet weet wat je overkomt."

Carter liet haar arm los en draaide zich naar de andere man toe. Hij deed twee weloverwogen stappen naar voren en, sneller dan ze met haar ogen kon knipperen, greep hij DaSilva bij de keel, terwijl hij zo voorover leunde dat alleen de agent hem kon horen. Ze wilde weten wat Carter haar had ingefluisterd, want de voorheen arrogante man deinsde terug en verbleekte voordat hij werd bevrijd en een stap achteruit deed. Zonder nog een woord te zeggen, draaide hij zich om en rende weg als de wezel die ze dacht dat hij was.

"Laten we naar binnen gaan, Kitty-Kat. We hebben dingen te bespreken." Carter gebaarde naar de deur en wachtte tot zij haar zou voorgaan.

Toen haar schok wegebde, keerde Kats nijdige houding terug. Ze sloeg haar armen weer over elkaar en stampte met haar voet terwijl ze hem aanstaarde. "Waar ging dat allemaal over? Ik had het onder controle. Wat heb je tegen hem gezegd? En wie denk je wel dat je bent, dat je me zo komt zoenen?"

Er verscheen een grijns op zijn knappe gezicht. Ze kon het niet helpen, maar ze vond dat die hem veel beter stond dan die van agent Weerzinwekkend. De verwaande bastaard spiegelde haar houding, maar liet de stampvoet achterwege. "Zoals wat? Ik heb je geen tong gegeven... nou ja, niet veel tong. Doe maar alsof we weer bowlingpartners zijn... die alleen maar zoenen als we van eikels als hij af willen. De andere optie was om hem in elkaar te slaan. Ik betwijfel of je baas dat zou waarderen. Ik weet dat jij het onder controle had. Mijn manier was beter." Hij tilde een schouder op en liet hem weer zakken. "Het is een Dom ding, dus je kunt er net zo goed aan wennen. Wat ik tegen hem zei, sorry Kitty-Kat, je bent beter af als je het niet weet

- dat geeft je een plausibele ontkenning als ik er ooit mee door moet gaan. En voordat je het vraagt, Boomer weet niet dat ik hier ben. We kunnen dit gesprek hier voeren, of we kunnen naar binnen gaan en de lunch opeten die ik warm heb gehouden in je oven. Ik hoop dat je van Italiaans houdt, ik had zin in pasta."

Kat knipperde, trok haar ogen op en keek gapend naar de man die langs haar liep en haar deur openhield. Woedend wist ze niet eens waar ze moest beginnen. "Je was in mijn hut? Hoe ben je daar binnengekomen? Wacht. ...hoe heb je me in godsnaam überhaupt gevonden? En wat bedoel je met 'het is een Dom ding... wen er maar aan'?"

Een overdreven zucht ontsnapte hem terwijl hij met zijn ogen rolde. "Zoveel vragen. Uhm, laat eens kijken." Hij tikte de vingers van een hand af. "De antwoorden zijn: ja, dat was ik; ik heb het slot geforceerd; en alsjeblieft, jou vinden was als een kat in een vissenkom vinden-letterlijk. We bespreken het 'Dom ding' na het eten. Ga nu naar binnen of ik geef je een pak slaag waar iedereen het kan zien."

Haar ogen vernauwden zich. Ze spotte vol ongeloof. "Dat durf je niet."

Hij imiteerde haar blik. Ze huiverde toen een rilling over haar rug ging, wetende dat die van hem er dodelijker uitzag dan die van haar. "Oh, ja, dat zou ik wel doen, kleine Kitty. Eén ding dat ik niet doe is loze dreigementen uiten. Wil je dat ik het je bewijs? Ik garandeer je dat je het zult berouwen."

Allemachtig! Hij zou het echt doen. Weigerend haar blik te laten zakken, zoals de goede onderdanige vrouwen waarover ze had gelezen, hield ze haar hoofd hoog en stampte haar hut binnen. Het aroma van knoflook, tomaten en oregano overviel haar reukzin toen de deur achter haar dichtviel. Haar mond waterde. Ze slikte, wilde niet dat hij wist dat het heerlijk rook. Carter liep langs haar heen de keuken in alsof hij er al heel lang woonde. Borden, bestek, glazen en servetten voor twee personen stonden op haar eethoek. Ze staarde hem uitdagend in de rug toen hij zich met de oven bezighield. Met behulp van haar wanten, die ze in de onderste lade bewaarde, haalde hij een aantal aluminium bakjes en een in folie verpakt brood eruit.

"Doe alsof je thuis bent, waarom doe je dat niet?"

Terwijl hij het eten naar de tafel bracht, gaf hij haar een ondeugende grijns die haar verraste. "Bedankt, dat heb ik al gedaan. Je kunt ons helpen door iets te drinken te halen. Ik heb bier en frisdrank meegenomen, omdat ik niet wist wat je liever had of al had."

Kat snoof en liep naar de koelkast. "Wat? Zat dat niet in je onderzoek naar hoe je mij kon vinden en in mijn huis kon inbreken?"

"Let op je toon, Kitty-Kat. Je hebt momenteel al genoeg problemen met mij. Nogmaals, dat bespreken we na het eten. Ik neem een biertje, alsjeblieft. Ga dan zitten, want ik ben uitgehongerd, en jij vast ook. Je hebt een lange dag gehad."

"Hoe weet je dat?"

Hij haalde zijn schouders op en gooide toen de wanten op het aanrecht. "Omdat ik je de hele ochtend in de gaten heb gehouden. Het laatste wat je hebt gegeten was een mueslireep om half zeven, tenzij je iets naar binnen hebt gesmokkeld terwijl ik ons eten ging halen, wat ik betwijfel. Je bent nog niet bijgekomen wat je bent afgevallen. Voor zover ik kan zien ben je nog meer afgevallen. Je kunt zo niet lang doorgaan zonder je lichaam te voeden, kleintje. En ondanks wat de reclamemakers geloven, houden de meeste mannen van wat vlees bij hun vrouwen. Nu, ga zitten. ...alsjeblieft."

Ze keek hem weer aan, zette twee biertjes op tafel en ging op de stoel zitten die hij haar voorhield. Ze was zo in de war over waarom hij hier was terwijl ze toekeek hoe hij haar bord vulde en daarna het zijne. Toen hij tevreden leek te zijn dat alles in orde was, nam hij tegenover haar plaats.

"Eet smakelijk."

Zoals ze had gemerkt dat Benny altijd deed als ze samen aten, wachtte ook hij tot ze haar vork oppakte en de eerste hap van haar lasagne nam. Haar ogen rolden terug in haar hoofd toen de smaken haar smaakpapillen raakten. "Oh mijn God, dit is hemels. Waar heb je dit gehaald?" Ze wachtte niet op zijn antwoord voor ze nog een hap in haar mond stak.

Carter grinnikte en begon toen aan zijn eigen maaltijd. "Fijn dat je het lekker vindt. Ik heb een kleine Italiaanse delicatessenzaak gevonden, ongeveer acht kilometer hier vandaan, de Rode Peper."

"Wacht eens even. Ik heb daar eerder gegeten. Het is nog nooit zo goed geweest." Ze legde haar vork neer, pakte een stuk knoflookbrood en bood hem er een aan, waarvoor hij haar bedankte.

"Op het bord stond 'Nieuwe eigenaars', dus misschien hebben ze een nieuwe kok."

Ze aten een paar minuten in comfortabele stilte, tot Kat zich vol begon te voelen en haar nieuwsgierigheid de overhand begon te krijgen. "Oké, dus vertel me waarom je hier bent."

Hij pakte zijn servet, veegde zijn mond af en nam toen een slok van zijn bier. "Dat zou mijn vraag aan jou zijn. Wat doe je verdomme hier, Kat, terwijl de liefde van je leven in Tampa rondhangt en iedereen stapelgek maakt?"

Haar blik viel op de tafel. "Ik ben niet de liefde van zijn leven. Benny haat me. Ik heb bijna zijn ouders vermoord. En Jake en Colleen en Murray en... en..."

Ze besefte niet dat ze huilde tot hij de tranen op haar wang wegveegde. Hij liet het laatste van zijn maaltijd staan en duwde haar stoel van de tafel. Voordat ze wist wat hij deed, had hij haar in zijn armen genomen en naar de bank gedragen. Hij ging weer zitten, zette haar op zijn schoot en legde haar hoofd zachtjes op zijn schouder. De tedere Dom hield haar vast terwijl ze snikte, tot ze zichzelf langzaam weer onder controle kreeg. "Hij haat je niet, kleintje. Ik weet niet waarom je dat zou denken. Ik ken Boomer al vele jaren. Dit is de eerste keer dat ik hem ooit depressief heb gezien. Hij was er niet zo slecht aan toe toen hij in het ziekenhuis lag en ze niet zeker wisten of hij zijn been zou verliezen of niet. Nu, waarom ben jij hier in plaats van bij hem? Ik weet dat het niet is omdat je niet van hem houdt. Iedereen kan zien hoeveel hij voor je betekent. Dus, praat met Master Carter, en we zullen zien wat we kunnen doen om dit op te lossen. En Rick is in orde, trouwens. Hij is gisteren uit het ziekenhuis ontslagen."

"Ik weet het. Ik heb het ziekenhuis elke dag gebeld. Voor ik vertrok, zei ik tegen de receptionist dat ik zijn nichtje was, zodat ik hem kon controleren." Ze haalde huiverend adem. "Ik kan hem en Eileen niet onder ogen komen. Ik kan Benny zeker niet onder ogen komen. Dit was allemaal mijn schuld. Ik had nooit naar hem toe moeten gaan voor hulp."

Hij liet een lage grom horen. "Het was niet jouw schuld. Jij was niet degene die voor de Russische maffia werkte en geld van ze stal. Jij hebt die klootzakken zeker niet verteld om achter Boomers ouders aan te gaan. Dus, probeer het nog eens. *Waarom* ben je hier als je nog steeds zijn collar draagt?"

Haar hand vloog naar haar keel. Ze was niet in staat geweest de simpele collar die Benny om haar nek had gedaan te verwijderen. Wat er ook gebeurde, haar hart wist dat ze nooit van een man zoveel zou houden als van hem. De collar was haar laatste band met hem. In plaats van weer een zwakke verklaring te geven, concentreerde ze zich dit keer op Carters vraag en probeerde het echte antwoord te vinden. "Ik denk... hij was zo kwaad in het ziekenhuis. Ik was bang dat hij zou zeggen dat ik weg moest. Dus, in plaats van hem de kans te geven, ging ik weg. Diep van binnen hoopte ik dat hij achter me aan zou komen, maar ... maar dat deed hij niet."

"Oh, Kitty-Kat. Ik ben er zeker van dat hij je daarvoor een pak slaag geeft. Weet je waarom hij niet achter je aankwam ? De reden waarom hij bijna elke avond dronken wordt in de club? Of waarom hij elke onderdanige afwees die hem aanbood je te helpen vergeten?" Ze voelde zich met de seconde ellendiger worden, haar blik viel op haar schoot en ze schudde haar hoofd. "Omdat de eerste keer dat je hem verliet, het niet jouw keuze of jouw schuld was. Deze keer, Kat, koos je ervoor om weg te gaan. Je liet hem in de steek toen hij je het meest nodig had. Hij was niet boos op jou ... hij was gefrustreerd door de situatie. Het spijt me dat je zijn frustratie verkeerd interpreteerde als boosheid. Hij houdt van je. Hij is gekwetst omdat hij denkt dat je niet genoeg van hem houdt om bij hem te blijven."

Haar tranen stroomden weer. Ze probeerde ze weg te vegen zo snel als ze over haar wang rolden. "Oh God, w-wat heb ik gedaan? Ik h-hou echt van h-hem en ik zou hem nooit opzettelijk pijn doen. Ik was g-gewoon bang. Iedereen waar ik ooit van heb gehouden is weg en... en de enige persoon die er nog is, heb ik weggeduwd. C-Carter, w-wat moet ik doen?"

Hij hield haar hoofd in zijn grote, eeltige handen en dwong haar hem in de ogen te kijken. "Wat jij gaat doen is je ogen drogen terwijl ik hier opruim. Dan moeten we aan boord van een vliegtuig..." Hij wierp een blik op zijn zwarte militaire horloge. "Over iets meer dan een uur."

Haar gedachten draaiden in vijf verschillende richtingen. "Wat! Waar heb je het over? Ik kan niet zomaar in een vliegtuig stappen en weggaan. Ik moet werken en . . . en . . ."

Hij tilde haar van zijn schoot tot ze op eigen benen stond en stond toen op van de bank. Hij pakte haar bij haar schouders en draaide haar naar haar slaapkamer. "Ik heb met je baas gesproken. Ik heb hem gezegd dat je wegging en dat je jouw ontslag aanbiedt."

Kat trapte zo snel op de rem, dat hij bijna over haar struikelde. "Wanneer was dit? En, verdorie, je kunt mijn baas niet zomaar vertellen dat ik ontslag heb genomen. Wat als ik niet met je mee wil gaan?"

"Oh, je gaat met me mee, Kitty-Kat. Het was nooit een vraag. Ik heb de situatie uitgelegd aan Jeremy en Eva. Ze zijn blij voor je. Ze zeiden ook dat als het niet lukt, je hier altijd een baan zult hebben. De keuze is aan jou. Of je controleert de koffers die ik voor je heb gepakt om te zien of ik iets belangrijks heb gemist, of ik sla je bewusteloos en voer je over mijn schouder met de auto weg. Ik stel voor dat je optie twee niet neemt, want het is een lange vlucht, en je wilt comfortabel zitten. Nu, ga je wassen."

Hij duwde haar zachtjes in de richting van de deur, negeerde haar gesputter en geschoktheid. Ze probeerde hem over haar schouder aan te staren, maar hij was al op weg naar haar keuken. Ze haastte zich naar haar slaapkamer en daar stonden haar drie ingepakte plunjezakken. Ze doorzocht de ritsen en ontdekte dat hij aan alles had gedacht wat ze nu nodig zou hebben, inclusief haar medicijnen tegen migraine. In de ene tas zaten al haar toiletspullen, in de andere shirts, broeken, shorts en twee paar van haar lievelingsschoenen. De laatste tas... oh, god-ver-domme. ...bevatte haar intimiteiten, slipjes, bh's, pyjama's... en, *wat krijgen we nou?* Ze trok het kanten kledingstuk eruit en bloosde terwijl ze het omhoog hield.

"Ik dacht dat je wel iets nodig zou hebben voor de club vanavond, dus vond ik een kleine boetiek in de buurt van de delicatessenwinkel. De leuke, blonde verkoopster wilde me maar al te graag helpen iets uit te zoeken."

Zijn verschijning in haar deuropening deed haar even opschrikken voordat ze zich herpakte en hem een onvrouwelijke snuif gaf. "Ik durf te wedden dat ze dat deed. Ze heeft waarschijnlijk ook aangeboden het voor je te passen." Terwijl hij tegen de deurpost leunde, trokken zijn mondhoeken omhoog. Kat bekeek de zwarte kanten teddy die niets aan de verbeelding overliet. "Uhm ... waar is de rest? Ik kan niet alleen hierin rondlopen."

"Waarom niet?" Kat staarde hem aan terwijl hij grijnsde als de duivel zelf. "Geen paniek, liefje, de beha en het slipje die erbij horen zitten er ook in. Dat is alleen het jurkje."

Weer briesend schoof ze de lingerie terug in de tas. "Jij en ik hebben verschillende definities van een jurkje."

Carter stapte naar het bed en pakte alle drie de tassen bij hun handvat. "Ben ik iets vergeten? Ik heb je koelkast al schoongemaakt, zodat er niets zou bederven. Ik heb net het vuilnis buitengezet. Ik heb je baas gezegd dat je over een week of zo terug zou komen om afscheid te nemen en de rest van je spullen in te pakken."

Ze rende naar de badkamer, maakte een washandje nat en veegde haar gezicht af zo snel als ze kon. Toen ze zag dat hij bij haar voordeur stond te wachten, keek ze rond of ze nog iets anders nodig had. Haar tas en het boek dat ze op dat moment aan het lezen was lagen op de salontafel. Ze pakte ze mee. Een snelle controle verzekerde haar ervan dat haar telefoon nog steeds op haar heup zat. "Ik denk dat we alles hebben wat ik nu nodig heb. Je bent er zo zeker van dat Benny en ik dit allemaal gaan oplossen, nietwaar? Wat als het kwaad al geschied is en hij me niet vergeeft?"

"Dan geef ik hem een schop onder zijn kont en hou ik jou voor mezelf."

Hij hield de deur voor haar open en ze draaide het slot op de deurknop voordat ze hem passeerde. Met één hand gebaarde hij dat ze naar de achterkant van de hut moest lopen, waar een huurauto stond. Nadat hij de passagiersdeur voor haar had geopend, deed hij de kofferbak open voor haar koffers en klom toen op de bestuurdersstoel.

"Ik denk dat we elkaar zouden vermoorden als jij me voor jezelf zou houden, niet dat ik me zou laten houden. Je bent soms behoorlijk woedend, weet je dat?"

"Ha! Dat is me al een paar keer verteld, Kitty-Kat." Hij startte de auto en zette hem in zijn versnelling. "Verdomme. Ik vergeet het steeds te vragen. Ik was met Eileen aan het praten, toen ik bij Rick ging kijken. Ik noemde je 'Kitty-Kat' tegen haar. Ze zei dat het de bijnaam van je vader voor je was. Dat wist ik niet, Kat. Als het je stoort, kan ik ermee stoppen. Is dat zo?"

Kat schudde haar hoofd en draaide zich naar hem toe nadat ze haar gordel om had gedaan. "Nee, dat doet het niet. De eerste keer dat je het zei, was ik een beetje van slag. Toen besefte ik hoezeer ik het miste om het te horen. Net als wanneer Benny me Kitten noemt - niemand anders dan hij heeft me ooit zo genoemd. Zolang het gezegd wordt met de genegenheid die ik weet dat je bedoelt, dan vind ik het goed. Je kan het blijven gebruiken. Het geeft me een speciaal gevoel."

"Dan ben ik vereerd." Hij reed de lange oprijlaan uit op de weg die naar de snelweg leidde. "Je bent speciaal, kleintje, en vergeet dat nooit. Zullen we nu jou en je Dom weer bij elkaar brengen? Voordat Ian eindelijk instort en hem een schop onder zijn kont geeft."

hoofdstuk 26

Iets na middernacht overhandigde Boomer zijn autosleutels voordat Tiny de clubdeur voor hem opende. Hoe triest was het dat de grote uitsmijter wist dat hij hier was om dronken te worden... alweer? Behalve op maandag en dinsdag, toen The Covenant gesloten was en hij naar Donovans was gegaan, zat hij hier elke avond sinds zijn vader uit het ziekenhuis was ontslagen. Hij had aangeboden bij zijn ouders te blijven tot Rick mobieler was. Zijn moeder had volgehouden dat zij het wel aankon en dat hij achter Kat aan moest gaan. In plaats daarvan ging Boomer terug naar Tampa en begon zijn verdriet te verdrinken.

De andere Doms hadden medelijden met hem, verdroegen zijn sombere drinkgedrag en zorgden ervoor dat iemand hem elke avond naar huis reed. Dan, na het nemen van Dafalgan voor zijn resulterende katers, nam hij een taxi terug naar het werk de volgende dag of nam een lift met één van zijn teammaten. Ian wilde dat hij in één van de kamers boven de kantoren zou slapen. Dat zou alleen maar pijnlijke herinneringen oproepen aan de nacht dat hij en Kat daar sliepen - nou ja, nadat ze andere dingen hadden gedaan, natuurlijk. In zijn flat had ze tenminste alleen in de logeer-kamer geslapen. En verdomme, haar geur was er nog steeds - hij wist het, want hij ging daar de hele tijd naar binnen om aan haar kussen te snuffelen als een gebroken man.

Het bestond niet dat hij achter Kat aan zou gaan. Ze had zijn hart eruit gerukt en er op gestampt op haar weg uit het ziekenhuis om terug te keren naar Oregon. Toen hij terugkwam, veel rustiger, met een zak broodjes en frisdrank, ontdekte hij dat Kat vermist was. Ian en Marco waren vertrokken om de voertuigen op te halen. Het eten bij zijn moeder en tante achterlatend, doorzocht hij het hele zieken-huis, beginnend bij de cafetaria, denkend dat ze misschien koffie was gaan drinken. Nadat hij haar op geen enkele openbare plaats in het gebouw had gevonden, vroeg hij het aan de bewaker bij de hoofdingang en ontdekte dat Kat vertrokken was met een taxi naar God weet waar. Hij kon haar niet bellen om uit te vinden waar ze heen ging, want haar telefoon lag nog op het terrein. Ze had de GPS armband aan Brody gegeven. Een uur later belde Jake om te zeggen dat Kat op het terrein was aangekomen en haar plunjezakken in haar auto had gepakt die nog steeds in de garage achter de kantoren geparkeerd stond. Nadat ze met SAC Stonewall had gesproken reed ze weg. Jake was niet in staat geweest haar tegen te houden, want in alle verwarring had hij niet geweten dat ze er was tot het te laat was. Hij moest de beveiligingsvideo's bekijken om te zien wat ze had gedaan.

Boomer had haar gezegd dat hij van haar hield. Hoewel ze de woorden terug had gezegd, had ze het duidelijk niet gemeend. Of misschien wel, maar zijn werk en het geweld dat ermee gepaard ging, was te veel voor haar om te verwer-ken. Hoewel hij niet degene was die de Russen had gedood, een feit dat hem nog steeds kwaad maakte, had Kat van dichtbij gezien hoe gevaarlijk zijn werk was. Misschien kon ze er niet mee omgaan. Hoe dan ook, de bal lag bij haar. Hij zou verdomd zijn als hij haar zou smeken om bij hem terug te komen.

Hij zei hallo tegen een paar mensen op weg naar de bar en huiverde bijna toen hij zag dat de barman, meester Dennis, een fles Jack Daniels pakte om zijn drankje te maken. Was hij in minder dan twee weken zo voorspelbaar geworden? Misschien moest hij die vent te grazen nemen en overschakelen op Southern Comfort. De gedachte verliet zijn hersenen even snel als ze gekomen waren. Hij was niet in de stemming om grapjes te maken. In plaats daarvan ging hij met zijn zielige kont op een lege kruk zitten en knikte dankbaar toen het drankje, gemengd met een scheut cola, op een servet voor hem werd neergezet.

Hij had het grootste deel van de dag en de halve nacht doorgebracht met het volgen van één of andere eikel die zijn vrouw na zes jaar bedroog. De man zat diep in de problemen, want zijn echtgenote was degene met de geldbuidel en hun huwelijkse voorwaarden waren duidelijk en hij kreeg geen cent bij overspel. Boomer had de foto's waardoor hij op z'n knieën zou vallen en emmers zou gaan huilen. Nadenkend over zijn saaie, maar geslaagde dag in eenzaamheid, duurde het niet lang voor er alleen nog kletterend ijs in het glas zat en hij de barman naar een ander glaasje vroeg.

"Schrap dat, Dennis. Meester Ben speelt vanavond."

Boomer staarde Carter aan toen de Dom hem een klap op zijn schouder gaf en vervolgens met een irritante grijns op zijn gezicht tegen de bar leunde. "Ik speel verdomme niet vanavond, Dennis. Gooi maar vol."

Carter pakte het lege glas op en gaf het aan de geamuseerde barman terwijl hij zijn hoofd schudde. "Nee, hoor. Je speelt, dus geen drank meer. Twee waters alsjeblieft, Den."

Toen hij zich weer tot Boomer wendde, negeerde hij de vuile, nijdige blik die hij kreeg. "Ik heb een mooie nieuwe onderdanige die een beetje actie wil. Ik denk dat ze precies is wat je nodig hebt om uit deze klote funk te komen waar je nu in zit. Je andere optie is die waar Ian en Devil Dog mee kwamen. Ik denk dat je deur nummer één zult kiezen nadat je hebt gehoord wat er achter deur nummer twee zit."

Zijn ogen vernauwden zich. Hij was niet in de stemming voor deze onzin. Blijkbaar was iedereen klaar met zijn medelijdenfeestje behalve hij. "Wat is hun optie?"

"Een sessie met Meesteres China, die, moet ik zeggen, helemaal weg is van het idee. Je weet hoe graag ze zielige kerels weer in vorm ranselt." Carter pauzeerde om een slok te nemen uit één van de waterflessen die voor hen waren neergezet. "Dus, wat gaat het worden, Boom-Boom? Wat hete seks met een nog hetere sub, of China's zweep?"

Verbaasd gromde Boomer. "Dat meen je toch niet?"

"Nee, dat doet hij niet."

Hij zuchtte zwaar en draaide zich om op de barkruk om Boss-man aan te kijken en de rest van zijn team te zien. *Godver.* Net wat hij verdomme nodig had, een tussenkomst. Alle vijf hadden ze hun beste Dom-gezicht op en daagden hem uit om hen tegen te spreken. Voeg de superspion toe en er was geen manier dat hij hier onderuit zou komen. Zijn keuzes waren duidelijk: een pak slaag van de sadistische zweepmeesteres, of een onderdanige neuken die hem Kat voor een tijdje zou laten vergeten. Het probleem was... hij wilde haar niet vergeten. Hij wilde haar aan zijn zijde en in zijn bed voor de rest van zijn leven. Neuken met een andere vrouw zou dat nooit veranderen. In plaats daarvan zou het hem het gevoel geven dat hij de enige vrouw bedroog die ooit zijn hart zou bezitten. En dat daar was zijn antwoord. "Als ik van de drank afblijf en mijn hoofd op orde krijg, kan ik dan deur nummer drie kiezen?"

Ians trok een wenkbrauw op. "Deur nummer drie?"

"Ik heb wat vrije tijd nodig. Ik moet haar achterna... naar Portland." Hij slikte hard, weigerde in te storten tegenover de mannen die zijn broers waren. "Ze is mijn leven. Al moet ik op m'n knieën smeken, of haar vastbinden en ontvoeren. Ik laat haar deze keer niet ontsnappen. Ik hou van haar en ik moet haar terug krijgen."

"Godzijdank! Nu kunnen we een einde maken aan dit verdomde medelijdenfeestje van je. Ik wilde net water bij de Jack gaan doen." Ian deed een stap naar hem toe. "Maar ze is niet in Oregon, Boom."

Zijn ogen vernauwden zich toen hij van de kruk afgleed en ging staan. Paniek overviel hem. Als ze niet in Portland was, waar was ze dan in godsnaam? "Wat bedoel je? Is ze ergens anders? Waar dan? Bij haar tante?"

Hij stelde Ian misschien de vragen, maar Carter gaf antwoord. "Beneden in kamer vier, geduldig wachtend en zichzelf presenterend voor haar Dom. Verpest het niet. En niet gek worden als ze je vertelt dat ik haar gekust heb."

Terwijl hij naar de grote trap liep, hoorde hij nauwelijks de laatste woorden van de andere Dom en het gegniffel en gegrinnik van zijn teamgenoten. Het enige waar hij aan kon denken was dat Kat aan de andere kant van het gebouw op hem wachtte. Ian of Devon moeten gezwaaid hebben naar de uitsmijter boven aan de trap, want die liet Boomer passeren zonder zijn lidmaatschapskaart te controleren op alcoholgebruik. De drang om mensen uit zijn weg te duwen onderdrukkend, baande hij zich zo snel mogelijk een weg door de menigte, lichamen ontwijkend en vloekend onderweg. Aan de andere kant van de grote zaal waren twee gangen die naar twaalf privékamers leidden, elk zes. Een dienstdoende Dungeon Master, die tussen de ingangen van beide gangen stond, knikte naar hem toen hij voorbij rende. Bij kamer vier kwam hij tot stilstand, pauzeerde om op adem te komen en zich te kalmeren. Carter had gezegd dat ze zich presenteerde voor haar Dom, dus haar Dom was wat hij moest zijn toen hij de kamer binnenliep.

Hij wist niet wie haar geleerd had zich te presenteren. Hij had sterk het gevoel dat het Angie en Kristen waren. Omdat hun Meesters wisten dat Kat hier was, was het vrijwel vanzelfsprekend dat zij het ook wisten. Hij was er zeker van dat die twee koppelaars de kans niet voorbij konden laten gaan om een gelukkig einde te creëren.

Wacht. Wat ... verdomme? Zei die verdomde spion iets over Kat kussen? Verdomme, hij zou die vent later een schop onder zijn kont geven als hij er geen verdomd goed excuus voor had, en misschien zelfs als hij dat wel had.

Diep inademend, draaide hij de knop om en opende de deur. Zijn adem stokte in zijn borstkas toen hij haar zag. Ze zat geknield op een rood satijnen kussen in het midden van de kamer, met haar knieën op schouderbreedte uit elkaar, rechte rug, gebogen hoofd en haar omgekeerde handen rustend op haar dijen - een perfecte presentatie. Gekleed in een zwarte beha en slipje met daarover een teddy van kant, was zij het mooiste wat hij ooit in zijn leven gezien had. Zijn pik was het daarmee eens. Hij zag een rilling door haar lichaam gaan en dat wond hem op. Toen hij zich herinnerde weer te ademen, ging hij de kamer binnen, sloot de deur achter zich en ging voor haar staan.

Enkele ogenblikken lang zweeg hij, terwijl hij haar schoonheid in zich opnam. Zijn handen trilden, jeukten om haar aan te raken. Hij wilde net iets zeggen toen hij papieren zag die achter haar op het bed lagen. Hij liep om haar heen en raapte ze op. Tot zijn verbazing zag hij een ingevulde limietenlijst en een briefje van één van de dokters die haar vrijgaven om te spelen na een eerder onderzoek. Er was ook een briefje van Ian dat Kats achtergrond controle gedaan was door Brody. *God-ver-domme*. Het is duidelijk dat verschillende mensen een hand hadden in het bespoedigen van haar toelating tot de club. Hij mocht niet vergeten iedereen te bedanken.

Hij scande snel haar limietlijst en grijnsde toen hij een vinkje zag staan in de groene kolom van verschillende activiteiten die hij vanavond met haar wilde doen. Hij ging voor haar staan, spreidde zijn benen en sloeg zijn armen over elkaar terwijl hij de glimlach van zijn gezicht veegde. Er stonden haar nog wat straffen te wachten voordat ze gingen praten en daarna wat plezier gingen maken. Hij verlaagde zijn stem. "Sta op, Kitten, kleed je uit voor mij. Hoe mooi je outfit ook is, ik wil je naakt zien."

Hij was blij dat ze niet aarzelde, onder de indruk van haar sierlijkheid toen ze in één vloeiende beweging op haar voeten overeind kwam. Eén voor één verwijderde ze de drie kledingstukken en overhandigde ze aan hem, terwijl ze haar blik op zijn voeten gericht hield. Verdomme, wat was ze mooi. Haar haar was in een eenvoudige paardenstaart opgestoken en hij kon niet wachten om de zijdeachtige lokken om zijn pols te wikkelen. Er kwam kippenvel op haar zachte huid. Hij wist dat het door verlangen en anticipatie kwam in plaats van kou. De kamers werden om die reden op een comfortabele eenentwintig graden gehouden. Een blos verspreidde zich over haar borst. Het was niet zo roze als haar tepels die al gebobbeld en opgezwollen waren, wachtend op hem om er van te smullen. Zijn blik reisde naar het zuiden en toen het de kruising van haar heupen en benen bereikte, verhardde zijn pik pijnlijk en zijn knieën knikten bijna. Ze was volledig gewaxt. Omdat de huid niet rood was, wist hij dat ze dat voor vandaag al gedaan moest hebben. Terwijl hij de lingerie achter haar op het bed gooide, vroeg hij: "Wat is je stopwoord?"

Ze sprak voor het eerst sinds hij de kamer binnenkwam. "Rood, Sir." Haar stem was hees en verleidelijk. Hij hield een reactieve kreun tegen.

"Brave meid. Kijk me aan, Kitten." Toen ze haar hoofd omhoog hield, werd hij gevloerd door de verschillende emoties die hij door haar ogen zag flitsen - anticipatie, angst en hoop. Hij hoopte dat de angst alleen was omdat ze bang was dat hij boos op haar was. Nou, een deel van hem was dat nog steeds. Het werd snel verdrongen door opluchting over haar aanwezigheid hier. Voor nu was een beetje angst goed. Een schok van bewustzijn ging door hem heen toen hij zijn collar opmerkte rond haar slanke nek. *Godverdomme!* Hij stond op het punt zijn kaarten weg te gooien en huilend voor haar in te storten van het genot alleen al om de leren band nog op zijn plaats te zien. Hij slikte de brok in zijn keel weg. "Wanneer heb je je mooie poesje gewaxt en waarom?" Toen haar ogen in duidelijke verlegenheid van de zijne afdwaalden, voegde hij eraan toe: "Uh-uh, Kitten. Ogen op de mijne. Als je weer wegkijkt voordat ik het toesta, krijg je nog meer straf."

Haar blik ontmoette die van hem weer. Deze keer waren haar ogen wijd van verbazing. ...en daar was het, onvervalste lust. God, hij hield van haar. "Ja, schatje. Er komen wat straffen jouw kant op, maar dat leg ik zo uit. Beantwoord mijn vraag. Wanneer en waarom heb je gewaxt ? Ik klaag niet... integendeel eigenlijk."

"Gisteren, Meester." Zijn bonzende hartslag versnelde verder, dreigde uit zijn borstkas te barsten bij haar gebruik van zijn titel. Hij bleef stil, liet haar uitpraten. "Ik was alles aan het lezen over de levensstijl, en er werd vaak gezegd dat zowel Doms als subs het lekker vonden omdat het een vrouw gevoeliger maakte."

Boomer had niet gedacht dat hij nog meer verbijsterd of blij kon zijn dan hij al was. Haar straf zou moeten wachten - ze moesten zeker eerst praten. "Je hebt onderzoek gedaan naar BDSM? Waarom?"

Haar wangen werden tomaatrood. Het sierde haar dat haar ogen op de zijne gericht bleven. "Omdat het zoveel voor je betekent, en ik... Ik hoopte...

"Je hoopte wat?" Deze keer viel haar blik neer en hij gebruikte zijn vingers om haar hoofd weer omhoog te kantelen, wachtend tot ze zijn blik weer zou ontmoeten. Zijn hart kneep samen toen haar ogen zich met tranen vulden. Hij liet zich niet van de wijs brengen. Het mocht niet zo zijn dat ze van onderen zou toppen, of dat nu de bedoeling was of niet. Hij moest streng tegen haar zijn als ze dit tussen hen wilden doen werken. "Dat zijn nog eens vijf klappen bovenop de klappen die je al verdiend hebt. Nu, je hoopte wat, Kitten?"

Kat slikte hard. "Ik hoopte dat je van gedachten zou veranderen en achter me aan zou komen. Ik wilde je een plezier doen door zoveel mogelijk te leren om jouw onderdanige te zijn. Ik weet dat ik nog niet alles geleerd heb. Ik hoopte dat jij me de rest zou leren."

Een kogel door de darm zou niet zoveel pijn hebben gedaan als haar eerste verklaring deed. Zijn wenkbrauwen fronsten in verwarring. "Wat bedoel je met dat je hoopte dat ik van gedachten zou veranderen, schatje? Ik wilde in de eerste plaats nooit dat je wegging. Ik kwam terug naar de wachtkamer en je was weg. Ik dacht dat je even je hoofd ging leegmaken, een kop koffie ging halen, of zoiets. Het volgende dat ik weet, is dat Jake belt om te zeggen dat je in een taxi van het ziekenhuis kwam. Je verzamelde je spullen en reed weg in je auto. Stonewall zei dat je naar het bureau ging, je verklaring aflegde, en vertrok." Tot zijn grote verlegenheid, kraakte zijn stem van emotie. "Ik had je nodig, en jij was weg. Deze keer koos je ervoor om weg te gaan. Ik was nog nooit zo gekwetst in mijn leven, Kat."

Haar tranen liepen nu over haar gezicht. Geen van beiden bewoog om ze weg te vegen. "Ik weet dat ik je gekwetst heb. . . Ik bedoel. Ik weet het nu. Carter vertelde het me toen hij in Portland was om me terug te brengen. Ik heb nooit bedoeld ... om je pijn te doen. Je was zo boos in het ziekenhuis, en je wilde niet met me praten, dus ik dacht dat je mij de schuld gaf van het neerschieten van je vader. En... en voor je moeder, Jake, en de anderen die gewond waren en bijna gedood. Ik dacht dat je me haatte omdat ik iedereen in gevaar bracht. Ik heb iedereen verloren waar ik ooit van hield en ik wilde niet wachten tot jij me zou wegduwen. Het spijt me zo."

Ze hield eindelijk op met praten en haalde diep en haperend adem. Boomer kon het niet meer aan en trok haar in zijn armen, hield haar stevig vast terwijl hij over haar haren en blote rug streelde. "Shht ... het is goed, Kitten. Ik was niet boos op jou. Ik was gewoon kwaad in het algemeen, over dingen die ik niet kon beheersen. Ik was kwaad op mezelf omdat ik niet dacht dat m'n ouders een doelwit waren. Ik was kwaad dat we in de val trapten en jij gedood kon worden omdat er niet genoeg mensen achterbleven. In het ziekenhuis, mijn adrenaline crash, gecombineerd met de dokters die me vertelden dat het nog uren zou duren voor we wisten of mijn vader het zou halen, deed me in een neerwaartse spiraal belanden. Ik liep bij je weg omdat ik het niet per ongeluk op jou wilde afreageren. Je verdiende dat niet. Ik was bang dat ik je pijn zou doen. Niet lichamelijk, natuurlijk. Ik had een paar minuten nodig om mezelf weer onder controle te krijgen."

Hij maakte zijn omhelzing losser zodat hij haar gezicht kon zien. "Ik hou van je, schat. Ik zou je nooit wegduwen. Ik dacht dat je geen deel uit wilde maken van mijn leven vanwege de kans op geweld. Mijn werk kan soms gevaarlijk zijn. Ik dacht dat je je dat realiseerde en dat je er geen deel van uit wilde maken."

"En ik dacht dat je boos op me was. Ik denk dat ik het je had moeten vragen."

Een wrange glimlach verscheen op haar rode, natte gezicht. Hij pakte haar kin met beide handen vast en gebruikte zijn duimen en daarna zijn lippen om haar zoute tranen weg te vegen. "Ja, dat had je moeten doen. Ik heb net zoveel schuld als jij. Ik had moeten uitleggen waarom ik bij je wegliep. We zullen aan onze communicatie moeten werken. We hebben de rest van ons leven om dat te doen. Op dit moment wil ik een paar dingen van je lijstje kiezen en wat plezier maken. Vanwege onze wederzijdse misverstanden begin je met een schone lei voor alles tot ik deze kamer binnenkwam, wat betekent dat je alleen de vijf slagen krijgt die je net hebt verdiend. Ik kan je niet straffen voor iets dat ook mijn fout was. Daarna beginnen we opnieuw. Oké?"

"Oké, Sir."

Zijn duim streek over haar dikke, roze lippen en hij stelde zich voor hoe ze eruit zouden zien rond zijn pijnlijke lul. Eerst iets anders. "Ik vond het net leuker toen je me 'Meester' noemde."

Voor het eerst sinds hij binnenkwam, lachte Kat naar hem. Het was alsof de zon tevoorschijn kwam. Het verlichtte de kamer evenveel als zijn hart. Hij had haar niet verloren. Zodra hij een permanente collar voor haar kon laten ontwerpen, zouden ze een ceremonie houden, zodat iedereen zou weten aan wie ze toebehoorde. "Ja, Meester."

Terwijl hij de kamer rondkeek, categoriseerde hij snel in welke kamer ze zich bevonden. Elk van de privé-kamers werd anders ingericht en sommige speeltoestellen varieerden. Verscheidene kamers waren zoals deze, met een paar toestellen en een assortiment kettingen, haken en boeien die aan de muren en het plafond hingen. Andere kamers waren themakamers, zoals een kantoor, klaslokaal, dokterskamer, politiebureau, verhoorkamer, en een harem/strippaalkamer. Vanwege de populariteit van de kamers, waren Devon, Ian en Mitch aan het bekijken om een extra bijbouw te plaatsen aan deze kant van het pakhuis. Deze kamer, echter, was perfect voor de scène die hij in gedachten had. Hij nam Kats hand en leidde haar naar een bank in een hoek. "Spring er maar op, Kitten. Laten we je straf afmaken zodat we aan de leuke dingen kunnen beginnen. We praten later wel verder, maar ik ben zo hard voor je dat ik niet langer kan wachten." Het was de waarheid. Zijn lul voelde aan alsof er een afdruk van zijn rits op zat.

Boomer was verrukt toen ze niet aarzelde om op de bank te knielen en haar torso op het bovenste platte gedeelte te leggen. Toen kreeg hij voor het eerst haar blote kont te zien. Wat hij zag deed hem op zijn knieën achter haar vallen. *God-Ver-Domd!* Ze had een anale plug in! Terwijl hij eerbiedig over haar zachte billen streelde, kon hij de drang niet weerstaan om voorover te leunen en haar blootgelegde, druipende kutje te likken. Haar kreun schoot recht naar zijn lul. Hij moest de knoop en rits van zijn broek openen om de pijnlijke druk te verlichten. "Wanneer ... godverdomme, Kat ... wanneer ben je een anaalplug gaan gebruiken? Verdomme, dat is een mooi gezicht."

Zonder op een antwoord te wachten, viel zijn tong haar

haarloze kutje weer aan. Haar honing was het zoetste wat er was. Hij at haar als een man die al eeuwen zonder zat - likkend, knabbelend, en zuigend aan de gezwollen lippen tussen haar benen. Hoe meer sappen hij oplikte, hoe meer haar lichaam voor hem produceerde. Kut, hij kon dit de hele nacht doen.

"Oh, oh, Benny! Oh mijn God, stop alsjeblieft niet!"

Haar adem liet hem weten dat ze er bijna was. Helaas voor haar, stopte hij wel. Straf voor genot. Hij kneep een paar keer in haar wangen om het bloed er naartoe te laten stromen en stond weer op. "Beantwoord mijn vraag, Kitten. Vertel me over die plug in je kont. En ik hoop dat je het uit jezelf hebt gedaan, anders moet ik misschien iemand vermoorden."

Tussen twee slokken lucht door antwoordde ze: "J-Ja, ik heb het zelf gedaan. Vorige week vond ik een winkel in Port-land die ze verkoopt. De vrouw daar hielp me een progres-sieve beginnersset uit te zoeken. Ik vond het heerlijk toen je... je mijn kont neukte met je vinger. Ik wilde klaar zijn voor je, als je achter me aan kwam."

Verdomme, ze bleef hem verrassen. Hij drukte zijn dikke erectie tegen de platte kop van de plug en grijnsde toen ze kreunde en vloekte. "Je vuile taal wordt steeds beter, Kitten. Ik vind het heerlijk. Ik vind het ook geweldig dat je, ondanks dat je aan de andere kant van het land bent, je nog steeds geroepen voelde om me te behagen. Na je slaag, zul je zeker beloond worden. Hoe groot is deze plug, schatje ?"

"De grootste, Sir... Meester."

Ze zou vanavond zijn dood worden. Met geoefend gemak maakte hij de boeien vast aan haar polsen, enkels en taille, en zorgde ervoor dat ze niet te strak zaten. Kijkend naar het assortiment van instrumenten die aan haken aan de muur hingen, zag hij er één die hem beviel. Hij pakte de met leer beklede, langwerpige paddle en wreef ermee tegen haar kont. "Het is maar dat je het weet, Kitten - voor ik ontdekte dat je hier op me zat te wachten, was ik klaar om op het vliegtuig naar Oregon te stappen om je te smeken bij me terug te komen. Nu dat je hier bent, denk ik dat jij degene bent die vanavond gaat smeken. Tel voor me, Kitten." Hij trok de peddel terug en liet de eerste slag hard op haar rechterwang landen. *Smak.*

"Auw!!! Godver! God ... oh, verdomme! W-wat gebeurt er?"

Hij had geluk dat ze naar voren keek en zijn boze lach niet zag. Hij wist precies wat er gebeurde toen hij zijn hand tegen de rode plek van de peddel hield. De pijn veranderde in warmte en dan in genot. Terwijl hij zijn hoofd kantelde, zag hij dat ze inderdaad bevrediging voelde terwijl meer vocht haar zoete kutje bedekte. "Pijn dan genot, schatje. Dat is wat er gebeurt. Tel nu voor me, anders vergeet ik misschien dat ik je er één gegeven heb."

"Eén!"

Niet in staat om zijn grinnik in te houden bij haar gehaaste reactie, richtte hij de peddel opnieuw. *Smak.* Deze klap kwam terecht op haar linkerwang.

"Verdomd! Twee! Godverdomme!"

"Liefje, ik hou ervan hoe je kont er mooi en rood uitziet." Hoe graag hij haar kontje ook langzaam wilde opwarmen, hij wilde het nog meer neuken. De volgende twee klappen kwame op haar zitplekken en de laatste sloeg hij over beide wangen net onder de plug.

"Godver! Vijf!"

Terwijl hij de peddel opzij gooide, masseerde hij haar tedere vlees, terwijl hij op het platte uiteinde van de plug tikte, waardoor het tegen de zenuwen in haar trilde. Haar gekreun en gehijg maakte hem gek. Hij gleed met één hand tussen haar benen, genietend van de hoeveelheid vocht die hij daar vond. Twee vingers tastten haar gezwollen vlees af en drongen toen langzaam bij haar naar binnen, haar opwinding nog verder opdrijvend. Met zijn andere hand duwde hij zijn spijkerbroek tot op zijn enkels, om klaar te komen zodra hij haar had laten komen. Hij bleef haar met zijn vingers neuken terwijl hij naar een lade in een kastje in de buurt reikte en naar één van de tubes glijmiddel zocht waarvan hij wist dat die daar lagen. Hij vond er één, legde het op de bank tussen haar benen en versnelde zijn stoten. Haar gekreun, gevloek, gesmeek en ademhaling namen allemaal voor hem toe. "Kom voor me, Kitten. Schreeuw zodat iedereen hier je hoort genieten."

Hij vond haar G-spot en streelde die snel met zijn vingertoppen terwijl hij met zijn andere hand aan haar anaalplug trok. De combinatie van die twee sensaties deed haar over de rand vliegen. Het zou hem niet verbazen als minstens de helft van de club haar hoorde schreeuwen. Haar wanden rimpelden tegen zijn vingers terwijl hij haar orgasme zo lang als hij kon verlengde, terwijl hij met zijn duim haar clitoris beroerde. Kats geschreeuw vervaagde tot gekreun en daarna gejammer toen hij zijn vingers uit haar kutje en de plug uit haar kontje liet glijden. "Verdomme, Kitten. Ik moet je nu in je kontje nemen voor ik ontplof. Kan je zo blijven liggen of moet ik je naar het bed brengen?"

Terwijl hij sprak pakte hij de tube glijmiddel, knalde de dop eraf en overgoot het topje van zijn pik met de heldere vloeistof. Verdomme, wat was het koud! Natuurlijk, het glijmiddel verwarmer stond aan de andere kant van de kamer buiten bereik. Nou, het zou niet lang koud blijven. "Antwoord me, want ik ben klaar om je nu te nemen."

"Ja! Neuken! Nu! Alsjeblieft!"

Als hij niet zo wanhopig was om in haar te komen, zou

hij gelachen hebben om haar één woord zinnen. Hij was er zeker van dat hij in minder dan een minuut in dezelfde gemoedstoestand zou zijn. Haar kontgaatje was nog sappig van het glijmiddel dat ze voor de plug had gebruikt en hij legde zijn pik ertegenaan. Hij duwde naar voren en was opgelucht toen ze zich niet instinctief vastklemde. Ze was nog steeds open door de plug en hij gleed met gemak langs haar sluitspier. "God-miljaar! Verdomme, vrouw, je voelt ongelooflijk."

Hij was dikker dan de plug. Door in en uit te pompen, bleef hij centimeters winnen tot hij ver genoeg was om hen beiden genot te verschaffen. Niet te ver om haar pijn te doen. Ze hijgde en zuchtte, maar klaagde helemaal niet. Toch moest hij zeker weten dat ze in orde was, want zodra hij haar hard begon te neuken, zou hij niet meer kunnen stoppen. "Geef me een kleur, Kat. Groen is goed, geel is wacht even, en rood is stop." Hij wilde er aan toevoegen "alsjeblieft, zeg geen rood," maar hij wilde niet dat ze tegen hem zou liegen alleen omdat dit is wat hij wilde.

"Groen, Meester. Als u niet begint te bewegen, word ik gek. Alstublieft!"

Dat was alle aanmoediging die Boomer nodig had. Hij greep haar heupen, trok zijn pik naar buiten tot het puntje en schoof hem toen weer naar binnen, waardoor ze begon te gillen en te kreunen. Ze was zo strak dat hij door de wrijving zwart-witte vlekken voor zijn ogen zag. Keer op keer herhaalde hij de langzaam-snel routine tot ze smeekte en vloekte om meer. Omdat hij geen van beiden nog langer kon ontzeggen wat ze wilden, begon hij haar steeds sneller te neuken.

"Ja! Benny! Oh, God, ja! Alsjeblieft! Schiet op!"

Ze was dichtbij, en hij ook. Tintelingen schoten van zijn onderrug naar zijn ballen. Hij wist dat hij haar nog een keer over de rand moest sturen voor hij klaarkwam. Hij reikte om zich heen, zocht en vond haar clitoris. Op het moment dat hij er een tikje op gaf, ging ze als een raket tekeer en haar kontje klemde zich samen tijdens haar orgasme terwijl ze haar bevrediging uitschreeuwde. De druk rond zijn pik nam toe en deed hem met haar meevliegen toen zijn sperma haar kont vulde. Heldere lichten verschenen achter zijn gesloten oogleden terwijl hij zijn benen dwong hem overeind te houden. Zijn energie vloeide weg toen het laatste van zijn orgasme wegebde. Hij zakte bijna bovenop haar in elkaar. Hoe graag hij ook wilde rusten, hij wist dat hij haar uit haar boeien moest bevrijden en haar naar het bed moest dragen, waar ze allebei comfortabeler zouden liggen. Hij kantelde zijn heupen naar achteren en schoof met tegenzin van haar lichaam. Nadat hij de tailleband had losgemaakt, reikte hij naar beneden om haar enkels los te maken. "Kat, schatje? Gaat het?"

"Geweldig," mompelde ze, haar stem schor van het eerdere schreeuwen.

Boomer grinnikte toen hij haar polsen losmaakte. "Blij dat te horen. Til je op zodat ik je naar bed kan dragen."

"Ik kan lopen."

Ondanks haar protest trilden haar ledematen als een kom gelatine. Hij nam haar in zijn armen en grijnsde toen haar hoofd zwaar tegen zijn schouder viel. "Dat kan zijn. Dit is één van die dingen die je Dom wil doen. Je moet hem niet tegenspreken, tenzij je nog een pak slaag wilt."

Uitgeput kroop ze dichter tegen zich aan. "'Ké. Ik hou van je."

"Ik hou ook van jou, mijn kleine Kitten. Dat zal ik altijd doen."

Hij legde haar in het midden van het grote bed, voordat hij twee vochtige washandjes uit een warmer in de hoek van de kamer haalde. Nadat hij Kat had gewassen, deed hij ook zichzelf, gooide de gebruikte washandjes in een wasmand en ging bij haar op bed liggen. Ze sliep bijna toen hij haar op haar zij draaide, zijn hart barstte van liefde voor deze mooie vrouw. Lepeltje lepeltje achter haar, gaf hij eindelijk toe aan de nagloeiing van het tafereel en sloot zijn ogen.

epiloog

Toen de orgelmuziek begon, stond Boomer rechtop in zijn witte marinekleding en keek naar Kat die elegant door het middenpad van het schilderachtige kerkje gleed. Verdomme, ze zag er prachtig uit... en ze was helemaal van hem. Het was drie maanden geleden dat hij haar voor het eerst terug zag in de Trident kantoren en flauwviel. Hij werd er nog steeds voor uitgelachen. Hij had het er graag voor over om haar terug in zijn leven te hebben... voorgoed. Een ring om haar vinger en een permanente collar om haar nek vertelden de wereld dat ze voor hem bestemd was.

De dag nadat hij haar in de club hadden gevonden, hadden ze uren in zijn bed doorgebracht met kinky seks, de zoete liefde bedrijvend, en pratend over hun toekomst. Die avond hadden ze zich alleen gedoucht en aangekleed om een geïmproviseerde barbecue op het terrein bij te wonen omdat zijn moeder was komen opdagen om de verveelde reet van zijn vader een tijdje het huis uit te krijgen. Zijn ouders wilden Kat ook zelf zien en haar geruststellen dat ze haar niets kwalijk namen voor dingen die buiten haar macht lagen.

In plaats van Carter in elkaar te slaan omdat hij Kat gekust had, gaf Boomer hem een schop onder zijn kont op het basketbalveld van het terrein op de parkeerplaats buiten het trainingsgebouw. Hij was niet zo stom om een dodelijke huurmoordenaar uit te dagen voor een bokswedstrijd, dus nam hij de klootzak te grazen op het veld. Natuurlijk waren er wat schermutselingen, samen met veel elleboogstoten naar de kaak, ribben en darmen, die net zo hard werden beantwoord. Aan het eind van het één-tegen-één spel waren beide mannen pijnlijk, bloeddend en lachten, tot grote afschuw van de vrouwen. Het vrouwelijke geslacht begreep gewoon niet dat mannen het leuk vonden elkaar in elkaar te slaan uit vriendschap en dankbaarheid. Boomer was gewoon dankbaar dat Carter het initiatief had genomen om Kat terug naar Tampa te brengen. Hij was de man zijn leven verschuldigd... alweer.

Met Reggie Helms' juridische hulp en Dr. Marie Sawyers contacten, regelde Kat meerdere grote donaties aan een breed assortiment van goede doelen die het meest zouden profiteren van de miljoenen dollars op de Kaaiman-rekening. Ze deed alle donaties ter nagedachtenis aan haar ouders en broer, eindelijk blij dat er iets goeds was voortgekomen uit hun tragische dood.

Nadat ze haar spullen hadden ingepakt en per vracht verzonden, en daarna afscheid hadden genomen van haar vrienden in Portland, had Boomer de vrije tijd genomen die Ian hem had aangeboden. Hij vloog Kat naar het eiland St. Lucia waar ze een week lang neukten als konijnen, tussen het zonnebaden op het strand door en zich gedroegen als toeristen. Hun laatste nacht op het schilderachtige Caraïbische eiland, maakten ze een maanverlichte wandeling. Trillend van angst en verwachting was hij op één knie gaan zitten en had hij haar ten huwelijk gevraagd met de antieke verlovingsring van zijn grootmoeder. Zijn moeder had hem verrast en hem die ring gegeven op de avond van de barbecue, met de zegen van haar en Rick.

Zachte golven kabbelden tegen de kustlijn terwijl een volle maan hoog in de sterrenhemel hing. Terwijl hij Kats linkerhand pakte, staarde hij in haar kastanjebruine ogen die volstroomden met tranen van verbazing en blijdschap. "Kitten, ik hou van je met heel mijn hart. Jij bent mijn zonnestraaltje, mijn maanlicht, mijn verleden en mijn toekomst. Mijn leven was de eerste keer mooi met jou erin, en het is weer mooi nu je weer in mijn armen bent. Ik had vannacht een droom over Alex. Ik weet dat het raar klinkt, maar hij gaf me zijn zegen en liet me beloven om voor altijd voor je te zorgen. Of het nu echt is of ingebeeld, het is een belofte die ik wil houden. Trouw met me, liefje. Word oud met mij en maak de rest van mijn leven ook mooi."

Hij had die laatste woorden nauwelijks uitgesproken of ze riep al: "Ja!" Toen hij de ring om haar trillende vinger schoof, klonk er applaus en gefluit van een kleine groep toeristen die waren blijven staan om het romantische aanzoek te zien. Boomer negeerde hen, stond op en nam Kat in zijn armen en kuste haar met alle liefde in zijn hart.

"Benny?"

Hij schudde de perfecte herinnering uit zijn hoofd en keek neer op de tengere vrouw die naast hem stond en zijn arm vasthield. Kats tante Irina zag er prachtig uit in haar eenvoudige, kanten bruidsjurk. Toen merkte hij dat de muziek was veranderd en dat de gasten op hem stonden te wachten om de bruid naar het altaar te begeleiden. De hoeken van haar warme bruine ogen knipoogden geamuseerd. Ze grijnsde naar hem alsof ze aanvoelde waar zijn gedachten waren gebleven. "Het is tijd."

"Juist. Ben je hier zeker van? Je weet dat ik buiten een vluchtauto heb staan als je dat niet bent," plaagde hij haar.

Ze kneep in zijn arm en staarde toen naar het andere eind van het gangpad, waar Gepensioneerd Majoor Harry Bernhard trots stond te wachten op zijn aanstaande vrouw. Aan de andere kant van het altaar stond Kat, het bruidsmeisje, terug te glimlachen naar Boomer en haar tante. "Oh, daar ben ik heel zeker van. Net als het verhaal van jou en mijn kleine Katerina, heb ik mijn hele leven op hem gewacht."

andere boeken van Samantha Cole

Momenteel Verkrijgbaar in Nederlands

The Trident Security Series
Leder & Kant
Zijn Engel
Wachtend op hem

over de auteur

USA Today Bestseller Author en Award-Winning Author Samantha A. Cole is een gepensioneerde politieagente en voormalig paramedicus. Met behulp van haar levenservaring en opleiding, streeft ze ernaar om de perfecte mix van spanning en romantiek te vinden voor haar lezers om van te genieten.

www.samanthacoleauthor.com

facebook.com/SamanthaColeAuthor

instagram.com/samanthacoleauthor

bookbub.com/profile/samantha-a-cole

goodreads.com/SamanthaCole

amazon.com/Samantha-A-Cole/e/B00X53K3X8

tiktok.com/@samanthacoleauthor